ELAINE WINTER

Modehaus Haynbach – Tage voller Hoffnung

Weitere Titel der Autorin:

Das Geheimnis von Chaleran Castle
Herzmuscheln
Fräulein Nora findet die Liebe
Die Töchter der Villa Weißenfels
Schneeflockenherzen
Modehaus Haynbach – Schicksalhafte Jahre
Modehaus Haynbach – Glanzvolle Zeiten

Über die Autorin:

Elaine Winter ist ein Pseudonym der Autorin Ira Severin, die schon als Kind gerne Geschichten erfunden hat. Sie studierte Germanistik und Anglistik, probierte sich in verschiedenen Jobs in der Medienbranche aus und kehrte bald zum Geschichten erfinden zurück. Inzwischen ist sie seit mehr als zwanzig Jahren Autorin und hat den Spaß am Erdenken schicksalhafter Wendungen und romantischer Begegnungen bis heute nicht verloren.

ELAINE WINTER

Modehaus HAYNBACH

Tage voller Hoffnung

lübbe

Dieser Titel ist auch als E-Book erschienen

MIX
Papier aus verantwortungsvollen Quellen
FSC® C014496

Vollständige Taschenbuchausgabe
der bei Bastei Lübbe erschienenen E-Book-Ausgabe

Umschlaggestaltung: Christin Wilhelm, www.grafic4u.de
Unter Verwendung von Motiven von © shutterstock: Grazyna Rogala | Helen Hotson | Dimitris Leonidas | Ysbrand Cosijn | YegoeVdo22
Satz: 3w+p GmbH, Rimpar (www.3wplusp.de)
Gesetzt aus der Minion
Druck und Verarbeitung: GGP Media GmbH, Pößneck
Printed in Germany
ISBN 978-3-404-18372-2

2 4 5 3 1

Sie finden uns im Internet unter luebbe.de
Bitte beachten Sie auch: lesejury.de

1

Herrenhaus Bilgenstein, Ende März 1922

»Hast du ihren heimtückischen Blick gesehen?« Magda machte sich nicht die Mühe, ihre Stimme zu senken, während sie nach der Blechkanne griff, um sich Kaffee einzugießen. Natürlich war es kein echter Bohnenkaffee. Dieser war knapp vier Jahre nach Ende des Krieges immer noch viel zu teuer, um ihn den Dienstboten zuzugestehen. Als Kaffee-Ersatz bekamen sie ein Gebräu aus gerösteten Getreidekörnern und Zichorienwurzeln, das sie »Muckefuck« nannten. Eine große Blechkanne davon stand in der Gesindestube stets auf der Ofenplatte.

Claire tat, als hätte sie nichts gehört, und beugte sich tiefer über ihre Arbeit, damit die beiden Frauen ihre brennenden Wangen nicht bemerkten.

»Ich finde, sie guckt … normal.« Die Stimme des Stubenmädchens, dessen Namen Claire nicht kannte, klang unbehaglich. Offenbar hatte sie wenigstens ein schlechtes Gewissen, in Gegenwart der Fremden schlecht über sie zu reden.

»Sie ist *Französin!*«, schnaubte die Zofe der Baroness Hilda von Bilgenstein. »Ich begreife nicht, wie die Gnädigste zulassen konnte, dass *Erbfeinde* ins Haus kommen. Aus ihrer Verwandtschaft mag ja im Krieg niemand von den Franzosen umgebracht worden sein, aber es gibt Familien, die haben zwei oder drei Söhne verloren. Dahingemetzelt von *Franzmännern!*« Magda wurde immer lauter.

»Das waren ja nicht nur die Franzosen«, versuchte das Stubenmädchen, sie zu beruhigen. »Ich hab gehört, dass der gnädige Herr die französische Schneiderin nicht gern im Haus haben wollte. Der Baron hat gesagt, er findet das nicht gut, wegen Elsass-Lothringen und so. Aber die Gnädigste hat sich auf die Seite ihrer Tochter gestellt. Weil es doch heißt, Louise Lefevre näht die allerschönsten Kleider. Und die Baroness möchte nun mal das schönste Hochzeitskleid haben, das sie bekommen kann. Französische Mode war ja schon vor dem Krieg …«

»Französische Mode – dass ich nicht lache!«, unterbrach Magda die schüchternen Erklärungsversuche des Stubenmädchens. »Ich hab Angst, im Schlaf ermordet zu werden, wenn die beiden französischen Hexen oben in der Mansarde nur drei Kammern entfernt von mir schlafen! Letzte Nacht hab ich die Kommode von innen vor meine Tür geschoben. Das solltest du auch machen, Grete.«

Claire schnappte erschrocken nach Luft. Sie hatte natürlich gewusst, dass Franzosen und Deutsche seit Jahrhunderten nicht gerade die besten Freunde waren. Das hatte nicht erst mit dem letzten Krieg angefangen.

Dennoch war im vergangenen Jahr die erste Anfrage von der deutschen Seite der Grenze, aus der Republik Baden, gekommen. Und zwar von Amanda von Schliefenberg, einer der ungefähr hunderttausend *Vieux-Allemands*, der »Alt-Deutschen«. Sie waren aus dem Elsass ausgewiesen worden, als nach Kriegsende die französischen Truppen im November 1918 unter dem Jubel des größten Teils der Bevölkerung in Elsass-Lothringen eingezogen waren. Die Baronin hatte in ihrer alten Heimat Louise Lefevres Schneiderkunst kennengelernt und sie in ihr Herrenhaus in der Nähe des kleinen badischen Ortes Berghaupten gebeten, um sich von ihr ein Abendkleid nähen zu lassen.

Seitdem bekamen sie immer wieder Anfragen und Aufträge aus Deutschland. Claire hatte ihre Mutter Louise schon auf rund ein halbes Dutzend Landsitze, Gutshäuser und Schlösser in Baden begleitet, um ihr bei der Arbeit an ihren aufwendigen Kleidern zu helfen. Es fühlte sich gar nicht an, als würden sie ins Ausland reisen. Claire und ihre Mutter sprachen ebenso gut Deutsch wie Französisch, wenn sie sich auch als Französinnen fühlten. Schließlich hatte Louise seit ihrer Geburt unter deutscher Herrschaft gelebt. Ihre Heimat war bereits 1871 im Deutsch-französischen Krieg an Deutschland gefallen.

Claire hatte früh angefangen, ihre Mutter bei ihrer Arbeit zu unterstützen. Mit ihren geschickten kleinen Händen hatte sie schon als Zehnjährige zarte Stickereien angefertigt.

Vor einer Woche war sie mit ihrer Mutter im Haus des Barons Heinrich von Bilgenstein angekommen. Nun war sie seit dem Morgengrauen damit beschäftigt, zahllose Perlen auf die Schleppe von Baroness Hildas Brautkleid zu nähen. Zu diesem Zweck hatte man ihr einen kleinen Tisch vor dem Fenster der Gesindestube im Souterrain zugewiesen, die neben der Küche lag.

Währenddessen arbeitete ihre Mutter im geräumigen Ankleidezimmer der Baroness im Obergeschoss des Herrenhauses. Sie heftete, nähte, veranstaltete zahllose Anproben mit der Braut und änderte alles wieder. Claire war froh gewesen, dass sie hier unten in Ruhe ihre Arbeit machen konnte. Bräute überlegten es sich ständig anders. Mal sollte der Ausschnitt größer sein, mal kleiner, mal war der Rock zu weit und das Oberteil zu eng oder umgekehrt. Die Baroness bildete da keine Ausnahme. Im Gegenteil. Sie erschien Claire noch anspruchsvoller und unberechenbarer als die meisten anderen Bräute, für die sie gearbeitet hatten.

Doch ihre Mutter war von engelsgleicher Geduld. Wenn es sein musste, änderte sie ein Kleid ein Dutzend Mal und hörte dabei keine Sekunde auf zu lächeln.

Als Claire oben im Ankleidezimmer Louise beim Fälteln des weiten Rocks zur Hand gegangen war, hatte sie erlebt, wie die Baroness in ihrem Wankelmut von Magda noch angestachelt wurde. Hatte die Zofe das getan, weil sie der verhassten französischen Schneiderin möglichst viel Mühe bereiten wollte?

»Die Kanne ist leer«, stellte Magda missmutig fest und starrte in ihre Tasse, die nur zur Hälfte gefüllt war.

»Ich sag in der Küche Bescheid.« Grete wollte nach der Blechkanne greifen, doch die Zofe hinderte sie daran.

»Das französische Luder hat den ganzen Kaffee ausgetrunken. Man sollte ihr klarmachen, dass sie sich hier nicht einfach an dem bedienen darf, wonach ihr der Sinn steht«, zischte Magda. »Es reicht ihr wohl nicht, dass sie uns das Elsass weggenommen haben. Und Lothringen. Einfach alles. Mein Vetter war Reichsbeamter in Lothringen. Nach dem Krieg haben sie ihn kurzerhand rausgeworfen. Wie ein Stück Vieh über die Grenze gescheucht. Und ein paar Wochen später auch meine Eltern, meine Geschwister und mich … Wir hatten ein Stück Land im Elsass. Einen Weinberg. Und jetzt …« Sie schnaubte vor Wut.

Claire wollte auffahren und ihr erklären, dass niemand ihretwegen irgendein Land auf der Welt verlassen musste. Andererseits hatten die Deutschen den Franzosen das Elsass und Lothringen im Deutsch-Französischen Krieg 1870/1871 abgenommen, so viel wusste sie. Das war lange her, aber immerhin hatten diese Gebiete ursprünglich einmal zu Frankreich gehört. Ihr persönlich war das nicht so wichtig. Sie kannte es von Geburt an nicht anders, als in einem von den Deutschen regierten Land zu leben. Dennoch erschien es ihr gerecht, dass die Franzosen ihren Besitz zurückgefordert hatten. Schließlich hatten sie den Krieg, den sie nicht angefangen hatten, gewonnen. Das sagte sie aber lieber nicht, sonst würde Magda noch wütender werden.

»Die Köchin hat mir erlaubt, vom Kaffee zu nehmen«, entgegnete sie stattdessen. »Ich habe aber nur ein oder zwei Schluck davon probiert.«

Die Zofe holte tief Luft und fuhr sie dann an: »Hat dir wohl nicht geschmeckt, du französischer Wechselbalg.«

Wieder zuckte Claire zusammen. Es war nicht das erste Mal, dass sie von den Dienstboten in einem der Häuser, in denen sie arbeiteten, beschimpft wurde. Aber so schlimm wie Magda war noch niemand gewesen.

Entschlossen warf Claire den Kopf in den Nacken und sah der Zofe in die Augen. »Was soll das heißen? Wieso nennen Sie mich so?« Ihr Herz klopfte so heftig, dass es sich anfühlte, als flattere ein Vogel in ihrer Kehle herum. Sie wusste, dass Wechselbalg ein deutscher Ausdruck für uneheliche Kinder war. Und das traf auf sie nicht zu. Ihr Vater war zwar gestorben, aber ihre Mutter war mit ihm verheiratet gewesen.

»Bist du so dumm, dass du nicht weißt, was das ist? Ein Kind, von dem man den Vater nicht kennt, ist das. Ein Kind der Sünde, von bösen Geistern gebracht. Oder wo ist dein Vater?«

Claire schluckte heftig, obwohl ihr Mund wie ausgetrocknet war. Magda konnte eigentlich nichts über sie und ihre Familie wissen. Claires Gedanken überschlugen sich. Aber die Zofe hatte gesagt, dass sie aus dem Elsass stammte. Hatte sie vielleicht in einem der Nachbardörfer von Claires Heimatort Andlau gewohnt?

»Da guckst du dumm wie ›ne Kuh«, fuhr Magda fort und fuchtelte mit der Hand vor Claires Gesicht herum. »Eine dumme Kuh bist du.«

»Nun lass sie doch in Ruhe«, mischte Grete sich ein. »Sie tut dir doch nichts.«

»Sie hat mir den Kaffee weggetrunken. Und meine Familie von ihrem Weinberg verjagt. Und im Schützengraben meinen Vetter umgebracht.«

»Das war doch nicht sie.« Grete schien viel freundlicher

und vernünftiger als Magda zu sein. Das hinderte Letztere aber nicht daran, sich immer mehr in ihre Wut hineinzusteigern.

»Du französische Kuh, du.« Magda packte Claire bei den Schultern, zog sie von ihrem Stuhl hoch und schüttelte sie so heftig, dass ihre Zähne aufeinanderschlugen.

»Lassen Sie mich sofort los!«, schrie Claire ihr ins Gesicht.

Zu ihrer Überraschung ließ die Zofe tatsächlich von ihr ab. Dafür stieß sie mit einer weit ausholenden Bewegung gegen die offene Blechschachtel auf dem Tisch. Es schepperte, dann regneten Perlen auf den abgetretenen Steinboden.

Claire schlug die Hände vor den Mund, und vor Entsetzen stiegen ihr Tränen in die Augen. Wütend fuhr sie herum. Das musste sie sich nicht gefallen lassen! Doch Magda war schon an der Tür. Claire sah nur noch ihren Rücken mit der weißen Schleife des Schürzenbandes in der Taille.

Grete stand bewegungslos neben dem Ofen. Sie starrte Claire an und murmelte etwas Unverständliches vor sich hin, bevor sie sich umdrehte und ebenfalls hinausrannte.

Claire machte zwei oder drei Schritte in Richtung Tür. Sie war außer sich vor Zorn. Sie wollte Magda bei den Haaren packen und zurück in die Gesindestube zerren, damit sie jede einzelne Perle wieder aufsammelte.

Mühsam nahm sie sich zusammen und zwang sich, innezuhalten und tief durchzuatmen. Einmal, ein zweites und ein drittes Mal. Sie wusste, dass es keinen Sinn hätte. Magda war noch viel wütender auf sie als umgekehrt, weil die Zofe einen solchen Hass auf Franzosen hatte und weil Claire Französin war. Daran konnte sie nichts ändern. Notfalls würde die Zofe behaupten, Claire hätte die Perlen selbst auf den Boden geworfen und wolle ihr nun die Tat unterstellen, weil Menschen aus dem Elsass in ihren Augen nun mal böse waren.

Claire sank auf die Knie, fand die Blechschachtel unter dem Stuhl, stellte sie neben sich und fing an, die Perlen aufzusammeln. Sie waren sehr teuer gewesen. Die Baroness würde nur die bezahlen, die auf die Schleppe ihres Hochzeitskleids genäht worden waren. Da würde Magda schon genau nachzählen. Wenn ein Teil der kostbaren Kügelchen in irgendwelchen Ritzen, unter dem Schrank oder hinter den locker sitzenden Wandleisten verschwunden war, würde Louise Lefevre den Verlust tragen müssen.

Die Tränen in Claires Augen machten die Suche nicht einfacher. Halb blind tastete sie mit den Fingerspitzen über den rauen Steinboden.

»Entschuldigung. Ich suche …« Die tiefe Männerstimme stockte. Offenbar war ihr Besitzer erstaunt über den Anblick der auf Händen und Knien herumkriechenden jungen Frau.

Claire stand auf und blinzelte in Richtung Tür. Im ersten Moment konnte sie nur eine hochgewachsene Gestalt mit breiten Schultern und dunkelblonden Haaren ausmachen. Hastig zwinkerte sie die Tränen fort. Das war unauffälliger, als sie wegzuwischen.

Der Mann, der in der Tür lehnte, war mit Sicherheit kein Dienstbote. Seine Kleidung wirkte kostspielig, und er strahlte etwas aus, das Menschen zu eigen war, denen ihr Leben lang automatisch Achtung entgegengebracht worden war.

»Was machen Sie da? Weinen Sie?« Er klang erschrocken.

Sie schüttelte heftig den Kopf. »Mir ist nur etwas heruntergefallen. Tut mir leid.«

»Sie müssen sich nicht entschuldigen.« Er musterte sie nachdenklich. »Ich habe Sie hier noch nie gesehen. Sind Sie neu im Haus?«

Wieder schüttelte sie den Kopf. »Ich gehöre nicht zu den Dienstboten.«

»Entschuldigung. Ich wollte nicht … Gestatten, Helmut von Haynbach. Kann ich Ihnen helfen?« Er deutete auf den Boden.

»Claire Lefevre«, sagte sie. »Nein, nein. Es ist schon gut. Aber vielleicht kann ich Ihnen helfen? Was suchen Sie denn?«

Sein Lachen ließ etwas in ihr vibrieren.

»Vielen Dank. Ich bin auch nur zu Gast hier im Haus und wollte kurz mit der Köchin sprechen. Aber das ist nicht so wichtig. Machen Sie ruhig weiter mit … Ihrer Suche.« Wieder deutete er auf den Boden. »Soll ich Ihnen wirklich nicht helfen?«

»Nein, nein. Ich bin gleich fertig«, behauptete sie. Wenn ihre Mutter entdecken würde, dass einer der vornehmen Gäste des Hauses mit ihr auf dem Boden herumkroch, würde sie für einen Moment ihre Gelassenheit verlieren, so viel stand fest.

»Dann auf Wiedersehen. Vielleicht begegnen wir uns ja noch einmal, ich bin oft hier.«

Bevor Claire etwas erwidern konnte, war er verschwunden. Einen Moment stand sie unschlüssig da, dann kniete sie sich wieder hin, um weiter nach den überall verstreuten Perlen zu suchen.

Eine halbe Stunde später schmerzten ihre Knie vom Herumrutschen auf dem harten Boden. Der Raum bot Platz für mindestens zwanzig Dienstboten. Entsprechend viele Stühle standen an dem langen Tisch. Und hinter jedem Stuhlbein, hinter jedem Tischbein, in jedem Winkel lagen die schimmernden Kügelchen versteckt.

Schließlich beschloss Claire, dass sie nun wohl alle Perlen gefunden haben musste. Sie wusch sich am Waschbecken im Flur die Hände und wollte soeben zu ihrer Arbeit zurückkehren, als ihre Mutter oben an der Dienstbotentreppe auftauchte.

»Wo bleibst du denn mit der Schleppe, Claire?«, rief sie. »Die Baroness wird schon ungeduldig.«

2

Herrenhaus Bilgenstein, Oberschopfheim, Ende März 1922

Louise Lefevre war eine hochgewachsene Frau mit einem energischen Auftreten, die sich mühelos Respekt verschaffen konnte. An sie trauten die feigen Bediensteten sich meist nicht heran. Claire jedoch war gerade einmal achtzehn Jahre alt, klein und zierlich und ein bisschen schüchtern. Wenn Louise sie verteidigte, musste sie es ausbaden, sobald ihre Mutter ihr den Rücken kehrte. Deshalb war sie entschlossen, selbst für sich einzustehen.

Claire wollte ihr nicht erzählen, was passiert war. Natürlich konnten sie nichts dafür, dass Frankreich sich beim Aushandeln der Versailler Verträge besonders hart gezeigt hatte. Damit sollte verhindert werden, dass Deutschland neuerlich Krieg gegen die Nachbarländer führte. Aber Claire würde die Beschimpfungen ertragen müssen, solange ihre Mutter die lohnenden Aufträge auf der deutschen Seite der neuen Grenze annahm. Und das würde ihr auch gelingen. Ohne dass Louise, die auch so schon genug zu tun hatte, in die Sache hineingezogen wurde.

»Ich bin noch nicht ganz fertig«, rief sie ihr zu.

»Wieso dauert das so lange?«

Louise war inzwischen die Treppe heruntergeeilt und hatte die Gesindestube durchquert. Sie griff nach dem Seidenstoff, der neben dem Nähzeug und der nun wieder gefüllten Perlenschachtel auf dem Tisch lag.

Kopfschüttelnd betrachtete sie die Schleppe und sah natürlich sofort, dass Claire mit ihrer Arbeit kaum vorangekommen war, seit sie das letzte Mal unten gewesen war.

»Ich …« Claire fiel keine Begründung ein, weshalb sie für das Aufnähen von zehn oder zwölf Perlen nahezu eine Stunde gebraucht haben könnte.

Mit einer müden Geste massierte Louise sich die Schläfen. »Die Baroness macht mir die Hölle heiß. Bis zu ihrer Hochzeit sind es zwar noch fast drei Monate, aber sie will das Kleid so schnell wie möglich haben. Sie kann nicht abwarten, es ihrer Mutter und ihrer Schwiegermutter vorzuführen.«

»Es tut mir leid, *Maman.*« Claire konnte sehen, dass ihre Mutter unter Kopfschmerzen litt, wie so oft, wenn der Druck zu groß wurde.

Während Claire sich hier unten mit der bösartigen Zofe herumgeschlagen hatte, war ihre Mutter im Obergeschoss den Launen der Baroness ausgeliefert gewesen. Um als Schneiderin weiterempfohlen zu werden, musste Louise Lefevre nicht nur schöne Kleider liefern, sondern auch das Wohlwollen ihrer Auftraggeberinnen genießen. Sie musste auf alle Allüren eingehen und dabei stets freundlich bleiben. Ihr Ruf musste so hervorragend sein, dass die Damen sich mit ihrem Wunsch durchsetzen konnten, eine Französin als Schneiderin zu beauftragen, obwohl ihre Ehemänner und Brüder nicht selten aus politischen Gründen dagegen waren.

»Ich beeile mich.« Hastig setzte Claire sich auf den Holzstuhl und griff nach Nadel und Faden.

»Lass. Ich mach das.« Ihre Mutter zog sie wieder hoch und nahm ihr das Nähzeug aus der Hand. »Geh ein bisschen spazieren, es kann heute Abend spät werden. Der Rocksaum soll mit Rosenknospen bestickt werden, und die Baroness möchte eine Probe sehen, um zu entscheiden, ob die Knospen weiße oder rosafarbene Spitzen haben sollen.«

»Aber es ist meine Arbeit, *Maman.* Und du hast die Pause nötiger als ich.«

»Bitte, Claire. Tu, was ich dir sage. Oben kann ich sowieso nicht weitermachen, und ich bin ganz froh, wenn ich ein bisschen hier in der Gesindestube sein kann.«

Ihre Mutter saß schon an dem kleinen Tisch. Die blitzende Nadel flog nur so durch die Luft, während Claire unschlüssig dastand und auf Louises gebeugten Kopf hinuntersah. In den dunklen Haaren ihrer Mutter schimmerten erste silberne Strähnen. Eine Welle der Zärtlichkeit für die Frau, die sie allein großgezogen und mit der Arbeit ihrer flinken Hände ernährt hatte, überlief sie.

Zögernd wandte sie sich um. Sie wusste, dass es keinen Sinn hatte, mit ihrer Mutter zu streiten. Wenn Louise beschlossen hatte, die Perlen selbst anzunähen, würde sie es tun.

Durch den schmalen Gang, der an der Küche vorbei zum Dienstboteneingang führte, ging Claire ins Freie. Wieder kämpfte sie mit den Tränen. Ihre Mutter enttäuscht zu haben, schmerzte noch mehr als der Hass der Zofe.

Sie wusste, wie wichtig die lohnenden Aufträge waren, die ihnen ein besseres Leben im Elsass ermöglichten. Louises Nähstube im heimatlichen Andlau brachte nicht viel ein. In den vergangenen Jahren, besonders während des Krieges, war es oft schwierig gewesen, über die Runden zu kommen. Das hatte sich geändert, seit sie häufig in Baden arbeiteten.

Doch das Geld, das sie hier verdienten, verlor immer mehr an Wert. Louise musste hart kalkulieren und geschickt verhandeln, damit sie einen Ausgleich für die fortschreitende Inflation in Deutschland erhielten. Heimlich wünschte sich Claire, dass es sich durch den Wertverlust des Geldes in Deutschland eines Tages nicht mehr lohnen würde, in den dortigen Herrenhäusern zu arbeiten. Das hätte sie ihrer Mutter gegenüber jedoch niemals ausgesprochen.

Tief atmete sie die milde Vorfrühlingsluft ein. Eine Amsel zwitscherte in der Spitze einer hohen Buche, und die sinkende Sonne malte goldene Straßen zwischen die noch kahlen Äste.

Mit dem Handrücken wischte sich Claire über die Augen und schlenderte über den schmalen Fußweg, der das stattliche Gebäude umgab. Es war aus dunkelroten Ziegeln erbaut und wirkte mit seinen langen Fensterreihen, zahllosen Türmchen und Erkern wie eine Mischung aus weitläufiger Villa und kleiner Burg.

Als sie die Vorderseite erreichte, bot sich ihr der Blick auf eine breite, mit Kies bestreute Auffahrt, die rechts und links von parkartigen Grünflächen flankiert wurde. Sie ging am Rand der Auffahrt entlang zu der Straße, die in den kleinen Ort Oberschopfheim führte. Lieber wäre sie im Park spazieren gegangen, aber das wagte sie nicht.

Das schmiedeeiserne Tor mit den vergoldeten Spitzen stand weit offen. Sie trat hindurch und wandte sich auf der schmalen Straße nach rechts. Die Bewegung tat ihr gut, doch gleichzeitig spürte sie, wie müde sie war. Seit dem frühen Morgen hatte sie auf dem harten Stuhl gesessen und Perlen angenäht. Ihre Augen brannten, und ihr Rücken schmerzte. In ihrem Kopf breitete sich eine seltsame Leere aus, was weitaus angenehmer war, als über Magda nachzudenken und darüber, dass sie Claire, ihre Mutter, enttäuscht hatte.

Mit einem Seufzer ließ sie sich nach wenigen Schritten auf einen Baumstamm am Straßenrand sinken und hielt ihr Gesicht mit geschlossenen Lidern in die Abendsonne, deren Kraft noch auf der Haut zu spüren war.

Als sie eine feuchte Berührung am Handrücken spürte, riss sie erschrocken die Augen auf. Neben ihr stand ein großer, struppiger Hund und sah sie aus braunen Augen freundlich an.

»Wo kommst du denn her?« Erstaunt betrachtete sie das Tier, das vorsichtig an ihrer Hand geschnuppert hatte. Es war so mager, dass unter dem schwarzen Fell die Rippen zu erkennen waren.

Sie wusste nicht, ob sie zu laut gesprochen oder ihn mit

ihrer plötzlichen Bewegung erschreckt hatte – der Hund wich ängstlich zurück und kniff den Schwanz ein.

»Du musst keine Angst vor mir haben«, versuchte sie, ihn zu beruhigen. Doch als sie den Arm hob, um sich eine Haarsträhne aus der Stirn zu schieben, zog sich der Hund noch weiter zurück. Er musste sehr schlechte Erfahrungen mit Menschen gemacht haben.

»Ich tu dir nichts.« Ganz langsam schob Claire die Hand in die Rocktasche. Oft hatte sie zwischen den Mahlzeiten Hunger und hob sich deshalb gern ein Stück Brot von ihrem Frühstück auf. Tatsächlich fand sie einen Kanten, der schon ziemlich hart war. Sie bückte sich vorsichtig und legte ihn nicht weit von ihren Füßen entfernt auf den Boden. Hechelnd starrte der Hund das Brot an, wagte aber nicht, es sich zu holen. Dazu hätte er so dicht an Claire herankommen müssen, dass sie ihn hätte schlagen oder treten können.

»Das ist für dich«, flüsterte sie. »Nimm es dir. Du hast sicher Hunger.«

Das verwahrloste Tier legte die Ohren an, duckte sich wie in Erwartung eines Schlags und starrte dabei unablässig den Brotkanten an. Die Angst vor dem, was Claire ihm möglicherweise Böses antun wollte, war offenbar noch größer als der Hunger, denn er wagte nicht, sich den Happen zu nehmen.

Mit der Fußspitze schob Claire das Brot so weit in Richtung Straßenrand, wie ihr Bein reichte, ohne dass sie aufstand. Sie hatte Angst, der Hund könnte sofort die Flucht ergreifen, wenn sie sich aufrichtete.

Dann zog sie das Bein wieder dicht an den Baumstamm, auf dem sie saß. Das Tier beobachtete ihr Tun aufmerksam und sah zwischendurch immer wieder zu dem Brot am Boden.

Nach einer Weile, in der sie beide bewegungslos verharrt hatten, duckte sich der Hund noch tiefer und kroch fast auf dem Bauch heran. Claire hatte das laute Knattern des Motors schon vorher gehört und beobachtete nun, wie aus der nahe gelegenen Ausfahrt der von Bilgensteins ein schwarzes Automobil mit offenem Verdeck kam und sich in raschem Tempo näherte.

Besorgt sah sich Claire nach dem Hund um. Er hatte den Grasstreifen am Straßenrand verlassen und stand auf der Straße, um in sicherer Entfernung von ihr das Brot zu verschlingen. Sie wollte aufspringen und dem Fahrer ein Zeichen geben, aber es war zu spät. Ihr blieb nichts anderes übrig, als die Luft anzuhalten und mit schreckgeweiteten Augen das Geschehen zu verfolgen.

Der Hund bemerkte das Automobil erst, als die Stoßstange des Wagens nur noch wenige Meter von seinem gesenkten Kopf entfernt war. Vor Schreck machte er einen Satz zur Seite. Die Reifen quietschten, und das Tier stieß einen fast menschlichen Schreckenslaut aus, als die Karosserie seinen mageren Körper streifte.

Claire sprang auf und lief zu dem Hund, der ausgestreckt am Boden lag. Als sie sich neben ihn hockte, hob er den Kopf und sah sie kurz an, bevor er ihn wieder auf den Schotter der Straße sinken ließ. Plötzlich schien er keine Angst mehr vor ihr zu haben. Er zuckte nicht einmal zusammen, als sie vorsichtig die Hand auf seinen Rücken legte und ihm über das struppige Fell strich. Vielleicht hatte er einfach keine Kraft mehr, sich zu fürchten. Sein linker Vorderlauf war unnatürlich abgestreckt und blutete.

»Warum passen Sie denn nicht auf Ihren Hund auf?«

Als die dunkle Stimme sie von der Seite anherrschte, richtete sie sich empört auf. Trotz Schutzbrille und Lederkappe erkannte sie ihn sofort. Doch das spielte keine Rolle. Jetzt ging es nur um den Hund, der heftig atmend am Boden lag.

»Schreien Sie nicht so herum. Das macht ihm Angst. Er ist verletzt und hat Schmerzen.« Wütend sah sie den Fahrer an, der aus seinem offenen Wagen gesprungen war, ohne sich die

Mühe zu machen, die Tür zu öffnen. »Sie sind viel zu schnell gefahren. Haben Sie den Hund nicht gesehen?«

»Doch, aber ich habe auch Sie gesehen und dachte, Sie sorgen dafür, dass Ihr Hund mir nicht vor den Wagen läuft.« Mit einer raschen Bewegung zog er sich die Lederkappe vom Kopf und strich sich durch die zerzausten dunkelblonden Haare.

»Ich kenne den Hund nicht. Sehen Sie denn nicht, dass er halb verhungert und vollkommen verwahrlost ist?«

Er runzelte die Stirn und schien zu überlegen.

»Nehmen Sie Ihre komische Brille ab, wenn Sie nichts erkennen«, sagte sie ungeduldig. »Wir können ihn nicht so hier liegenlassen.« Sie hörte selbst, wie ruppig sie klang, aber sie konnte nicht anders.

Zu ihrem Erstaunen nahm er tatsächlich die Brille ab und lächelte. Anstatt jedoch den Hund zu betrachten, sah Helmut von Haynbach sie aufmerksam an. Seine Augen waren dunkelbraun und hatten in der Sonne einen grünlichen Schimmer. Vielleicht spiegelte sich auch nur das Gras vom Straßenrand darin.

»Haben Sie gefunden, was Sie auf dem Boden gesucht haben, Fräulein Lefevre?«, fragte er. »Es muss etwas sehr Kostbares gewesen sein. Sie haben geweint.«

»Hab ich nicht«, behauptete sie in kühlem Ton.

»Steigen Sie ein!« Mit einer Kopfbewegung deutete Helmut von Haynbach auf seinen Wagen und stülpte sich wieder die Lederkappe auf.

Claire rührte sich nicht von der Stelle. Ganz bestimmt hatte sie nicht die Absicht, in seine knatternde Höllenmaschine zu steigen. Als er sie auffordernd ansah, schüttelte sie heftig den Kopf.

»Warum sollte ich?«

»Sie haben doch gesagt, wir müssen uns um den Hund kümmern.« Er bückte sich, hob den mageren Tierkörper vorsichtig hoch und legte ihn auf den Rücksitz des Automobils, ohne sich darum zu kümmern, dass der blutende Hund das teure Leder beschmutzen würde.

Zu Claires Erstaunen ließ das Tier sich willig vom Boden aufnehmen.

»*Er* begreift, dass ich es gut mit ihm meine.« Helmut von Haynbach öffnete die Beifahrertür des Wagens.

»Ich kann nicht einfach mit Ihnen fahren. Es wird Zeit, dass ich zurückgehe.« Claire deutete hinter sich, wo das Herrenhaus lag, in dem sie an diesem Abend noch Dutzende von Rosenknospen sticken musste.

»Verraten Sie mir, was Sie dort unten in der Gesindestube gesucht haben?« Auch er sah nun über die Baumwipfel hinüber zum Anwesen der von Bilgensteins.

»Perlen«, sagte sie schlicht. »Sie waren mir heruntergefallen.«

Auf keinen Fall würde sie ihm erzählen, dass die Zofe die Blechdose vom Tisch gestoßen hatte, weil sie sie so sehr hasste. Ganz abgesehen davon schien er ihre Rolle im Haus des Barons falsch einzuschätzen. Vielleicht lag dies an ihrem zwar schlichten, aber durchaus hochwertigen Kleid. Sie hatte es aus Stoff, der von einem Auftrag übrig geblieben war, selbst geschneidert. Ob er sie für eine Freundin der Baroness hielt? Wenn ja, dann war das seine Sache. Sie hatte ihm nichts dergleichen erzählt und musste deshalb auch nichts aufklären. Und irgendwie gefiel ihr der Gedanke, wenigstens für kurze Zeit wie eine Dame behandelt zu werden.

»Bitte!« Auffordernd deutete er auf den Beifahrersitz seines Wagens. »Wir sollten vor allem dafür sorgen, dass das Bein geschient wird und dieser Hund etwas zu fressen bekommt. Er sieht aus, als könnte er eine ganze Rinderhälfte vertilgen.«

»Können Sie das nicht allein erledigen?« Verlegen trat sie von einem Fuß auf den anderen. »Ich muss zurück zum Haus. Man erwartet mich.«

»Dann fahre ich Sie hin, und wir versorgen dort den Hund. Ich war zwar gerade erst zu Besuch bei meiner Verlobten, aber man sieht mich gern häufiger.« Beim Lächeln bildeten sich in Helmut von Haynbachs Wangen tiefe Grübchen.

Wortlos ließ Claire sich auf das weiche Polster sinken.

3

Herrenhaus Bilgenstein, Ende März 1922

»Ich hoffe, Sie haben keine Angst? Sie sind doch sicher schon einmal in einem Automobil gefahren?« Deutlich langsamer als gewöhnlich steuerte Helmut seinen Wagen die Auffahrt zum Haus der von Bilgensteins entlang.

»Ich … bin lieber vorsichtig.« Zögernd löste Claire ihre Linke vom Türgriff, an dem sie sich zuvor mit beiden Händen festgeklammert hatte.

«Vermutlich bewegen Sie sich flotter voran, wenn Sie zu Fuß unterwegs sind. Ich fahre wegen des Hundes so vorsichtig. Damit er nicht von der Sitzbank rutscht.«

»Fahren Sie sonst noch schneller?« Erstaunt wandte sie ihm ihr blasses Gesicht zu.

»Jede Kutsche ist schneller. Es scheint die Tatsache zu sein, dass sich ein Automobil ohne Pferde bewegt, die den Menschen selbst bei zehn Kilometern in der Stunde Angst einjagt. Meine Mutter etwa weigert sich strikt, sich auch nur probeweise in den Wagen zu setzen.«

Es fiel ihm schwer, in einem solchen Schneckentempo zu fahren. Seit er sich vor zwei Jahren den Steyr II gekauft hatte, war er ein begeisterter Automobilist. Es gefiel ihm, sich spontan hinters Steuer setzen und losfahren zu können, ohne vorher anspannen lassen zu müssen. Noch viel mehr liebte er jedoch die Geschwindigkeit, mit der er sich nun mühelos von einem Ort zum anderen bewegen konnte – der Wagen brachte es auf einzigartige hundert Stundenkilometer.

»Danke«, murmelte die junge Frau und schien sich ein wenig zu entspannen.

»Ihr Name klingt französisch.« Helmut beschloss, die Zeit, die es dauern würde, die lange Auffahrt entlangzuzuckeln, mit etwas Plauderei zu verkürzen. »Kommen Sie aus Frankreich?«

»Aus dem Elsass«, erwiderte sie knapp.

»Ich wusste gar nicht, dass Hilda französische Freundinnen hat.« Er war sogar ziemlich erstaunt darüber. Trotz all ihrer unzweifelhaften Vorzüge war ihm die Baroness nie besonders weltoffen erschienen, schon gar, was die ehemaligen Kriegsgegner betraf.

»Ich kenne sie noch nicht lange«, erwiderte seine Beifahrerin ausweichend.

»Ich eigentlich auch nicht.« Er lachte auf, obwohl er es eigentlich nicht als Scherz empfand, dass er die Frau, die er in nicht einmal drei Monaten heiraten sollte, nur flüchtig kannte.

Die Besitztümer ihrer Familien nördlich und südlich des Städtchens Lahr lagen nur gut dreißig Minuten Fahrt voneinander entfernt – jedenfalls, wenn er das Automobil nahm. Dennoch hatten Hilda und er sich in den vergangenen Jahren selten gesehen. Während des Krieges hatten selbst die wohlhabenden Leute andere Sorgen gehabt, als Teegesellschaften und Abendeinladungen für Nachbarn und Freunde zu geben. Da Helmut bei Kriegsausbruch erst vierzehn Jahre alt gewesen war und bei Kriegsende kurz vor seinem achtzehnten Geburtstag stand, war er einer Einberufung knapp entgangen. Doch er hatte nach dem Abitur für einige Semester Acker- und Pflanzenbau in Tübingen studiert und war erst vor einem halben Jahr endgültig nach Schloss Haynbach zurückgekehrt.

Hilda war drei Jahre jünger als er. Während des Krieges hatten ihre Eltern sie in die neutrale Schweiz auf eine Höhere Töchterschule geschickt. Als Helmut sie nach seiner Rückkehr aus Tübingen wiedergesehen hatte, war sie schon fast neunzehn Jahre alt gewesen und zu einer bildhübschen jungen Frau erblüht.

Mittlerweile hatten Claire Lefevre und er in seinem Automobil das Schloss fast erreicht. Kurz vor der Rotunde am Haupteingang bog er nach rechts zu den Stallungen ab.

»Wo fahren Sie hin?« Claire richtete sich kerzengerade auf und wirkte sofort wieder angespannt.

»Der Stallmeister soll sich den Hund ansehen. Er versteht etwas von Tieren und kann sicher am ehesten feststellen, ob der arme Bursche verletzt ist.«

Er hielt vor dem Pferdestall, stieg aus, öffnete zunächst Claire die Beifahrertür und hob dann den Hund vom Rücksitz. Obwohl er so groß war, wog er nur wenig, und es fiel Helmut nicht schwer, ihn zu tragen.

Er lächelte Claire an. »Dann suchen wir den Stallmeister und bitten ihn, sich Enno anzuschauen.«

»Enno?« Plötzlich klang ihre Stimme hell und heiter. »Sie wissen, was es bedeutet, wenn man einem Tier einen Namen gibt?«

Er zuckte mit den Schultern und ging auf die weit geöffnete Tür zu. »Mein erster Hund, ein Rottweiler, hieß Enno. Ich habe ihn zu meinem fünften Geburtstag geschenkt bekommen. Dieser hier ist zwar ganz sicher nicht reinrassig, aber er erinnert mich an ihn, wenn er auch ganz anders aussieht. Es ist wohl die Art, wie er mich anschaut. Oder hatten Sie ihm schon einen Namen gegeben?«

»Natürlich nicht! Ich kann ihn nicht behalten, selbst wenn ich wollte. Das geht nicht.«

»Bei mir zu Hause gibt es sechs Hunde. Da kommt es auf einen mehr nicht an.«

»Das ist sehr freundlich von Ihnen«, sagte sie leise.

»Immerhin habe ich den armen Streuner fast totgefahren«, sagte er leichthin. »Nun bin ich ihm in gewisser Weise etwas schuldig.«

»Sie versuchen, Ihr gutes Herz zu verbergen.«

Er hörte das Lächeln in ihrer Stimme und spürte den Blick, mit dem sie ihn von der Seite musterte. Auf ihre Feststellung erwiderte er nichts. Er hatte nicht nur eine Schwäche für Automobile, sondern auch für Tiere. Vor allem konnte er hilflose Kreaturen nicht leiden sehen. Deshalb hätte er es nie über sich gebracht, den halb verhungerten Hund einfach seinem Schicksal zu überlassen.

Erst als Claire neben ihm die Stallgasse entlangging, fiel ihm auf, wie zierlich sie war. Sie reichte ihm kaum bis zur Schulter und ähnelte mit ihren strahlend blauen Augen einer jener Feen, die in den Märchenbüchern seiner Kindheit abgebildet gewesen waren. Nur ihre dunklen Locken passten nicht ins Bild. Feen waren meistens blond, doch Helmut fand ihr Haar wunderschön.

»Hallo? Graumüller?«, rief er in die Tiefe des Stalls, der vom Schnauben und Hufscharren eines guten Dutzends Reit- und Wagenpferde erfüllt war. Helmut legte Wert darauf, die Namen aller Dienstboten zu kennen. Nun nicht nur im Haus seines Vaters, sondern auch in dem Haus, in dem seine Verlobte lebte. Er fand es unfreundlich, Menschen, die Arbeiten für ihn erledigten, nicht einmal mit ihrem Namen ansprechen zu können.

Innerhalb kürzester Zeit tauchte der Stallmeister aus einer der Boxen auf. Als er Helmut sah, verzog er sein faltiges Gesicht zu einem breiten Lächeln.

»Wie kann ich Ihnen helfen, Herr Graf?« Interessiert betrachtete er den großen Hund, den Helmut von Haynbach auf den Armen trug.

Als Claire hörte, wie der Stallmeister ihn ansprach, stieß sie einen unterdrückten Laut aus. Es klang fast nach Entsetzen.

»Bitte nicht! Sie wissen doch, dass die Adelstitel in

Deutschland vor drei Jahren abgeschafft worden sind.« Er lächelte Graumüller freundlich an.

Helmuts Vater hatte es bis heute nicht verwunden, dass er den Adelstitel von einem Tag auf den anderen verloren hatte. Er durfte sich immer noch als Wilhelm Graf von Haynbach vorstellen. Aber da es die Standesvorrechte ebenfalls nicht mehr gab, war es für ihn nicht dasselbe. Seine Dienstboten redeten ihn selbstverständlich weiterhin mit ›Herr Graf‹ an, eine Gewohnheit, auf die Helmut keinen Wert legte, die er ihnen aber nur schwer abgewöhnen konnte.

»Aber Herr Graf«, protestierte Graumüller, »nur weil irgendwelche Gesetze erlassen werden, ändert sich nichts an Dingen, die viele Jahre waren, wie sie eben sind.«

»Das Gesetz steht über allem«, beendete Helmut die Diskussion. Dann bat er den Stallmeister, Enno zu untersuchen.

»Ich halte ihn fest, während Sie ihn sich anschauen. Ich glaube, mittlerweile hat er etwas Vertrauen zu mir gefasst.« Helmut hockte sich neben den Stallmeister und legte seine Hand auf das struppige schwarze Fell. Unter seinen Fingerspitzen spürte er die hervortretenden Rippen. Er sah zu Claire auf, die zuschaute.

»Meinen Sie, Sie können in der Küche etwas Futter für Enno besorgen? Ein paar Fleischreste oder Kartoffeln mit Soße. Die Köchin wird schon etwas finden.«

Sie zögerte kurz. Dann nickte sie und verschwand in Richtung Stalltür.

Graumüller ließ sich Zeit. Er tastete jeden Knochen im mageren Körper des Hundes ab und drückte auch vorsichtig in den Bauch, um festzustellen, ob die inneren Organe verletzt waren.

»Ich denke, so weit ist alles in Ordnung mit ihm. Er hat eine Prellung an der Seite, und sein Vorderlauf ist gebrochen. Wenn der Herr Graf so freundlich wären, mir zur Hand zu gehen, können wir das Bein gleich schienen.«

»Sicher.« Helmut hielt den Hund am Boden und streichelte ihn beruhigend. Dabei sah er zu, wie Graumüller einen Stock auf die passende Länge brachte. Dann stützte Helmut das Bein, während der Stallmeister die provisorische Schiene mit einer langen Mullbinde am Vorderlauf des verletzten Tiers befestigte.

»Wie lange wird es dauern, bis der Knochen wieder zusammengewachsen ist?« Mit gerunzelter Stirn fragte Helmut sich, ob es nicht schwierig sein würde, den Hund daran zu hindern, durch zu heftige Bewegung wie Laufen und Springen die Schiene zu verlieren oder auf irgendeine andere Art letztlich ein verkrüppeltes Bein zurückzubehalten.

»So an die zwei Monate. Und meistens hinken sie hinterher. Wenn Sie ihn für die Jagd benutzen wollten, wird das nichts. Dann sollten der Herr Graf ihn lieber erschießen und sich einen anderen Hund besorgen.«

»Auf keinen Fall!« Helmut sah in die großen braunen Augen, aus denen der Hund ihn vertrauensvoll ansah. Dieses Vertrauen würde er nicht enttäuschen. Falls Enno tatsächlich später hinkte, dann war es eben so. Er würde sich nicht daran stören, zumal er den Hund mit seinem Automobil verletzt hatte. »Ein Berg Futter, ein Bad und eine Bürste, dann wird das ein Prachtbursche, selbst wenn er hinkt«, erklärte er energisch.

Der Stallmeister, der gewohnt war, den Nutzen von Tieren in den Vordergrund zu stellen, zögerte kurz und nickte schließlich.

»Wo bleibt sie denn?«, wunderte sich Helmut. Irgendetwas, das sich als Futter für einen Hund eignete, der ganz sicher nicht anspruchsvoll war, musste in einem Haushalt wie dem des Barons doch zu finden sein. Claire Lefevre war es ganz sicher nicht egal, ob der ausgemergelte Hund etwas zu fressen bekam. Seltsam, dass sie nicht zurückkehrte. Er bedankte sich bei Graumüller, bat ihn, ein Auge auf Enno zu haben, und machte sich auf den Weg ins Herrenhaus. Vor dem Eingang traf er auf seine Mutter, die sich soeben von ihrem Kutscher aus dem Landauer helfen ließ.

Höflich reichte Helmut ihr den Arm und führte sie die Freitreppe hinauf.

»Hattest du eine angenehme Fahrt, Mama?«

»Das will ich meinen. Ich bin unversehrt angekommen und musste mich unterwegs nicht zu Tode fürchten«, erwiderte Eveline Gräfin von Haynbach. Dabei versäumte sie nicht, einen anklagenden Blick hinüber zu dem Steyr zu schicken, der vor dem Stalleingang stand.

Natürlich hatte Helmut seiner Mutter angeboten, sie im Wagen mitzunehmen, und selbstverständlich hatte sie dieses Angebot entrüstet abgelehnt. Hilda und ihre Mutter hatten Helmuts Mutter zum Tee eingeladen, da an diesem Nachmittag die erste Anprobe des fast fertigen Brautkleids stattfinden sollte.

Als Bräutigam durfte Helmut das Kleid natürlich noch nicht sehen. Deshalb war er nur kurz da gewesen, um Guten Tag zu sagen. Das war ihm nicht einmal gelungen, da Hilda im ganzen Haus nicht aufzufinden gewesen war. Die wenigen Dienstboten, die er antraf, hatten ihm nicht sagen können, wo sie sich aufhielt. Er selbst hatte überall nachgesehen. Selbst im Souterrain. Nach seiner Erfahrung wusste das Küchenpersonal oft erstaunlich gut über die Pläne der Herrschaften Bescheid. Dort unten hatte er jedoch nur die auf den Knien herumkriechende Claire angetroffen und deshalb wenig später unverrichteter Dinge das Haus wieder verlassen.

»Da du ohnehin noch hier bist, bleibst du nun auch zum Tee«, bestimmte seine Mutter. »Wir passen schon auf, dass du das Kleid nicht zu sehen bekommst.«

»Nun ja. Vorhin habe ich weder Hilda noch ihre Mutter oder ihren Vater angetroffen, deshalb sollte ich wohl tatsächlich noch einen Versuch machen, Guten Tag zu sagen.«

Helmut begleitete seine Mutter zum Haus. Ohnehin wollte er auf jeden Fall Futter für den Hund besorgen, bevor er sich mit ihm auf den Heimweg machte.

Henner, der oberste Diener öffnete ihnen, und in der Halle erwartete sie bereits Margarethe von Bilgenstein. Zunächst begrüßte sie die Gräfin, dann Helmut.

»Schön, dass wir Sie doch noch zu sehen bekommen. Hilda wird sich freuen. Sie war vorhin von der Anprobe so nervös, dass ich mit ihr einen kleinen Spaziergang durch den Park gemacht habe. Als sie hörte, dass Sie in unserer Abwesenheit hier waren, war sie untröstlich.«

»Nun bin ich ja wieder da.« Helmut reichte Henner seine Lederkappe.

»Hilda ist noch für eine weitere Anprobe oben«, fuhr seine künftige Schwiegermutter im Jammerton fort. »Es ist solch eine Mühe, ein wirklich außergewöhnliches Hochzeitskleid zu bekommen. Ich glaube, die arme Hilda hat das Kleid allein heute schon ein Dutzend Mal anprobiert. Mal muss es ein bisschen enger gesteckt werden, dann wieder weiter; dann soll der Ausschnitt lieber tiefer sein, die Schleppe länger, die Ärmel bauschiger. So eine Beschwernis! Aber Hilda wollte ja unbedingt ein Modell von dieser Schneiderin aus dem Elsass. Davon war sie nicht abzubringen, seit sie das Ballkleid gesehen hatte, das die Französin für Sylvia von Achsmannshausen genäht hat.«

Wie meistens redete die Baronin ohne Punkt und Komma. Helmut hatte Mühe, sich auf ihre Sätze zu konzentrieren. Soweit er die lange Rede verstanden hatte, war eher die Schneiderin zu bedauern als Hilda, die furchtbar anspruchsvoll war, wie er wusste.

»Entschuldigen Sie mich bitte kurz, Schwiegermama.« Hildas Mutter bestand seit der Verlobung darauf, dass er sie Schwiegermama nannte. Ihm war es egal. Er konnte sich ebenso gut schon jetzt an diese Anrede gewöhnen.

Eilig durchquerte er die Halle und machte sich auf den kürzesten Weg hinunter in die Küche.

»Das ist die Dienstbotentreppe, Helmut, mein Lieber«, rief die Hausherrin ihm nach, doch er tat, als hätte er sie nicht gehört. Er lief die ausgetretenen Stufen ins Souterrain hinunter, klopfte höflich an die Küchentür und bat die Köchin um Essensreste für den Hund, den er im Stall abgegeben hatte.

»Ach, das ist für *Ihren* Hund, gnädiger Herr! Warum sagt das Mädchen denn das nicht gleich?« Die Köchin runzelte die Stirn.

Also war Claire doch hier gewesen. Helmut sparte sich die Mühe, herauszufinden, warum sie das Futter nicht in den Stall gebracht oder es herübergeschickt hatte. Er vergewisserte sich, dass ein Küchenmädchen dem Stallmeister einen großen Napf mit Fleisch- und Gemüseresten für seinen Hund bringen würde. Dann kehrte er ins Erdgeschoss zurück, wo sich die Damen bereits im Wintergarten um den Teetisch versammelt hatten.

Hilda war inzwischen ebenfalls aufgetaucht. Sie hielt Helmut die Wange zum Kuss hin, ohne ihre Erzählung über die zahlreichen Anproben, die sie an diesem Tag schon durchgestanden hatte, zu unterbrechen.

Mit ihren kinnlangen goldblonden Haaren und den vor Eifer leuchtenden Augen sah seine Verlobte entzückend aus.

»Aber ich bin ganz sicher, die Mühe lohnt sich«, verkündete sie. Mit ihrer weit ausholenden Armbewegung, die offenbar ausdrücken sollte, wie schön ihr Hochzeitskleid werden würde, fegte sie dem Diener beinahe die Teekanne aus der Hand.

Mit unbewegter Miene wich der Bedienstete zurück und trat gleich darauf wieder an den Tisch, um die Tasse der Baroness zu füllen.

Helmut, der nach einer Fahrt im offenen Wagen immer

etwas Appetit hatte, nahm sich eines der hauchdünnen Plätzchen, die zum Tee gereicht wurden.

»Ich habe gleich eine Überraschung für euch«, verkündete Hilda mit geheimnisvoller Miene. »Besonders für dich, Helmut. Weil du mein Kleid vor der Hochzeit nicht sehen darfst, sollst du wenigstens einen kleinen Vorgeschmack bekommen.«

»Was meinst du damit, Liebes?«, erkundigte ihre Mutter sich in alarmiertem Ton.

»Die Schleppe. Sie gehört nicht eigentlich zum Kleid und ist so wunderschön, dass ich es nicht abwarten kann, sie Helmut zu zeigen. Sie wird gleich gebracht. Ihr zwei seht ja nachher das ganze Kleid.«

Gräfin Eveline und Baronin Margarethe schüttelten gleichzeitig die Köpfe und öffneten die Münder – wohl, um lautstark zu protestieren.

Im selben Moment erschien in der offenen Tür des Wintergartens eine zierliche Gestalt in einem perlgrauen Kleid. Helmut schnappte nach Luft. Er hatte sich schon gefragt, wieso Claire beim Tee nicht anwesend war. Nun wurde ihm schlagartig alles klar.

Als sie ihn am Tisch sitzen sah, errötete sie leicht und wich seinem Blick aus. Dann knickste sie und trat mit vorgestreckten Armen, auf denen fließende, elfenbeinfarbene Seide lag, an den Tisch heran.

»Weg, weg!«, kreischte Baronin Margarethe und wedelte so wild mit den Armen, dass nicht nur Claire zurückwich. Auch der Diener brachte erneut die Teekanne in Sicherheit. »Er darf das nicht sehen!«

Während die Baronin sich immer noch aufregte, erhob seine Mutter sich von ihrem Stuhl, als wollte sie Claire die Schleppe aus den Händen reißen, um sie unter dem Tisch zu verstecken.

Hilda lachte über das aufgeregte Getue der beiden älteren Frauen.

»Hierbleiben«, kommandierte sie. »Ich will, dass mein Verlobter die Schleppe sieht. Er soll sich auf das Kleid freuen.«

Zögernd kam Claire zum Tisch zurück. Auf Hildas energisches Zeichen hin blieb sie vor Helmut stehen und streckte ihm die Arme entgegen, über die der Stoff drapiert war. Jetzt erkannte er, dass die Schleppe, die Hilda ihm so dringend zeigen wollte, mit unzähligen schimmernden Perlen benäht war.

»Ist das nicht schön?«, hauchte seine Braut, während seine Mutter und seine künftige Schwiegermutter immer noch schwache Protestlaute von sich gaben.

»Sehr schön«, lobte er. »Was für eine aufwendige Arbeit. Haben *Sie* die Perlen aufgenäht?« Die Frage war an Claire gerichtet.

»Die meisten«, entgegnete sie leise und zuckte ein wenig zurück, als er mit den Fingerspitzen die kühle Seide berührte und über eine der Perlen strich.

»Da ist eine Falte.« Mit gerunzelter Stirn musterte Margarethe den Stoff. »Sie hätten die Schleppe bügeln müssen, bevor sie hier vorgeführt wird.«

Claire errötete. »Entschuldigung. Ich dachte nur … Weil die Baroness es so eilig hatte.«

»Das ist keine Entschuldigung für schlampige Arbeit.« Die Baronin funkelte Claire wütend an.

Die junge Frau schwieg und presste die Lippen aufeinander.

»Was mich betrifft, kann ich auch so sehr gut erkennen, wie schön diese Schleppe ist«, sprang ihr Helmut bei. »Ich bin sicher, wenn Hilda in dem Kleid zum Traualtar schreitet, wird niemand auch nur die kleinste Falte entdecken können.«

»Sie können gehen«, entließ Hilda die Näherin, die hörbar aufatmete. »Und sehen Sie zu, dass ich meiner Mutter und meiner Schwiegermutter nachher wenigstens einen Teil der gestickten Rosenknospen am Saum zeigen kann.«

Claire deutete einen Knicks an und eilte in Richtung Tür.

»Enno ist übrigens mittlerweile satt, nehme ich an. Ich habe vorhin Futter in den Stall schicken lassen«, bemerkte Helmut, dem es nicht gefiel, wie die Frauen mit Claire umsprangen.

Sie wandte den Kopf, nickte schweigend und verschwand. Hilda, seine Mutter und seine Schwiegermutter sahen ihn verblüfft an.

»Wer ist Enno?«, fragte die Baronin und runzelte die Stirn.

»Mein Hund.« Helmut lächelte sie freundlich an. »Ich habe ihn beim Stallmeister gelassen und Claire Lefevre gebeten, für Futter zu sorgen. Aber in der Küche wollte man ihr offenbar nichts geben. Keine Ahnung, warum.« Natürlich wusste er das ganz genau. Die Köchin hatte sich geweigert, einer Bitte der Näherin nachzukommen.

»Du weißt, wie sie heißt?« Hildas blonder Pagenkopf ruckte in Richtung Tür. Die Frage, woher er die Näherin kannte, schien sie deutlich mehr zu interessieren als die Tatsache, dass er plötzlich einen Hund namens Enno besaß.

»Du nicht? Ich kenne gern die Namen der Menschen, die ich um einen Gefallen bitte.«

Hilda zuckte mit den Schultern und wich seinem Blick aus.

»Ist sie die Schneiderin deines Kleides?«

»Ich bitte dich!« Hilda rollte kokett mit den Augen. »Ich lasse mein Hochzeitskleid doch nicht von einem Kind nähen. Das macht ihre Mutter. Diese *Claire* erledigt nur Hilfsarbeiten.«

Helmut fand es ziemlich übertrieben von der neunzehnjährigen Hilda, Claire, die mindestens achtzehn war, als Kind zu bezeichnen. Er sagte aber nichts, denn er glaubte zu wissen, warum Hilda so gereizt reagierte.

Als Mann gingen ihn offiziell weder die Schneiderin seiner

künftiger Frau noch die Stubenmädchen, Zofen oder andere dienstbare Geister etwas an, die für sie oder im Haushalt arbeiteten. Dennoch nahm er sich vor, nach der Hochzeit mit Hilda über dieses Thema zu sprechen. Die Zeiten änderten sich, und es gefiel ihm nicht, wie sie die Dienstboten behandelte.

Nach Ende des Krieges waren nicht nur die Republik ausgerufen und die Vorrechte des Adels abgeschafft worden. Auch die Gesindeordnung existierte nicht mehr, deren Regeln Hauspersonal fast zu Leibeigenen gemacht hatte. Sie hatten keine geregelten Arbeitszeiten gekannt, sondern mussten schuften, bis die Arbeit des Tages erledigt war. Es kümmerte niemanden, wenn sie erst um Mitternacht todmüde ins Bett fielen und am nächsten Morgen um fünf Uhr wieder aufstanden. Soweit er beobachtet hatte, ging es im Haus der von Bilgensteins immer noch so zu.

In seinem Haushalt würde es das nicht geben, so viel stand für Helmut fest.

Nachdenklich nahm er einen Schluck von seinem Tee. Auch seine Mutter ging nicht sonderlich freundlich mit dem Personal um. Aber Hilda und er würden ihren eigenen Flügel im Herrenhaus bewohnen und ihr eigenes Personal einstellen. Und dort würden die modernen Zeiten Einzug halten.

4

Schloss Haynbach, Wallburg, Anfang April 1922

Die Pferde trabten eine schnurgerade, von hohen Linden gesäumte Allee entlang. Claire reckte den Hals, um möglichst früh einen Blick auf den Stammsitz der Grafen von Haynbach zu erhaschen, der in der Nähe des kleinen Weinortes Wallburg lag. Gräfin Eveline hatte eine Kutsche zum Herrenhaus des Barons von Bilgenstein nach Oberschopfheim geschickt, um Claire und ihre Mutter samt Gepäck dort abholen zu lassen.

Normalerweise wären sie jetzt auf dem Weg zum nächsten Bahnhof gewesen, um ins Elsass zurückzukehren. Doch als die Gräfin das Hochzeitskleid gesehen hatte, das sie für Baroness Hilda angefertigt hatten, war sie vor Entzücken völlig außer sich geraten. Sie hatte bei Louise auf der Stelle ein Ballkleid bestellt. Und zusätzlich ein Tageskleid, das sie bei der kirchlichen Trauung ihres Sohnes tragen wollte.

Claire wäre lieber zurück nach Hause gefahren. Dort verdienten sie mit den gelegentlichen Aufträgen für Festtagsgewänder oder Sonntagskleider zwar sehr viel weniger, als die wohlhabenden Damen in Baden für ihre aufwendige Garderobe bezahlten. Aber was sie in Andlau erwartete, wusste sie. Dagegen hatte sie keine Ahnung, ob die Bediensteten auf Schloss Haynbach ebenso garstig zu ihr sein würden wie im Haus des Barons.

Auch war Claire sich nicht sicher, ob sie Helmut von Haynbach wiedersehen wollte, was zwangsläufig geschehen würde, wenn sie sich wochenlang im Haus seiner Eltern aufhielten. Er war ein freundlicher Mann, doch die Art und Weise, wie er sie anschaute, machte sie unruhig. Ihr Herz klopfte schneller, und manchmal stockte ihr der Atem. Das durfte nicht sein, denn er würde in weniger als drei Monaten die Baroness heiraten, deren Hochzeitskleid sie mit ihren eigenen Händen bestickt hatte. Und selbst wenn es nicht so gewesen wäre: Er war der Sohn eines Grafen. Ein Mann von Stand, der es mit einer Näherin niemals ernst meinen konnte. Auf Schloss Haynbach würde sie versuchen, ihm, so gut es ging, aus dem Weg zu gehen.

Am Ende der nunmehr steil aufwärts führenden Lindenallee tauchte ein Bauwerk auf, das majestätisch auf einem Hügel thronte. Mit großen Augen starrte Claire den Wohnsitz der Grafen von Haynbach an. Sie war von der Schönheit des Schlosses überwältigt.

Das riesige Gebäude war aus hellem Sandstein erbaut, und seine Flügel umschlossen einen rechteckigen Innenhof. Jede der vier Ecken wurde von einem Turm flankiert, doch der höchste Turm erhob sich über dem vorderen Längsflügel. Über seinen Zinnen wehte eine grüne Fahne mit einem Motiv in der Mitte, das Claire aus der Ferne nicht erkennen konnte.

Sie erinnerte sich, was Helmut ihr auf ihren erstaunten Blick hin über das Wappen der Grafen von Haynbach erzählt hatte, das sogar auf der Fahrertür seines Automobils angebracht war. »Es zeigt in der Mitte den Seltenbach, der unten durchs Dorf fließt, darüber eine Tanne als Symbol für unseren schönen Schwarzwald und darunter ein Hirschgeweih«, hatte er ihr erklärt. »Seit vielen Generationen betreiben Männer aus meiner Familie die Jagd.«

Wahrscheinlich wehte dort oben auf der Fahne das Familienwappen über dem Wohnsitz des Grafen und seiner Angehörigen im Wind.

Rings um das Schloss erstreckte sich bis zum Fuß des Hügels ein terrassenförmig angelegter Park, den an der Vorderseite die breite Auffahrt durchschnitt.

Sie fuhren durch ein weit geöffnetes schmiedeeisernes Tor, das auf beiden Seiten von je einem bronzenen Löwen bewacht wurde. In den oberen Teil des Tors war ein vergoldetes Wappen eingelassen, auf dem Claire die Dinge wiedererkannte, die Helmut ihr beschrieben hatte – den Bach, die Tanne und das Geweih.

»Wie schön!« Claire deutete auf ein riesiges Beet, auf dem sich selbst an diesem frühen Apriltag schon rote, gelbe und blaue Blüten sanft im Wind wiegten.

Ihre Mutter schien weniger beeindruckt. Sie runzelte die Stirn. »Derart reiche Leute sind meistens besonders verwöhnt und anspruchsvoll«, sagte sie mit gesenkter Stimme, damit der Kutscher sie nicht hörte.

»Ich fand die Gräfin netter als Baroness Hilda. Und Helmut von Haynbach ist wirklich freundlich. Wenn man es nicht weiß, kommt man gar nicht darauf, dass er ein reicher Erbe ist.«

Louise unterdrückte einen Seufzer. »Dass er ein paar nette Worte für die Schleppe gefunden hat, bedeutet nicht, dass er keinen Standesdünkel hat. Du liebe Güte! Er heiratet schon bald eine Baroness, und wenn das Geld der beiden Familien zusammenkommt, wird es wahrscheinlich so viel sein, dass niemand es auch nur zählen kann.«

Claire hatte ihr von der Szene im Wintergarten erzählt, ihr Zusammentreffen mit dem jungen Grafen auf der Straße und die Geschichte mit dem Hund aber für sich behalten. Seit ihrem ersten Auftrag in einem der Herrenhäuser war ihre Mutter nicht müde geworden, ihr immer wieder zu vorzubeten, sie müsse besonders den Familienangehörigen männlichen Geschlechts gegenüber äußerst zurückhaltend sein.

Hätte Louise die Wahrheit über Claires Begegnung mit Helmut von Haynbach gekannt, wäre sie empört gewesen. Er hatte sie wie eine Gleichgestellte behandelt, und sie hatte den Irrtum nicht aufgeklärt. Jetzt wusste er Bescheid, aber die Art, wie er sie angesehen hatte, hatte sich nicht geändert. Und er hatte sie gegenüber seiner künftigen Schwiegermutter verteidigt.

Die Kutsche fuhr auf das Schloss zu, bog jedoch fünfzig Meter vor der breiten Freitreppe, die zum Portal mit seinem von Säulen getragenen Vordach führte, links ab. Sie fuhren seitlich am Gebäude entlang, bis der Landauer schließlich vor einer Tür hielt, die deutlich niedriger und schmaler war als der Haupteingang.

Claire stieg aus der Kutsche und sah sich neugierig um. Selbst hier vor dem Lieferanteneingang gab es ein hübsches Blumenbeet, auf dem Narzissen und Tulpen um die Wette blühten. Im Hintergrund leuchteten vor dem ersten zarten Grün des Parks einige Forsythien in strahlendem Gelb.

Der Kutscher lud ihr Gepäck ab, das hinten auf dem Wagen festgeschnallt war. Neben dem Schrankkoffer, in dem sich einige Ballen französischer Seide befanden, stand der Korb mit allen anderen notwendigen Utensilien. Er enthielt Nähgarn in allen Farbschattierungen, Scheren, Nadeln, Seidenpapier zum Anfertigen der Schnittmuster und vieles mehr. Louises und Claires persönliche Besitztümer hatten in einem kleinen Koffer Platz.

Der schweigsame Kutscher schwang sich wieder auf den Wagen, ließ die Peitsche durch die Luft sirren, die Pferde setzten sich in Bewegung, und gleich darauf war der Landauer um die Gebäudeecke verschwunden.

»Und nun?«, fragte Claire verblüfft.

Louise wandte sich dem Dienstboteneingang zu. »Ich hole jemanden, der uns tragen hilft. Bleib du hier und pass auf die Sachen auf.«

Claire nickte und sprang mit Schwung auf den Schrankkoffer. Von hier oben konnte sie einen Teil des kunstvoll angelegten, weitläufigen Parks überschauen. Sie erspähte weiße Statuen, einen kleinen Pavillon und mehrere Teiche. Als sie zu ihren Füßen ein leises Schnaufen hörte, senkte sie den Kopf.

»Enno!«

Der Hund sah zu ihr herauf und wedelte heftig mit dem Schwanz.

Claire rutschte von ihrem erhöhten Sitzplatz, hockte sich hin und streichelte das große schwarze Tier. Ennos Fell fühlte sich nicht mehr hart und struppig an, sondern weich und glatt. Es glänzte in der Sonne. Sein linkes Vorderbein war geschient und von oben bis unten fest mit einer Mullbinde umwickelt. Da er wahrscheinlich Schmerzen beim Laufen und Stehen hatte, hielt er es schräg vor sich in die Luft und stand auf den übrigen drei Beinen. Die Folgen seiner Verletzung schienen ihn jedoch nicht weiter zu behindern. Er wirkte sehr viel glücklicher als bei ihrer ersten Begegnung mit ihm.

»Wo ist denn dein Herrchen?«, flüsterte sie ihm zu, doch er konnte ihr natürlich nicht antworten.

»Hier!« Wie aus dem Nichts tauchte Helmut von Haynbach vor ihr auf und lachte sie fröhlich an. Offenbar hatte er gehört, was sie zu seinem Hund gesagt hatte.

»Herr Graf.« Sie richtete sie hastig auf und trat einen Schritt zurück. Der Hund gehörte nun ihm, und sie hatte kein Recht mehr, ihn anzufassen.

»Bitte nicht!« Er schüttelte energisch den Kopf. »Ich heiße einfach Helmut von Haynbach.«

Sie nickte verwirrt und erinnerte sich daran, dass er schon dem Stallmeister verboten hatte, ihn Graf zu nennen.

»Schön, dass Sie da sind«, begrüßte er sie wie einen Gast in seinem Haus. »Ich habe schon gehört, dass meine Mutter auch unbedingt ein Kleid von Ihnen tragen möchte.«

»Wohl eher von meiner Mutter«, erklärte Claire hastig. Sie wollte nicht schon wieder hochstapeln. »Ich mache nur die Stickereien und solche Sachen.«

»Wunderschöne Sachen, wie ich mich bereits überzeugen konnte.« Sein Lächeln enthüllte ebenmäßige weiße Zähne.

»Enno geht es wieder besser, wie mir scheint.« Sie deutete auf den Hund, der aufmerksam seinen Blick zwischen Claire und seinem Herrn hin und her wandern ließ. »Ich hoffe, er hat keine Schmerzen in seinem Bein.«

»Bei mir hat er sich noch nicht beklagt, und er wirkt auch nicht so, als würde er leiden. Ohnehin nimmt er seinen Beinbruch sportlich. Fast alles, was andere Hunde auf vier Beinen tun, schafft er auf dreien.« Stolz betrachtete er seinen neuen Gefährten.

»Das freut mich sehr«, murmelte Claire.

»Er ist ein guter Hund.« Helmut von Haynbach legte die Hand auf den großen schwarzen Kopf. Eine vertraute, liebevolle Geste, die aus irgendeinem Grund dafür sorgte, dass Claires Kehle eng wurde. »Und er hat offenbar nicht vergessen, wem wir beide es zu verdanken haben, dass er einen neuen Herrn gefunden hat und ich einen Hund, der ebenso treu ist wie der Enno in meiner Kindheit. Als er Sie gesehen hat, ist er sofort losgelaufen.«

»Ich bin froh, dass er jemanden hat, der sich um ihn kümmert. Und natürlich, dass Sie einen neuen Enno haben.« Claire lächelte Helmut von Haynbach an und senkte verlegen den Blick, als er ihr Lächeln erwiderte.

»Ich weiß jetzt auch, warum er mein Automobil nicht gehört hat und ich ihn fast überfahren hätte.«

»Ja?« Fragend sah sie ihn an. Die Frühlingssonne beschien sein Gesicht und ließ im Braun seiner Augen die grüngoldenen Flecken aufleuchten. Claire konnte gerade noch einen Seufzer unterdrücken.

»Ich bin vielleicht etwas zu schnell gefahren, aber normalerweise hätte er sich in Sicherheit gebracht.«

»Ich hätte Sie … ich meine … wegen des Unfalls … ich hätte Sie nicht derart anfahren dürfen«, machte sie einen schwachen Versuch, sich zu entschuldigen. »Schließlich ist die Straße für Automobile und Kutschen da … und der Hund …«

Helmut hob die Hand und hinderte sie daran, sich in den Sätzen zu verheddern wie in einem Wust aus Garnfäden, die nie mehr zu entwirren waren.

»Enno ist taub. Er hört fast überhaupt nichts.«

»Taub?« Sie schnappte nach Luft. »Das tut mir leid.«

»Wir kommen sehr gut miteinander zurecht. Ich trainiere ihn jetzt darauf, auf Handzeichen zu reagieren. Das wird natürlich eine Weile dauern, aber er lernt schnell, obwohl er nicht mehr jung ist.«

»Er hat wirklich großes Glück«, wiederholte sie und betrachtete die Narzissen, die ihr im Wind fröhlich zunickten.

»Mir tut es leid, wie Hildas Mutter Sie behandelt hat«, sagte Helmut von Haynbach unvermittelt.

»Oh, das …« Sie schüttelte den Kopf. »Das war nun wirklich nicht schlimm. Aber es war trotzdem freundlich von Ihnen, dass Sie … was Sie dazu gesagt haben.«

»Ist es normal für Sie, dass die Damen, für die Sie und Ihre Mutter Kleider nähen … Sie so … behandeln?« Er musterte sie mit ernster Miene.

»Den Damen ist ihre Garderobe sehr wichtig, und sie zahlen viel Geld für die Kleider. Da ist es verständlich, wenn sie perfekte Arbeit wollen. Das mit der Knitterfalte hätte ich bemerken müssen.« Sie schaute über die weite Rasenfläche, auf der Enno tapsig auf drei Beinen einem Zitronenfalter hinterherjagte, der durch die Frühlingsluft tanzte. Wie unbeschwert der Hund war. Als wüsste er, dass der junge Graf ihm von nun an alle Sorgen abnehmen würde. Ein leiser Seufzer kam über Claires Lippen.

»Sie haben einen noch größeren Kummer als die übertriebenen Ansprüche Ihrer Kundinnen, nicht wahr? Erzählen Sie mir davon. Vielleicht kann ich helfen.«

»Ich kann mich wirklich nicht beschweren. Meine Mutter

und ich haben gerade einen sehr guten Auftrag bekommen.« Sie deutete auf das riesige Gebäude, das in der Sonne leuchtete, und lachte. »In einem Schloss noch dazu.«

»Aber Ihnen liegt irgendetwas auf der Seele«, beharrte er. »Sie machen den Eindruck, als hätten Sie Angst, dieses Schloss zu betreten.«

»Ich verstehe die Leute, aber trotzdem ist es … Es macht mir tatsächlich ein bisschen Angst«, gestand sie zögernd und sah einem Wölkchen hinterher, das weit oben am Himmel vorbeischwebte.

Der junge von Haynbach sagte nichts. Sie spürte seinen aufmerksamen Blick und wusste, sie hatte seine ungeteilte Aufmerksamkeit.

»Franzosen und Deutsche waren ja im Krieg Gegner«, fuhr sie leise fort. »Ich denke, beide Seiten haben böse Dinge getan. Aber ich kann nichts dafür. Ich kann auch nichts dafür, dass nach dem Krieg das Elsass, meine Heimat, zurück an Frankreich gefallen ist. Genauso wie ich nichts damit zu tun habe, dass vor vielen Jahren, in einem anderen Krieg, die Deutschen den Franzosen Elsass-Lothringen weggenommen haben.«

»Werden Sie schlecht behandelt, weil Sie Französin sind? Wer macht das, und was genau tut man Ihnen an?« Seine Stimme klang wütend.

»Nein, nein.« Erschrocken wehrte sie ab. »Es ist nicht so, dass jemand mich schlägt oder so etwas. Es sind verletzende Bemerkungen. Oder es gibt keinen Stuhl, auf dem ich beim Essen sitzen kann oder kein Brot mehr. Im Haus des Barons von Bilgenstein hat die … hat jemand das Kästchen mit den Perlen ausgeschüttet, sodass ich fast eine Stunde auf dem Boden herumkriechen musste, um alle aufzusammeln.«

Fast hätte sie verraten, dass es Hildas Zofe gewesen war, die die Perlen ausgeschüttet hatte. Gerade noch rechtzeitig war ihr eingefallen, mit wem sie sprach. Er war mit der Baroness verlobt. Also würde er ihr möglicherweise vom Verhalten ihrer Zofe erzählen, und das durfte nicht sein. Schon allein deshalb nicht, weil es sich herumsprechen würde, dass die Tochter der französischen Schneiderin sich in einem Herrenhaus darüber beklagt hatte, wie sie in einem anderen behandelt worden war.

»Wer war das mit den Perlen?«, fragte er prompt.

»Das möchte ich nicht sagen. Es tut auch nichts zur Sache. Wahrscheinlich hätte mir das in jedem anderen Haus auch passieren können.« Fest presste sie die Lippen aufeinander.

»Claire?«

Sie zuckte zusammen, als sie vom Dienstboteneingang her die Stimme ihrer Mutter hörte.

»Entschuldigen Sie mich bitte«, sagte sie hastig und eilte die paar Schritte zum Gebäude zurück. Aus dem Augenwinkel sah sie, dass der junge Graf mit seinem Hund in Richtung Park ging.

»Wer war das?«, erkundigte sich Louise streng.

»Helmut von Haynbach.« Sie zuckte mit den Schultern, um anzudeuten, wie unbedeutend diese Begegnung gewesen war. Dabei schlug ihr Herz schnell, viel zu schnell.

»Nimm dich in Acht vor solchen Männern. Sie denken, nur weil sie zu einer vornehmen Familie gehören, können sie ihr Vergnügen mit dir haben und dich anschließend wieder fallenlassen.« Louise zog sie in Richtung Dienstboteneingang.

»Er ist der Verlobte von Baroness Hilda«, erklärte Claire.

»Als würde das eine Rolle spielen!« Ihre Mutter schnaubte verächtlich.

5

Schloss Haynbach, Anfang April 1922

Claire legte die Bürste auf den Waschtisch, fasste ihre Haare im Nacken zusammen und schlug sie nach innen ein, sodass sie nur noch kinnlang waren. Dann betrachtete sie sich in dem kleinen Spiegel an der Wand.

»Meinst du, ein Bubikopf würde mir stehen, *Maman?*«

Louise, die auf der Bettkante saß und die Strümpfe an ihren Beinen hochrollte, runzelte die Stirn. »Wie kommst du auf den Gedanken?«

»Es wäre praktisch. Und ich finde es hübsch. Baroness Hilda hat auch kurze Haare.« Mit einem unterdrückten Seufzer nahm Claire eine Haarnadel und fing an, den ordentlichen Dutt festzustecken, den sie seit ihrem vierzehnten Geburtstag trug.

Im Schloss hatte man ihnen zum Schlafen ein Mansardenzimmer zugewiesen, das etwas abseits von den Unterkünften der weiblichen Dienstboten lag. Gleich nebenan befand sich ein bisher ungenutzter Raum, in den die Haushälterin eine Nähmaschine und zwei Tische hatte stellen lassen. Hier sollten Louise und Claire arbeiten und sich nur zu den Anproben hinunter in Gräfin Evelines Räumlichkeiten begeben. Mutter und Tochter waren hocherfreut über ihre eigene Nähstube, wo sie ihre Stoffe und Garne verteilen konnten und niemand sie beim Zuschneiden, Nähen und Sticken stören würde.

»Es würde einen seltsamen Eindruck machen, wenn du mit so einer modernen Frisur daherkommst, um Stickereien für die Damen anzufertigen.« Louise strich sich die Strümpfe glatt. Dann stand sie auf und zupfte ihr schlichtes dunkles Kleid in Form.

»Wieso muss ich immer schwarze oder graue Kleider tragen und so eine langweilige Frisur? Ich bin schließlich erst achtzehn und keine alte Frau.« Claire rammte die letzte Nadel so heftig in den Dutt, dass sich die Spitze in ihre Kopfhaut bohrte. Sie zuckte vor Schmerz zusammen.

»Weil es sich so gehört. Wir halten uns im Hintergrund, damit die Kleider, die wir nähen, umso mehr zur Geltung kommen. Schließlich möchte keine der Damen eine Näherin im Haus haben, die schöner ist als sie selbst.«

»Ich muss wie eine graue Maus herumlaufen, damit ich hässlicher bin als eine Baroness Hilda?« Claire legte die Stirn in Falten.

»Es hat nicht zufällig mit Helmut von Haynbach zu tun, dass du dir plötzlich Gedanken über deine Frisur und dein Kleid machst?« Louise, die schon an der Tür stand, drehte sich mit einem Ruck um und musterte ihre Tochter misstrauisch.

»Wie kommst du denn darauf, *Maman?*«, entgegnete Claire empört. Sie dachte tatsächlich schon länger darüber nach, sich die Haare abschneiden zu lassen.

Ihre Mutter warf ihr einen strengen Blick zu. »Schlag ihn dir aus dem Kopf, Claire.«

»Ich habe ihn nicht im Kopf, also muss ich ihn mir auch nicht herausschlagen«, murmelte sie, während ihre Mutter aus dem Zimmer eilte.

Claire warf einen letzten Blick in den fleckigen Spiegel. Wie langweilig sie wieder aussah! Sie streckte ihrem Spiegelbild die Zunge heraus und machte sich auf den Weg ins Souterrain. Louise fing immer sofort nach dem Aufstehen mit der Arbeit an. An diesem Tag wollte sie mit den Entwürfen beginnen. Das war stets der erste Schritt nach den anfänglichen Besprechungen mit der Auftraggeberin.

Es war Claires Aufgabe, ihrer Mutter etwas zu essen zu besorgen, das sie nebenbei hinunterschlingen würde – wenn überhaupt.

Am Abend, nach ihrem Eintreffen und dem Einzug in die Mansarde hatten sie unten in der Küche nur noch eines der Mädchen beim Abwasch angetroffen. Die Spülmagd Herta hatte ihnen stumm und widerwillig ein paar Käsebrote zurechtgemacht und eine Kanne Pfefferminztee gekocht.

Als Claire nun die Gesindestube neben der Küche betrat, saßen die Dienstboten gerade beim Frühstück. Zu ihrem Erstaunen blickte sie in lauter lächelnde Gesichter. Ein Stubenmädchen mit weißem Häubchen und die Köchin persönlich sprangen auf und schoben ihr einen Stuhl hin.

»Der Kaffee ist noch heiß«, erklärte die Köchin und füllte eine Tasse, die das Stubenmädchen eifrig vor sie hinstellte. »Kommt Ihre Mutter auch gleich?«

Verblüfft schüttelte Claire den Kopf. »Sie ist schon bei der Arbeit. Ich wollte ihr etwas nach oben bringen.«

»Essen Sie nur in Ruhe. Ich trage inzwischen das Frühstück für Madame Lefevre hinauf.« Die Spülmagd, die ihnen am Abend mit missmutiger Miene die Brote gemacht hatte, stand ebenfalls auf.

»Vielen Dank, Herta.« Claire lächelte das pausbäckige Mädchen etwas unsicher an. Was war hier los? Warum überschlugen sich alle, um es ihr recht zu machen?

Langsam kehrte wieder Ruhe ein. Einige der Bediensteten stellten sich ihr vor, andere lächelten etwas schief. Alle sahen sie neugierig an, während sie weiter von ihren Broten abbissen.

Claire nahm sich eine der dicken Brotscheiben. Sie duftete herrlich und war noch ein wenig warm. Anders als ihre Mutter wachte sie morgens bereits mit Hunger auf, und so genoss sie die köstliche Himbeermarmelade auf dem frischen Brot, das sie zuvor mit Butter bestrichen hatte. Anschließend aß sie mit gutem Appetit eine zweite Scheibe mit Leberwurst.

Während sie am Tisch saß, leuchtete mehrmals eine der Lampen an der Wand auf, und es klingelte leise. Dann sprang eines der Mädchen oder ein Diener auf und verschwand eilig. Unter den Lampen waren die Zimmer vermerkt, von denen aus geläutet worden war. Claire sah, dass die Dienstboten in die Schlafzimmer beordert wurden. Wahrscheinlich, um den Herrschaften beim Ankleiden zu helfen oder den Damen das Frühstück im Bett zu servieren.

Als sie bemerkte, dass die Lampe aufleuchtete, die mit *Graf Helmut* beschriftet war, sah sie schnell weg. Sie wollte nicht darüber nachdenken, ob er noch im Bett lag, ob er sich gerade wusch oder was er sonst tat. Ihre Mutter hatte recht, es hatte überhaupt keinen Sinn, auch nur einen Gedanken an ihn zu verschwenden. Außerdem war sie nicht in ihn verliebt. Sie mochte es, wie er mit dem alten Hund umging. Und sie unterhielt sich gern mit ihm. Wenn das jemanden störte, konnte sie es aber auch sein lassen.

Als sie mit dem Frühstück fertig war, hatten die meisten der anderen Dienstboten die Gesindestube bereits verlassen, um ihren Aufgaben nachzugehen. Claire bedankte sich bei der Köchin und Herta, die ihrer Mutter das Frühstück gebracht hatte, und machte sich auf den Weg zurück ins Dachgeschoss.

Auf der schmalen Treppe, die zu den Kammern der Hausangestellten führte, kam ihr zu ihrem Erstaunen Helmut von Haynbach entgegen. Zunächst sah sie nur seinen Haarschopf und ein helles Jackett. Wieso benutzte er den Dienstbotenaufgang, und was machte er dort oben, wo nur das Personal schlief?

Sie trat zur Seite und lehnte sich mit dem Rücken gegen das Geländer, um ihn vorbeizulassen. Wie sollte sie dem jungen Grafen aus dem Weg gehen, wenn er ihr sogar auf der Hintertreppe begegnete?

»Guten Morgen«, grüßte sie höflich und blickte auf, als er neben ihr innehielt.

»Guten Morgen, schönes Kind.«

Seine Stimme war höher als die Helmuts, und aus der Nähe war sofort zu erkennen, dass es sich nicht um den jungen Grafen handelte. Allerdings hatte dieser Mann eine erstaunliche Ähnlichkeit mit diesem. Seine Haare hatten die gleiche Farbe von dunklem Honig. Seine Augen waren ebenso dunkel, wenn auch kleiner und mit einem seltsam stechenden Blick. Seine Gesichtszüge erinnerten stark an die Helmuts, wirkten jedoch weicher und weniger männlich. Obwohl es sich nicht um Helmut von Haynbach handelte, war er ganz sicher kein Bediensteter. Er war leger, aber elegant gekleidet. Allein an seiner Art zu sprechen, erkannte sie die Privatschulbildung.

Schon bei ihren ersten Besuchen in deutschen Herrenhäusern war ihr aufgefallen, dass die Leute in den Gesindestuben die Laute und Silben anders bildeten als die wohlhabenden Damen und Herren in der Belle Etage. Sie benutzten teilweise die gleichen Wörter, doch sie klangen völlig unterschiedlich.

Der Fremde war so dicht vor Claire stehen geblieben, dass sie kaum zu atmen wagte. Nun ließ er ein Lachen hören, das sie verlegen machte.

Sie hielt die Luft an und zog den Bauch ein, um ihn nicht versehentlich zu berühren. Dabei sah sie ihm entschlossen in die Augen. Er sollte nicht glauben, dass sie Angst vor ihm hatte.

»Das ist dann wohl die kleine Französin, der man nicht zeigen darf, dass die Franzmänner unsere Feinde waren und sind.« Wieder lachte er und kniff ein wenig die Augen zusammen, während er sie unverblümt anstarrte. »Hübsch. Jetzt verstehe ich, warum mein Bruder nicht will, dass das Rehlein verschreckt wird.«

Sein Bruder? Sprach er von Helmut von Haynbach? Sehr

wahrscheinlich, zumal die beiden einander sehr ähnlich sahen.

Er streckte den Arm aus, und bevor sie den Kopf abwenden konnte, hatte er ihr Kinn mit seinen Fingern umschlossen. Seine Hand war feucht und kühl und roch nach einem starken Duftwasser, das Claire unangenehm in der Nase kribbelte.

»Lassen Sie mich los«, stieß sie hervor. »Sie haben kein Recht …«

Wieder lachte er. »Dies ist mein Haus, und wenn ich wollte, würde ich dir schon zeigen, welches Recht ich hier habe. Und glaube mir, du würdest Gefallen daran finden, wenn ich mein Recht ausübe.« Er zwinkerte ihr zu, während sie immer noch starr seinen Blick erwiderte.

In diesem Moment näherten sich von oben erneut Schritte. Claire atmete auf. Auf dem Treppenabsatz tauchte eines der Stubenmädchen auf. Sie war während des Frühstücks verschwunden, weil eine der Glocken angeschlagen hatte. Als sie sah, dass die Treppe nicht frei war, blieb sie wie angewurzelt stehen. Nervös strich sie sich die Schürze und den schwarzen Rock glatt, als müsse sie sich vergewissern, dass mit ihrer Kleidung alles in Ordnung war.

»Geh nach unten, Katrin. Die Arbeit ruft«, sagte der Fremde.

»Ja, gnädiger Herr. Selbstverständlich, Graf Albrecht. Entschuldigung.« Katrin knickste und setzte mit glühenden Wangen ihren Weg nach unten fort.

Zu Claires Erleichterung stieg der Mann ebenfalls weiter die Treppe hinunter. Vorher jedoch zwinkerte er Claire ein weiteres Mal zu. »Ich bin sicher, wir sehen uns noch.«

Sie schwieg und verzog keine Miene. Erst als er verschwunden war, atmete sie auf. Da das Stubenmädchen ihn Graf Albrecht genannt hatte, war er wohl tatsächlich Helmut von Haynbachs Bruder. Wie konnte ein so freundlicher Mann Helmut einen so unausstehlichen Bruder haben?

Sie war nicht ganz sicher, ob sie Helmut dankbar oder wütend auf ihn sein sollte. Sie hatte ihm im Vertrauen von ihren Problemen als Französin in deutschen Herrenhäusern erzählt. Daraufhin hatte er nichts Besseres zu tun gehabt, als die gesamte Dienerschaft im Schloss aufzufordern, auch ja freundlich zu ihr zu sein. Sein Bruder und womöglich auch der Rest der Familie wussten es ebenfalls. Wie peinlich! Ihre Mutter durfte das auf keinen Fall erfahren.

Als Claire die geräumige Mansarde betrat, die für die nächsten Wochen ihre Nähstube sein würde, war Louise vollkommen in ihre Arbeit vertieft. Sie hatte schon mehrere Skizzen angefertigt, sodass bereits der halbe Tisch mit weißen Blättern bedeckt war. Der Kaffee und das Butterbrot, die Herta ihr gebracht hatte, standen vergessen neben ihr.

»Das ist hübsch.« Claire deutete auf eine Zeichnung, die die Charleston-Mode – vor allem, was die Länge betraf – auf eine Weise variierte, die gleichzeitig elegant und aktuell wirkte und sich so für eine Frau im Alter der Gräfin eignete.

Louise nickte, griff, ohne hinzusehen, nach der Tasse, nahm einen Schluck und beugte sich wieder über den Tisch.

»Du könntest ein paar Muster für Stickereien machen. Ich denke, die Gräfin kann sich durchaus für etwas Glitzer am Saum oder am Ausschnitt erwärmen. Aber nichts Verspieltes. Besser etwas Grafisches, so wie es jetzt modern ist.« Louise legte den Kopf schief und schraffierte einen Teil des Rocks, was die Zeichnung plastischer wirken ließ.

Claire ging zu dem großen Deckelkorb unter dem Fenster, in dem sie Garne, Nadeln und alle anderen Kleinigkeiten aufbewahrten.

Sie wählte Gold- und Silbergarn aus und zog eine passende Sticknadel aus dem Nadelkissen. Als sie sich wieder aufrichtete, fiel ihr Blick durch das Dachfenster auf den Rasen, der tief unter ihr lag. Enno lief dort unten fröhlich auf drei Beinen herum, das geschiente Vorderbein fast elegant vorgestreckt. Selbst aus der Ferne konnte sie die neu erwachte Lebensfreude des Hundes erkennen. Suchend ließ sie ihren Blick schweifen, und tatsächlich – wo der Hund sich aufhielt, war sein neuer Herr nicht weit.

Helmut von Haynbach stand neben einem der Gärtner und deutete soeben auf eine Hecke. Der Mann nickte, machte eine Bemerkung, auf die der junge Graf mit einem Lächeln reagierte. Dann verschwand der Gärtner mit seinem Spaten in den Tiefen des Parks.

»Ich fange gleich mit den Stickmustern an, *Maman*. Vorher muss ich noch mal kurz nach unten. Ich hab was vergessen.« Sie war schon auf dem Weg zur Tür.

»Aber beeil dich. Die Gräfin möchte heute Nachmittag die ersten Vorschläge sehen.« Louise war viel zu vertieft in ihre Arbeit, um zu fragen, was ihre Tochter so Dringendes zu erledigen hatte.

Claire eilte aus dem Zimmer, lief die Treppe hinunter und stürzte aus dem Hinterausgang. Als sich die Weite des Parks vor ihr erstreckte, sah sie sich suchend um. Enttäuscht stellte sie fest, dass der junge Graf nicht mehr zu sehen war. Doch da kam schon Enno auf sie zu. Schwanzwedelnd blieb er vor ihr stehen und zog die Lefzen hoch, als würde er bei ihrem Anblick breit lächeln.

Claire kraulte ihn zur Begrüßung zwischen den Ohren. Mittlerweile wusste sie, dass ihm das besonders gut gefiel. Als Helmut von Haynbach wortlos neben sie trat, wandte sie langsam den Kopf. Bei seinem Anblick durchzuckte sie ein seltsames Gefühl. Es war, als würde ein brennender Pfeil durch ihren Körper schießen.

Instinktiv trat sie in den Schatten der Bäume, wo man sie vom Haus aus nicht sehen konnte.

»Ich muss mit Ihnen reden.« Sie bemühte sich, ihn streng

anzusehen, doch das war nicht so einfach. Das Feuer glühte jetzt warm in ihrer Magengegend und fühlte sich gleichzeitig gefährlich und angenehm an.

»Sollen wir uns setzen?« Er deutete auf eine Bank, deren Sitzfläche den Stamm einer Linde umgab.

Stumm ließ sie sich auf dem sonnenwarmen Holz nieder und achtete darauf, nicht zu dicht neben ihm zu sitzen. Sie holte tief Luft, doch dann wusste sie nicht mehr, was sie ihm hatte sagen wollen, und schwieg.

»Worum geht es?«, erkundigte er sich nach einer Weile freundlich.

»Was ich Ihnen über diese Sache im Haus des Barons erzählt habe, war … vertraulich. Und nun haben Sie dafür gesorgt, dass sämtliche Dienstboten mich behandeln, als wäre ich so was wie … eine Gnädige.« Gegen ihren Willen kicherte sie verlegen.

»Ich habe lediglich dafür gesorgt, dass Sie im Haus meines Vaters höflich behandelt werden. Es tut mir leid, wenn Sie das nicht gewohnt sind. Es sollte überall so sein.«

»Es ist peinlich!« Sie schnaubte, und Enno, der seinen Kopf in ihren Schoß gelegt hatte, sprang erschrocken zurück. »Und Ihr Bruder – ich nehme jedenfalls an, es war Ihr Bruder – hat sich lustig darüber gemacht, dass Sie unseretwegen einen solchen Aufstand gemacht haben.«

»Sie haben Albrecht kennengelernt? Mit ihm habe ich gar nicht über Sie gesprochen.«

»Ich bin ihm heute Morgen zufällig begegnet, und er wusste sehr genau, was Sie den Dienstboten gesagt haben. Er hat Andeutungen gemacht, die ich als unangenehm empfunden habe. Es war …«

»Peinlich, ich weiß. Bitte ärgern Sie sich nicht. Auf das, was mein Bruder sagt, darf man nicht allzu viel geben.« Sanft drückte er ihr den Finger auf die Lippen.

Sie erstarrte. Ein Kribbeln durchlief sie, als wäre sie in einen Ameisenhaufen gefallen. Mit einem Ruck sprang sie von der Bank hoch.

Helmut erhob sich ebenfalls. Nun standen sie nah voreinander und sahen sich in die Augen. Claire atmete so heftig, als wäre sie durch den ganzen großen Park gerannt. Und am liebsten wäre sie tatsächlich weit fortgelaufen, um sich in Sicherheit zu bringen. Doch die dunklen Augen des jungen Grafen hielten sie fest.

»Es tut mir leid«, sagte er leise. »Ihnen sollte in diesem Haus nicht ebenfalls etwas Unangenehmes widerfahren.«

»Ich muss gehen«, sagte sie und wandte sich dem Schloss zu. »Bitte tun Sie nichts mehr, was die Aufmerksamkeit auf uns lenkt.«

Helmut hielt sie am Arm fest. »Ich wollte nur, dass Sie sich hier wohlfühlen.«

»Ich weiß. Vielen Dank.« Sie schaute auf seine Hand auf ihrem Arm.

Endlich ließ er sie los, aber für einen Moment spürte sie auf ihrer Haut noch die Wärme seiner Finger, während sie zurück zum Dienstboteneingang ging. Obwohl sie sich nicht umdrehte, wusste sie, dass sein Blick ihr folgte, bis er sie nicht mehr sehen konnte.

6

Schloss Haynbach, Ende April 1922

Von seinem Bett aus beobachtete Albrecht, wie Katrin in ihre schlichte Leinenunterwäsche schlüpfte. Er wusste, dass sie es nicht mochte, wenn er ihr beim Anziehen zusah. Sobald sie seinen Blick spürte, machte sie komische Verrenkungen, um ihre nackten Brüste oder das blanke Hinterteil zu verbergen. Aber das war auch nicht uninteressant zu beobachten, fand er.

Träge reckte er sich auf dem angenehm kühlen Damastlaken und schlug die Decke zurück. Katrin richtete inzwischen vor seinem großen Standspiegel ihr Häubchen. Mit einem erschrockenen Ausdruck in den Augen drehte sie sich um, als er sich, nackt wie er war, auf sie zu bewegte.

»Ich krieg Ärger, wenn ich noch länger wegbleibe. Die Böden müssen noch …«

Albrecht unterbrach ihr Gejammer mit einer energischen Handbewegung. »Keine Sorge, du kannst jetzt gehen. Sag einfach, du hättest eine Erledigung für mich machen müssen.« Er lachte. So vollkommen falsch war diese Ausrede schließlich nicht.

Tagsüber behielt er sie nicht zu lange in seinem Zimmer und zog oft sogar ihre kärgliche Mansarde vor. Wenn er sich in seinen eigenen Räumlichkeiten aufhielt, bestand die Gefahr, dass seine Eltern oder sein Bruder nach ihm schickten. In diesem Fall würden die Diener seine strikte Anweisung missachten, sein Zimmer nur zu betreten, wenn er nach ihnen geläutet hatte.

Auf dem Weg zur Tür drehte Katrin sich noch einmal um. »Das hier ist nicht richtig«, erklärte sie wieder einmal.

Er unterdrückte einen gelangweilten Seufzer. Wie oft hatte sie ihm das schon gesagt? »Ich dachte, du hast es eilig?«

»Was soll ich tun, wenn sich ein Kind ankündigt? Die Gräfin wird mich entlassen, ich bekomm einen Eintrag in mein Gesindebuch und finde nie mehr eine Stelle. Außerdem könnte ich nicht arbeiten, wenn ich in anderen Umständen wär.«

»Gibt es das Gesindebuch überhaupt noch? Schließlich wurde die Gesindeordnung abgeschafft.«

Sie antwortete nicht und starrte ihn stumm an, Misstrauen im Blick.

»Ich pass schon auf, dass nichts passiert«, sagte er leichthin. »Du weißt doch, dass ich dich gernhabe.«

Langsam wurde ihm Katrin mit ihren ständigen Bedenken lästig. Er hatte sie ausgesucht, weil sie trotz ihres runden Gesichts und der dünnen, mausfarbenen Haare einigermaßen nett anzuschauen war. Vielleicht war sie sogar dumm genug, sich einzubilden, er würde sie heiraten – zum Beispiel, wenn sie ein Kind bekam.

Bevor sie das Zimmer verließ, knickste sie, was ihn jedes Mal aufs Neue amüsierte.

»Warte.« Er schlenderte zu seiner Kommode, nahm eine Münze aus seinem Geldbeutel und gab sie ihr. »Kauf dir was Hübsches.«

Sie hauchte einen Dank, knickste erneut und verließ ihn endlich. Nachdenklich betrachtete Albrecht die geschlossene Tür, durch die sie verschwunden war. Falls sie tatsächlich Pech hatte und ein Kind bekam, würde er vielleicht so freundlich sein, ihr eine gewisse Summe zukommen zu lassen, die ihr über die erste Zeit hinweghelfen würde. Er öffnete die oberste Schublade seiner Kommode und betrachtete die Halskette seiner Mutter, die er vor einigen Tagen in einer Ecke der

Halle auf dem Boden gefunden hatte. Sie war wertvoll, und bis jetzt hatte er sich nicht überwinden können, sie seiner Mutter zurückzugeben. Sie besaß genug Schmuck. Zwar hatte sie überall nach der Kette gesucht und sämtliche Dienstboten befragt, aber sie würde den Verlust verwinden.

Albrechts Apanage war seiner Ansicht nach eher bescheiden. Es konnte nicht schaden, eine Rücklage für Notsituationen zu haben. Wenn er bedachte, dass er Katrin vielleicht unter die Arme greifen würde, war es sogar ein gutes Werk, die Kette zu behalten. Lächelnd wickelte er den Schmuck in ein weißes Taschentuch und schob das kleine Bündel in der Schublade nach ganz hinten.

Dann warf er seinen seidenen Morgenmantel über, goss sich an dem Tischchen neben dem Fenster einen Weinbrand ein und nippte genüsslich daran.

Dieses Franzosenflittchen wäre vielleicht eine nette Abwechslung, dachte er. Ihre Mutter und sie würden ein wenig nähen und sticken und dann wieder verschwinden. Anders als Katrin, die blieb und jammerte. Er nahm sich vor, der jungen Frau bei nächster Gelegenheit etwas näher zu kommen.

Er schwenkte den Kognak in seinem Glas und ließ den Blick über die weiten Rasenflächen des Parks gleiten.

Was war das? Dort unten standen Helmut und die kleine französische Näherin. Sie tuschelten miteinander. Als sein Bruder ihr die Hand auf den Arm legte, hob sie den Kopf und sah ihn lange an. Helmut erwiderte ihren Blick schweigend.

»Da sieh mal einer an«, murmelte Albrecht. »Du bist also doch nicht der makellose Erstgeborene, für den unsere Eltern dich halten.«

Solange er denken konnte, war ihm der zwei Jahre ältere Helmut als leuchtendes Vorbild hingestellt worden. So klug, so pflichtbewusst, so unerreichbar *gut*. Ohne es zu ahnen, hatten seine Eltern damit das Gegenteil von dem erreicht, was sie beabsichtigten. Da ja offenbar niemand Helmut das Wasser reichen konnte, versuchte Albrecht es erst gar nicht. Sein Ehrgeiz ging ohnehin nicht in diese Richtung.

Was ihn aber immer wieder aufs Neue ärgerte, war die Tatsache, dass Helmut als Erstgeborener der Alleinerbe war. Das Schloss, die Ländereien, der Großteil des Vermögens – alles würde nach dem Tod ihres Vaters seinem Bruder gehören. Er selbst würde weiterhin mit einer lächerlichen Apanage abgefunden werden und gnädigerweise in einem Seitenflügel des Schlosses leben dürfen. Albrecht aber wollte Geld, viel Geld – und er wollte Hilda.

Seine Finger umschlossen das Glas, als wollten sie es zerdrücken. Nachdem Helmut sich nun mit der Frau verlobt hatte, die er seit seiner Jugend begehrte, war die Begeisterung seiner Eltern von ihrem wunderbaren ältesten Sohn womöglich noch größer. Hilda hatte zwar einen Bruder, der den Besitz des Barons erben würde, ihre Mitgift war jedoch äußerst ansehnlich.

In Albrecht reifte ein Plan. Was wäre, wenn Hilda, ihre Eltern und nicht zuletzt seine Eltern von dem Techtelmechtel erfuhren, das Helmut mit der französischen Näherin hatte?

Mit zusammengekniffenen Augen starrte er seinen Bruder und die zierliche Frau unten auf dem Rasen an. Wie sie einander ansahen! Als wäre keiner von ihnen in der Lage, auch nur für eine Sekunde den Blick abzuwenden. Falls zwischen den beiden noch nichts Entscheidendes passiert war, konnte man ja ein bisschen nachhelfen.

Helmut war ein sentimentaler Knabe. Es war ohnehin verwunderlich, dass er der arrangierten Ehe mit Hilda zugestimmt hatte. Ein Blinder konnte sehen, dass er die hübsche Baroness zwar mochte, von so etwas wie Liebe aber nicht die Rede sein konnte. Dabei war Helmut ein echter Glückspilz, denn Hilda war nicht nur außergewöhnlich schön und reich, sondern auch witzig und klug.

Als in der Auffahrt ein Automobil auftauchte, wurde Albrechts Lächeln noch breiter. Ihm fiel ein, dass Hilda zum Abendessen erwartet wurde. Der Baron und die Baronin waren verhindert, aber Hilda nahm auch ohne die Begleitung ihrer Eltern jede Gelegenheit wahr, mit ihrer künftigen Schwiegermutter über die bevorstehende Hochzeitsfeier zu reden. Oder kam sie tatsächlich, um Helmut zu sehen? Dann schon eher, um sich mit ihrem künftigen Wohnsitz vertraut zu machen. Erst neulich hatte Hilda sich in Begleitung von Gräfin Eveline ein weiteres Mal den Südflügel angesehen, in dem bereits erste Umbauarbeiten vorgenommen worden waren.

Unten war Bewegung in die Angelegenheit gekommen. Die Näherin eilte zum Dienstboteneingang, während Helmut sich in Richtung Portal aufmachte, um seine Braut zu begrüßen.

Als Albrecht eine Viertelstunde später hinunter in den Salon kam, waren seine Eltern und das junge Paar bereits versammelt. Sie nippten an ihren Gläsern und unterhielten sich angeregt. Hatten sie überhaupt bemerkt, dass er noch fehlte? Er nahm den letzten Aperitif von dem Tablett, das der Hausdiener Rolf ihm mit unbewegter Miene hinhielt.

Als Albrecht sich der Gruppe vor dem bodentiefen Fenster näherte, wandte nur Hilda den Kopf. Lächelnd streckte sie ihm die Hand hin, über die er sich zu einem angedeuteten Handkuss beugte. Helmut stand neben seiner Verlobten und starrte ein Loch in die Luft. Er dachte offenbar nicht im Traum daran, jede Regung im Gesicht seiner Verlobten so in sich aufzusaugen, wie er es noch vor ein paar Minuten bei der Französin getan hatte.

Gräfin Eveline schwärmte in den höchsten Tönen von den Mustern für Zierstickereien, die die Tochter der Schneiderin für sie angefertigt hatte.

»Diese junge Frau ist eine Künstlerin«, erklärte seine Mutter mit einem verzückten Augenaufschlag. »Ich werde ein großes Problem haben, mich für eines der Muster zu entscheiden. Vielleicht lasse ich mir einfach zwei oder drei Kleider nähen.«

»Ach, meinst du die kleine Französin, die Helmut so gut kennt?« Diese Gelegenheit konnte Albrecht nicht ungenutzt verstreichen lassen.

Die Gräfin warf ihm einen erstaunten Blick zu. Normalerweise kümmerte er sich weder um ihre Garderobe noch um ihre Schneiderin. Sie wandte sich Helmut zu und sah ihn fragend an.

Sein Bruder zuckte so gleichgültig mit den Schultern, dass Albrecht sich nur wundern konnte. Ihm war nicht klar gewesen, dass Helmut sich so hervorragend verstellen konnte.

»Erinnerst du dich nicht, Mama? Claire Lefevre hat uns bei den von Bilgensteins die Schleppe gezeigt. Und sie war diejenige, die den streunenden Hund entdeckt hat. Enno.« Helmut deutete vage durchs Fenster, dabei wusste zumindest Albrecht, dass sein Bruder den verlausten Köter mit in sein Zimmer nahm und nachts dort schlafen ließ. Das würde spätestens nach der Hochzeit ein Ende haben. Soweit er wusste, hasste Hilda Hunde.

»Du kennst ihren Vor- und Nachnamen und hast dir beides auch noch gemerkt?« Hilda runzelte die Stirn, während sie Helmut forschend ansah.

»Ich sagte doch, dass Claire Lefevre und ich uns über den Hund unterhalten haben.«

Wunderbar! Albrecht jubilierte insgeheim. Nun machte sein Bruder auch noch den Fehler, abwehrend zu klingen. Der Samen des Misstrauens gegen Helmut war gesät.

»Ich bin so begeistert von den Stickkünsten der jungen Frau, dass ich ihr den zusätzlichen Auftrag gegeben habe, in der Wäschekammer die neuen Laken mit Monogramm und Wappen der Grafen von Haynbach zu besticken. Bis für sie die Arbeit am ersten Kleid beginnt, sind noch ein oder zwei

Tage Zeit. Bis dahin muss ich mich entscheiden, welcher ihrer Entwürfe mir am besten gefällt.«

Die Gräfin stieß einen demonstrativen Seufzer aus, als wäre sie gezwungen, eine Entscheidung zu treffen, von der der Weltfrieden abhing.

Prüfend sah Albrecht seinen Bruder an. Das Loch, das er in die Luft starrte, musste inzwischen die Größe eines Bergmassivs haben.

Falls Helmut dennoch die Worte seiner Mutter gehört hatte, gab es zwei Möglichkeiten: Entweder er wollte Claire Lefevre so oft wie möglich an geheimen Orten treffen, dann würde er sofort nach dem Essen in die Wäschekammer gehen, wo die Näherin sicher bis mindestens zehn Uhr arbeiten würde. Falls er jedoch beschlossen hatte, ein ehrbarer Mann und treuer Bräutigam zu sein – was dem langweiligen Helmut durchaus zuzutrauen war –, würde er einen großen Bogen um besagte Wäschekammer machen.

Da Helmut jedoch mit seinen Gedanken ganz woanders war, hatte er wahrscheinlich nicht mitbekommen, was die Gräfin über Claire gesagt hatte. In diesem Fall konnte Friedbert seinen arglosen Bruder unter einem Vorwand in die Wäschekammer schicken. Es würde nicht leicht sein, sich einen Grund auszudenken, weshalb ein junger Graf in eine Wäschekammer gehen sollte, aber da würde ihm schon etwas einfallen.

Zumindest handelte es sich um einen wirklich abgelegenen Ort in einem Seitenflügel des Schlosses, den selbst die Hausdame nur selten betrat. Die Wäsche für den täglichen Bedarf war in großen Schränken in der Nähe der Schlafzimmer untergebracht. In der Wäschekammer lagerte die überzählige Aussteuer der Gräfin sowie Laken und Bettwäsche, die als künftiger Ersatz für Stücke gedacht waren, die im Laufe der Zeit fadenscheinig geworden waren.

Wenn Helmut und die Französin an diesem stillen, nach

Lavendel und sauberer Wäsche duftenden Ort zusammentrafen, gab es sicher kein Halten mehr. Dann musste er nur noch dafür sorgen, dass die beiden überrascht wurden. Auch dies keine einfache Aufgabe, aber durchaus zu bewältigen.

»Du siehst so heiter aus, Albrecht«, stellte Hilda fest, während sie alle hinüber ins Speisezimmer gingen. »Hattest du einen erquicklichen Tag?«

»Durchaus.« Er bemühte sich ohne nennenswerten Erfolg, sein Grinsen zu unterdrücken, während er sich auf das fassungslose Gesicht freute, das sein Bruder machen würde, wenn er bei seinen Eltern und hoffentlich auch bei Hilda in Ungnade fiel.

7

Schloss Haynbach, Ende April 1922

Entsetzt starrte Claire auf das fleckige Laken. Sie hatte die Wäschekammer kurz verlassen, um die Toilette draußen vor dem Dienstboteneingang zu benutzen. Der Weg durch die langen Gänge des Schlosses war weit, und als sie gemeint hatte, Albrecht von Haynbach um eine Ecke huschen zu sehen, hatte sie zudem einen Umweg gemacht. Der jüngere Sohn der Grafenfamilie schien eine Vorliebe für die engen Flure zu haben, die eigentlich den Hausangestellten vorbehalten waren.

Dennoch war sie höchstens zehn Minuten weg gewesen. Und bevor sie gegangen war, hatte das Damastlaken, an dem sie gerade arbeitete, blütenweiß geschimmert. Woher kamen nun plötzlich diese seltsamen Flecken? Es sah aus, als hätte jemand Rotwein über den Stoff geschüttet.

Als ihr Blick zu dem Stapel Laken glitt, die noch darauf warteten, mit dem gräflichen Monogramm bestickt zu werden, erstarrte sie. Auf dem obersten prangten ebenfalls große rote Spritzer.

Wer war während ihrer Abwesenheit hier gewesen, um ausgerechnet in der Wäschekammer Wein zu trinken? Oder hatte jemand die Gelegenheit genutzt, ihr zu schaden? Helmut von Haynbach hatte die Dienstboten aufgefordert, sie besonders höflich zu behandeln. Aber den Hass gegen die ehemaligen Kriegsgegner, die nun die Sieger waren, konnte er nicht verbieten. Also war es gar nicht so unwahrscheinlich, dass jemand vom Personal ihr diesen bösen Streich gespielt hatte.

Und die Hausdame würde ihr natürlich nicht glauben, dass sie nichts mit der Verschmutzung zu tun hatte.

Tränen schossen ihr in die Augen. Diese Laken waren sicher furchtbar teuer. Ihre Mutter wurde gut für die Kleider bezahlt, die die Gräfin bei ihr bestellt hatte. Doch wenn sie die verdorbene Bettwäsche ersetzen mussten, würden sie eine beträchtliche Summe verlieren.

Und das war nicht einmal das Schlimmste. Viel schrecklicher war der Verdacht, der auf Claire fallen würde. Für eine Näherin war es ein unverzeihliches Vergehen, kostbaren Stoff zu verderben. Zudem würde man ihr unterstellen, bei der Arbeit getrunken zu haben. Und zwar Wein, den sie irgendwo im Schloss gestohlen hatte.

Sie presste die Lippen aufeinander, konnte aber den lauten Schluchzer, der in ihr aufgestiegen war, nicht unterdrücken. Was sollte sie nur tun? Allein der Gedanke, ihrer Mutter von dieser Geschichte erzählen zu müssen, schnürte ihr die Kehle zu. Louise würde ihr glauben, dass sie die Laken nicht selbst verdorben hatte. Aber sie würde auch sofort begreifen, dass ihr guter Ruf als Schneiderin auf dem Spiel stand, wenn das Gerücht umging, dass ihre Tochter bei der Arbeit trank.

Als die Türklinke heruntergedrückt wurde, fuhr Claire entsetzt zusammen. Es war zu spät, die fleckigen Laken zu verstecken, aber diese wurden ohnehin nachgezählt, sodass ihr das nur eine Gnadenfrist verschafft hätte.

Claire stand langsam auf und wappnete sich für das, was kommen musste. Dabei strömten immer noch Tränen über ihr Gesicht.

Der Anblick der hohen Männergestalt im Türrahmen überraschte sie so sehr, dass sie einen leisen Schrei ausstieß.

Für einen kurzen Moment befürchtete sie, der jüngere Grafensohn wäre ihr in diesen abgelegenen Raum gefolgt. Ihr Herz tat ein paar schnelle, ängstliche Schläge. Doch dann wurde ihr klar, dass dieser kleiner war und nicht so breite Schultern hatte.

Helmut von Haynbach trat ins Licht der Wäschekammer. Sein Blick glitt über das beschmutzte Laken, das sie auf den Boden hatte fallen lassen, dann blieb er an ihrem tränenüberströmten Gesicht hängen.

»Was ist passiert?«, erkundigte er sich, nachdem er die Tür hinter sich geschlossen hatte. »Mein Bruder sagte mir, er hätte Sie in der Wäschekammer weinen hören. Kann ich Ihnen helfen?«

»Ihr Bruder?« Claire starrte ihn an. Also hatte sie Albrecht vorhin tatsächlich gesehen.

»Er ist wohl zufällig hier vorbeigekommen.«

Helmut griff in die Tasche seines Jacketts, zog ein Taschentuch hervor und reichte es Claire. Zögernd nahm sie es. Sie musste sich die Nase putzen, doch sie scheute sich, dazu dieses edle Tuch zu nehmen, dessen kühle Glätte sie zwischen ihren Fingern spürte. Es verströmte schwach den herben Duft, der Helmut von Haynbach umgab.

»Benutzen Sie es ruhig. Sie können es behalten.« Dieser Mann schien ihre Gedanken lesen zu können.

»Ich werde es waschen und zurückgeben.« Claire hob den Blick, doch da sie immer noch Tränen in den Augen hatte, konnte sie seine Gesichtszüge nur verschwommen erkennen.

»Machen Sie sich keine Gedanken. Ich habe Dutzende von diesen Taschentüchern.«

»Natürlich«, flüsterte sie.

Einen Moment lang standen sie einander stumm gegenüber. Dann wischte sie sich entschlossen über die Augen und schnäuzte sich nach einem weiteren kurzen Zögern kräftig in das Tuch.

»Und jetzt erzählen Sie mir von Ihrem Kummer.« Helmut hatte geduldig gewartet, bis sie mit Wischen und Schnäuzen fertig war.

Mit bebender Hand deutete sie auf das fleckige Laken. »Ich war kurz weg. Ein paar Minuten nur. Als ich wiederkam, waren zwei Laken voller Rotweinflecken. Mindestens zwei Laken. Die Übrigen habe ich mir noch nicht genau angesehen. Man wird denken, ich hätte hier in der Wäschekammer getrunken. Das würde ich niemals tun. Ich kann nichts dafür … Wirklich nicht … Ich …«Sie brach ab und fing wieder an zu schluchzen. Flüchtig ging ihr durch den Kopf, wie peinlich es war, eine solche Heulsuse abzugeben.

»Bitte beruhigen Sie sich erst einmal, Claire«, sagte Helmut.

»Wir werden die Laken ersetzen müssen, und sie waren sicher sehr teuer«, fuhr Claire verzweifelt fort. »Aber viel schlimmer ist, dass der Ruf meiner Mutter leiden wird. Vielleicht bekommt sie nie wieder einen Auftrag in Baden. Niemand will jemanden im Haus haben, der trinkt und solchen Schaden anrichtet.«

Als er seine Hände auf ihre Schultern legte, ließ sie sich nach vorn sinken und barg ihr nasses Gesicht an seiner Brust.

Er roch köstlich. Nach Sandelholz und frischer Luft. Sie atmete tief ein, und spürte, wie sein Duft und seine Nähe sie beruhigten.

Als er ihr sanft übers Haar strich, wusste sie, dass sie sich aus seiner Umarmung befreien musste. Das hier war gefährlich. Und zwar auf eine Weise, die nichts mit dem zu tun hatte, was ein Mann wie Albrecht von Haynbach ihr antun könnte. Es hatte mit tiefen Gefühlen zu tun und würde mit einem gebrochenen Herzen enden. *Ihrem* gebrochenen Herzen.

Dennoch fehlte ihr die Kraft, sich von Helmut zu lösen. Sie stand einfach nur da und fühlte sich auf eine Weise getröstet, die sie mit Ruhe und Sicherheit und Wärme erfüllte.

Langsam hob sie den Kopf. Aus der Nähe war der Blick seiner braunen Augen wie eine sanfte Berührung. Sein Atem streichelte ihr Gesicht.

Plötzlich waren die Ängste und Sorgen, die kreisenden Gedanken verschwunden. Sein Mund näherte sich ihren Lippen, und sie hieß ihn willkommen. Seine Zärtlichkeit entzündete ein loderndes Feuer in ihr. Sie klammerte sich an ihm fest, weil sie das Gefühl hatte, sich in seinen Armen aufzulösen.

Der Kuss schien eine Ewigkeit zu dauern, und doch stieß sie einen leisen protestierenden Laut aus, als er den Kopf hob und seine Lippen von ihren löste. Sofort vermisste sie seine vorsichtig tastende Zungenspitze, seinen Geschmack und seinen heißen Atem in ihrem Mund.

Mit aller Macht riss sie sich zusammen. Sie legte die Hände gegen seine Brust und schob ihn von sich, während sie gleichzeitig einen Schritt zurückwich.

Das geschah keine Sekunde zu früh, denn in genau diesem Augenblick wurde mit einem Ruck die Tür aufgerissen, und Albrecht stürmte ins Zimmer. Forschend ließ er seinen Blick zwischen Claire und Helmut hin und her wandern und verzog den Mund zu einem spöttischen Lächeln.

Dann betrachtete er die Laken mit den roten Flecken. »Ein ziemliches Malheur, wie ich feststelle.«

»Ich hatte vergessen, dass ich mein Weinglas noch in der Hand hielt, als ich wegen deines Hinweises herkam. Manchmal kann ich ein ziemlicher Tollpatsch sein.« Als wäre er über seine eigene Ungeschicklichkeit amüsiert, schüttelte Helmut lächelnd den Kopf.

Claire musste sich zusammennehmen, damit ihr nicht schon wieder Tränen in die Augen stiegen. Dieses Mal vor Dankbarkeit.

»Und wo ist das Weinglas?« Suchend schaute sich Albrecht um.

»Ich habe es weggebracht, damit ich nicht noch mehr Unheil anrichte.« Helmuts Lächeln war so harmlos, dass selbst Claire ihm beinahe geglaubt hätte.

»Warum nimmst du für eine fremde Näherin die Schuld

auf dich?« Albrecht grinste. »Könnte es sein, dass ich einen winzigen Moment zu spät gekommen bin, um den Grund zu erfahren? Ihr seht beide irgendwie … erhitzt aus.«

»Ich weiß wirklich nicht, wovon du redest«, entgegnete Helmut, ohne mit der Wimper zu zucken, während Claire unauffällig nach der Stuhllehne neben sich tastete, weil ihre Knie weich wurden.

»Was das betrifft, habe ich wirklich großes Verständnis für dich, lieber Bruder«, fuhr Albrecht fort. »Schließlich hast du dir Hilda nicht ausgesucht. Also möchtest du vielleicht … bevor du dich endgültig an sie bindest …«

Helmut unterbrach ihn mit einer energischen Handbewegung. Er schien nur mühsam seinen Ärger zu unterdrücken.

»Bitte maße dir kein Urteil über mich und meine Gefühle an«, sagte er schmallippig. »Ich habe ein paar Laken mit Wein bespritzt, das werde ich der Hausdame mitteilen, und damit ist die Angelegenheit erledigt.«

Sein Bruder öffnete den Mund, schloss ihn aber sofort wieder, als Helmut ihm einen drohenden Blick zuwarf.

In Claires Kopf drehte sich alles. Sie folgte der seltsamen Unterhaltung, während sie noch immer Helmuts Kuss spürte. Ihre Lippen kribbelten, und gegen jede Vernunft sehnte sie sich nach mehr von der Nähe und der Zärtlichkeit, die sie in jenen verbotenen Momenten gefühlt hatte.

Eine Weile starrten die Brüder einander stumm an, dann drehte Albrecht sich um und verließ wortlos die Wäschekammer. Als die Tür hinter ihm ins Schloss gefallen war, wandte Helmut sich wieder Claire zu.

»Glauben Sie, dass er es war … dass Ihr Bruder die Laken beschmutzt hat? Und wenn ja, was könnte er für einen Grund haben?«

Helmut zuckte mit den Schultern. »Er hatte schon immer seine ganz eigene Weise zu denken und zu handeln. Mach dir keine Gedanken darüber. Ich werde sagen, dass mir das Malheur passiert ist.«

»Das ist sehr nett, aber das kann ich nicht annehmen. Schließlich bin ich für die Wäsche verantwortlich und werde für deren Verschmutzung geradestehen.« Sie wich seinem Blick aus, den sie wieder wie ein Streicheln auf ihrem Gesicht spürte.

»Ich werde sagen, dass ich es war«, beharrte er.

»Aber Sie waren es nicht!«

»Du doch auch nicht.« Sein Lächeln und das vertraute Du sorgten dafür, dass ihr ganz heiß wurde. »Für mich hat es keinerlei Konsequenzen, ein bisschen Rotwein zu verschütten. Das sieht bei dir ganz anders aus, wie du mir selbst erklärt hast.«

»Aber …«

»Pst.« Seine Hand zuckte nach oben, und sie senkte die Lider, weil sie erwartete, dass er ihr wieder mit dem Finger die Lippen verschließen würde. Schon meinte sie, die Berührung auf ihrem Mund zu fühlen. Als nichts geschah, blinzelte sie und sah, dass er den Arm hatte sinken lassen.

»Danke«, flüsterte sie und trat einen Schritt zurück. Es war besser, wenn sie ihn nicht so nah an sich heranließ.

»Das ist wirklich keine große Sache für mich. Falls jemand dir mit diesen Flecken schaden wollte, hatte er jedenfalls Pech.«

Beide schwiegen, und Claire betrachtete Helmuts linkes Ohr, weil es schwierig war, ihm in die Augen zu sehen und ihn nicht zu küssen.

»Das vorhin …« Helmut zögerte. »Wahrscheinlich sollte ich mich entschuldigen. Aber ich bereue es nicht.«

Claire spürte, wie ihr das Blut in die Wangen schoss. »Sie müssen sich nicht entschuldigen«, sagte sie leise.

»Bitte hör endlich auf, mich zu siezen.«

»Es ist besser, wenn wir vergessen, was passiert ist. Sie sind verlobt und werden bald heiraten. Meine Mutter und ich haben das Hochzeitskleid für Ihre Braut genäht. Sie sind ein Graf, und ich … Ich bin die, die ich bin.«

Über sein Gesicht glitt ein Schatten, und seine Augen wurden noch dunkler. Langsam nickte er.

»Natürlich. Du … Sie haben wahrscheinlich recht. Sicher haben Sie recht. Ich entschuldige mich in aller Form und versichere Ihnen, etwas Derartiges wird nicht wieder passieren.«

Er wandte sich ab und ging zur Tür. Auf halbem Weg drehte er sich um und kam zurück. Ihr Herz machte einen Sprung und begann zu rasen. Sie hätte vor ihm zurückweichen, hätte ihm Einhalt gebieten sollen. Doch anstelle von Abwehr spürte sie nur Sehnsucht.

Er ging jedoch nicht zu ihr, um sie in seine Arme zu ziehen und ihr zu gestehen, dass er mehr Küsse, mehr Zärtlichkeit brauchte. Stattdessen beugte er sich vor, nahm die beiden fleckigen Laken und legte sie sich über den Arm.

»Ich gebe sie morgen der Hausdame und erkläre ihr das mit dem Wein. Mir muss nur noch ein guter Grund einfallen, was ich in der Wäschekammer zu suchen hatte. Aber den brauche ich eigentlich nicht. Sie wird nicht fragen. Manchmal ist es von Vorteil, der Sohn des Hauses zu sein.« Er lächelte müde.

»Vielen Dank«, wiederholte sie zum dritten oder vierten Mal an diesem Abend. Doch er war schon im Flur verschwunden.

Lange stand Claire noch mitten im Raum und starrte die Tür an, die sich hinter ihm geschlossen hatte. Dann setzte sie sich wieder, griff nach Nadel und Faden und einem frischen Laken und begann mit der Stickerei eines neuen Monogramms. Ihre Hand zitterte ein wenig, aber das würde schon bald vorbei sein. Noch zwei oder drei Monogramme wollte sie schaffen, dann konnte sie schlafen gehen. Und morgen war ein neuer Tag. Ein Tag, an dem sie anfangen würde, Helmut von Haynbach zu vergessen. Seine Augen, sein Lächeln und seinen Kuss, der nach wie vor auf ihren Lippen brannte.

8

Jagdhütte von Schloss Haynbach, Anfang Mai 1922

Der Mai war mit aller Pracht ins Land gezogen. An diesem Sonntag schien die Sonne von einem Himmel, der so blau war wie das Muster auf dem Meissner Porzellan der Grafenfamilie. Claire bewunderte die Teller und Tassen jedes Mal, wenn sie sie in der Küche zufällig zu sehen bekam, während das Küchenmädchen den Abwasch erledigte. Die Dienstboten aßen natürlich von schlichtem Steingutgeschirr. Durch das weit geöffnete Fenster wehte ein milder Wind den Duft nach Frühling in das ebenerdige Schlafzimmer der Jagdhütte.

Nachdenklich lehnte Claire am Fensterbrett und sah hinaus in den Wald. Ihr Körper summte, und ihre Haut prickelte von den Zärtlichkeiten, die Helmut ihr geschenkt hatte.

Als er hinter sie trat, legte sie den Kopf in den Nacken, sodass er an seiner Schulter ruhte und sie ihm von unten ins Gesicht sehen konnte.

»Bereust du es?«, fragte er und hauchte ihr einen Kuss auf die Schläfe.

»Nein.« Sie musste nicht eine Sekunde über ihre Antwort nachdenken, obwohl es vollkommen verrückt war, was sie hier tat. Dennoch würde sie sich immer wieder dafür entscheiden, mit Helmut die magischen Momente der Leidenschaft, der Nähe und der Zärtlichkeit zu erleben. Die Erinnerung daran konnte ihr niemand nehmen, egal, wie diese Liebe endete. Denn dass sie enden musste, war keine Frage. Es ging nur um das Wann und das Wie. Immer wieder sagte sie sich das, denn dann würde sie es hoffentlich leichter ertragen.

Helmut umschlang sie von hinten und zog sie so fest an sich, dass sie seinen Herzschlag an ihrem Schulterblatt spürte.

»Ich werde dafür sorgen, dass du es niemals bereuen musst. Du bist die Frau, die für mich bestimmt ist. Ich liebe dich, und ich will mein Leben mit dir verbringen.«

Claire seufzte leise. »Wie soll das denn gehen? Deine Eltern wären niemals damit einverstanden, dass du eine Näherin heiratest – eine französische Näherin wohlgemerkt. Außerdem bist du längst verlobt.«

»Es handelt sich um eine arrangierte Ehe. So etwas ist nicht mehr zeitgemäß.« Er vergrub sein Gesicht in ihren Haaren, und sie spürte seinen heißen Atem auf ihrer Kopfhaut.

»Aber du hast ein Versprechen gegeben«, entgegnete Claire. »Wenn du kurz vor der Hochzeit plötzlich erklärst, du hättest es dir anders überlegt … Deine Eltern wären entsetzt. Und die Baroness – für sie wäre es eine ziemliche Schmach.«

Sie spürte, wie eisige Angst in ihr aufstieg. Selbst wenn Helmut tatsächlich versuchen würde, sie zu heiraten, wären die Folgen Streit, Hass und Unfrieden in seiner Familie. Auch ihre Mutter würde sehr ärgerlich werden, wenn sie erfuhr, was Claire trotz ihrer Warnungen getan hatte. Bisher war Claire immer ein vernünftiges Mädchen gewesen. Doch offenbar half all ihre Vernunft nicht gegen das Feuer, das Helmut in ihr entzündet hatte.

Ihr Verstand sagte ihr, dass selbst ein so geradliniger Mann wie er wider besseres Wissen handelte, wenn er von einer gemeinsamen Zukunft sprach. Er wollte es tatsächlich, daran zweifelte sie keine Sekunde. Aber er würde es nicht durchsetzen können.

Das war ihr bereits am vergangenen Sonntag klar gewesen, als sie ihn zum ersten Mal im Wald getroffen hatte. Es war kurz nach jenem Abend gewesen, an dem sie in der Wäschekammer den Kuss getauscht hatten, den Claire noch viele Stunden später auf ihren Lippen gespürt hatte.

An Sonntagen arbeitete ihre Mutter nur in Ausnahmefällen, und auch Claire hatte frei. Morgens gingen sie gemeinsam in die Kirche. Nachmittags legte Louise sich oft mit einem Buch aufs Bett, las und döste, während es Claire bei schönem Wetter ins Freie zog. So war sie auch vor einer Woche im Wald spazieren gegangen, der sich an den Park von Schloss Haynbach anschloss.

Schon nach wenigen Minuten war Helmut ihr im Schatten der Bäume auf seinem Rappen entgegengekommen. Sie hatte ihn nicht gefragt, ob es Zufall gewesen war. Stumm hatten sie einander angelächelt. Dann war er aus dem Sattel geglitten, hatte die Zügel seines Pferdes gegriffen und den Spaziergang mit ihr zusammen fortgesetzt.

Die Einladung in die Jagdhütte auf einen Tee hatte Claire, ohne zu zögern, angenommen. Sie wusste, dass er nichts gegen ihren Willen tun würde.

Sie hatten sich mit ihren Teebechern auf die Bank vor der Hütte gesetzt, in die Sonne geblinzelt, die schräg durch die Zweige fiel, und sich leise unterhalten. Dann waren sie wie auf Verabredung still gewesen und hatten einander gleichzeitig die Köpfe zugewandt. Wie von selbst hatten ihre Lippen sich gefunden, und es hatte keiner Worte bedurft, als sie schließlich aufgestanden und Arm in Arm in die Hütte gegangen waren.

An diesem, dem darauffolgenden Sonntag, war ihr Treffen jedenfalls kein Zufall gewesen. Die ganze Woche über hatte Claire sich vor Sehnsucht verzehrt. Sie hatte Helmut mehrmals bei Dunkelheit verstohlen im Park hinter dem Schloss getroffen. Doch die Stunden in der Jagdhütte waren anders. Sie gehörten nur ihnen beiden. Einen ganzen verzauberten Nachmittag lang konnte Claire sich einbilden, dass dieser zärtliche, leidenschaftliche und fürsorgliche Mann zu ihr gehörte. Für immer. Erst wenn das erregte Summen in ihrem

Körper aufhörte, brach die Wirklichkeit wieder über sie herein.

»Vertrau mir.« Seine leise Stimme riss sie aus ihren Gedanken. »Ich werde alles regeln. Hilda hat sich mich genauso wenig ausgesucht, wie ich sie gewählt habe. Unsere Eltern haben sich untereinander geeinigt. Und ich …« Er stockte, legte seine Hände auf ihre Schultern und drehte sie sanft zu sich herum. »Bevor ich dir begegnet bin, hatte ich keine Ahnung, wie es sich anfühlt, eine Frau wirklich zu lieben. In Familien wie der unseren werden die Ehen seit Jahrhunderten arrangiert. Die Eltern suchen für ihre Söhne standesgemäße Partnerinnen aus, die zusätzlichen Wohlstand mitbringen und sich als Mütter wohlgeratener Kinder eignen. Und diese Frauen können auch nicht selbst entscheiden.«

»Alles Dinge, die ich nicht bieten kann«, murmelte Claire.

»Du wirst mir unglaublich schöne Kinder schenken und ihnen eine wunderbare Mutter sein.« Helmut küsste sie zärtlich. »Und schließlich wurde in Deutschland mittlerweile der Adel abgeschafft. Hilda ist ebenso wenig adelig wie wir beide.« Er lachte fröhlich.

»Deine Eltern werden immer noch Graf und Gräfin genannt. Und du bist für alle der junge Graf.« Claire wollte sich nicht darauf einlassen, Hoffnung aufkeimen zu lassen. Umso größer würde am Ende die Enttäuschung sein. Sie wusste, dass Helmut an seine Worte glaubte. Ihr war aber auch klar, dass die Dinge nicht so einfach waren, wie er es sich einzureden versuchte.

»Das ist einfach nur Gewohnheit«, erklärte er mit einem breiten Lächeln. »Und was Hildas Mitgift betrifft – dieses Geld brauchen wir nicht. Ohnehin schrumpft der Betrag mit jedem Tag, der vergeht. Die Kriegsanleihen sind kaum noch etwas wert, und das Bargeld wird ein Opfer der Inflation. Man könnte also behaupten, dass Hildas Vermögen bald nicht mehr wesentlich größer sein wird als deines. Auf Schloss Haynbach dagegen bringt uns unsere Landwirtschaft seit Kriegsende wieder genug ein, um gut davon leben zu können.«

Helmut versuchte, sich und ihr einzureden, es gäbe keinen Unterschied zwischen der Baroness und ihr. Doch das stimmte nicht, so sehr er es auch glauben wollte. Ob ihm bewusst war, dass er niemals ihre französische Herkunft erwähnte? Allein die Tatsache, dass sie Französin war, hätte wahrscheinlich ausgereicht, sie aus dem Kreis der Heiratskandidatinnen für Helmut auszuschließen. Selbst wenn sie aus einer reichen und vornehmen Familie gestammt hätte und nicht das vaterlose Kind einer Schneiderin gewesen wäre.

»Ich liebe es, wenn du so kritisch schaust. Und ich werde dir beweisen, dass deine Skepsis unnötig ist.« Mit dem Zeigefinger zeichnete er die Linien auf ihrer gerunzelten Stirn nach. Wie immer gelang es ihm dadurch, ihre finsteren Gedanken zu vertreiben. Sofort spürte sie wieder das sehnsüchtige Ziehen in der Brust, das er mit jeder seiner Berührungen auslöste.

Sie wandte sich vom Fenster ab und warf einen Blick auf die Wanduhr. »Ich muss zurück zum Schloss. *Maman* wird mich schon vermissen. Normalerweise gehe ich höchstens eine Stunde spazieren, und jetzt bin ich schon seit fast drei Stunden fort.«

Nervös überprüfte sie die Knopfleiste ihres dunkelblauen Sonntagskleids. Dann steckte sie vor dem Spiegel über der Kommode ihre Haare hoch. Neben ihr schlüpfte Helmut in seine Jacke und sah sich nach Enno um.

Der Hund hatte neben der Tür gelegen und sprang sogleich auf. Mittlerweile konnte er sein linkes Vorderbein schon fast wieder normal belasten und trug auch keine Schiene mehr. Sein leichtes Hinken störte weder ihn noch seinen Herrn. Helmut und sein Hund waren zu einem unzertrennlichen Gespann geworden. Wo Helmut war, war auch Enno zu finden, ganz gleich ob der junge Graf mit seinem Automobil herumfuhr, auf seinem Rappen ausritt oder einen Kontrollgang durch die Stallungen machte. Mittlerweile schienen die beiden einander blind zu verstehen. Oft waren nicht einmal mehr die Handzeichen nötig, die Helmut dem tauben Hund beigebracht hatte.

Es war dumm, aber immer, wenn sie sah, wie liebevoll und ruhig Helmut mit dem Tier umging, musste sie daran denken, was für ein wunderbarer Vater er einmal sein würde.

Seite an Seite traten Claire und Helmut aus der Hütte in die milde Frühlingsluft. Die Sonne stand schon tief über den Baumwipfeln. In der Gesindestube würde bald die Abendsuppe auf den Tisch kommen. Claire musste sich beeilen, damit niemand ihr neugierige Fragen stellte.

Helmut holte sein Pferd, das er hinter der Hütte angebunden hatte. Er führte es am Zügel, mit der anderen Hand hielt er Claires rechte. So spazierten sie den Waldweg entlang. Es waren die letzten kostbaren Momente, bevor sie in ihren Alltag zurückkehren mussten.

Schweigend lauschten sie dem Gesang der Vögel, und Claire spürte, wie Helmuts Wärme in ihre Hand und durch ihren ganzen Körper lief. Sie versuchte, jede dieser gemeinsamen Minuten für immer in ihrer Erinnerung zu bewahren. Niemand konnte wissen, wie viele solcher Augenblicke ihnen noch beschieden sein würden.

Viel zu schnell erreichten sie den Waldrand und traten unter den Bäumen hervor in die Abendsonne. Hastig zog sie ihre Hand aus Helmuts.

Als er ihr sein Gesicht zuwandte, sah sie die Traurigkeit in seinen Augen. »Wir sehen uns so bald wie möglich, ja?«

Sie nickte, und obwohl sie es nicht wollte, weil es wehtat und ihren Schmerz noch verstärkte, versank ihr Blick sekundenlang in seinem. Immer wenn sie sich voneinander verabschiedeten, musste sie daran denken, dass es vielleicht ihr letztes Zusammensein gewesen war. Dass jemand sie beobachtet haben könnte und alles sein natürliches Ende finden würde.

Mit einer leichten Drehung seines Oberkörpers stellte Helmut sich so hin, dass vom Park aus niemand sehen konnte, wie er ihre Hand nahm und einen zarten Kuss darauf hauchte. Dann legte er die Fingerspitzen auf seine Lippen und anschließend auf ihren Mund.

Sie schloss die Augen, damit er ihre Tränen nicht sah. »Bis bald«, flüsterte sie und trat zurück in den Schatten der Bäume, während er sich in den Sattel schwang. Er würde schon in wenigen Minuten im Stall sein und so tun, als hätte er einen ausgedehnten Ausritt unternommen. Claire hingegen würde fast eine halbe Stunde brauchen, bis sie um den Park herum zum Schloss spaziert war. Auf diese Weise kam hoffentlich niemand auf den Gedanken, dass sie den Nachmittag gemeinsam verbracht hatten.

Ein letztes Mal suchte er ihren Blick, dann gab er seinem Pferd die Sporen und trabte davon. Enno folgte ihm.

Claire sah ihm nach, bis er hinter einer Baumgruppe verschwunden war.

9

Schloss Haynbach, Mitte Mai 1922

»Wach auf, Claire. Wir reisen ab.« Wie durch dichten Nebel drang die Stimme ihrer Mutter in Claires Bewusstsein. Ihre Lider waren schwer wie Blei, sie konnte sie nicht öffnen. Aber das war auch nicht nötig, weil sie träumte. Die Abreise von Schloss Haynbach war noch lange nicht geplant.

Mit einem unwilligen Stöhnen versuchte sie, die Hand abzuschütteln, die sie an der Schulter rüttelte. Ihr war übel, sie wollte weiterschlafen.

»Steh auf! Ich habe schon alles gepackt. Die Kutsche wartet auf uns.«

Claire erschauderte, als die kühle Nachtluft, die durch das geöffnete Fenster ins Zimmer drang, über ihre nackten Arme strich. Sie wollte sich die Decke bis unters Kinn ziehen, griff jedoch ins Leere.

Mühsam öffnete sie nun doch die Augen und blinzelte ins Licht der Deckenlampe. Auf Schloss Haynbach gab es sogar in den Mansarden der Dienstboten elektrische Beleuchtung, doch in diesem Moment hasste Claire die grelle Lampe. Selbst eine Kerze wäre ihr zu hell gewesen. Es musste noch mitten in der Nacht sein, denn durch das Dachfenster sah sie nur undurchdringliche Dunkelheit.

Mühsam richtete sie sich auf und schaute sich um. Neben der Tür standen die Koffer und der Korb mit den Nähutensilien. Ein eisiger Schreck durchfuhr sie, und plötzlich war sie munter.

»Wieso hast du gepackt? Die Kleider für die Gräfin sind

noch längst nicht fertig, und außerdem ist es mitten in der Nacht.« Ihr Blick suchte das Gesicht ihrer Mutter, doch Louise hatte sich abgewandt, um ihre Mäntel auf einem Stuhl bereitzulegen. Es dauerte eine Weile, bis sie Claires Frage beantwortete.

»Der Graf hat gestern Abend mit mir gesprochen. Er und Gräfin Eveline wollen, dass wir so schnell wie möglich das Schloss verlassen.« Ihre Mutter sah sie nicht an, während sie sprach.

»Aber … wieso?« Als Claire die Beine über die Bettkante schwang und aufstand, schlug die Übelkeit wie eine Welle aus morastigem Wasser über ihr zusammen. Sie schluckte krampfhaft und versuchte, sich nichts anmerken zu lassen.

»Ich denke, du kennst den Grund. Und jetzt zieh dich an. Der Kutscher kommt gleich nach oben, um das Gepäck zum Wagen zu schaffen. Der Graf lässt uns mit seiner eigenen Kutsche zurück nach Frankreich bringen. Ich nehme an, er will sichergehen, dass wir tatsächlich das Land verlassen.«

Claire wagte kaum, ihre Mutter anzusehen. Als sie ihr endlich einen kurzen Blick zuwarf, stellte sie erstaunt fest, dass Louises Gesicht ausdruckslos war. Ebenso wie ihre Stimme.

Während sie sich anzog, bemühte sich Claire, tief und gleichmäßig zu atmen, um den sauren Geschmack in ihrer Kehle daran zu hindern, weiter aufzusteigen und ihren Mund zu erreichen. Dabei überlegte sie krampfhaft, was sie tun konnte, um Helmut von ihrem überstürzten Aufbruch zu unterrichten.

Mit bebenden Händen steckte sie ihr Haar im Nacken auf, doch sie war so aufgeregt, dass mehrere Nadeln zu Boden fielen und der Knoten sich wieder löste.

»Lass mich das machen.« Louise nahm die Bürste von der Frisierkommode, strich ihr damit zwei oder drei Mal durchs Haar, verschlang es am Hinterkopf und steckte es fest.

Es klopfte, der Kutscher streckte den Kopf durch die Tür,

murmelte etwas vor sich hin und nahm den Schrankkoffer. Louise reichte Claire den kleinen Koffer, sie selbst trug den Korb. Dann scheuchte sie ihre widerstrebende Tochter vor sich her die Dienstbotentreppe hinunter.

»*Maman* … Ich muss mich verabschieden.« Auf Höhe des ersten Stockwerks blieb Claire stehen und sah in die Richtung, in der sie Helmuts Schlafzimmer vermutete. Sie war noch nie dort gewesen und wusste nicht, wie sie ihn finden sollte. Aber sie wollte es versuchen. Irgendwie.

»Geh sofort weiter!« Zum ersten Mal klang die Stimme ihrer Mutter scharf und ungeduldig.

»Du verstehst nicht, *Maman*. Ich kann nicht fortgehen, ohne vorher mit ihm zu reden.«

Es war ihr egal, wenn sie sich verriet. Wahrscheinlich wusste ihre Mutter ohnehin alles. Stumm und mit Nachdruck schob Louise sie weiter. Claire blieb nichts anderes übrig, als die schmalen Stufen hinunterzustolpern.

Vor dem Hintereingang wartete eine der gräflichen Kutschen. Es war nicht gerade die prunkvollste, aber sie trug das Wappen derer von Haynbach auf den Türen – Bach, Tanne, Hirschgeweih. Jenes Wappen, das Claire auf Dutzende von Laken und Servietten gestickt hatte.

Louise nahm ihr den Koffer aus der Hand, reichte ihn an den Kutscher weiter und riss die Tür des Wagens auf. Bevor Claire noch einmal protestieren konnte, schob ihre Mutter sie in die geschlossene Kutsche und setzte sich neben sie. Dabei umklammerte sie fest ihren Arm, als wollte sie verhindern, dass Claire aus der Kutsche sprang und zurück ins Schloss lief. Was sie auch getan hätte, wenn sie irgendeine Möglichkeit gesehen hätte, mit Helmut zu reden.

Da setzte sich der Wagen auch schon in Bewegung, und Claire erstarrte vor Entsetzen. Als sie sich nach einer Weile umdrehte und durch das rückwärtige Fenster schaute, konnte sie im schwachen Licht des Halbmondes die Umrisse von Schloss Haynbach nur noch schemenhaft erkennen.

Ob Helmut ahnungslos in seinem Bett lag und schlief? Oder wusste er, dass sein Vater sie wie Verbrecher davonjagte? Sicher nicht. Er hätte nicht zugelassen, dass sie mitten in der Nacht und ohne Abschied weggeschickt wurde. Er hätte überhaupt nicht zugelassen, dass sie fortging. Oder doch? War sie nicht immer der Meinung gewesen, dass am Ende die Konvention und Helmuts Vater siegen würden?

Sie wandte sich ihrer Mutter zu. »Sag mir, was passiert ist«, forderte sie. Endlich gelang es ihr, zornig zu sein.

»Das weißt du doch, Claire.« Louise sah sie nicht an. »Ich habe dich so oft gewarnt, aber es musste wohl so kommen.«

»Es ist also wegen … Helmut?«

»Was hat er dir versprochen?« Die Stimme ihrer Mutter klang erstaunlicherweise nicht wütend, sondern traurig. »Und wieso hast du ihm geglaubt? Er stammt aus einer reichen, adeligen Familie. Er ist verlobt. Das wusstest du doch.«

»Wir lieben uns«, stieß Claire trotzig hervor.

»Als würde das eine Rolle spielen.« Louise schüttelte den Kopf.

»Wenn das keine Rolle spielt, was denn dann? Er wird seine Verlobung lösen, denn er will mit *mir* zusammen sein.« Wie kam es, dass sie plötzlich an die Versprechen glauben wollte, von denen sie die ganze Zeit gewusst hatte, dass sie nicht eingehalten werden würden? Es waren Verzweiflung und Wut und die Hoffnung auf ein Wunder.

»Glaubst du wirklich, der junge Graf heiratet dich anstelle der Baroness? Und seine Eltern lassen es zu?« Wieder war Claire erstaunt, dass ihre Mutter so ruhig blieb.

»Aber es wusste doch noch niemand davon. Oder hat Helmut schon mit seinen Eltern geredet?«, fragte Claire. Er hatte versprochen, ihr vor dem entscheidenden Gespräch Bescheid zu sagen. Damit sie – auf was auch immer geschehen mochte – vorbereitet war.

»Der jüngere Sohn der Familie hat euch zusammen gesehen.«

»Albrecht von Haynbach hat es seinem Vater erzählt, und der ist sofort zu dir gekommen und hat dir gesagt, wir müssten verschwinden? Und das alles mitten in der Nacht, während Helmut schlief?« Claire blieb vor Entsetzen die Luft weg.

»Ich weiß nicht, wer wann mit wem gesprochen hat. Jedenfalls kam Graf Wilhelm gestern Abend, als du schon zu Bett gegangen warst, zu mir in die Nähstube. Er sagte mir, die Kutsche würde eine Stunde nach Mitternacht bereitstehen. Und der Kutscher müsste mit seiner Entlassung rechnen, falls er Graf Helmut oder irgendjemandem sonst die Adresse nennt, zu der er uns fahren wird. Unsere Adresse.«

In Claires Kopf überschlugen sich die Gedanken. »Ich werde Helmut schreiben. Auf keinen Fall verschwinde ich ohne jede Erklärung. Er wird mich holen kommen. Er wird …« Sie stockte. Hatte sie sich vor nicht allzu langer Zeit immer wieder gesagt, dass es für Helmut und sie keine Zukunft geben konnte? Wieso glaubte sie plötzlich an Märchen? Wahrscheinlich würde sie Helmut von Haynbach nie wiedersehen. Ihr wurde so übel, dass sie befürchtete, auf der Stelle ihren Mageninhalt von sich zu geben.

Louise sah sie im unruhigen Licht der sacht schaukelnden kleinen Laterne an der Wagendecke prüfend an. »Geht es dir nicht gut?«

»Wie soll es mir denn gehen, wenn ich bei Nacht und Nebel wie eine Diebin aus dem Haus gejagt werde? Ich liebe Helmut, und er liebt mich.« Claire brach in Tränen aus.

Wortlos zog ihre Mutter ein Bündel Geldscheine aus der Tasche. »Das hat der Graf mir gegeben. Unter der Bedingung, dass wir uns nie wieder bei ihm oder seinem Sohn melden. Auch und besonders für den Fall, dass deine Liaison mit Helmut von Haynbach Folgen haben sollte. Ich wollte das Geld nicht, doch leider weiß ich, wie schwierig es ist, ein Kind allein großzuziehen.«

Claire zuckte zusammen. »Es kann tatsächlich sein, dass ich in anderen Umständen bin«, stieß sie hervor. »Helmut muss es erfahren … Er muss wissen …«

»Mein armes Kind.« Liebevoll legte Louise ihr einen Arm um die Schultern und zog sie an sich. »Ich weiß, wie du dich fühlst. Du liebst ihn, und du willst nicht wahrhaben, dass es über die Standesgrenzen hinweg keine Zukunft für dich und ihn geben kann. Aber je eher du dich damit abfindest, desto leichter wird es für dich sein, ihn zu vergessen und dich auf deine Zukunft und auf dein Kind zu konzentrieren.«

»Warum schimpfst du nicht? Warum bist du nicht wütend?« Claire schluchzte auf. Das Verständnis ihrer Mutter tat ihr fast noch mehr weh, als ihr Zorn es getan hätte. »Du hast mich so oft vor den Söhnen und Männern der Familien gewarnt, für die wir gearbeitet haben. Und nun habe ich genau das getan, was du immer befürchtet hast, und du bist so lieb zu mir. Ich verstehe das nicht.«

Ihre Mutter zögerte nur kurz, bevor sie antwortete. »Ich muss dir etwas erzählen, Claire. Dein Vater war kein Handwerker, der mich geheiratet hat und kurz nach deiner Geburt gestorben ist. André stammte aus einer reichen Pariser Familie und verbrachte nach einer schweren Krankheit ein paar Monate auf dem Land. Ich bin ihm während meiner Lehrjahre bei Madame Romande in Eichhoffen begegnet und habe mich auf den ersten Blick in ihn verliebt. Er schwor mir seine Liebe und dass er mich heiraten würde.«

Wie versteinert saß Claire da und hörte ihrer Mutter zu. Louise sprach so leise, dass sie sich anstrengen musste, ihre Worte zu verstehen. Und das wollte sie unbedingt. Sie wollte die Wahrheit über ihren Vater wissen.

»Als ich feststellte, dass ich dich unter dem Herzen trug,

war André längst wieder fort und lebte sein Leben in einer vornehmen Villa in einem Vorort von Paris. Ich habe ihm Dutzende von Briefen geschrieben, doch er antwortete nicht. Da habe ich alles Geld zusammengekratzt, das ich hatte, und bin nach Paris gefahren, zum Haus seiner Familie. So oft ich auch an die Tür klopfte, man ließ mich nicht vor. Ich hörte nur, dass André sich vor Kurzem verlobt hatte und bald heiraten würde – und zwar eine standesgemäße Braut.« Über Claires Kopf hinweg starrte Louise in die Dunkelheit.

»Hast du nie wieder mit ihm gesprochen?«

»Doch.« Es fiel Louise sichtlich schwer, fortzufahren. »Ich habe so lange vor der Villa seiner Familie gewartet, bis er herauskam. Obwohl er allein war, hat er vorgegeben, mich nicht zu kennen. Das tat schrecklich weh. Denn ich hatte ihm geglaubt, als er von Liebe gesprochen hatte. Vielleicht mochte er mich sogar. Geliebt hat er aber vor allem sein luxuriöses Leben und den Reichtum seiner Familie. Wahrscheinlich hatte man ihm gedroht, ihn zu enterben. Da habe ich ihn mir aus dem Herzen gerissen und ihn aus meinen Gedanken gestrichen. Ich habe bei Madame Romande gekündigt und bin nach Andlau zurückgekehrt, wo ich allen erzählt habe, ich hätte geheiratet und sei nach vier Wochen durch einen Unfall Witwe geworden.« Louise stieß ein bitteres Lachen aus.

»Und später? Hast du je wieder von ihm gehört? Weiß er, dass er eine Tochter hat?«

»Nein.« Louise zuckte mit den Schultern und schützte Gleichgültigkeit vor, doch Claire sah ihr an, dass sie den Schmerz der Verratenen immer noch spürte. »Vor etwa fünf Jahren habe ich erfahren, dass er bei einem Reitunfall ums Leben gekommen ist«, fuhr sie leise fort. »Ich habe nicht um ihn getrauert.«

»Nun werde ich meinen Vater niemals kennenlernen …« Claire wusste nicht, ob sie darüber tatsächlich traurig sein sollte. Schließlich war sie bis zu diesem Tag davon ausgegangen, ihr Vater sei tot. Und die Wahrheit, die sie nun über ihn erfahren hatte, ließ ihn ihr nicht unbedingt sympathisch erscheinen.

»Es tut mir leid, dass ich dich belogen habe«, sagte Louise. »Ich habe mich geschämt. Und ich wollte nicht, dass du dich für deinen Vater schämen musst. Deshalb habe ich den ehrbaren Handwerker erfunden, der mich liebte und sich sehr freute, als er hörte, dass ich ein Kind erwartete, und der viel zu früh starb.«

Eine Weile schwiegen sie beide.

»Versprich mir, dass du nicht versuchen wirst, mit Helmut von Haynbach Kontakt aufzunehmen«, drängte Louise sie dann. »Glaube mir, dadurch wird dein Schmerz nur noch größer. Es gibt keinen Mann, der wegen einer Frau freiwillig in Armut lebt.«

Claire schwieg und biss sich auf die Unterlippe.

»Versprich es mir!«, wiederholte ihre Mutter.

Ein paar Sekunden zögerte Claire, dann nickte sie. Es war besser, wenn sie aus Helmuts Leben verschwand, obwohl die Vorstellung sie fast umbrachte. Selbst wenn er dazu bereit gewesen wäre – sie durfte nicht zulassen, dass er ihretwegen seine Familie und sein Erbe aufgab. Er war in einem Schloss geboren, wie sollte er mit ihr in einem kleinen Haus leben? Sie musste ihn vergessen, auch wenn ihr das in diesem Moment noch unmöglich erschien.

Bittere Galle stieg in ihrer Kehle auf. Sie klopfte an die vordere Wand der Kutsche, und als der Wagen hielt, riss sie die Tür auf, sprang hinaus und übergab sich direkt neben einem der großen Räder.

10

Schloss Haynbach, Ende Mai 1922

»Ich werde meine Verlobung mit Hilda lösen.« Helmut tupfte sich den Mund mit einer der Damastservietten ab, die Claire in winzigen Stichen mit dem Wappen derer von Haynbach bestickt hatte.

Seine Mutter stieß einen Schrei aus und presste sich die Hand auf die Brust. Sein Vater funkelte ihn wütend an. Albrecht dagegen grinste breit. Was er sich wahrscheinlich nur erlaubte, weil der Graf und die Gräfin sein Gesicht nicht sehen konnten.

»Ich will solche Dummheiten nicht hören. Fast jeder bekommt kurz vor der Hochzeit kalte Füße. Natürlich machst du dir Gedanken über dein Leben als Ehemann. Aber das haben vor dir schon Tausende von Männern aus unseren Kreisen bewältigt. Und ein von Haynbach ist der Allerletzte, der davonläuft. Weder vor dem Feind noch vor der Ehe. Mein Sohn steht zu seinem Wort. Und wenn du das nicht von allein begreifst, werde ich dafür sorgen.«

Helmut starrte seinen Vater überrascht an. Er hatte mit Wut und Widerstand gerechnet, aber nicht mit dieser kalten Ruhe und Entschlossenheit. Aber ganz gleich, wie entschieden sein Vater ihn daran hindern wollte, mit Claire zusammen zu sein – seine eigene Entschlossenheit, genau das zu tun, war größer. Er würde Claire heiraten und mit ihr leben.

Er hatte mehrere Tage gebraucht, um den Schock zu überwinden, als er erfuhr, dass Claire und ihre Mutter mitten in der Nacht das Schloss verlassen hatten. Wohlgemerkt nicht freiwillig, sondern weil sein Vater sie dazu gezwungen hatte. Diese Tage hatte er allein in seinem Zimmer zugebracht. Nicht einmal zu den Mahlzeiten war er erschienen, sondern hatte sich ein Tablett bringen lassen, obwohl er kaum Appetit hatte.

Nun konnte er wieder klar denken. Und er war zu einem Entschluss gekommen. Hatte die Entscheidung getroffen, die im Grunde von Anfang an festgestanden hatte.

»Ich glaube, du hast vergessen, welches Jahr wir schreiben, Vater.« Auch er bemühte sich um einen ruhigen Ton. »Wir leben nicht mehr in einer Zeit, in der die Eltern ihren Kindern vorschreiben, wen sie zu heiraten haben.«

»Und ich glaube, *du* hast vergessen, dass du im Wort stehst. Du bist verlobt, und die Hochzeit ist bereits in allen Einzelheiten geplant.« Sein Vater wischte sich mit der Serviette über die Stirn. Ganz so kühl, wie er Helmut glauben machen wollte, war er wohl doch nicht.

»Bitte denk doch auch an Hilda«, mischte sich seine Mutter. »Wie würde sie dastehen?«

»Es tut mir wirklich sehr leid, ich will Hilda nicht wehtun. Aber ich denke, es wird ihr lieber sein, rechtzeitig vor der Hochzeit die Wahrheit zu erfahren, als einen Mann zu heiraten, der eine andere Frau liebt.« Nun war es heraus.

Eveline von Haynbach seufzte vernehmlich. »Ach, mein Sohn. Solche Verwirrungen des Herzens gibt es leider nur allzu oft. Du wirst die junge Frau schon bald vergessen haben. Schließlich kannst du dein Leben nicht mit einer Näherin teilen. Schon gar nicht mit einer Französin aus dem Elsass. Du weißt, dass viele unserer Nachbarn und Bekannten immer noch voller Wut vom französischen Erbfeind sprechen.«

Bevor sie fortfuhr, nippte sie an ihrem Kaffee. »Hilda ist doch wie geschaffen für dich. Sie ist von Adel, hat eine hervorragende Erziehung genossen und wird dir wunderbare Kinder schenken.«

»Ich frage mich schon die ganze Zeit, woher ihr von der Sache mit Claire erfahren habt.« Forschend ließ er seinen Blick zwischen seinem Vater und seiner Mutter hin und her wandern.

»Das tut nichts zu Sache. Die Näherin ist fort. Du wirst sie niemals wiedersehen, und du wirst Hilda heiraten.« Schwungvoll warf Graf Wilhelm die Serviette auf den Tisch, schob seinen Stuhl zurück und stand auf. Bevor Helmut etwas erwidern konnte, hatte er das Zimmer verlassen.

»Wer soll denn jetzt eigentlich deine Kleider fertig nähen?« Herausfordernd sah Helmut seine Mutter an.

Sie zog ihre fein gezeichneten Brauen zusammen. »Das wird meine Hausschneiderin erledigen müssen. Dein Vater hat beschlossen, dass Madame Lefevre und ihre Tochter nie wieder unser Haus betreten werden. Und ich stimme ihm zu.«

»Wie konntet ihr die armen Frauen nur so behandeln?« Bei dem Gedanken, wie Claire sich gefühlt haben musste, als sie mitten in der Nacht vertrieben worden war, schnürte es Helmut nach wie vor die Kehle zu.

»Claires Mutter war ebenso entsetzt wie wir, als sie hörte, dass ihre Tochter und du … Sie war sofort bereit, der Sache durch ihre Abreise ein Ende zu bereiten. Und dein Vater hat sich sehr großzügig gezeigt, um sicherzustellen, dass wir nie wieder etwas von den beiden Frauen hören.«

Helmut sprang so hastig vom Frühstückstisch auf, dass sein Stuhl umkippte und mit einem lauten Krachen aufs Parkett fiel. »Wenn ihr glaubt, damit sei die Angelegenheit erledigt, habt ihr euch getäuscht. Wie ich schon sagte: Mein Entschluss steht fest. Ich werde die Verlobung mit Hilda lösen. Und dann werde ich Claire fragen, ob sie meine Frau werden will.«

»Ich bitte dich, nimm Vernunft an, Helmut. Dein Vater ist furchtbar wütend auf dich. Weniger wegen der Sache an sich. So etwas kommt vor. Er kann nur nicht begreifen, dass du dir einbildest, die kleine Liebelei sei von irgendeiner Bedeutung gewesen. Du warst schon als Kind zu ernsthaft, Helmut. Da gab es für dich auch nur ganz oder gar nicht. Aber in diesem Fall … das musst du dir wirklich aus dem Kopf schlagen.« Der Blick seiner Mutter war so flehend, dass sie ihm fast leidtat.

»Helmut war schon immer schrecklich sentimental«, mischte Albrecht sich ein, der bis jetzt geschwiegen hatte. »Erinnerst du dich, als sein erster Hund gestorben ist, Mama? Der, nach dem er den hinkenden alten Köter benannt hat, der ihm neuerdings kaum noch von der Seite weicht? Als der erste Enno gestorben ist, hat mein Bruder drei Tage lang geweint und behauptet, er würde niemals einen anderen Hund lieben.« Er verdrehte die Augen, um klarzumachen, wie albern er es fand, sein Herz an einen Hund zu hängen. Oder überhaupt an irgendetwas oder irgendjemanden.

Die Gräfin gab einen erstickten Laut von sich. »Bitte, Albrecht. Du machst mich nervös.«

»Wieso mache *ich* dich nervös, Mama? *Ich* würde niemals auf den absurden Gedanken kommen, eine *französische Näherin* zu heiraten.« Mit einer energischen Handbewegung strich er sich das Haar aus der Stirn.

Helmut, der von der Liaison zwischen seinem Bruder und dem Stubenmädchen Katrin wusste, warf ihm einen bösen Blick zu. »Natürlich nicht. Lieber lügst du so ein armes Mädchen an und tust nur so, als würdest du es ernst meinen.«

Er verbeugte sich knapp in Richtung seiner Mutter und verließ das Speisezimmer. In Gesellschaft der beiden Lieblingshunde des Grafen wartete in der Halle Enno vor dem kalten Kamin auf ihn. Er kam sofort auf ihn zu, während Harras und Wolf nur kurz die Köpfe hoben und sie sofort wieder auf die Steinfliesen sinken ließen. Bisher waren sie die einzigen Hunde gewesen, die ins Haus durften. Die kleine Jagdhundmeute lebte in einem Zwinger hinter dem Stall.

»Sie fehlt dir auch, nicht wahr?«, flüsterte Helmut und kraulte den Hund hinter den Ohren. Enno sah ihn mit seinen braunen Augen an, als würde er ihm in allem zustimmen.

»Dass du mich richtig verstehst, ich bin auf deiner Seite.« Albrecht musste sich auf Zehenspitzen genähert haben, denn als Helmut den Kopf hob, stand er direkt vor ihm. »Du bist mein Bruder, und ich unterstütze dich, wo ich kann.«

Soweit Helmut sich erinnern konnte, hatte Albrecht noch nie Wert darauf gelegt, ihm zur Seite zu stehen. Misstrauisch kniff er die Augen zusammen und musterte seinen Bruder.

»Du warst das, nicht wahr? Du hast Vater von Claire und mir erzählt.«

»Wie kommst du denn darauf?« Albrechts Empörung wirkte echt. »Ich wusste das doch gar nicht.«

»Und was war neulich in der Wäschekammer? Da hast du mich hingeschickt, weil Claire angeblich weinte. Sie hatte tatsächlich einen Grund zum Weinen, wobei es völlig unerklärlich war, wie die Weinflecke auf die Laken gekommen waren.«

»Glaubst du etwa, ich weiß, wer das war? Und ich wusste auch nicht, dass zwischen der kleinen Französin und dir etwas ist. Noch dazu etwas Ernsthaftes. Aber ich helfe dir, wenn du willst.«

»Ich wüsste nicht, was du tun könntest.« Helmut war nicht bereit, seinem Bruder zu trauen. Zu oft hatte Albrecht ihn früher bei ihrem gemeinsamen Hauslehrer oder den Eltern angeschwärzt. Und er hatte Helmuts Hausaufgaben versteckt, seine Bücher bemalt und andere Dinge getan, von denen er glaubte, sein Bruder würde dafür bestraft.

»Trotzdem danke«, fügte Helmut nach einer Pause hinzu, als Albrecht ihn fragend ansah. Dann ging er entschlossen zurück ins Speisezimmer.

Seine Mutter saß noch beim Frühstück und rührte nervös in ihrer Tasse. Helmut blieb auf der anderen Seite des Tisches stehen.

»Sagst du mir bitte die Adresse von Madame Lefevre?« Er umklammerte mit den beiden Händen die Stuhllehne vor sich.

Gräfin Eveline hob den Kopf und sah ihn mit einem schwachen Lächeln an. »Ich habe ihre Adresse nicht. Sie ist direkt von den von Bilgensteins zu uns gekommen.«

Helmut sah sie prüfend an. Sie schien die Wahrheit zu sagen. Oder sie log so glaubhaft, weil sie sich ihre Begründung vorher zurechtgelegt hatte.

Hilda oder deren Mutter konnte er auf keinen Fall nach der Adresse fragen. In der Umgebung gab es nach allem, was er gehört hatte, einige Damen, die sich schon Kleider von Louise Lefevre hatten schneidern lassen. Sie wussten sicher, wie man mit ihr Kontakt aufnehmen konnte. Nur, wie sollte er sich unauffällig bei ihnen erkundigen? Er würde sich etwas einfallen lassen müssen.

11

Andlau, Ende Mai 1922

Claire hatte ihre gefalteten Hände so fest verschlungen, dass ihre Finger schmerzten. Sie kniete vor dem Altar der Jungfrau Maria und bewegte betend die Lippen.

»Hilf mir«, flüsterte sie. »Zeig mir den richtigen Weg. Beschütze mich und mein Kind. Beschütze Helmut.« Ihr Blick hing beschwörend an der Muttergottes-Statue, die milde lächelnd ihr Kind in den Armen hielt.

Es war kurz nach sechs Uhr morgens, und sie war ganz allein in der Krypta von St-Pierre-et St-Paul, der ehemaligen Abteikirche Ste. Richardis, die nun die Gemeindekirche ihres südwestlich von Straßburg gelegenen Heimatortes Andlau war. Seit Hunderten von Jahren kamen Pilger hierher, die sich Heilung von ihren Leiden versprachen. Auch Claire erhoffte sich ein Wunder von der Jungfrau. Sie fand, dass Maria auch in diesem Fall zuständig war. Schließlich ging es um ein Kind. Um das Kind, das winzig klein und hilflos in ihrem Bauch schlummerte. Und es ging um die Liebe der Eltern dieses Kindes.

Langsam erhob Claire sich von den Knien und knickste vor der Marienstatue. Dann ging sie zwischen den mächtigen Säulen, die durch Bögen aus Stein verbunden waren, hindurch zu der Skulptur der Bärin. Dieses steinerne Standbild hatte sie schon als kleines Mädchen geliebt.

Immer wieder hatte ihre Mutter ihr vor dem Einschlafen die Geschichte der Kaiserin Richardis erzählen müssen. Die arme Richardis war vor mehr als tausend Jahren von ihrem

Ehemann verstoßen worden. Der Legende nach zeigte ihr eine Bärin den Ort, an dem sie eine neue Heimat und Frieden finden konnte. Daraufhin gründete Richardis die Abtei. Das Kloster war inzwischen geschlossen, doch die Steinmauern von Abtei und Kirche bildeten immer noch den Mittelpunkt des Dorfes Andlau.

Fest legte Claire die Hand auf eine der dicken Pfoten der Bärenstatue. »Zeig mir den Weg«, flüsterte sie erneut.

Louise wurde nicht müde, ihr zu erklären, dass es für sie und den Sohn eines Grafen keine Zukunft geben konnte. Auch nicht, wenn sie sein Kind unter dem Herzen trug. Aber ihre Mutter kannte Helmut nicht. Sie wusste nicht, wie liebevoll er sie angesehen und berührt hatte. Ein Blick wie seiner, Worte wie die, die er zu ihr gesagt hatte, konnten keine Lügen sein.

Als sie Schritte auf dem Steinboden der Krypta hörte, fuhr Claire erschrocken herum. Pater Gustave kam auf sie zu. Sie kannte ihn schon ihr Leben lang, denn er hatte sie getauft.

Der Priester lächelte sie an und musterte sie gleichzeitig prüfend. »Was treibt dich zu so früher Stunde in die Kirche, mein Kind?«

Claire spürte, wie sie rot wurde. Sie durfte dem Pfarrer in der Kirche keine Lügen erzählen. Aber die Wahrheit konnte sie erst recht nicht sagen.

»Ich bin früh aufgewacht und deshalb …« Sie wusste nicht weiter und verschlang nervös die Hände vor der Brust.

»Du warst schon lange nicht mehr bei der Beichte, Claire.« Immer noch ruhte der Blick des Pfarrers prüfend auf ihr. »Wenn dir etwas auf der Seele brennt, hilft es dir, wenn du dein Gewissen erleichterst.«

»Ich muss nach Hause«, stieß Claire hervor. »*Maman* wartet mit dem Frühstück auf mich.« Sie knickste hastig und lief zur Tür.

Als sie ins Freie trat, atmete sie erleichtert auf, dass der Pater nicht weiter in sie gedrungen war. Die frische Morgenluft tat ihr gut und brachte die Übelkeit, die sie morgens quälte, fast zum Verschwinden. Das kleine Haus, in dem sie mit ihrer Mutter lebte, lag am Rand der Tausend-Seelen-Gemeinde.

Während sie durch die vertrauten Straßen ging, erwachte langsam das Leben in Andlau. Fenster wurden geöffnet, Betten und Kissen ausgeschüttelt, Geschirr klapperte. Irgendwo sang eine Frau.

Die alte Madame Reinfort kam ihr entgegen. Wegen ihres Buckels ging sie so gebeugt, dass sie den Kopf in den Nacken legen musste, um Claire anzusehen.

»So früh schon unterwegs, Claire? Was treibt dich in aller Herrgottsfrühe aus dem Haus?«

»Guten Morgen, Madame Reinfort«, erwiderte Claire anstelle einer Antwort. »*Maman* hat gestern Ihr Sonntagskleid neu gesäumt und den fehlenden Knopf ersetzt. Ich werde Ihnen das Kleid heute bringen.«

»Das ist gut. Sehr gut.« Die alte Frau nickte so heftig, dass sie aussah wie ein magerer Vogel, der Körner pickte.

Claire verabschiedete sich höflich und ging weiter. Dabei sah sie hinauf zu den Weinbergen, die den Ort von allen Seiten umgaben. Unter dem klaren blauen Himmel schimmerten sie smaragdfarben.

Die meisten Menschen in Andlau lebten vom Weinbau. Seit der Krieg vorüber war, gingen die Geschäfte mit den edlen Tropfen aus dem Elsass allmählich wieder besser. Das nutzte auch Louise als Schneiderin. Sie bekam nun wieder mehr Aufträge hier im Ort.

Die Frauen bestellten sich zu bevorstehenden Festtagen neue Kleider, und wenn ein gutes Kleidungsstück einen Riss hatte, ließen sie es lieber kunstvoll von Louise herrichten, als das Malheur notdürftig selbst zu reparieren, wie sie es während des Kriegs getan hatten.

Claire und ihre Mutter konnten es sich leisten, nicht mehr

für die reichen Damen in Baden zu nähen. Das brachte zwar deutlich mehr ein, doch wenn das Kind erst geboren war, konnten sie sowieso nicht mehr in der Gegend herumfahren.

Claire sah hinauf zu einer kleinen Wolke, die in Richtung Deutschland eilte. Ob Helmut dort drüben auf der anderen Seite der Grenze an sie dachte? Oder hatte er sie längst vergessen und würde demnächst Baroness Hilda heiraten?

Inzwischen hatte sie ihr Zuhause fast erreicht. Als sie die Haustür öffnete und in den dämmerigen Flur ging, erklang sofort die Stimme ihrer Mutter aus der Nähstube: »Bist du das, Claire? Wo warst du denn so lange?«

Zögernd trat Claire in die offene Tür der zur Straße hin gelegenen Schneiderei. Louise sah von ihrer Arbeit auf. Der weinrote Leinenstoff, aus dem sie ein Kleid für Mademoiselle Chinois fertigte, hob sich lebhaft vom Schwarz der Nähmaschine ab.

»Ich konnte nicht schlafen. Da bin ich früh aufgestanden und habe einen Spaziergang gemacht.«

Ihre Mutter runzelte die Stirn. »Hör auf, in der Gegend herumzuspazieren und an ihn zu denken. Er hat dich sicher längst vergessen.«

»Aber er muss doch wissen, dass er Vater wird …« Unglücklich sah Claire ihre Mutter an. Wie konnte Louise nur so felsenfest überzeugt sein, dass Helmut nicht zu seinem Kind stehen würde? Sie bestand darauf, ein uneheliches Kind in ihrem Haus großzuziehen, ohne auch nur zu versuchen, den Vater dieses Kindes zu informieren. All ihre Nachbarn, Bekannten und Kunden in Andlau würden sich das Maul zerreißen, doch das schien ihrer Mutter egal zu sein.

»Er wird behaupten, dass du lügst und dass das Kind nicht von ihm sein kann. Diesen Schmerz will ich dir ersparen. Vergiss diesen Mann so schnell und so gründlich wie möglich.« Louise begleitete ihre Worte mit einem energischen Nicken.

Doch sie erreichte nur, dass Claire sich noch elender fühlte als zuvor. Sie *wollte* Helmut nicht vergessen. Sie konnte ihn nicht vergessen. Wie sollte das gehen? Sie liebte ihn doch und hatte sein Kind empfangen.

Ich werde ihm schreiben, ging es ihr durch den Kopf. Er muss es erfahren. Wenn ich dann nichts von ihm höre, werde ich es akzeptieren. Aber vergessen werde ich ihn nie.

»Du siehst blass aus. Wenn du schon nicht schläfst, musst du wenigstens essen. Dein Frühstück steht auf dem Tisch.« Während sie Claire kritisch musterte, zog Louise, ohne hinzusehen, den roten Stoff glatt.

Wortlos ging Claire in die Küche. Sie bestrich eine Brotscheibe dünn mit Butter und kleckste ein wenig Honig darauf. Ohne jedoch davon abzubeißen, sprang sie plötzlich auf und lief in die kleine Hinterstube. Dort wühlte sie in dem alten Schrank nach dem Schreibblock. Aus der Schublade nahm sie den Füllfederhalter, den ihre Mutter für die Korrespondenz mit Kunden und die Rechnungen benutzte.

Sie trug das Schreibzeug in die Küche und schob den Teller mit Brot beiseite. Der Brief war jetzt wichtiger.

Lieber Helmut! Ihre Hand zitterte, als sie die Buchstaben des geliebten Namens aufs Papier brachte.

Ich schreibe Dir, weil die Sehnsucht mein Herz so schwer macht, dass ich kaum atmen kann. Ich kann auch nicht schlafen und kaum etwas essen. Ständig frage ich mich, ob ich Dich jemals wiedersehen werde. Wirst Du kommen, um mich zu holen? Oder wirst Du Baroness Hilda heiraten, wie es geplant war?

Doch ganz gleich, wie Du Dich entscheidest, Du sollst wissen, dass ich Dich immer lieben und Dich nie vergessen werde. Ich weiß nicht …

»Was tust du da?« Der strenge Tonfall ihrer Mutter ließ sie so heftig zusammenfahren, dass sie einen dicken Tintenklecks aufs Papier machte. Louise stand direkt hinter ihr und schaute hinunter auf das Papier.

»Helmut kennt meine Adresse gar nicht. Wenn ich ihm schreibe …«

Über ihre Schulter griff ihre Mutter nach dem Block, nahm ihn an sich und presste ihn gegen ihre Brust.

»Er hat jede Möglichkeit, dich zu finden. Wenn er sich also nicht meldet und nicht zu dir kommt, dann ist das so, weil er dich nicht sehen will. Du wirst dich nicht lächerlich machen, indem du ihn anbettelst. Schon gar nicht wirst du ihm von dem Kind mitteilen.«

»Aber …«

Wortlos riss ihre Mutter das oberste Blatt vom Block und zerriss es in kleine Fetzen.

»Versprich es«, forderte sie Claire auf. »Versprich es mir noch einmal.«

»Was soll ich versprechen?« Sie wusste es genau, aber sie wollte es nicht tun. Das Versprechen, das sie ihrer Mutter auf der nächtlichen Fahrt in der Kutsche gegeben hatte, zählte nicht wirklich, das wussten sie beide. Damals war sie vollkommen verwirrt, müde und elend gewesen. Und sie hatte zum ersten Mal von ihrem Vater gehört und davon, dass ihre Mutter einen reichen Mann geliebt hatte und von ihm schmählich im Stich gelassen worden war.

»Versprich, dass du ihm nicht schreiben wirst. Und dass du auch sonst nichts tust, um mit ihm Kontakt aufzunehmen.«

»Das kann ich nicht.« Claires Stimme zitterte. Und ihre Hände bebten so stark, dass sie die Finger zwischen ihre Schenkel und die Sitzfläche des Stuhls klemmte.

Ihre Mutter packte sie bei den Schultern und zog sie hoch. »Ich lasse nicht zu, dass du dich noch unglücklicher machst, als du ohnehin schon bist. Glaube mir doch: Er wird nicht zu dir und dem, was er getan hat, stehen. Selbst wenn er jetzt käme und dir Versprechungen machte – ihr seid beide noch sehr jung. Vielleicht ahnt er nichts von dem Gegenwind, den er zu spüren bekäme, wenn er tatsächlich versuchen würde, dich zu heiraten.«

»Du glaubst also doch, er würde es tun.«

»Nein. Das glaube ich nicht.« Louise schüttelte heftig den Kopf. »Versuch, ihn zu vergessen. Ich helfe dir, und du kannst in Ruhe und Frieden dein Kind großziehen. Mit etwas Glück findest du einen netten Mann, der dich mit dem Kind nimmt. Und falls nicht ... ich bin auch so glücklich. Aber ich kann dir nur zeigen, wie das geht, wenn du zulässt, dass ich dich unterstütze. Und ihn endlich vergisst.« Ihre Mutter sah ihr fest in die Augen.

Tapfer erwiderte Claire ihren Blick, blieb aber stumm. Die Worte, auf die ihre Mutter wartete, brachte sie nicht über die Lippen.

»Habe ich dich schon einmal im Stich gelassen, Claire?«

Sie schüttelte den Kopf. »Nein, *Maman.*«

»Habe ich nicht immer dafür gesorgt, dass es dir gut ging, du ein Dach über dem Kopf und genug zu essen hattest?«

»Ja, *Maman.*«

»Habe ich jemals für dich oder uns beide eine Entscheidung getroffen, die sich hinterher als vollkommen falsch herausgestellt hat?«

»Nein, *Maman.*«

Nun schwiegen sie beide und sahen sich nur an.

»Ich verspreche es«, sagte Claire schließlich und hatte das Gefühl, dass in diesem Moment ihr Herz endgültig brach.

12

Herrenhaus Bilgenstein, Ende Mai 1922

Helmut war in seinem Automobil zum Wohnsitz der von Bilgensteins gefahren. Er hatte schon am Tag zuvor mit Hilda reden wollen, gleich nach dem Gespräch mit seinen Eltern. Doch Hilda hatte ihm am Telefon mitgeteilt, sie habe keine Zeit. Sie müsse einige Briefe beantworten und ihre Haare waschen. Also hatte Helmut eine schlaflose Nacht lang Zeit gehabt, sich die richtigen Worte zurechtzulegen, die es aber ohnehin nicht gab.

Am meisten hatte er in den endlos langen dunklen Stunden jedoch an Claire gedacht und sich gefragt, ob sie ihn ebenso sehr vermisste wie er sie. Ob sie wusste, dass er sie suchen und finden würde. Oder ob sie glaubte, er würde sich dem Willen seines Vaters beugen. Und er grübelte darüber nach, wie er ihre Adresse in Erfahrung bringen konnte.

Nun saßen Hilda und er allein im Sonnenzimmer, wie die Baronin den kleinen, nach Süden gelegenen Salon nannte. Die Tür zur Halle stand selbstverständlich offen, denn einem verlobten, aber noch nicht verheirateten Paar gebot der Anstand, sich nicht allein in einem geschlossenen Raum aufzuhalten.

»Ich kann vor lauter Aufregung kaum noch schlafen«, gestand ihm Hilda mit leichtem Erröten. »Die Zeit vergeht rasend schnell. Unsere Hochzeit steht praktisch vor der Tür.«

»Über unsere Hochzeit muss ich mit dir reden.« Helmut nahm einen Schluck von seinem Tee, der jedoch zu schwach war, um ihm zusätzlichen Mut zu verleihen.

»Ja?« Mit einem strahlenden Lächeln setzte Hilda sich auf

ihrem Sesselchen zurecht. Sie legte den Kopf schief und sah ihn fragend an. Dabei sah sie besonders hübsch aus. Wie merkwürdig, dass ihm das gerade jetzt auffiel. Es tat ihm leid, dass er ihr wehtun musste, aber sie würde sicher sehr schnell einen anderen Mann finden, mit dem sie wahrscheinlich glücklicher werden konnte als mit ihm, dessen Herz einer anderen gehörte.

»Das kommt überhaupt nicht infrage!«, rief Hilda ein paar Minuten später entrüstet.

Er hatte sich große Mühe gegeben, ihr möglichst schonend klarzumachen, dass er sich nicht in der Lage sehe, sie zu heiraten und seinen Antrag deshalb zurückziehen müsse. Aber natürlich gab es keine Worte, die diesen Schlag abmildern konnten. Selbst wenn Hilda ihn nicht wirklich liebte, wovon er ausging, war es doch eine herbe Abfuhr, die sie hinnehmen musste.

Als sie ihn stumm anstarrte und dabei immer blasser wurde, beschloss er, einen weiteren Versuch der Entschuldigung und Erklärung zu wagen.

»Gefühle kann man nicht erzwingen, Hilda. Und da ich mir inzwischen sicher bin, dass ich dich zwar wirklich gernhabe, es mir aber wohl nie gelingen wird, dich zu lieben, wie ein Ehemann seine Frau lieben sollte, halte ich es für besser …«

»Was redest du für einen Unsinn?«, fiel sie ihm mit schriller Stimme ins Wort. Im nächsten Moment herrschte sie den Diener, der soeben mit einem Teller voller Gebäck hereinkam, an: »Raus hier!«

Wortlos machte der Mann mitsamt seinen Schokoladenplätzchen kehrt und verschwand.

Hilda konzentrierte sich wieder auf Helmut. »Deine Gefühle interessieren mich nicht. Behalt deine Befindlichkeiten gefälligst für dich. Wir heiraten, weil unsere Familien es so beschlossen haben und wir – jawohl, auch du – damit einverstanden waren. Dabei war niemals die Rede davon, dass wir irgendwelche romantischen Gefühle füreinander hegen müssten. Ich erwarte lediglich von dir, dass du deinen Pflichten als Ehemann nachkommst. Umgekehrt werde ich die Rolle als deine Ehefrau tadellos ausfüllen. Du wirst durch deine Heirat mit mir wohlgeratene Kinder, einen gepflegten Haushalt und hervorragend organisierte Feste und Einladungen erhalten. Zusätzlich zu einer ansehnlichen Mitgift, wohlgemerkt.«

»Aber darum geht es doch gar nicht.« Helmut war klar, dass er noch vor wenigen Monaten fast ebenso gedacht hatte – bevor er Claire kennen- und lieben gelernt hatte.

»Ich schlage vor, wir vergessen diese absurde Unterhaltung.« Hilda stand auf und zwang ihn dadurch, sich höflicherweise ebenfalls zu erheben.

Er hatte das Gefühl, dass dieses Gespräch längst noch nicht beendet war. Hilda musste begreifen, wie ernst es ihm mit der Absage der Hochzeit war. Sie schien jedoch entschlossen, seine Entscheidung zu ignorieren.

Zögernd bewegte er sich auf die Tür zu. Es widerstrebte ihm, unverrichteter Dinge wieder zu gehen. Deshalb blieb er auf halbem Weg durchs Zimmer stehen und drehte sich zu ihr um.

»Du bist eine wunderschöne Frau aus bester Familie mit einer hervorragenden Erziehung. Ich bin mir sicher, du kannst innerhalb kürzester Zeit einen weitaus besseren Mann als mich finden, der glücklich sein wird, dich heiraten zu dürfen.«

»Hör auf damit!«, zischte sie ihn an. »Ich will kein Wort mehr von diesem Blödsinn hören. Hast du schon einmal ernsthaft darüber nachgedacht, welches Gerede es geben würde, wenn du mich ein paar Wochen vor der Hochzeit einfach abservierst? Du gibst mich damit der Lächerlichkeit preis, und das werde ich auf keinen Fall zulassen.«

»Wir könnten sagen, dass du es dir anders überlegt hast«, schlug Helmut vor.

»Aus welchem Grund sollte ich es mir bitte ein paar Wochen vor der Hochzeit anders überlegen? Weil ich ein wankelmütiges Frauenzimmer bin, das nicht weiß, was es will?« Sie schüttelte so heftig den Kopf, dass ihre kinnlangen Haare ihr ins Gesicht flogen. »Das ist genauso peinlich, als wenn der Mann, der mich heiraten wollte, kurz vor dem Altar die Flucht ergreift. In beiden Fällen gibt es einen Skandal.«

»Das kann ich leider nicht ändern«, sagte er leise.

Überraschend packte Hilda ihn beim Arm und schob ihn weiter in Richtung Tür. Ehe er sich versah, hatten sie gemeinsam die Halle durchquert und standen am Eingangsportal. Für einen unbeteiligten Beobachter musste es aussehen, als würden sie Arm in Arm durchs Haus laufen.

»Du gehst jetzt. Und wenn wir uns das nächste Mal sehen, bist du gefälligst zur Vernunft gekommen.« Hilda riss die Tür auf, bevor der Butler Gelegenheit hatte, sie für den Gast zu öffnen.

Helmut wurde bewusst, dass es momentan keine Möglichkeit gab, ruhig mit Hilda zu reden. Er hätte ihr sagen können, dass er in eine andere Frau verliebt war. Aber das hätte sie noch mehr verletzt, und es änderte nichts daran, dass er die Hochzeit absagen wollte. Sie war eine kluge Frau und musste vermuten, dass es eine andere gab. Wahrscheinlich wollte sie die Wahrheit nicht hören, sonst hätte sie ihn danach gefragt.

Er würde in ein oder zwei Tagen noch einmal versuchen, mit ihr zu sprechen.

Da Hilda mit vor der Brust verschränkten Armen dastand, hob er die Hand zu einer vagen Abschiedsgeste und ging die breite Freitreppe hinunter zu seinem Wagen, der in der Einfahrt parkte.

Enno thronte hoheitsvoll auf dem Beifahrersitz und klopfte mit dem Schwanz auf das Polster, als Helmut sich hinter das Steuer setzte.

»Wir fahren bei den Claasens vorbei«, teilte er dem Hund

mit, während er den Motor startete. »Erika von Claasen hat sich vor ein paar Monaten von Louise Lefevre ein Kleid nähen lassen, das hat Claire mir erzählt. Also kennt Erika auch Claires Adresse.«

Enno, der ihm mit schief gelegtem Kopf zugehört hatte, klopfte ein weiteres Mal auf den Sitz, was Helmut als Zustimmung wertete.

Er kannte Erika von Claasen seit seiner Kindheit. Sie war knapp zwei Jahre jünger als er und hatte immer ein wenig für ihn geschwärmt. Allerdings hatten seine Eltern sie niemals als Ehefrau für ihn in Erwägung gezogen. Erikas Familie gehörte zum niederen Adel, und ihre Mitgift war nicht der Rede wert.

Als Helmut vor dem Landhaus Claasen vorfuhr, war ihm immer noch keine gute Begründung für seinen Besuch eingefallen. Erst recht wusste er nicht, wie er sich nach der Adresse der französischen Schneiderin erkundigen sollte, ohne Argwohn zu erregen oder zumindest große Verwunderung hervorzurufen. Beides würde zu Fragen führen, die er nicht beantworten konnte oder wollte. Er hoffte, spontan einen Einfall zu haben.

Vom Butler erfuhr er, dass Herr und Frau von Claasen sich wegen eines geplanten Opernbesuchs für einige Tage nach Freiburg begeben hatten. Das gnädige Fräulein sei jedoch zu Hause, befände sich im Garten und würde ihn dort empfangen.

Helmut bat, zu Erika geführt zu werden. Würdevoll geleitete der Butler ihn durchs Haus hinaus auf die Terrasse und weiter zu dem sechseckigen Pavillon auf dem Rasen. Dort saß Erika über ein Buch gebeugt an einem kleinen runden Tisch.

Als sie Helmut sah, schlug sie das Buch zu und erhob sich. Mit unbewegter Miene stand sie neben ihrem Stuhl und blickte ihm entgegen.

»Der junge Graf von Haynbach«, meldete der Butler mit

einer leichten Verbeugung, als sie den Pavillon erreicht hatten.

»Danke, Kleiber.« Sie nickte dem Butler zu, der sich wortlos zurückzog.

Helmut war überrascht, dass sie keinen Tee oder ein erfrischendes Getränk servieren ließ, wie es bei Besuchern zu dieser Tageszeit üblich war. Auch ihr Händedruck war seltsam kühl, ihre Miene streng.

»Guten Tag, Helmut. Was verschafft mir die Ehre?«

»Guten Tag, Erika. Ich fuhr gerade mit meinem Automobil vorbei und dachte, ich könnte kurz hereinschauen.«

Erika kniff die Augen zusammen »Ich habe dich erwartet. Jedenfalls war ich darauf vorbereitet, dass du kommen könntest. Obwohl ich dich monatelang nicht gesehen habe.«

»Es tut mir leid, dass ich mich so rar gemacht habe«, entschuldigte er sich verlegen.

Sie verzog keine Miene. »Gestern hatte ich einen Anruf von deiner Mutter. Und eben rief mich Hilda an. Sie hat am Telefon geweint.«

Bisher hatte Helmut die Erfindung des Telefons und die Tatsache, dass es mittlerweile in jedem wohlhabenden Haushalt einen Apparat gab, für äußerst praktisch gehalten. In diesem Moment war er sich jedoch nicht so sicher, ob er immer noch dieser Ansicht war.

Es war dumm gewesen, zu Erika zu fahren. Sie gehörte zu Hildas engen Freundinnen, und natürlich telefonierten sie miteinander.

»Worum ging es beim Anruf meiner Mutter?«, erkundigte er sich vorsichtig. Auch wenn es peinlich war, zu fragen, würde ihm die Antwort weiterhelfen.

Erika machte keine Anstalten, ihm eines der zierlichen Stühlchen mit den grünen Sitzkissen anzubieten.

»Die Gräfin bat um Diskretion.« Erika zögerte und konnte dann doch nicht widerstehen. »Allerdings glaube ich, dass sie in derselben Angelegenheit mindestens ein Dutzend Anrufe getätigt hat. Insofern war das Gespräch vielleicht doch nicht so vertraulich.«

Helmut wartete schweigend. Er war sicher, Erika würde ihm gleich verraten, was seine Mutter gesagt hatte. Wenn sie es nicht tat, würde sie platzen.

»Wahrscheinlich kannst du es dir ohnehin denken. Nach dem, was du Hilda gesagt hast, bin ich mir sogar sicher, dass du weißt, aus welchem Grund deine Mutter angerufen hat.«

Er sagte immer noch nichts. Gleichzeitig huschte ihm der Gedanke durch den Kopf, dass Hilda wahrscheinlich längst den Grund kannte, aus dem er die Hochzeit absagen wollte. Deshalb hatte sie nicht gefragt. Sie war wohl nur überrascht gewesen, dass er tatsächlich die Entscheidung getroffen hatte, die für ihn auf der Hand lag.

»Deine Mutter wusste, dass du kommen würdest. Wenn nicht zu uns, dann in eines der anderen Häuser, für die die Französin schon gearbeitet hat.«

Er wartete und schwieg.

»Ich kenne ihre Adresse, aber ich werde sie dir nicht verraten. Ganz gewiss nicht.« Erika warf den Kopf in den Nacken und funkelte ihn wütend an. »Niemals hätte ich von dir gedacht, dass du Hilda so etwas antust. Wegen einer französischen Näherin. Ich bitte dich!«

»Es tut mir leid, dass ich dich belästigt habe.« Mit einem Ruck wandte Helmut sich ab, stieg die Stufen des Pavillons hinunter und eilte über den Rasen und um das Gebäude herum zurück zu seinem Wagen.

Wieder saß Enno brav auf dem Beifahrersitz und klopfte mit der Rute auf das Polster. Doch dieses Mal ignorierte Helmut sogar seinen geliebten Hund. In ihm kochte die Wut. Wie hatte seine Mutter das tun können? Sie hatte ihn der Lächerlichkeit preisgegeben. Indem sie den Damen in ihrem gesamten Bekanntenkreis erklärt hatte, warum sie ihm Claires

Adresse nicht nennen durften, hatte sie seine Liebe dargestellt wie die Dummheit eines verbohrten Jungen, die ihm die Erwachsenen austreiben mussten.

Er trat aufs Gaspedal und spürte den Wind im Gesicht. Es war ein warmer Tag, und normalerweise hätte er die Fahrt in dem offenen Wagen genossen. Heute konnte er das nicht. Seine Gedanken kreisten um eine einzige Frage: Wie sollte er Claire finden?

13

Schloss Haynbach, Anfang Juni 1922

Albrecht fand Helmut in der Eingangshalle des Schlosses, in der es an diesem warmen Sommertag kühl und dämmerig war. Sein Bruder hatte den Sessel so umgedreht, dass ihn hinter der hohen Lehne niemand bemerkte, der den großen Raum durchquerte. Albrecht entdeckte ihn erst, als er zum dritten Mal in der Halle nachsah. Und das auch nur, weil er die Schwanzspitze des schwarzen Köters erspähte, die auf die übliche nervtötende Weise auf den Teppich klopfte.

»Da bist du ja. Ich hab dich überall gesucht.« Er baute sich vor Helmut auf und hatte zum ersten Mal in seinem Leben ein Gefühl echter Überlegenheit gegenüber seinem Bruder.

Helmut warf ihm einen müden Blick zu und senkte dann wieder den Kopf. Er war wirklich fertig! Und das wegen einer kleinen französischen Näherin. Sie war ein hübsches Ding, und er selbst hätte nichts gegen eine kurze Liaison mit ihr gehabt. Mehr aber auch nicht. Helmut hätte froh sein sollen, wenn sie für immer verschwunden war, denn dann würde alles so bleiben wie bisher. Er würde Schloss Haynbach und das zugehörige Land erben, würde Hilda von Bilgenstein heiraten und das Leben führen, das ihm als Erstgeborener vorherbestimmt war. Albrecht unterdrückte ein Schnauben. Das alles schien seinem Bruder nichts zu bedeuten. Er schlurfte nur noch trübsinnig in der Gegend herum und starrte zwischendurch Löcher in die Luft. Außerdem beharrte er darauf, Hilda nicht zu heiraten.

Albrecht war klar gewesen, dass Helmut ein sentimentaler

Kerl war, aber für so dumm hatte er ihn nicht gehalten. Doch seine neue Erkenntnis störte ihn beileibe nicht, denn im Gegensatz zu seinem Bruder wusste er die Möglichkeiten zu schätzen, die dieser achtlos fortwerfen wollte. Und er würde sie nutzen. Endlich konnte er bekommen, was er wollte: das Erbe von Haynbach und – bei dem Gedanken wurde Albrecht heiß vor Begehren – hoffentlich auch die Hand der schönen Hilda. Er musste nur noch dafür sorgen, dass Helmut nicht doch wieder zur Vernunft kam.

»Ich weiß etwas über die französische Näherin.« Albrecht kniff die Augen zusammen, um seinen Bruder im Dämmerlicht besser sehen zu können.

Aha! Nun richtete sich Helmut in seinem Lehnstuhl auf und vergaß sogar, den Köter zu kraulen. »Claire?«, sagte er nach einer Weile. Für einen winzigen Moment hatten seine Augen aufgeleuchtet, doch der Glanz erlosch sofort wieder. »Sie ist fort. Für immer.«

»Ich habe mich nach ihrer Adresse erkundigt.« Albrecht fragte sich, wie lange sein liebeskranker Bruder brauchen würde, um das Schloss zu verlassen, wenn er erfuhr, wohin die Reise gehen musste. Wahrscheinlich nicht länger als eine Stunde. Ob sein Vater ihn sofort enterben würde, wenn er hörte, was sein Erstgeborener vorhatte?

Helmut schüttelte den Kopf. »Du wirst auch nichts herausfinden, Albrecht. Die Damen sind sich einig und schweigen.« Er umklammerte die Armlehnen des Sessels so fest, dass seine Fingerknöchel weiß hervortraten.

Albrecht verdrehte die Augen. »Natürlich darfst du nicht selbst fragen. Und du darfst nicht die Damen fragen. Sie sind auf Hildas Seite und auf der unserer Mutter. Wobei ich fast glaube, dass sie ausschließlich in Papas Auftrag handelt. Ohne den Einfluss unseres Vaters würde Mama dir vielleicht sogar deine Gefühle für eine Näherin verzeihen. Aber er hat nun mal das Sagen.«

»Bei meinen Gefühlen gibt es nichts zu verzeihen«, entgegnete Helmut. »Natürlich tut es mir furchtbar leid, dass ich die Verlobung mit Hilda lösen muss. Aber niemand kann ernsthaft verlangen, dass ich sie heirate, obwohl ich eine andere Frau liebe.«

»Ich habe dir von Anfang an gesagt, ich bin auf deiner Seite.« Lächelnd zog Albrecht einen Zettel aus der Westentasche.

»Ist das …?« Helmut sprang auf und streckte die Hand nach dem zusammengefalteten Papier aus.

Albrecht genoss die Situation viel zu sehr, um ihm die Adresse sofort zu geben. Er schloss die Finger um das kostbare Blatt Papier und brachte es hinter seinem Rücken in Sicherheit.

Helmut ließ die Schultern nach vorn fallen. »Hör auf, mich zu foppen! Du kannst unmöglich herausgefunden haben, wo im Elsass Claire lebt. Mama hat mit jeder Einzelnen von Louise Lefevres Kundinnen telefoniert. Und sie halten eisern zusammen.«

»Ich sagte doch, du darfst nicht die Damen fragen.« Mit einem triumphierenden Lachen holte Albrecht den Zettel wieder hervor, faltete ihn auseinander und hielt ihn so, dass Helmut ihn lesen konnte.

»Das kann nicht sein! Woher …?« Jetzt klang sein Bruder so atemlos, als wäre er zu Fuß bis zur französischen Grenze und zurück gelaufen. Was der blöde Kerl wahrscheinlich für dieses Flittchen sogar getan hätte.

»Es gibt kein Herrenhaus, in dem das Personal nicht tratscht. Und natürlich wissen Zofen genauso viel wie ihre Herrschaft.«

»Du hast eine der Zofen nach der Adresse gefragt? Das habe ich natürlich auch versucht, aber mir ist nichts als Verachtung und eisiges Schweigen entgegengeschlagen. Nicht für Geld und gute Worte wollten sie mir etwas verraten. Sie fürchteten alle um ihre Stellung. Wieso haben sie mit dir geredet?«

Sein Bruder war immer noch misstrauisch. Er konnte offenbar nicht glauben, dass es Albrecht gelungen war, Claires Adresse in Erfahrung zu bringen. Das lag daran, dass Helmut stets nur den geraden Weg ging. Wenn er etwas wissen wollte, fragte er. Er kannte keine Umwege, keine Intrigen und Ränke. Im Grunde war er viel zu dumm, um einen so großen Besitz wie den der Grafen von Haynbach zu führen. Was man schon daran erkannte, dass er bereit war, alles hinzuwerfen, nur weil eine Näherin ihm den Kopf verdreht hatte.

»Natürlich habe ich nicht selbst gefragt. Ich habe meine Quellen«, erklärte Albrecht von oben herab. Es war ein wunderbares Gefühl, dem älteren Bruder endlich zu zeigen, dass er mit Leichtigkeit Fragen klären konnte, die Helmut sehr wichtig waren und an denen er dennoch kläglich scheiterte.

Katrin hatte sich vor Eifer fast überschlagen, als Albrecht sie gefragt hatte, ob sie sich umhören könne. Die Gerüchte um Helmuts Techtelmechtel mit der Näherin hatten ihr scheinbar Mut gemacht. Wenn der Erbe von Schloss Haynbach sein Herz an eine Frau aus dem einfachen Volk hängte, konnte doch sein jüngerer Bruder erst recht ein Stubenmädchen heiraten, nicht wahr? Sie sprach es nicht aus, aber Albrecht las ihr diese Gedanken mühelos von den Augen ab.

In ihrer Dummheit ahnte sie nicht, dass es ihm durch ihre Hilfe hoffentlich gelingen würde, endlich an die Stelle seines Bruders zu treten – auch bei der Frau, die ihm schon seit seinem fünfzehnten Geburtstag im Kopf herumspukte und an die er am liebsten dachte, wenn er sich mit Katrin vergnügte.

»Gib her!«, forderte Helmut und sah aus, als würde er seinem Bruder das Blatt mit Claires Adresse notfalls gewaltsam entreißen.

Albrecht genoss seine Macht. Er fragte sich kurz, ob er eine Gegenleistung für die Anschrift der Französin fordern sollte, beschloss jedoch, großzügig zu sein. Zumal er reichlich entschädigt würde, wenn alles so ablief wie geplant. Wortlos reichte er Helmut den Zettel.

Sekundenlang starrte Helmut die Adresse an. Dann sah er sich um, als wäre er aus einem Traum erwacht. In diesem Moment erkannte Albrecht seinen tatkräftigen Bruder wieder. »Ich fahre da hin. Sofort.«

Er konnte sehen, wie es hinter Helmuts Stirn arbeitete. Wenn er diesen Nachmittag nach Frankreich starten wollte, gab es noch eine Menge zu erledigen.

»Dann viel Glück.« Albrecht ließ seinen Bruder stehen und eilte davon. Hilda erwartete ihn zum Tee, und er wollte sich noch umziehen. Bereits vor seinem Gespräch mit Helmut hatte er sie angerufen und seinen Besuch angekündigt. »Ich habe Neuigkeiten«, hatte er ihr erklärt.

»Falls es um Helmut geht, soll er selbst kommen. Seit er mir seinen absurden Entschluss mitgeteilt hat, habe ich ihn nicht mehr gesehen. Das ist drei Tage her, und ich weiß nicht, ob ich seine Ankündigung wirklich ernst nehmen soll.«

Hildas belegte Stimme hatte Albrecht wütend gemacht. Es war Helmuts Schuld, dass diese wunderschöne Frau so verletzt war. Er würde dafür sorgen, dass sie wieder lachte und glücklich war. Glücklicher, als sie mit seinem Bruder je hätte sein können.

Vormittags hatte die Sonne noch dann und wann hinter den Wolken hervorgelugt. Als Albrecht jedoch am Nachmittag vor dem Herrenhaus Bilgenstein aus dem Phaeton stieg, regnete es in Strömen. Hilda erwartete ihn auf der überdachten Terrasse. Der Sommerregen prasselte so laut auf das Glasdach, dass Albrecht die Stimme heben musste, als er seine Freundin aus Kindertagen begrüßte.

Ebenso wie Helmut kannte er Hilda, seit er denken konnte. Sie war als kleines Mädchen häufig mit ihren Eltern auf

Schloss Haynbach zu Besuch gewesen und hatte mit den Brüdern im Park gespielt. Am besten hatte es dem kleinen Albrecht immer gefallen, wenn sie gemeinsam in der Bibliothek die Bildbände über fremde Länder angeschaut hatten. Hilda konnte äußerst fantasievoll über die Reisen erzählen, die sie später unternehmen wollte. Und Albrecht hatte jedes Mal den brennenden Wunsch gespürt, später, wenn sie beide erwachsen waren, zusammen mit Hilda Afrika zu erkunden oder die Städte Amerikas zu bereisen.

Im Laufe der Jahre war Hilda immer schöner geworden, und irgendwann hatte Albrecht sie ganz gegen seine sonstige Art nur noch stumm angestaunt. Von da an hatte sie ihn kaum noch wahrgenommen und nur noch mit Helmut gesprochen, mit Helmut gelacht, Helmut angesehen. Dass seine und Hildas Eltern schließlich die Verlobung der beiden beschlossen hatten, war fast schon zwangsläufig geschehen. Natürlich auch, weil Helmut der Erstgeborene war. Er, Albrecht, hatte seine Eifersucht kaum zügeln können. Aber wer konnte schon wissen, was geworden wäre, wenn er damals etwas forscher um Hildas Aufmerksamkeit geworben hätte? Vielleicht hätte sie von sich aus erklärt, sie wolle lieber ihn als Helmut.

»Du siehst zauberhaft aus. Wie immer«, bemerkte er, nachdem er sich über Hildas Hand gebeugt und einen Kuss in die Luft über ihrem Handrücken gehaucht hatte.

Sie sah ihn erstaunt an und deutete auf den zweiten Stuhl an dem kleinen runden Tisch, auf dem eine silberne Teekanne, ein Teller mit hauchzarten Plätzchen und zwei Tassen bereitstanden.

»Danke«, sagte sie so leise, dass er sie im Rauschen des Regens kaum verstand. »Seit wann machst du mir Komplimente?«

»Das war bisher das Vorrecht meines Bruders. Leider.« Er setzte sich und sah zu, wie sie mit ihren schmalen, blassen

Händen nach der Teekanne griff und seine Tasse aus durchscheinendem chinesischem Porzellan füllte.

Als er sie im blaugrauen Licht des Regennachmittags betrachtete, bemerkte er ihre leicht geröteten Lider. Hilda, die immer so fröhlich und selbstbewusst gewesen war, hatte geweint. Und daran war Helmut mit seinem unmöglichen Verhalten schuld.

Albrecht zögerte nur kurz, dann tastete er in seiner Hosentasche nach der kleinen Schachtel und rutschte von seinem Stuhl auf die Knie. Dabei kümmerte es ihn nicht, dass der Butler in der offenen Tür zum Salon stand und alles mit ansah.

»Mein Gott, was machst du da, Albrecht? Steh auf.« Erschrocken presste Hilda die Fingerspitzen vor den Mund.

»Ich denke nicht daran.« Er öffnete die Ringschachtel und stellte erstaunt fest, dass seine Hände zitterten. »Willst du meine Frau werden, Hilda? Ich würde mich sehr geehrt fühlen.«

Sie starrte ihn vollkommen entgeistert an. »Lassen Sie uns bitte allein, Gundlau«, sagte sie dann, ohne sich umzudrehen. Lautlos wie ein Geist verschwand der Butler. Dennoch antwortete sie nicht auf Albrechts Frage.

Worauf wartete sie noch? Plötzlich kamen ihm die Worte seines Antrags dürr und nichtssagend vor. Er musste ihr klarmachen, wie ernst es ihm war. Wie sehr er diese Chance, wie sehr er *sie* wollte.

»Ich …«, presste er hervor. »Ich habe dich schon immer über alle Maßen bewundert und Helmut von Herzen beneidet. Er ist ein Dummkopf, und ich würde nur zu gern alles tun, was in meiner Macht steht, um die schreckliche Situation, in die er dich gebracht hat, geradezurücken. Er ist heute nach Frankreich aufgebrochen, wo er die Näherin um ihre Hand bitten will. Ich fürchte, du musst die Verlobung tatsächlich als aufgehoben betrachten.«

Endlich ließ sie die Hand sinken, mit der sie bis zu diesem Moment ihren Mund verschlossen hatte. Sie beugte sich zu ihm herunter, packte ihn bei den Oberarmen und zog ihn hoch. Um den Ring kümmerte sie sich nicht.

»Wenn er dir nicht gefällt, kaufe ich dir einen anderen«, erklärte Albrecht und stellte die offene Schachtel neben ihrer Tasse auf den Tisch. Er hatte zwar sein gesamtes Guthaben für diesen Ring ausgegeben, aber er würde einen Weg finden, ihr das zu verschaffen, was sie sich wünschte.

»Er ist recht hübsch«, stellte sie nach einem kurzen Blick in die Schachtel fest. »Aber darum geht es nicht. Wie hast du dir das vorgestellt? Ich meine, dass plötzlich wir beide heiraten? Das ist doch völlig unmöglich.«

Energisch schüttelte er den Kopf. »Ich nehme alle Schuld auf mich und erkläre überall, dass ich mich in die Braut meines Bruders verliebt habe und sie schließlich überreden konnte, sich für mich zu entscheiden. Aus lauter Kummer musste Helmut sich dann mit einer französischen Näherin trösten.«

»Jeder wird wissen, dass Helmuts Techtelmechtel mit der Näherin stattgefunden hat, *bevor* wir beide über eine Ehe gesprochen haben.« Hilda sah ihn ernst an, doch in ihren Augen glomm Hoffnung auf.

»Niemand ist dabei gewesen. Außerdem sind wir beide diejenigen, die standesgemäß heiraten. Du hast dich mit dem Erben des Grafen von Haynbach verlobt, und du wirst den Haynbach-Erben heiraten. Weil das nun nicht mehr Helmut sein wird. Niemals duldet mein Vater eine Näherin aus dem Land unseres Erbfeindes als Schwiegertochter im Schloss! Ich bin nun der Erbe von Haynbach.«

»Helmut zieht sie mir jedenfalls vor.« Wieder kam ein Seufzer über Hildas Lippen. Nervös griff sie nach ihrer Tasse, wollte sie zum Mund heben, stellte sie jedoch sofort wieder ab.

»Das wird er sehr schnell bereuen. Doch dann wird es zu

spät sein. Er wird dich verloren haben, Schloss Haynbach und sein ganzes Erbe.« Albrecht nickte energisch. Nicht einmal Helmut würde mit solchen Eskapaden durchkommen. Weder bei seinem Vater noch bei Hilda.

»Meinst du, wir könnten einfach den Hochzeitstermin nehmen, der schon feststeht? Die Gäste sind geladen, und selbst die Menüfolge ist beschlossen. Ich darf gar nicht daran denken, was ich meinen Eltern sagen soll …«

»Sag ihnen, dass sich an den Hochzeitsplänen nichts ändert. Du heiratest den Erben von Schloss Haynbach.«

»Das ist ein so erleichternder Gedanke!« Sie atmete tief durch und wandte ihm ihr Gesicht zu. Das schön geschnittene Gesicht, das er so oft in seinen Träumen gesehen hatte.

Dann runzelte sie die glatte Stirn. »Aber kann es tatsächlich so einfach sein?«

»Du musst nur einwilligen, dann werde ich alles regeln. Wenn du zustimmst, halte ich bei deinem Vater um deine Hand an. Ich erkläre meinen Eltern, dass ich Helmuts Stelle einnehme, nachdem ihr Erstgeborener leider den Verstand verloren hat. Und dann kann alles seinen Gang gehen.«

Jetzt nahm Hilda doch einen großen Schluck von ihrem Tee, als müsste sie sich Mut antrinken.

»Sag Ja«, forderte Albrecht sie auf und spürte, wie sein Herzschlag sich noch ein wenig beschleunigte.

Wortlos zog sie den Diamantring vom Finger, den Helmut ihr zur Verlobung geschenkt hatte. Dann hielt sie Albrecht ihre Hand hin. Es war nicht einfach, ihr mit seinen bebenden Händen den Ring anzustecken, den er in aller Eile besorgt hatte. Der Stein war größer und funkelte selbst im schwachen Licht des Regentages stärker als der von Helmuts Ring. Aber vielleicht bildete er sich Letzteres auch nur ein.

Hilda zögerte kurz, dann neigte sie sich ihm entgegen und hielt ihm die Wange zum Kuss hin. Vorsichtig drückte er seine Lippen auf ihre zarte Haut und freute sich auf den Tag, an dem er zum ersten Mal ihren Mund würde küssen dürfen.

14

Andlau, Anfang Juni 1922

Er hatte sie sicher längst vergessen. Vielleicht dachte er, sie hatte gar nicht schnell genug in die Kutsche steigen können, als sie gehört hatte, welchen Batzen Geld sie dafür bekommen sollte. So oder so ähnlich hatte Graf Wilhelm es ihm sicher erzählt. Der Gedanke, Helmut könnte das geglaubt und sie sofort aus seiner Erinnerung gelöscht haben, brannte wie eine sengende Flamme in Claires Brust.

Ihre Beine fühlten sich an wie Blei, während sie eine der schmalen Gassen ihres Heimatdorfes entlangging. Sie hatte das Taufkleid für Madame Brunots Erstgeborenen ausgeliefert und war auf dem Weg zurück nach Hause.

»So eines nähen wir für dein Kind auch«, hatte ihre Mutter gesagt, während sie das spitzenbesetzte weiße Kleidchen sorgfältig in Seidenpapier eingeschlagen hatte.

Claire hatte stumm genickt und daran gedacht, dass Helmut bei der Taufe nicht dabei sein würde.

Ihr Blick fiel auf das Château du Haut-Andlau, das sich auf einem Granitfelsen weithin sichtbar über der Tiefebene erhob. Die Burg war nicht mehr bewohnt, reckte aber immer noch zwei Türme wie mahnende Finger in den Sommerhimmel. Sofort musste sie an den Mann denken, der in einem Schloss lebte und der deshalb für sie tabu war.

Sie versuchte, sich auf das Kind zu konzentrieren, das in ihr heranwuchs. Sie würde es lieben und für es sorgen, so wie ihre Mutter sie geliebt hatte und für sie da gewesen war. Aber sie würde ihr Kind nicht belügen. Als Claires Fragen nach ihrem Vater immer drängender geworden waren, hatte ihre Mutter die Geschichte von dem Handwerksmeister erfunden, den sie aus Liebe geheiratet hatte und der kurz vor Claires Geburt gestorben war.

Sie selbst würde ihrer Tochter oder ihrem Sohn von den tiefen Gefühlen berichten, die sie für Helmut von Haynbach gehabt hatte. Und ihrem Kind erklären, dass vielleicht alles anders gekommen wäre, wenn sein Vater nicht in einem Schloss und sie in einem bescheidenen Häuschen im Elsass zur Welt gekommen wäre. An dieser Stelle stockten ihre Gedanken.

Der Krieg war zu Ende, in Deutschland durften die Frauen seit vier Jahren wählen, ein Recht, das sich die französischen Frauen allerdings erst noch erstreiten mussten. Aber auch hier im Elsass schnitten sich die Frauen in den Städten die Haare kurz, und niemand regte sich mehr auf, wenn eine Dame ihre Waden zeigte. Wie konnte es dann sein, dass die Grenzen zwischen den Ständen immer noch unüberwindbar waren? Oder bestand das größere Problem darin, dass sie Französin war und zu dem Volk gehörte, gegen das die Deutschen noch vor nicht allzu langer Zeit gekämpft hatten?

Claire schüttelte ungeduldig den Kopf. Es führte zu nichts, sich das Hirn zu zermartern. Wahrscheinlich hatte ihre Mutter recht. Sie musste Helmut vergessen.

Mit einem Seufzer bog sie in die Gasse ein, in der Louises Haus lag. Schon von Weitem sah sie das Blechschild mit der Aufschrift *Atelier de Couture* an seiner Stange neben dem Gartenzaun im Sommerwind tanzen.

Direkt unter dem Schild stand ein schwarzes Automobil. Bei seinem Anblick durchfuhr ein brennender Pfeil Claires Körper und schoss bis hinein in ihren Bauch. Sie erstarrte. Hatte sie zum ersten Mal eine Bewegung des Kindes unter ihrem Herzen gespürt? Sie legte die Hand auf ihren Leib und heftete gleichzeitig den Blick auf den in der Sonne glänzenden

Wagen, als könne er verschwinden, wenn sie auch nur für eine Sekunde wegschaute. Dann setzte sie sich langsam in Bewegung, ging auf den Steyr zu, blieb daneben stehen und bückte sich mit wild klopfendem Herzen, um ins Innere zu schauen.

Der Wagen war leer. Sie richtete sich wieder auf. War es möglich, dass ihre Mutter Helmut ins Haus gelassen hatte?

Das Blut rauschte in ihren Ohren, als sie mit stockendem Atem die Tür öffnete und in den dämmerigen Flur trat. Sie blickte vorsichtig in die Nähstube. Dort war niemand. Lauschend blieb sie stehen. Sie hörte ihre Mutter reden. Eine Männerstimme antwortete. Ihr Herz geriet ins Stolpern.

Irgendwie schaffte sie es bis zur Tür zur Wohnstube. Sie drückte die Klinke herunter, stand auf der Schwelle, öffnete den Mund – und brachte keinen Ton heraus.

Helmut saß auf einem der mit geblümtem Stoff bezogenen Sessel. Ihm gegenüber thronte ihre Mutter mit durchgedrücktem Rücken auf dem Sofa. Ihr Blick war kühl, ihre Lippen waren zu schmalen Strichen zusammengepresst.

Beide bemerkten gleichzeitig, dass Claire den Raum betreten hatte. Louise wandte den Kopf und musterte ihre Tochter ebenso streng, wie sie eben noch den Mann angesehen hatte, den Claire liebte. Helmut drehte sich in seinem Sessel um. Und als sie seine braunen Augen sah, das strahlende Lächeln, mit dem er sie anschaute, stieß Claire einen Schrei aus und stürzte auf ihn zu. Gleichzeitig sprang er auf und kam ihr entgegen. Er öffnete die Arme und umfing sie, als wollte er sie nie wieder loslassen.

Claire vergrub ihr Gesicht an seiner Brust, atmete tief seinen Duft ein und ließ ihren Tränen freien Lauf. Sie versickerten im weichen, schweren Stoff seiner Jacke.

»Lassen Sie sofort meine Tochter los!«

Louise stand so dicht neben ihr, dass sie zusammenzuckte. Laut und wütend gellte ihre Stimme in Claires Ohr. Doch sie wollte sie nicht hören, wollte nicht mehr tun, was ihre Mutter ihr sagte.

Sie schüttelte den Kopf, krallte ihre Hände in Helmuts Ärmel und hob den Blick. In ihren Augen sollte er sehen, dass sie ihn nie mehr hergeben würde. Nun, da er gekommen war, obwohl sie nicht gewagt hatte, darauf zu hoffen.

Doch Louise Lefevre war es gewohnt, für sich und ihre Tochter einzustehen. Und sie verstand nicht, dass sie Claire nicht vor Helmut beschützen musste. Entschieden drängte sie sich zwischen die beiden.

»Nur aus Höflichkeit habe ich Sie hereingelassen. Um Ihnen zu erklären, dass meine Tochter kein Spielzeug ist, mit dem Sie sich nach Lust und Laune vergnügen können. Sie ist noch nicht volljährig, und ich verbiete Ihnen, sie anzufassen. Verlassen Sie auf der Stelle mein Haus!«

»Aber ich habe Ihnen doch gesagt, dass ich auf mein Erbe verzichten werde, um Ihre Tochter heiraten zu können. Was soll ich denn noch tun, um zu beweisen, wie ernst ich es meine?« Mit ratloser Miene wich Helmut vor Louise zurück, die wild gestikulierte.

»Du hast dich von deiner Familie losgesagt?« Erschrocken starrte Claire ihn an.

Er zuckte mit den Schultern. »Meine Eltern werden zweifellos mit mir brechen, wenn ich dich heirate. Dann wird mein Bruder der Erbe der Haynbachs. So hat es mir mein Vater gesagt, als ich ihm erklärt habe, dass ich zu dir fahre. Dann soll es so sein. Ich lege keinen Wert auf ein Leben, in dem man mir vorschreibt, welche Frau ich lieben und heiraten darf.«

»Hörst du das, *Maman?*« Aufgeregt wandte Claire sich an ihre Mutter, die mit finsterer Miene und geballten Fäusten verharrte. »Er steht zu mir.«

Louise verdrehte die Augen. »Was glaubst du, wie lange ihm der Gedanke gefällt, dass er deinetwegen auf die Annehmlichkeiten seiner Herkunft verzichtet hat? Sobald ihm das Geld ausgeht, wird ihm auffallen, wie unbequem das ist. Oder glaubst du, er wird eine Arbeit annehmen, um für dich und dein Kind zu sorgen?«

»Dein Kind?« Helmut wurde erst blass, dann überzog eine leichte Röte seine Wangen. »Unser Kind?«, fragte er mit leuchtenden Augen.

Claire nickte stumm.

Wieder streckte er die Arme nach ihr aus, aber ihre Mutter stieß ihn mit voller Kraft zurück und zerrte Claire hinter ihren Rücken.

»Sie können nicht ernsthaft verhindern wollen, dass ich Claire heirate, nun, da sie ein Kind von mir erwartet!«

Helmut sah Louise an, als hielte er sie für verrückt. Ein bisschen benahm sie sich auch so, fand Claire.

»Selbstverständlich werde ich für sie und unser Kind sorgen«, fuhr Helmut fort.

»Ich frage mich nur, wie Sie das anstellen wollen. Haben Sie schon einmal in Ihrem Leben für Geld gearbeitet?«, wollte Louise wissen.

Helmut zögerte. »Ich habe meinem Vater bei der Verwaltung unserer Ländereien geholfen.«

Louise schnaubte verächtlich. »Ich nehme an, gemeinsam mit einem *echten* Verwalter, der die eigentliche Arbeit gemacht hat.«

»*Maman*, bitte! Du darfst Helmut nicht so behandeln.«

»Es ist absurd, dass Sie von mir verlangen, ich solle Ihre Tochter im Stich lassen, die mein Kind unter dem Herzen trägt«, sagte Helmut kopfschüttelnd.

»Ich diskutiere das nicht mit Ihnen.« Louise maß ihn mit einem strengen Blick. »Gehen Sie, und lassen sie sich in meinem Haus nicht wieder blicken.«

»*Maman!*«

»Ich habe meine Gründe. Gründe, die du sehr wohl kennst, Claire.«

»Aber meine Geschichte ist eine ganz andere als deine. Mein Vater wollte dich nicht heiraten. Er ist verschwunden und hat dich im Stich gelassen. Aber Helmut ist gekommen! Er verzichtet auf sein Erbe, um mich heiraten zu können. Das ist der Beweis …«

»Der einzige Beweis wäre ein langes, gemeinsames Leben. Und dazu wird es nicht kommen, weil er reumütig zu seinen Eltern zurückkehren und dich sitzenlassen wird, wenn er merkt, wie hart das Leben ohne das Geld seines Vaters ist. Glaub mir, ich habe in den vergangenen Jahren viele wohlhabende Leute kennengelernt, und keiner von ihnen wäre imstande gewesen, auch nur einen Monat von seiner Hände Arbeit zu leben. Ich will dir den Schmerz ersparen, Claire, nach ein paar Wochen sitzengelassen zu werden, wenn dieser Mann merkt, auf welchen Luxus er deinetwegen verzichten muss.«

»Wie können Sie behaupten, ich sei nicht in der Lage, ohne die Unterstützung meines Vaters für Claire zu sorgen!« Helmut klang nun mindestens so wütend wie Louise. »Sie kennen mich doch gar nicht!«

»Ich kenne Ihresgleichen.« Louise deutete zur Tür. »Und jetzt gehen Sie.«

Claire stieß einen unterdrückten Schrei aus.

»Da dies Ihr Haus ist und Sie mir die Tür weisen, gehe ich. Aber das heißt nicht, dass ich Ihre Tochter aufgebe, Madame Lefevre.« Helmut wandte sich an Claire, die am ganzen Körper zitternd dastand.

»Ich liebe dich, Claire. Und wenn du mir die Ehre erweist, meine Frau werden zu wollen, werde ich dich heiraten. Mit oder ohne die Zustimmung deiner Mutter und meiner Eltern.« Damit verschwand er im Flur. Gleich darauf schlug die

Haustür zu, ein Ton, der dröhnend in Claires Kopf widerhallte.

Sie sah ihre Mutter an, deren Gesicht kreidebleich war. »Bitte, *Maman!* Ich liebe ihn, und er liebt mich.«

»Ich habe alles gesagt, was ich dazu zu sagen habe. Es tut mir wirklich leid, Claire, aber es ist zu deinem Besten.«

Stumm wandte Claire sich um und verließ die Wohnstube. Sie ging in ihre Schlafkammer, warf sich aufs Bett und vergrub ihr tränennasses Gesicht im Kopfkissen. Was sollte sie nur tun? Gegen den Willen ihrer Mutter mit Helmut durchbrennen?

Ein leiser Zweifel rührte sich in ihr. Was, wenn ihre Mutter recht hatte? Helmut wusste nicht, wie es war, jeden Tag hart arbeiten und jeden Franc zwei Mal umdrehen zu müssen. Es würde unerträglich sein, wenn sie einen Zipfel des Glücks erhascht hatte und ihn wieder verlor, weil der Mann, den sie liebte, mit einem goldenen Löffel im Mund geboren worden war. Vielleicht war es besser für Helmut, für ihr ungeborenes Kind und für sie, wenn sie ihn zurück in das Schloss seiner Väter schickte und selbst blieb, wo sie sich auskannte. Wo sie sicher und geborgen war: in Andlau, im Haus ihrer Mutter.

Claire drehte sich auf den Rücken, legte die Hand auf ihren Bauch und horchte in sich hinein.

15

Schloss Haynbach, Ende Juli 1922

»Was für eine wunderschöne Braut!«, stieß Erika von Claasen mit einem tiefen Seufzer hervor. Sie saß in der Schlosskapelle schräg hinter Helmut, und er spürte fast körperlich ihren mitleidigen Blick.

Sie war nicht die Einzige, die ihn an diesem Nachmittag so ansah. Er war der Verlassene. Der Bräutigam, der wenige Wochen vor der Hochzeit durch seinen jüngeren Bruder ersetzt worden war. Weil sich die Braut angeblich Hals über Kopf in Albrecht verliebt und deshalb leider die Verlobung mit Helmut gelöst hatte.

Ihm war es nur recht so. Mitleid war ihm nicht unbedingt lieber als der Zorn, der sich über ihn ergossen hätte, wenn die Hochzeit abgesagt worden wäre. An die Sache mit Claire schien sich jedoch plötzlich niemand mehr zu erinnern, obwohl nur wenige Wochen vergangen waren, seit seine Mutter überall herumtelefoniert hatte, um ihre Bekannten zu bitten, ihm auf keinen Fall Claires Adresse zu nennen. Doch Hilda zuliebe taten alle so, als hätte es Claire nie gegeben. Sie hatte Helmut für seinen Bruder verlassen, hatte aus Liebe nicht anders gekonnt. Warum diese Liebe gefeiert wurde, er Claire aber nicht lieben durfte, leuchtete ihm nicht ein. Doch es war nun einmal so.

Nun spielte er also die Rolle des verlassenen Bräutigams, der zusehen musste, wie sein Bruder seine ehemalige Verlobte zum Altar führte.

Alle glaubten, dass Claire für ihn Vergangenheit war.

Doch er war längst noch nicht bereit, sie aufzugeben, auch wenn er nach Schloss Haynbach zurückgekehrt war, nicht zuletzt wegen der Hochzeit seines Bruders.

Nach dem unerfreulichen Besuch in Louise Lefevres Haus hatte er sich in einer kleinen Pension in Andlau eingemietet. Am folgenden Tag war er noch einmal zu der Gasse gefahren, in der Claire wohnte. Sein Automobil hatte er halb versteckt hinter einer Hecke so abgestellt, dass er ihren Hauseingang sehen konnte. Er hatte befürchtet, ihre Mutter würde sie vorerst nicht allein fortlassen. Doch dann war Claire mit einem Paket unter dem Arm durch die Tür getreten.

Helmut hatte gewartet, bis sie auf etwa zehn Meter herangekommen war. Dann stieg er aus und trat ihr in den Weg.

»Claire.« Als er sie ansprach, spürte er ein Kratzen im Hals.

Vom ersten Tag an hatte er es geliebt, ihren Namen auszusprechen. Die Silbe zerging ihm auf der Zunge wie das köstliche Himbeersorbet, das die Köchin an Feiertagen oder zu besonders festlichen Abendgesellschaften zubereitete. Doch dieses Mal war seine Kehle eng vor Angst.

Als sie ihn anschaute, war ihr Blick nicht wie sonst warm und voller Liebe. Er las Unsicherheit in ihren großen blauen Augen. Und Abwehr. Sie trat einen Schritt zurück, als wollte sie verhindern, dass er sie berührte. Gleichzeitig schüttelte sie den Kopf.

»Ich habe auf dich gewartet«, sagte er überflüssigerweise.

»Hoffentlich hast du nicht die Nacht im Automobil verbracht.« Über ihrem Gesicht lag eine Maske der Unnahbarkeit, die sie ihm fast fremd machte.

»Ich habe ein Zimmer gemietet.«

»Du hättest zurück nach Schloss Haynbach fahren sollen.« Über seinen Kopf hinweg sah sie hinauf in die Weinberge.

Er schnappte nach Luft. »Du willst, dass ich von hier fortgehe? Ohne dich?«

Sie zögerte nur einen Wimpernschlag lang, doch dieser winzige Moment schenkte ihm Hoffnung. »Ja«, flüsterte sie dann.

»Aber wir lieben uns doch, Claire! Du erwartest ein Kind von mir. Die Verlobung mit Hilda habe ich gelöst. Wenn du willst, können wir innerhalb weniger Tage heiraten. Und falls du in der Nähe deiner Mutter bleiben willst, mieten wir uns hier in Andlau oder in einem der Nachbarorte eine Wohnung oder ein kleines Haus. Ich suche mir eine Arbeit und …«

»Ach, Helmut …«

Ihr Seufzer klang unendlich traurig. Schimmerte eine Träne in ihrem Augenwinkel? Seine Hoffnung wuchs.

»Es hat keinen Sinn«, sagte Claire. »Wie willst du es schaffen, genügend Geld für uns drei zu verdienen? Selbst wenn ich Näharbeiten annehme. Es würde nicht funktionieren.«

»Du musst nicht arbeiten«, beteuerte er. »Ich habe ein paar Semester Agrarwissenschaft studiert und Erfahrung mit der Bewirtschaftung der Ländereien meines Vaters. Ich kann als Verwalter arbeiten, notfalls auch als Stallmeister und …«

Wieder unterbrach sie ihn mit einem Seufzer. »Ach, Helmut.«

»Vertraust du mir nicht? Glaubst du wie deine Mutter, ich wäre nicht bereit, hart zu arbeiten?« Es schmerzte ihn, dass Claire ihm nicht zutraute, was jeder Mann aus dem Volk ganz selbstverständlich bewältigte. Und es machte ihn auch ein bisschen zornig.

»Ich weiß es nicht. Es ist besser, wenn du nicht meinetwegen alles aufgibst, was dir seit deiner Geburt zusteht«, sagte sie leise. »Außerdem kann ich nicht einfach mit dir weggehen. Meine Mutter würde vor Kummer sterben. Sie hat mich allein großgezogen. Alles, was ich kann, habe ich von ihr gelernt.« Sie presste ihre sanft geschwungenen, sonst so rosigen Lippen zu einem schmalen weißen Strich zusammen.

Er wollte sie an sich ziehen, wollte sie küssen und nicht

eher loslassen, als bis sie zur Vernunft gekommen war und zugab, dass sie zusammengehörten. Für immer.

»Du kannst mir nicht einfach mein Kind verweigern.« Entschlossen schob er das Kinn vor.

»Du weißt doch gar nicht, ob es wirklich von dir ist.« Sie starrte hinauf in den hellblauen Sommerhimmel.

»Willst du mir wirklich einreden, du erwartest ein Kind von einem anderen Mann, Claire?« Er lachte bitter auf. »Das glaube ich nicht eine einzige Sekunde.«

»Bitte steig in deinen Wagen, und fahr nach Hause. Leb wohl, Helmut.«

Mit diesen Worten hatte sie ihn stehengelassen und war fortgegangen.

Noch über eine Woche war er in Andlau geblieben, hatte die kurzen Nächte schlaflos in dem schmalen, harten Bett in seinem Pensionszimmer verbracht und endlose Stunden im Automobil gewartet, bis Claire endlich wieder einmal das Haus verließ, um eine Besorgung oder einen Botengang für ihre Mutter zu erledigen.

Louise Lefevre schien nicht die geringste Sorge zu haben, Claire könnte in Helmuts Wagen steigen und mit ihm davonfahren. Niemals begleitete sie Claire oder übernahm selbst die Wege im Ort.

Auch Claire war sich ihrer Sache so sicher, dass Helmut manchmal im Nachhinein an ihren Worten zweifelte, mit denen sie ihm auf Schloss Haynbach ihre Liebe geschworen hatte. Wenn er sie ansprach, blieb sie nicht einmal mehr stehen.

»Fahr nach Hause, Helmut«, rief sie nur und ging ihrer Wege.

Und schließlich hatte er getan, wozu sie ihn immer wieder aufgefordert hatte: Er war nach Schloss Haynbach zurückgekehrt, wo die Vorbereitungen für Albrechts und Hildas Trauung im vollen Gange waren.

Seine Tischdame beim Hochzeitsdiner würde Sophie sein – die fast dreißigjährige, unverheiratete Tochter des Geheimrats Sammershausen. Helmut hatte drei junge Damen, die seine Eltern als hervorragende Partien angesehen hätten, als Tischdamen energisch abgelehnt. Sophie hatte seiner Mutter ohnehin Kopfzerbrechen bereitet. Irgendjemand musste sie zu Tisch führen, und nun war es eben Helmut.

Er war höchst zufrieden mit dieser Lösung. Sophie war freundlich und hatte sogar Humor, wenn sie auch mit ihren vorstehenden Zähnen und der langen, spitzen Nase nicht gerade eine Schönheit war. Vor allem hatte sie jedoch die Suche nach einem Ehemann längst aufgegeben und würde sich keinen Illusionen hingeben.

Und er würde keine andere Frau als Claire heiraten. Die Hoffnung, sie für sich zu gewinnen, hatte er noch längst nicht aufgegeben. Vielleicht brauchte sie einfach noch etwas Zeit. Möglicherweise würde sogar ihre Mutter nach ein paar Wochen zu der Ansicht kommen, dass der Vater ihres Enkelkindes wenigstens eine Chance verdient hatte, seine Zuverlässigkeit zu beweisen.

Auf jeden Fall würde er schon bald noch einmal nach Andlau fahren, um Claire zu sehen und sie ein weiteres Mal um ihre Hand zu bitten. Das würde er so lange tun, bis sie ihm glaubhaft versicherte, dass sie ihn nicht mehr liebte. Oder – und das hoffte er von ganzem Herzen – bis sie ihm ihr Jawort gab. Mit oder ohne die Zustimmung ihrer Mutter.

Und falls Claire ihn tatsächlich nicht erhörte, wollte er dennoch als Vater für seinen Sohn oder seine Tochter da sein, wann immer dieses Kind seinen Rat, seinen Trost oder seine Hilfe brauchte.

Nachdenklich ruhte sein Blick auf Hildas schmalem Rücken. Sie trug das wunderschöne Kleid, das Louise Lefevre für sie geschneidert und das Claire mit Perlen benäht und mit zarten Blüten bestickt hatte.

Soeben tauschten sein Bruder und seine ehemalige Verlobte vor dem mit vergoldeten Schnitzereien verzierten Altar die Ringe. Normalerweise fand die Hochzeit im Haus der Braut statt, doch Hilda und ihre Eltern hatten einer Feier auf Schloss Haynbach zugestimmt. Hier gab es nicht nur eine Schlosskapelle, sondern auch einen riesigen Ballsaal. Zudem war die Küche groß genug, um mithilfe einiger Mietköche und zusätzlicher Küchenmädchen das fünfgängige Menü für über hundert Gäste zuzubereiten.

Der Pfarrer segnete das Paar, die Gäste erhoben sich von den Bänken, und die frisch getrauten Eheleute schritten Arm in Arm den Mittelgang entlang zur Tür der Kapelle.

Draußen erwartete sie ein herrlicher Sommertag. Ein lauer Wind spielt mit den Blättern der Bäume, die rechts und links des Weges zum Schloss standen. Die beiden Blumenmädchen in ihren niedlichen weißen Spitzenkleidern streuten rote Rosenblätter vor die Füße des Brautpaares, und die Gäste folgten den Jungvermählten zum Champagnerempfang auf der Terrasse an der Rückseite des Schlosses.

An Helmuts Arm hing Sophie von Sammershausen und plapperte ununterbrochen vor sich hin. Wie hübsch die Braut sei, wie stattlich der Bräutigam, wie romantisch die Trauung.

Helmut nickte gelegentlich zu ihren Worten. Das schien als sein Beitrag zum Gespräch vollkommen auszureichen. Sofort gab sie neue Überlegungen zu den Gästen, der Predigt und dem zu erwartenden Menü zum Besten.

Auf der von blau-weiß gestreiften Markisen beschatteten Terrasse nahm das Brautpaar die Glückwünsche der Gäste entgegen. In einer langen Reihe, die über die breite Treppe bis weit hinunter auf den kurz geschorenen Rasen reichte, stellten sich die festlich gekleideten Verwandten, Freunde und Nachbarn auf. Paarweise traten sie vor, schüttelten Braut und Bräutigam die Hände, wünschten ihnen alles nur erdenklich Gute und verschwanden im Wintergarten. Hier warteten mehrere Leihdiener mit Silbertabletts, auf denen langstielige Gläser mit perlendem Champagner standen.

Als Helmut an Sophies Seite vor seinem Bruder und seiner ehemaligen Braut stand, überkam ihn dann doch ein merkwürdiges Gefühl. Er atmete tief durch und suchte Hildas Blick. Als sie lächelte, meinte er, in ihren Mundwinkeln einen letzten Rest von Bitterkeit zu erkennen.

»Helmut.« Anmutig senkte sie den Kopf, sodass die dichten Wimpern ihre Augen vor seinem Blick verbargen.

»Alles Gute, Hilda. Ich wünsche dir und deinem Mann ein wunderbares gemeinsames Leben.« Ihre Hand lag kühl und schmal zwischen seinen Fingern.

»Vielen Dank.« Sie wandte sich leicht in Albrechts Richtung, als wollte sie Helmuts Aufmerksamkeit von sich auf den Bräutigam lenken.

Helmut trat einen Schritt zur Seite und reichte seinem Bruder die Hand. »Herzlichen Glückwunsch, Albrecht.«

»Danke.« Albrecht reckte stolz den Kopf und sah Helmut in die Augen. »Auch dafür, dass ich nun der Glückliche sein darf«, fügte er hinzu.

Helmut verbeugte sich knapp und trat mit Sophie, die bereits vor ihm ihre Glückwünsche ausgesprochen hatte, in den Wintergarten. Zwischen den Kübeln mit Palmen, Oleander und exotischen Blumen gelang es ihm, sich ein wenig zu entspannen.

Nachdem er dafür gesorgt hatte, dass Sophie ein Glas Champagner bekam und sich mit einer ihrer Freundinnen aus der Nachbarschaft unterhalten konnte, entschuldigte er sich und versprach, in wenigen Minuten zurück zu sein.

Er brauchte für einen Moment Ruhe, etwas Zeit zum Durchatmen. Mit raschen Schritten durchquerte er die Halle und ging die breite Treppe hinauf zu seinen Räumen im

Westflügel. Als er die Tür öffnete, sah er fast sofort den schmalen weißen Umschlag auf dem Schreibtisch am Fenster liegen. Dort legte Rolf seine Post ab, wenn er nicht anwesend war.

Obwohl er noch zu weit entfernt stand, um die Handschrift auf dem Kuvert erkennen zu können, tat sein Herz einen kleinen Sprung und galoppierte dann los wie ein durchgehendes Pferd.

Sekunden darauf hielt er den Brief in der Hand. Bisher hatte er ihre Schrift nur zwei oder drei Mal gesehen. Dennoch wusste er sofort, dass sie es gewesen war, die mit blassblauer Tinte seinen Namen und seine Adresse geschrieben hatte.

Ohne sich die Mühe zu machen, den Brieföffner aus der Schublade zu nehmen, riss er die Lasche des Kuverts auf und zog den gefalteten Briefbogen heraus. Seine Hände zitterten vor Aufregung, und es fiel ihm schwer, die kleinen, leicht nach rechts geneigten Buchstaben zu entziffern.

Das Datum oben auf dem Blatt lag vier Tage zurück. Hatte Claire sich an das geplante Hochzeitsdatum erinnert und gehofft, der Brief würde ihn erreichen, bevor er möglicherweise mit Hilda vor den Traualtar trat?

Liebster Helmut!

Die Anrede brachte ihn dazu, den Atem, den er unbewusst angehalten hatte, geräuschvoll durch die Nase auszustoßen.

Ich kann es nicht! Obwohl ich Maman *versprochen habe, Dir nicht zu schreiben, muss ich es tun. Ich habe versucht,* Maman *zu glauben, dass es keine Zukunft für Dich und mich geben kann. Es scheint mir logisch und glaubhaft, was sie sagt. Sie ist eine Frau mit viel Lebenserfahrung, und sie kennt einige Leute von Stand. Trotzdem will ich es versuchen. Obwohl ich Dich weggeschickt habe, flehe ich Dich an, zurückzukommen und mich mit Dir zu nehmen.*

Maman *sagte mir, für mein Kind sei es besser, wenn ich ihm nicht sagen müsste, dass sein Vater fort ist, weil er ein Le-*

ben abseits der adeligen Gesellschaft und ohne das Vermögen seiner Eltern nicht führen konnte. Ich aber denke, dass ich nicht gezwungen sein will, meinem Kind zu erzählen, ich hätte seinem Vater keine Chance gegeben.

Das Wichtigste, das ich Dir sagen will, ist aber: Ich liebe Dich, Helmut! Jede Minute und jede Stunde sehne ich mich nach Dir. Ich spüre das Kind in meinem Bauch und wünsche mir nichts mehr, als dieses Kind mit Dir gemeinsam großzuziehen.

Kannst Du mir verzeihen, dass ich Deine Liebe mit Füßen getreten habe?

Bitte komm so schnell wie möglich, Liebster! Mit oder ohne Mamans *Segen werde ich mit Dir gehen. Ich glaube fest daran, dass wir es gemeinsam schaffen werden.*

In tiefer Liebe und großer Sehnsucht
Für immer, Deine Claire

16

Kappel am Rhein, Ende September 1922

Claire schob den ausgeblichenen Vorhang zur Seite und sah durch das kleine Fenster des Pensionszimmers hinaus in die beginnende Dämmerung. Inzwischen war Helmut seit fast drei Stunden fort. Ob er die Stelle als Verwalter bekommen hatte? Sie wünschte es sich so sehr. Noch mehr aber wünschte sie es ihm. Es war sein siebtes Vorstellungsgespräch. Die ersten sechs waren erfolglos gewesen, und sie konnte sehen und fühlen, wie Helmuts Mut mit jedem vergeblichen Versuch sank.

Seit fast zwei Monaten waren sie nun gemeinsam unterwegs auf der Suche nach einem Platz zum Leben und Arbeiten. Es gab nicht allzu viele passende Stellungen. Auf beiden Seiten der Grenze waren viele Männer im Krieg geblieben, aber diejenigen, die zurückgekehrt waren, hatten dringend Arbeit gebraucht. Die verfügbaren Stellen waren nun besetzt, und kaum jemand kündigte nach so kurzer Zeit, um sich etwas Neues zu suchen.

Mit einem Seufzer senkte Claire den Kopf über ihre Näharbeit. Noch konnten sie eine Weile von Helmuts Ersparnissen leben, wenn sie so wenig wie möglich für Essen ausgaben, keine unnötigen Wege mit dem Automobil fuhren und nur in billigen Pensionen wohnten. Doch was würde geschehen, wenn sie kein Geld mehr hatten? Helmut hatte gesagt, notfalls werde er sich als Landarbeiter verdingen. Aber solche Arbeit war schwer und wurde schlecht bezahlt. Zudem war er es nicht gewohnt, von früh bis spät körperlich zu schuften. Immer wieder musste Claire an die Worte ihrer Mutter denken. Louise hatte behauptet, Helmut werde ein solches Leben nicht durchhalten und nach kurzer Zeit ohne sie in das Schloss seiner Eltern zurückkehren.

Inzwischen wusste sie, dass er sie und sein Kind nicht verlassen würde. Wenige Tage, nachdem Claire sich mitten in der Nacht aus dem Haus ihrer Mutter geschlichen hatte, waren sie im Rathaus von Kenzingen, einem kleinen Städtchen auf der deutschen Seite der Grenze, in einer schlichten Zeremonie getraut worden. Wie es Helmut gelungen war, innerhalb so kurzer Zeit die Trauung zu organisieren, für die ein Aufgebot nötig war, wusste sie nicht. Mittlerweile hatte sie jedoch erfahren, dass vieles möglich war, wenn man über ausreichend Geld verfügte. Es war Helmut wichtig gewesen, Claire so schnell wie möglich zu einer ehrbaren Frau zu machen.

Sie trug den schmalen Goldring, den er ihr als Symbol seiner Liebe angesteckt hatte, voller Stolz.

»Sobald ich genug Geld verdient habe, schenke ich dir einen schöneren Ring«, hatte er immer wieder gesagt.

Doch darauf kam es ihr nicht an. Viel mehr Sorgen bereitete es ihr, dass ihr kleines Guthaben so rasch dahinschmolz. Sie brauchten Essen und ein Dach über dem Kopf. Bei dem Gedanken, dass sie sich vielleicht schon bald kein Pensionszimmer mehr leisten konnten, überlief sie ein Schauder. Die Tage wurden rasch kürzer und waren kühl. Der Herbst hatte begonnen.

Als sie im Gang Helmuts Schritte erkannte, versteckte sie den Kopfkissenbezug, den sie gerade gestopft hatte, zwischen ihrem Rücken und der Stuhllehne. Sie hatte die Pensionswirtin nach Näharbeiten gefragt, und die gutmütige Frau hatte ihr etwas Bettwäsche mit Löchern und Rissen zum Flicken gegeben.

Enno, der in der Ecke des Zimmers geschlafen hatte, hob den Kopf. Er konnte zwar nicht hören, bemerkte aber an Claires Verhalten, dass Helmut zurückkehrte. Claire und der Hund sahen erwartungsvoll zur Tür.

Der erste Blick in Helmuts Gesicht bestätigte Claires Ahnung. Er hatte die Stelle nicht bekommen.

Stumm kam er zu ihr, legte ihr von hinten die Arme um die Schultern und schmiegte seine raue Wange gegen ihr Gesicht.

»Es tut mir so leid, Claire«, flüsterte er.

Sie wandte den Kopf und hauchte einen Kuss auf seinen Mundwinkel. »Es ist nicht deine Schuld. Du wirst schon noch etwas finden.«

»Der Gutsherr hatte fünf Bewerber gleichzeitig bestellt. Die anderen vier konnten Erfahrungen vorweisen und Zeugnisse vorlegen. Meine einzige Empfehlung war die Behauptung, dass ich für meinen Vater gearbeitet habe.« Seine Stimme klang bitter und mutlos.

Claire stand von ihrem Stuhl auf und musste sich für einen Moment an der Lehne festhalten, weil sich das Zimmer um sie drehte. Nachdem der Boden unter ihren Füßen aufgehört hatte zu schwanken, schaltete sie die Stehlampe mit dem verbogenen gelben Schirm an, denn die Dunkelheit war aus den Ecken des Zimmers schon fast bis in die Mitte gekrochen.

»Du musst etwas essen«, forderte sie ihren Mann auf. Sie liebte es, Helmut zu umsorgen, denn das gehörte seit der Heirat zu ihren Aufgaben. Er war nun der Mensch auf der Welt, der ihr am nächsten stand, der immer für sie da war und für den auch sie tat, was sie nur konnte.

»Was ist das hier?«

Als sie seinen strengen Ton hörte, drehte sie sich erschrocken um. Er hielt den Kopfkissenbezug in die Höhe, in dem ihre Nadel neben einem zur Hälfte gestopften Riss steckte.

»Ich habe etwas Flickarbeit angenommen. Die Wirtin bezahlt mich dafür.« Sie sah ihm entschlossen in die Augen. Es war nichts Ehrenrühriges an diese Arbeit, die ihre Mutter und sie viele Jahre ernährt hatte, wenn sie auch hauptsächlich neue Kleidung genäht hatten.

Wortlos wandte Helmut sich ab und legte den Bezug aufs Fensterbrett. Dennoch war ihr der Kummer in seinen Augen nicht entgangen. Mit wenigen Schritten war sie bei ihm, umschlang ihn mit beiden Armen und schmiegte sich an ihn.

»Es macht mir nicht das Geringste aus, ein bisschen zu nähen und zu stopfen. Dann ist mir nicht so langweilig.«

»Es kann doch wohl nicht sein, dass meine schwangere Frau Geld verdienen muss, während es mir nicht gelingt, auch nur eine Mark herbeizuschaffen.« Seine Stimme klang gepresst.

»Du bezahlst alles, was wir brauchen. Das Essen, das Zimmer … Lass mich doch auch etwas beitragen.«

Im gelblichen Schein der Lampe sah er in ihr Gesicht. »Wir leben von dem Geld, das ich von der Apanage gespart hatte, die mein Vater mir monatlich gezahlt hat. Geld, das ich nicht verdient, sondern einfach *bekommen* habe. Während du in der Lage bist, Geld zu verdienen.«

»Das kannst du auch. Du wirst schon sehen. Die Zeiten sind schwierig. Auch andere Männer brauchen ein paar Wochen oder Monate, um Arbeit zu finden.« Tränen stiegen ihr in die Augen, und sie löste sich aus seinen Armen. »Lass uns essen. Stell dir vor, Enno hatte schon ein Festmahl. Die Wirtin hat ihm einen riesigen Knochen gebracht.«

Bis auf ein leichtes Hinken waren von dem Unfall keinerlei Folgen zurückgeblieben. Doch es war schwierig, einen großen Hund zu ernähren, wenn man sparen musste. Manchmal bekam sie beim Metzger etwas für Enno dazu, wenn sie einen Wurstzipfel für Helmut und sich kaufte. Häufig musste der Hund sich mit etwas trockenem Brot und Käserinde begnügen. Aber er war genügsam. Schließlich hatte er als Streuner auch nicht regelmäßig Futter gefunden.

»Das ist gut«, murmelte Helmut bedrückt. Enno war eine

zusätzliche Belastung, aber sie waren sich einig, den alten Hund nicht im Stich zu lassen. Irgendwie würden sie auch ihn durchbringen.

»Ich hoffe, du hast etwas gegessen, während ich fort war«, fügte er nach einer kurzen Pause hinzu.

»Allein schmeckt es mir nicht.« Claire wandte sich dem Tisch zu. Dort lag auf einem Teller ein halber Laib Brot neben einem kleinen Stück Käse und zwei Tomaten. Plötzlich begann das Zimmer sich um sie zu drehen. Sie streckte die Hand aus, um sich an der Stuhllehne festzuhalten, doch sie griff ins Leere. Rasend schnell kam der Fußboden auf sie zu. Dann wurde es schwarz um sie.

Als sie die Augen wieder aufschlug, lag sie auf dem Bett. Ein fremder Mann mit Kneifer und einem dichten dunklen Bart beugte sich über sie.

»Da ist sie wieder«, sagte er freundlich und wandte sich Helmut zu, der hinter ihm stand. »Wie ich schon sagte: ein Schwächeanfall. Mit Mutter und Kind scheint so weit alles in Ordnung zu sein, aber Ihre Frau muss sich schonen und vor allem gut und regelmäßig essen.« Er drehte sich zu Claire um. »Wann war Ihre letzte Mahlzeit?«

»Heute Morgen«, flüsterte sie.

»Eine Frau in Umständen sollte auf keinen Fall den ganzen Tag hungern«, erklärte der Mann streng, dieses Mal wieder an Helmut gewandt.

»Natürlich nicht, Herr Doktor. Ich werde dafür sorgen, dass sich das ändert.« Selbst im schwachen Licht der Stehlampe konnte Claire erkennen, dass Helmut kreidebleich war.

Er begleitete den Arzt zur Tür, und vom Bett aus hörte Claire das leise Klappern von Münzen.

»Es war vollkommen unnötig, Geld für einen Arzt auszugeben«, tadelte sie Helmut mit schwacher Stimme, als er zu ihr zurückkam. »Frauen, die ein Kind erwarten, fallen ab und zu mal in Ohnmacht.«

»Du hast mir einen furchtbaren Schrecken eingejagt.« Seine Stimme klang gepresst, als wäre seine Kehle zu eng für die Worte. »Es ist doch Brot da. Warum isst du nicht?«

»Ich wollte auf dich warten. Allein schmeckt es mir nicht«, wiederholte sie. Es war einfach nicht genug Essen für eine Mittagsmahlzeit da gewesen. Sie versuchte, beim Einkaufen zu sparen. Doch das wollte sie ihm nicht erklären. Dann würde er sie nur noch mehr ausschimpfen.

Mit einem Ruck drehte er sich um und nahm den Kissenbezug vom Fensterbrett. Dann schaute er suchend im Zimmer umher und entdeckte fast sofort im unteren Fach des kleinen Regals den Stapel säuberlich gefalteter Laken und Bezüge, die Claire noch stopfen wollte. Er raffte alles zusammen und ging zur Tür. »Das bringe ich zurück. Du musst dich ausruhen.«

»Nein! Bitte! Ich möchte das noch erledigen. Das strengt mich nicht an.« Claire schwang die Beine über die Bettkante. Sie brauchten das Geld dringend, nachdem Helmut ihretwegen auch noch vollkommen unnötig etwas für den Arzt ausgegeben hatte.

»Leg dich sofort wieder hin!« Helmut warf ihr einen fast drohenden Blick zu, fügte aber etwas verspätet ein »Bitte« hinzu.

Widerstrebend ließ Claire sich zurück in die Kissen sinken.

Helmut verschwand mit der Wäsche. Zwei Minuten später kehrte er zurück, setzte sich an den Tisch, griff nach dem Brotmesser und schnitt eine Scheibe von dem Laib ab. »Jetzt bekommst du etwas zu essen.«

Wieder wollte Claire das Bett verlassen und erneut hinderte er sie mit einer energischen Bewegung daran. Stattdessen kam er zu ihr, lehnte hinter ihrem Rücken beide Kissen an das hölzerne Kopfteil und half ihr, sich aufzusetzen.

»Ich kann doch nicht mitten am Tag im Bett liegen … oder sitzen«, protestierte sie.

Helmut antwortete nicht, sondern bereitete ihr stumm das Essen zu. Er belegte die Brotscheibe mit Käse und schnitt eine der Tomaten in Achtel. Dann holte er ein Handtuch vom Waschbecken in der Ecke, breitete es auf ihrem Schoß aus und reichte ihr den Teller. Den kleinen Krug mit frischer Milch, den sie der Pensionswirtin jeden Morgen abkaufte, hatte sie schon geleert. Er stellte ihr ein Glas Wasser auf den Nachttisch.

»Du musst das nicht tun, Helmut. Ich kann …«

»Du hast momentan nur eine Aufgabe, Claire: Unser Kind gesund zur Welt zu bringen.« Er zog einen Stuhl neben das Bett und ließ sich darauf nieder. »Dafür brauchst du Ruhe, Bequemlichkeit, gutes Essen, und vor allem darfst du dir keine Sorgen machen. Deshalb habe ich einen Entschluss gefasst.«

Fast hätte sie sich an dem Brot verschluckt, von dem sie gerade abgebissen hatte. Ihr Herz geriet ins Stolpern. Wollte er zurück nach Schloss Haynbach? Weil sie versucht hatte, am Essen zu sparen und deshalb in Ohnmacht gefallen war? Es war doch nichts passiert, und sie hatten noch etwas Geld, um sich für einige Wochen über Wasser zu halten.

Wenn Helmut seinen Vater um Unterstützung bittet, dachte Claire, wird der Graf zur Bedingung machen, dass sein Erstgeborener sich von mir trennt und ohne mich nach Hause zurückkehrt. Denkt Helmut womöglich darüber nach, mir mit dem Geld seines Vaters ein sorgenfreies Leben zu ermöglichen? Um den Preis einer Trennung? Hat *Maman* recht gehabt? Nur dass Helmut diese Entscheidung nicht seinetwegen getroffen hat, sondern aus Sorge um mich?

Claire schnappte nach Luft und wollte protestieren, brachte aber keinen Ton heraus, sondern sah ihn nur beschwörend an.

»Ich habe einen Patenonkel. Ludwig von Eggenhof ist ein Bruder meiner Mutter, und er hat sich schon kurz nach meiner Taufe mit dem Rest der Familie zerstritten. Niemand kann sich noch erinnern, worum es in dem Streit ging. Der Kontakt brach ab und wurde nie wieder aufgenommen. Aber letztlich bleibt er mein Pate, nicht wahr?« Als wolle er sich selbst von dieser Tatsache überzeugen, nickte Helmut heftig. »Also ist es nicht zu viel verlangt, dass er mir Empfehlungen für Großgrundbesitzer in seiner Nachbarschaft gibt. Ich bin sicher, dann könnte ich endlich eine Stelle als Verwalter finden. Man würde mich ihm zu Gefallen wenigstens probeweise einstellen, und ich hätte eine Gelegenheit, mein Können zu beweisen.«

Claire runzelte die Stirn und schob ein Tomatenstückchen auf ihrem Teller hin und her. »Glaubst du, er wird dich empfangen? Und falls ja – was wird er tun, wenn er hört, dass du mit einer Näherin durchgebrannt bist?«

»Ich werde es erfahren, schätze ich.« Er zuckte mit den Schultern, und sie konnte sehen, wie nervös er beim Gedanken an den Bittgang zu seinem Onkel war.

»Ist er reich? Was, wenn er dir Geld anbietet und zur Bedingung macht, dass wir uns trennen?«

Helmut nickte. »Er ist sehr vermögend. Aber ich werde niemals in ein Leben ohne dich einwilligen, ganz gleich, was er mir dafür bietet.«

Dennoch hatte Claire Angst, was geschehen könnte, wenn Helmut seinen Onkel um Hilfe bat.

»Wir könnten das Automobil verkaufen«, schlug sie verzagt vor. »Es ist doch sicher eine Menge wert.«

»Dann müssen wir mit dem Zug fahren, während ich auf Arbeitssuche bin. Das verschlingt auch eine Menge Geld. Nein, wir brauchen den Wagen.«

Und wenn wir eines Tages überhaupt kein Geld mehr haben? fragte sich Claire. Wenn wir nicht mehr weiterwissen und es darum geht, dass wir verhungern, dass unser ungeborenes Kind verhungert? Dann werden wir uns trennen, wenn dein Onkel oder dein Vater oder wer auch immer aus deiner reichen Verwandtschaft es zur Bedingung für seine Hilfe macht.

Sie sprach ihre Gedanken nicht aus und versuchte, die Angst zu verdrängen, die sich wie eine kalte Hand um ihr Herz legte. Vielleicht würde ja alles gut gehen. Vielleicht bekamen sie Hilfe und konnten dennoch zusammenbleiben.

»Wo lebt denn dein Patenonkel?«, erkundigte sie sich.

»In Bayern, am Starnberger See. Weit fort.« Bisher hatten sie sich im Umkreis von drei Tagesreisen um die Gegend zwischen Andlau und Lahr herum bewegt. Hier kannten sie sich etwas aus und fühlten sich wenigstens ein bisschen zu Hause.

»Ich liebe dich, Helmut. Du bist mein Mann, und ich folge dir überall hin.« Claire biss in ihr Brot und beschloss, fest daran zu glauben, dass alles gut werden würde. Helmut und sie würden schon bald ein sicheres Heim und ein festes Einkommen haben. Und sie würden glücklich miteinander und mit ihrem Kind leben. Es musste einfach so sein.

Da Helmut nicht wusste, wie sein Onkel auf seinen Besuch reagieren würde, beschlossen sie, dass er allein nach Starnberg fahren würde, während Claire in der Pension auf ihn wartete. Wenn er von Ludwig keine Empfehlungen für benachbarte Großgrundbesitzer bekam, musste Claire erst gar nicht mit ihm nach Bayern reisen. Dann konnte er ebenso gut weiter in Baden nach einer Stellung suchen.

Während er fort war, saß sie wie auf glühenden Kohlen. Sie hatte entsetzliche Angst, ihm könnte auf der langen Fahrt mit dem Automobil nach Bayern und zurück etwas zustoßen. Würde irgendjemand sie benachrichtigen, wenn er bewusstlos in ein Krankenhaus eingeliefert würde? Den Gedanken, dass viele Automobilisten starben, wenn sie in hohem Tempo von der Straße abkamen und gegen ein Hindernis prallten, versuchte sie zu verdrängen. Dennoch lag sie nachts stundenlang wach und hatte schreckliche Angst, Helmut vielleicht niemals wiederzusehen und womöglich gar nicht zu erfahren, was mit ihm geschehen war.

Früher hatte sie nicht unter solchen, vielleicht völlig unbegründeten Ängsten und finsteren Gedanken gelitten. Das lag womöglich an dem kleinen Wesen, das in ihr heranwuchs. Je behäbiger sie wurde, desto schwächer fühlte sie sich und desto mehr fürchtete sie sich vor der vollkommen ungewissen Zukunft, die auf sie wartete. Solange Helmut an ihrer Seite war, ertrug sie die Furcht. Doch allein mit Enno in dem kargen Pensionszimmer musste sie sich ständig zusammenreißen, um nicht vor Angst und Sorge in Tränen auszubrechen.

Als Helmut nach drei Tagen aus Starnberg zurückkehrte, schluchzte sie herzzerreißend. Helmut erschrak und brauchte eine Weile, bis er begriff, dass sie vor Erleichterung weinte.

»Pack deine Sachen«, sagte er freudestrahlend, nachdem er sie eine Weile tröstend im Arm gehalten und ihr die Tränen fortgeküsst hatte. »Morgen früh fahren wir los.«

Dann berichtete er von seinem Besuch bei seinem Onkel, und Claire wusste nicht recht, ob sie sich über die Pläne freuen sollte, die Helmut zusammen mit Ludwig von Eggenhof geschmiedet hatte.

»Du bist doch eigentlich nur zu deinem Patenonkel gefahren, damit er dir eine Empfehlung mitgibt. Für eine Stelle als Verwalter. Wieso sollen wir jetzt plötzlich bei ihm einziehen?«, fragte Claire.

»Selbst mit Empfehlungen wird es noch eine Weile dauern, bis ich eine gute Stelle gefunden habe. Was noch lange nicht bedeutet, dass wir in der Zwischenzeit auch ein schönes Zuhause haben werden. Deshalb hat Onkel Ludwig mir angeboten, dass wir beide zu ihm ziehen. Ich finde es beruhigend, dich an einem sicheren Ort zu wissen. Dort gibt es Dienstboten und eine Haushälterin. Wir werden unsere eigene Zimmerflucht bekommen, und du musst dir um nichts mehr Sorgen machen. Du kannst dich ausruhen und dich auf die Geburt unseres Kindes vorbereiten.«

»Aber weiß er denn, wer ich bin und wo ich herkomme?«, fragte Claire.

Helmut nickte. »Ich habe es ihm erklärt und er … Ich muss zugeben, es hat mich auch überrascht, aber es schien ihn nicht zu stören, dass du weder von Adel bist, noch aus reichem Haus stammst.«

17

Villa Rabenfels, Ende September 1922

Als Claire aus dem Automobil stieg und zum ersten Mal das riesige Haus sah, in dem sie von nun an leben sollte, durchlief sie ein Schauer. Sie klammerte sich an Helmuts Arm fest, zwang ihm zum Stehenbleiben und legte den Kopf in den Nacken, um Rabenfels zu betrachten.

»Es sieht aus wie eine Burg«, flüsterte sie ehrfürchtig.

»Das liegt nur daran, dass es auf einem Hügel steht und die Steine, aus denen es gebaut ist, im Laufe der Zeit fast schwarz geworden sind.« Helmuts Worte sollten sie wohl beruhigen, was sie aber nicht taten.

»Bist du sicher, dass dein Onkel uns *beide* eingeladen hat, bei ihm zu wohnen?«, erkundigte sie sich zum vierten oder fünften Mal.

»Natürlich bin ich sicher. Du musst keine Angst haben. Ich bin bei dir, und dir wird nichts geschehen.« Helmut zog sie weiter zu der Freitreppe, die hinauf zu der wuchtigen Tür aus dunkler Eiche führte.

In dem Moment, in dem sie die oberste Stufe betraten, schwang die Tür auf. Vor ihnen stand ein Diener in einem schwarzen Anzug, auf dem Claire nicht das winzigste Stäubchen erkennen konnte. Die Miene des Mannes war ausdruckslos. Niemand hätte sagen können, was er dachte, als er das Paar sah, das zu seinem Brotherrn wollte.

Sicher erkannte der geschulte Blick des Butlers, dass Claires Kleid sich eher durch Schlichtheit als durch Eleganz auszeichnete. Sie hatte die Abnäher in Taille und Rücken herausgelassen, sodass Platz für ihren wachsenden Bauch war, aber bald würde sie etwas Neues zum Anziehen brauchen.

Helmut hingegen trug einen der teuren Anzüge, die der langjährige Schneider seines Vaters seit seinem vierzehnten Geburtstag auch für ihn angefertigt hatte.

»Guten Tag, Herr Graf. Der gnädige Herr erwartet Sie im Salon.« Der Butler verbeugte sich vor Helmut, ignorierte jedoch Claire. Sofort sank ihr das Herz noch weiter. Wenn schon die Dienerschaft sie verächtlich ansah, wie würde sie dann erst der Freiherr begrüßen?

»Vielen Dank, Lohmann.« Helmut trat auf jene gelassene Art, die sie wahrscheinlich niemals beherrschen würde, in die Halle. Den Butler beachtete er nicht mehr, nachdem er ihn freundlich und aufmerksam mit seinem Namen angeredet hatte. Irgendwann hatte er ihr erklärt, man dürfe sich niemals bei den Dienstboten anbiedern, müsse jedoch immer genau den richtigen Grad an Freundlichkeit zeigen.

Lachend hatte Claire erwidert, es sei ihre geringste Sorge, den Umgang mit Dienstboten zu erlernen, da sie ohnehin wohl niemals welche haben würde. Und nun sollte sie, wenn auch hoffentlich nur vorübergehend, in ein Haus ziehen, in dem es vor Dienern und Hausmädchen nur so wimmelte.

An Helmuts Seite folgte sie dem Butler durch eine riesige Halle, in der trotz des hellen Sonnenscheins draußen graues Dämmerlicht herrschte. Die wuchtigen Kommoden und Beistelltische aus dunklem Holz waren nur schemenhaft zu erkennen, ebenso die zahlreichen Gemälde an den Wänden in ihren schweren vergoldeten Rahmen. Zumindest konnte Claire sehen, dass es sich fast ausschließlich um Porträts finster dreinblickender Herren handelte.

»Graf von Haynbach und Gemahlin«, verkündete Lohmann mit lauter Stimme, nachdem er eine Tür geöffnet hatte.

Gemahlin! So hatte sie noch nie jemand genannt, und sie war sich nicht sicher, was sie davon halten sollte.

Im Salon war es nur unwesentlich heller als in der Halle, weil die dichten, bis auf einen Spalt geschlossenen Vorhänge den größten Teil des Sonnenlichts abhielten. Auch hier bestanden sämtliche Möbel aus dunklem Holz. Die Sessel und Sofas waren mit braunem Stoff bezogen.

Im Hintergrund des Zimmers erhob sich bei ihrem Eintreten eine schmale Gestalt aus einem Sessel, kam langsam auf sie zu und verschmolz dabei fast mit dem Hintergrund. Hoch aufgeschossen und hager, mit grauen Haaren, grauem Bart und grauer Kleidung, die an manchen Stellen ins Beige tendierte, bewegte der Hausherr sich lautlos durch den Raum.

Als er vor ihr stehen blieb, sah Claire, dass selbst seine wässerigen Augen grau waren. Er musterte sie mit strengem Blick, und sie musste an sich halten, um nicht untertänig zu knicksen.

»Das ist sie also«, sagte Ludwig von Eggenhof schließlich und streckte ihr die Hand hin.

Sie griff danach und ertappte sich nun doch dabei, leicht in den Knien zu wippen.

»Meine Frau Claire«, stellte Helmut sie etwas verspätet vor.

»Vielen Dank, dass wir vorerst hierbleiben dürfen.« Claire zog ihre Hand zwischen den dünnen Fingern hervor. »Wir werden uns so bald wie möglich eine eigene Unterkunft suchen. Wenn Helmut eine Stelle als Verwalter findet, bekommen wir vielleicht ein kleines Haus auf einem Gutshof …«

»Was soll das?«, fuhr der Freiherr sie an, und sie zuckte erschrocken zusammen. »Kaum angekommen, und schon wollen Sie das Weite suchen! Ich habe Helmut gesagt, Rabenfels ist groß genug. Er ist mein Patensohn und kann bleiben, solange er will. Mit dem Streit zwischen seinen Eltern und mir hat er nichts zu tun. Ich weiß selbst kaum noch, worum es damals ging.«

»Entschuldigung«, wisperte Claire. »Ich wollte nicht …

Nochmals vielen Dank, dass wir bleiben dürfen.« Hilfesuchend schaute sie zu Helmut.

»Sie sind also Näherin.« Der Freiherr starrte ungeniert auf ihren Bauch.

Schützend legte Claire die Hand über die Wölbung, die sich unter dem viel zu engen Kleid deutlich abzeichnete.

»Ja.« Energisch schob sie das Kinn vor. Falls es ihm nicht passte, dass sie aus einer nicht begüterten Familie stammte, sollte er es nur sagen, dann würde sie auf der Stelle sein Haus verlassen.

»Wo die Liebe hinfällt …«, sagte der Freiherr nachdenklich.

Er war um die sechzig und bot in etwa das Bild, das gemeinhin vor dem geistigen Auge der Menschen auftauchte, wenn von einem Hagestolz die Rede war. Helmut hatte Claire erzählt, dass er seit dem Tod seiner Eltern, die vor fast zwanzig Jahren kurz hintereinander gestorben waren, allein in der Villa Rabenfels wohnte. Unverheiratet, ohne Kinder, aber umgeben von einem guten Dutzend Dienstboten.

»Ich glaube, er ist einsam und ganz froh, wenn er in dem großen, düsteren Haus Gesellschaft hat«, hatte Helmut nach seinem Besuch bei seinem Patenonkel erzählt. »Natürlich würde er das nicht zugeben. Er wirkt schroff und abweisend, doch davon solltest du dich nicht beeindrucken lassen. Das liegt sicher daran, dass er die meiste Zeit allein ist. Er hat keine Übung im Umgang mit Menschen.«

Claire hatte seufzend genickt. Wenn der Freiherr schon Helmut gegenüber reserviert war, würde er sie wahrscheinlich noch viel unfreundlicher behandeln.

»Geleiten Sie meinen Neffen und seine Frau in die Zimmer, die wir für die beiden vorbereitet haben«, wies Ludwig von Eggenhof den Butler an, der neben der offenen Tür gewartet hatte. »Wir sehen uns beim Abendessen«, fügte er, an Helmut und Claire gewandt, hinzu. »Pünktlich um sechs

Uhr.« Das war keine freundliche Einladung, sondern ein Befehl.

Erleichtert, die erste Begegnung mit dem Freiherrn überstanden zu haben, murmelte Claire einen weiteren Dank und wandte sich der Tür zu.

»Ich bin froh, dass mein Patensohn eine gute Frau gefunden hat und bald Vater wird.«

Claire erstarrte mitten in der Bewegung. Hatte sie sich verhört? Ihm musste doch klar sein, dass sie keinesfalls die Art von Ehefrau war, die man dem Sohn eines Grafen wünschte. War er senil und wusste nicht, was er sagte?

Sie wandte sich um und sah Helmuts Patenonkel verunsichert an. Sein Lächeln wirkte angestrengt, so als wäre er es nicht gewohnt, die Mundwinkel zu heben. Aber der leicht verschwommene Blick seiner grauen Augen war weder böse noch spöttisch. Er musterte sie interessiert, fast freundlich.

»So, so, eine Näherin«, sagte er mehr zu sich selbst als zu ihr oder Helmut.

Da dies keine Frage, sondern eine Feststellung war, antworteten sie beide nicht. Sie verließen den Salon und folgten Lohmann die Treppe hinauf. Inzwischen hatte ein anderer Diener ihre beiden Koffer geholt, die hinten am Wagen festgeschnallt gewesen waren.

»Soll der Hund auch in Ihre Räumlichkeiten gebracht werden, gnädiger Herr?«, erkundigte sich der Butler mit einer knappen Verbeugung.

»Wenn mein Onkel nichts gegen ein Tier im Haus einzuwenden hat. Ich habe noch nicht mit ihm über meinen Hund gesprochen. Notfalls bringe ich ihn im Stall unter. Aber es wäre mir lieber, ihn bei mir zu haben.«

Helmut runzelte nachdenklich die Stirn. Vielleicht wurde ihm erst in diesem Moment bewusst, dass er sich zwar wieder in einem Herrenhaus befand, hier aber zu Gast war und nicht zu bestimmen hatte.

»Der gnädige Herr sagte mir, alles solle gehandhabt werden, wie der Herr Graf es wünschen«, erklärte Lohmann mit unbewegter Miene. »Ich werde dafür sorgen, dass der Hund nach oben gebracht wird. Er beißt doch nicht?«

»Wahrscheinlich nicht einmal, wenn Sie ihn zuerst beißen, Lohmann«, versicherte Helmut ihm lachend.

18

Villa Rabenfels, Januar 1923

Seit Weihnachten fiel es Claire schwer, die Treppen zum Speisezimmer im Erdgeschoss hinunter- und vor allem wieder heraufzusteigen. Ihr Bauch war mächtig gewachsen, und wenn sie sich anstrengte, bekam sie schlecht Luft. Deshalb nahm sie nun die meisten Mahlzeiten in den Räumen im ersten Stock des Ostflügels der Villa Rabenfels ein, die sie seit September mit Helmut bewohnte.

Auch an diesem Morgen saß sie an dem kleinen Tisch im Salon und sah durchs Fenster hinunter auf den Starnberger See. Seit einigen Tagen leistete ihr der Freiherr beim Frühstück Gesellschaft. Helmut sprang meist schon nach einer Tasse Kaffee und ein paar Bissen Brot auf, um mit seinem Steyr zum Gut Bruchhausen zu fahren, wo er stets pünktlich um acht Uhr morgens mit der Arbeit begann.

Ludwig von Eggenhof hatte sich im Laufe der vergangenen Monate allmählich mit Claire angefreundet. Sein zu Beginn wortkarges, oft barsches Benehmen war einer ruhigen Freundlichkeit gewichen. Nur wenn ihn etwas irritierte, was sie sagte, oder wenn sie hartnäckig eine Meinung vertrat, die im Gegensatz zu seiner stand, wurde er kurz angebunden oder widersprach ihr grob.

Zu Claires Verwunderung hatte er scheinbar nichts gegen ihre Herkunft einzuwenden. Im Gegenteil – es schien ihm zu gefallen, dass sein Neffe sich seinen Eltern widersetzt und eine Frau geheiratet hatte, die weder von Stand war noch aus einer wohlhabenden Familie stammte.

Es war ein eisiger Wintertag. Feine Schneekristalle stäubten wie Silberpuder durch die Luft und legten einen funkelnden Schleier über die Berge auf der anderen Seite des Sees. Das Eis auf dem Wasser schimmerte, als hätte jemand Diamanten darauf verstreut.

Claire konnte sich an der Aussicht vor ihrem Fenster nicht sattsehen. Das war eine der schönsten Seiten am Leben in der Villa Rabenfels. Inzwischen war das große Gebäude mit seinen zahllosen Zimmern und Fluren, den zwei Türmen und dem dunkelgrauen Schieferdach so etwas wie ein Zuhause für sie geworden. Insgeheim wünschte sie sich zwar immer noch ein eigenes Heim für sich und ihren Mann, doch sie wusste, dass viele Menschen sie um ihr Leben in der Villa beneidet hätten.

Mithilfe der Haushälterin Frau Schmiedecker hatte Claire einen Salon, ein kleines Arbeitszimmer und ein gemeinsames Schlafzimmer für Helmut und sich hergerichtet. Es gab noch weitere leere Räume. In einem davon entstand in diesen Tagen das Kinderzimmer.

Auf dem Dachboden der Villa wurden sämtliche ausgemusterten Möbel aufbewahrt, die im Inventar des Besitzstandes verzeichnet waren und deshalb nicht weggeworfen werden durften. Dort hatte Claire Rosenholztische mit geschwungenen Beinen entdeckt, bequeme Sesselchen mit bunten Polstern und Schränke und Kommoden aus hellem Holz.

Kurz vor Weihnachten hatten Helmut und einer der Diener die hölzerne Wiege vom Dachboden geholt, in der nach Aussage des Freiherrn schon er selbst, sein Vater und wahrscheinlich sogar sein Großvater gelegen hatten. Obwohl das Blattgold an den Kufen etwas abgeblättert und die Malerei an den Seitenwänden im Laufe vieler Jahre verblasst war, fand Claire die Wiege wunderschön. Sie hatte die Haushälterin gebeten, ihr hellgrünen Stoff für Kissen und Decke zu besorgen, die sie selbst nähen wollte.

»Sie sehen blass aus«, bemerkte Ludwig von Eggenhof. »Ich hoffe, es geht Ihnen gut?«

»Danke. Es ist alles in Ordnung«, entgegnete sie automatisch. »Ich habe nur schlecht geschlafen.

»Essen Sie noch etwas Obst.« Er deutete auf das Schälchen mit gedünsteten Apfelstücken, das er ihr hatte bringen lassen. Da Helmut den größten Teil des Tages außer Haus verbrachte, schien sein Onkel es sich zur Aufgabe gemacht zu haben, sich um das Wohlergehen der schwangeren Claire zu kümmern.

Durch Ludwig von Eggenhofs Empfehlung hatte Helmut kurz nach ihrem Einzug in der Villa Rabenfels eine Stelle als zweiter Verwalter auf einem nahe gelegenen Gut gefunden. Für seinen Onkel konnte er nicht arbeiten, weil der Freiherr die meisten seiner Felder verpachtet hatte. Helmut bestand darauf, seinem Onkel einen gewissen Betrag als Miete und für das Essen zu zahlen, das Claire und er in der Villa zu sich nahmen. Er wollte das Gefühl haben, seine Frau selbst zu ernähren, und der Freiherr ließ ihm diese Befriedigung.

»Schlechte Nachrichten?«, erkundigte sich Claire besorgt, als sie sah, wie der Freiherr die Stirn runzelte. Er hatte die Tageszeitung mit nach oben gebracht und las darin, während Claire noch vor ihrem Frühstück saß.

»Französische und belgische Truppen sind ins Ruhrgebiet einmarschiert.« Raschelnd schlug er die Seiten um.

Claire schnappte erschrocken nach Luft. »Gibt es wieder Krieg?«

Die Erinnerung an den letzten Krieg, der erst vor fünf Jahren geendet hatte, war schon schrecklich genug. Und nun befand sie sich noch dazu im Feindesland. Sie konnte nur hoffen, dass man die Ehe mit einem Deutschen zu ihrem Vorteil auslegte.

»Ich denke nicht, dass die Sache darauf hinausläuft«, erwiderte der Freiherr. Er sah sie so freundlich an wie immer, obwohl sie Französin war. Auch das schien ihn nicht zu stören. Seine Gelassenheit beruhigte sie ein wenig.

»Es geht um die Reparationszahlungen«, fuhr er fort. »Sie wissen schon, die Entschädigung, die Deutschland den Siegermächten zahlen soll. Wegen der Wirtschaftskrise, die hierzulande herrscht, ist Deutschland mit den Zahlungen im Rückstand. Man will den Forderungen Nachdruck verleihen, da man aufseiten der Sieger vermutet, dass zumindest Sachleistungen wie Kohle oder Stahl aus dem Ruhrgebiet möglich wären. Deshalb wollen die Franzosen und Belgier die Kontrolle über das Ruhrgebiet. Die deutsche Regierung hat die Bevölkerung zum passiven Widerstand aufgerufen. Deutsche Truppen gibt es dort nicht. Es kann also eigentlich nicht zu Kriegshandlungen kommen.«

Claire atmete auf. »Es tut mir leid«, sagte sie dann.

Der Freiherr lachte. »Sie können nun wirklich nichts dafür. Genauso wenig wie ich dafür verantwortlich bin, dass die Reparationszahlungen nicht geleistet werden, falls dies denn tatsächlich möglich wäre.

»Es ist sehr freundlich von Ihnen, wie selbstverständlich Sie hinnehmen, dass Helmut mit einer Französin verheiratet ist, die noch nicht einmal seinem Stand entspricht. Seine Eltern haben ihn ja praktisch verstoßen, weil er mit mir zusammen sein will.«

Er sah durchs Fenster hinaus in den silbrig schimmernden Januarmorgen. Über sein Gesicht glitt ein Schatten. »Ich bin ein alter Mann und habe schon viel erlebt. Deshalb weiß ich, dass es ein Herz nicht interessiert, ob der Mensch, für den es schlägt, einen Adelstitel hat oder aus einer wohlhabenden Familie stammt. Der Liebe ist es auch gleichgültig, aus welchem Land der geliebte Mensch kommt.«

Eine Weile schwiegen sie beide nachdenklich. Dann faltete Claire ihre Serviette zusammen und legte sie neben ihren inzwischen geleerten Teller. »Wenn Sie mich bitte entschuldigen. Es wird Zeit, dass ich die Bezüge für die Wiege fertig nähe. Es sind nur noch vier Wochen bis Mitte Februar, und manche Kinder haben es besonders eilig, auf die Welt zu kommen.«

Höflich erhob sich der Freiherr und half ihr von ihrem Stuhl hoch. Inzwischen fühlte sie sich unbeholfen und schwerfällig.

In einer Nische des Zimmers hatte sie sich eine Nähecke eingerichtet, wo sie sich nun niederließ, um an den kleinen Bezügen zu arbeiten. Wie so oft leistete ihr Helmuts Onkel noch eine Weile Gesellschaft. Er blätterte in seiner Zeitung, sie nähte eine zarte Spitze an die obere Kante des Kissenbezugs. Es beruhigte sie, nicht allein zu sein. Wenn sie allein war, kamen die finsteren Gedanken.

Sie musste in den letzten Wochen oft an Marianne denken, das kleine Mädchen aus ihrem Nachbarhaus in Andlau. Vor allem erinnerte sie sich an den Tag von Mariannes Geburt vor etwa drei Jahren. Louise, die gelegentlich der Hebamme bei Entbindungen in der Nachbarschaft zur Hand ging, war kreidebleich zurückgekommen.

»Ist es ein Mädchen oder ein Junge?«, hatte Claire sich wie immer neugierig erkundigt.

»Ein kleines Mädchen«, hatte ihre Mutter geflüstert. »Ein mutterloses kleines Mädchen. Es soll Marianne heißen. Wie seine verstorbene Mutter.«

Marianne war eine kräftige, rotwangige Frau gewesen, die bis zum Tag der Geburt fröhlich lachend herumgelaufen war und ihre Arbeit erledigt hatte. Sie erwartete ihr drittes Kind. Wie konnte es sein, dass diese Frau nicht mehr da war? Ihr hatte nichts gefehlt, und dann war sie einfach so bei der Geburt ihrer kleinen Tochter gestorben.

Claire erinnerte sich an die bestürzten Gesichter der anderen Nachbarn. An Mariannes Mann, der nach ihrem Tod monatelang kaum ein Wort gesprochen hatte, und an das winzige Kind, das reihum von den anderen Frauen betreut und mit Milch aus der Flasche ernährt wurde.

Wenn es möglich war, ohne jede Vorwarnung bei einer Geburt zu sterben, konnte das auch ihr passieren. Sie war längst nicht so kräftig wie Marianne. Und was, wenn die Aufregungen der ersten Wochen und die Anstrengungen der darauffolgenden Monate ihr und dem Kind geschadet hatten? Sie hätte doch regelmäßiger essen und nicht immer wieder Mahlzeiten auslassen sollen, wenn Helmut unterwegs gewesen war.

Besonders nachts lag sie oft wach und dachte darüber nach, was geschehen würde, wenn sie während der Entbindung oder anschließend im Wochenbett starb. Dann raste ihr Herz, und ihre Kehle wurde so eng, dass sie kaum noch Luft bekam.

Es gab niemanden, mit dem sie über ihre Angst reden konnte. Helmut hatte sehr viel zu tun, und Claire wusste, dass er sich ohnehin schon Sorgen wegen der bevorstehenden Geburt machte. Wenn doch nur *Maman* hier wäre, dachte sie. Sie seufzte tief und sah, dass der Freiherr ihr einen fragenden Blick zuwarf.

»Ich habe mich in den Finger gestochen«, behauptete sie rasch. Kleine Notlügen waren erlaubt. Mit Ludwig von Eggenhof konnte und würde sie ihre Ängste auch nicht besprechen.

Ihre Mutter würde sich wegen der bevorstehenden Entbindung natürlich auch sorgen. Aber sie hätte Claire Mut gemacht, sie in den Arm genommen und sie beruhigt. Allein der Gedanke, ihre Mutter in ihren schweren Stunden an ihrer Seite zu wissen, wäre beruhigend gewesen. Doch sie musste sehen, wie sie allein zurechtkam, mit einer fremden Hebamme und einem Arzt, den sie nicht besonders mochte.

»Wann kommt Doktor Mundtler wieder?«, erkundigte sie sich, um vorbereitet zu sein.

Der Freiherr ließ seinen Hausarzt alle vier Wochen kommen und schickte ihn dann auch zu Claire. Vielleicht bestellte er den Arzt auch nur ihretwegen nach Rabenfels und gab lediglich vor, sich in kurzen Abständen vorsorglich untersuchen zu lassen.

Claire war dankbar, dass Helmuts Onkel für ihre medizinische Versorgung zahlte. Andererseits grauste sie sich jedes Mal vor dem Besuch des kleinen Mannes mit dem strengen Blick. Er redete nur wenig, tastete ihren Bauch ab, horchte mit einem Hörrohr zu dem Kind hinein und verschwand wieder.

Sie ging davon aus, dass alles in Ordnung war, wenn er nichts sagte. Dennoch wuchs ihre Angst mit jedem Tag, der sie der gefürchteten Stunde näherbrachte.

Claire hörte, dass die Tür sich leise öffnete. Sie wandte den Kopf und sah durch den Tränenschleier in ihren Augen, dass aus dem nebenan liegenden Salon mattes Licht ins Schlafzimmer fiel. Fest presste sie die Lippen aufeinander, damit ihr kein Schluchzer mehr entwischte. Die Tränen flossen weiter, obwohl sie die Lider zusammenkniff.

Neben ihrem Körper senkte sich die Matratze. Offenbar hatte Helmut sich auf die Bettkante gesetzt. Im Dämmerlicht tastete er nach ihrer Hand.

»Was quält dich, mein Liebling?«, flüsterte er. »Bitte sag es mir. Ich bin dein Mann, und ich möchte dir helfen.«

»Das kannst du nicht«, stieß sie hervor und fragte sich, ob er trotz ihrer Bemühungen, leise zu sein, nebenan ihr Schluchzen gehört hatte.

»Lass es mich wenigstens versuchen.« Sanft strich er ihr übers Haar. »Ich spüre schon seit Tagen, dass dich etwas bedrückt. Nachts wälzt du dich von einer Seite auf die andere, und tagsüber scheinst du mit deinen Gedanken oft weit weg zu sein.«

»Tut mir leid«, flüsterte sie und wischte sich mit dem Handrücken über die feuchte Wange.

Ein Schweigen trat ein, während Claire mit sich kämpfte.

Vielleicht war es falsch, Helmut ihre Angst nicht zu gestehen. Aber sie wusste nur zu genau, dass sie damit seine Sorge um sie nur noch vergrößern würde.

»Du vermisst deine Mutter«, sagte er plötzlich.

»Woher weißt du das?«, entfuhr es ihr.

»Das ist nicht schwer zu erraten, Liebes. Du stehst kurz vor der Geburt deines ersten Kindes. Das ist eine Zeit, zu der selbst in unseren Kreisen Mütter zu ihren verheirateten Töchtern fahren, um ihnen beizustehen.«

»Selbst in deinen Kreisen?« Sie musste lachen.

»Entschuldige. Ich wollte nicht …«

»Ist schon gut«, beruhigte sie ihn. »Ich gehöre nicht zu diesen Kreisen und will es auch nicht. Ich lache nur, weil du gesagt hast, *selbst* in deinen Kreisen.«

Mit den Fingerspitzen streichelte er ihre Hand. »Ich habe gesehen, wie nah du deiner Mutter bist. Das ist in adeligen Familien nicht unbedingt so. Wir wurden von Säuglingsschwestern und Kinderfrauen betreut und einmal am Tag, zur Teestunde, sauber gewaschen und frisch gekämmt zu unserer Mutter gebracht. Und dennoch begleiten diese Mütter ihre erwachsenen Töchter in der Zeit vor und kurz nach der Entbindung.«

»Ach so.« Mehr sagte sie nicht, weil sie fürchtete, er könnte bemerken, dass sie schon wieder weinte. Der Gedanke, dass selbst die unnahbaren, kühlen Mütter ihre Töchter bei der Geburt unterstützten, tat ihr noch zusätzlich weh.

»Ich werde deiner Mutter schreiben und sie bitten, zu dir zu kommen.«

»Nein!« Sie erschrak selbst, wie laut ihre Stimme plötzlich geworden war. »Ich hatte ihr versprochen, dir nicht zu schreiben, und habe es trotzdem getan. Ich bin nachts aus dem Haus geschlichen. Ohne mich zu verabschieden, und obwohl ich genau wusste, wie sehr *Maman* dagegen war, dass ich mit dir gehe. Ich will jetzt nicht ankommen und um ihre Hilfe bitten, weil ich mich vor der Geburt fürchte. So eine Entbindung ist etwas ganz Normales.«

»Ich bin sicher, deine Mutter hat dir längst verziehen. Sie wird froh sein, dich wiederzusehen und dir beistehen zu können.«

»Nein«, wiederholte sie und schüttelte den Kopf. Sie schämte sich viel zu sehr, um Louise um Hilfe zu bitten, auch wenn sie es noch so gern getan hätte. Die Liebe und Unterstützung ihrer Mutter hatte sie verspielt, als sie bei Nacht davongelaufen war, ohne sich zu verabschieden.

Wenn ihr Kind auf der Welt wäre, würde sie ihr schreiben und sie bitten, ihr zu vergeben.

19

Villa Rabenfels, Ende Januar 1923

Louise Lefevre weinte nie. Das hatte sie sich im Laufe eines langen, nicht immer einfachen Lebens abgewöhnt. Tränen lösten keine Probleme. Sie füllten nicht den Magen und sorgten auch nicht für ein Dach über dem Kopf.

Als sie allerdings am Nachmittag dieses trüben Januartages in Claires Zimmer trat, kostete es sie große Mühe, die Tränen zurückzuhalten. Ihre einzige Tochter, die sie seit Monaten nicht gesehen und um die sie sich jeden Tag und jede Nacht gesorgt hatte, ruhte auf einer Chaiselongue am Fenster. Ihr Gesicht war blass. Die blauen Augen, in denen bei Louises Anblick ungläubiges Erstaunen lag, wirkten riesengroß wie zwei Seen in einer Winterlandschaft. Unter der leichten Wolldecke wölbte sich hoch ihr Bauch.

»*Maman*«, flüsterte Claire und wollte aufstehen, doch Louise durchquerte mit raschen Schritten das Zimmer und drückte sie sanft nieder.

»Du musst dich ausruhen, Claire. Von jetzt an werde ich mich um alles kümmern.« Sie beugte sich hinunter und umarmte ihre Tochter vorsichtig.

Louise hörte, wie sich leise die Tür schloss. Helmut, der sie mit dem Wagen vom Bahnhof abgeholt und hergebracht hatte, zog sich zurück.

»Es tut mir so leid, *Maman*. Ich konnte nicht anders …«

»Pst.« Louise schüttelte lächelnd den Kopf. »Ich hätte nicht versuchen sollen, dich daran zu hindern, dem Mann zu folgen, den du liebst. Und der dich liebt. Das war nicht richtig von mir.«

»Wir haben geheiratet. Und er arbeitet nun als Verwalter.« Über Claires Gesicht glitt wie auf Zehenspitzen ein Lächeln.

»Ich weiß. Das hat er mir alles geschrieben. Warum wolltest du nicht, dass er mir eine Nachricht schickt? Ich bin sehr froh, dass er es dennoch getan hat. Er hat nur viel zu lange damit gewartet. Ich bin fast umgekommen vor Sorge.«

»Es tut mir leid«, wiederholte Claire leise. »Ich dachte … Ich hatte Angst, du wärst noch böse auf mich und würdest nicht antworten. Das hätte ich nicht ertragen.«

»Ich will solche Dummheiten nicht hören«, erwiderte Louise streng. Sie holte ein Tuch hervor und wischte sich energisch über die Augen, die nun doch ein bisschen feucht geworden waren.

Dann richtete sie sich auf, atmete tief durch und lächelte ihre Tochter an. »Ich freue mich auf mein Enkelkind. Ich will, dass es kräftig und gesund zur Welt kommt. Du siehst schmal aus. Was soll ich dir zu essen bringen?«

Louise war soeben im Begriff, Claires sämtliche Lieblingsspeisen aufzuzählen, als nach kurzem Anklopfen die Tür geöffnet wurde und ein großer, hagerer Mann ins Zimmer trat. Sein graues Haar war noch voll und ein kräftiger, ebenfalls grauer Bart bedeckte Kinn und Wangen. Als sein Blick auf Louise fiel, erstarrte er für einen Moment. Dann zog er die Brauen hoch und spitzte den Mund, als hätte er auf etwas Saures gebissen.

»Sie sind …?« Sein Ton war scharf und unfreundlich.

Louise warf den Kopf in den Nacken und richtete sich neben Claires Bett zu ihrer vollen Größe auf. Der alte Griesgram überragte sie nur um wenige Zentimeter.

»Louise Lefevre. Ich bin Claires Mutter und werde mich von jetzt an um meine Tochter kümmern.« Sie verschränkte die Arme. »Ich nehme an, Sie sind Helmuts Onkel, Freiherr von Eggenhof.«

Er sollte ruhig wissen, dass sie sehr wohl sein unhöfliches Verhalten bemerkt hatte, sie nach ihrem Namen zu fragen, sich selbst aber nicht vorzustellen. Helmut hatte auf dem Weg vom Bahnhof von seinem Patenonkel erzählt, und sie hatte sich einen freundlichen älteren Herrn vorgestellt, was offenbar ein Irrtum gewesen war.

»Keine Sorge«, fuhr sie fort. »Ich werde Ihnen nicht zur Last fallen und mich nur hier bei meiner Tochter aufhalten. Für mein Essen werde ich selbst aufkommen. In der Küche werde ich nur stärkende Mahlzeiten für Claire besorgen. Und jetzt muss ich Sie bitten zu gehen. Meine Tochter braucht Ruhe.«

Er hob erstaunt die Augenbrauen, und sie konnte nur mit Mühe ein triumphierendes Lächeln unterdrücken. Sie wusste, wie sehr es den Freiherrn und seinesgleichen irritierte, wenn man ihnen energisch und selbstbewusst entgegentrat, obwohl man keinen Titel geerbt hatte.

Er murmelte irgendetwas vor sich hin, machte auf dem Absatz kehrt und verließ das Zimmer. Hinter ihm fiel laut die Tür ins Schloss.

Claire sah ihre Mutter verblüfft an. »Hast du ihn eben hinausgeworfen? Das ist sein Haus. Und er war immer freundlich zu mir.«

»Zu mir war er weder freundlich noch höflich. Ich werde nicht zulassen, dass er sich in deine Pflege einmischt. Helmut hat mich gebeten zu kommen. Also habe ich ein Recht, hier bei dir zu sein.«

»Es wäre schön, wenn ihr euch vertragen würdet.«

»Darum kümmere ich mich später«, erwiderte Louise vage. »Und du machst dir keine Sorgen darüber. Ich gehe nun nach unten und bespreche mit der Köchin die Zubereitung deiner Leibgerichte. Vermutlich hat sie keine Ahnung von der elsässischen Küche. Was hältst du von Tarte flambée? Die mochtest du schon als Kind gern.«

Stumm presste Claire die Lippen aufeinander.

»Matelote?«, fuhr Louise fort. »So ein Fischragout ist ganz leicht, und falls du die Rieslingsauce nicht möchtest, können wir sie durch Sahne mit Kräutern ersetzen.«

»Bitte keinen Fisch. Und auch kein Fleisch. Nichts, was irgendwie … Ich weiß auch nicht.«

»Aber du musst leichte, kräftigende Kost zu dir nehmen.« Louise dachte angestrengt nach. »Jetzt weiß ich's!«

Sie sprang auf und eilte zur Tür. »Die Küche ist im Souterrain, nehme ich an?«

»Aber ich möchte wirklich nicht …«, protestierte Claire. »Ich habe gerade erst …«

»Lass dich überraschen.«

Louise hatte es so eilig, dass sie am Fuß der Treppe zur Halle hinunter fast mit dem Freiherrn zusammengestoßen wäre. Er musterte sie streng, sagte aber nichts.

»Entschuldigung. Ich muss in die Küche«, erklärte Louise atemlos. »Claire ist zu dünn geworden. Sie muss unbedingt mehr essen. Mir ist eingefallen, was sie als kleines Mädchen immer mochte, egal ob sie krank war oder Kummer hatte.«

»Und was war das?« Zu ihrer Überraschung schien der Freiherr ernsthaft interessiert an dieser Frage. »Ich habe schon einige Beratungen mit der Köchin abgehalten, weil auch ich finde, dass Claire für eine Frau in Umständen zu wenig zu sich nimmt. Ich fürchte, was Frau Ramsmeyer zubereitet, schmeckt ihr nicht.«

»Ab sofort bekommt sie Crêpes!« Louise lächelte glücklich. »Crêpes sind Claires Lieblingsspeise. Mit Früchten, mit Schokoladensoße, manchmal auch mit Spinat oder Speckwürfeln.«

Zu ihrem Erstaunen erwiderte der alte Herr ihr Lächeln. »Es wäre wunderbar, wenn Claire mehr Appetit hätte. Das Kind braucht doch auch Nahrung.«

Eine Weile sahen Louise und der Freiherr einander nachdenklich an. Dann nickten sie gleichzeitig. In diesem Moment begriffen sie, dass sie zumindest eine Gemeinsamkeit hatten: Sie wollten beide, dass es Claire und ihrem Kind gut ging.

Louise sah sich suchend um. »Wo geht es zur Küche?«

Der Freiherr deutete auf eine schmale Tür am Ende der Halle. Sie wollte sich in Bewegung setzen, doch er hielt sie zurück, indem er sie leicht am Arm berührte.

»Madame Lefevre?«

»Ja?«

»Ich werde der Haushälterin auftragen, Ihnen ein Zimmer in Claires Nähe herzurichten. Und selbstverständlich sind Sie eingeladen, die Mahlzeiten hier im Haus einzunehmen.«

»Vielen Dank.« Louise senkte leicht den Kopf. Vielleicht war der alte Griesgram doch nicht so schlimm, wie sie zunächst gedacht hatte. Doch momentan hatte sie andere Sorgen als das Wesen des Freiherrn von Eggenhof zu erkunden. Sie eilte weiter, um seiner Köchin zu erklären, wie anständige Crêpes gemacht wurden.

»Noch einen?« Louise deutete auf die Crêpes, die die Köchin auf ihre Anweisung hin mit gedünstetem Spinat und winzigen Tomatenstückchen gefüllt, anschließend aufgerollt und mit geriebenem Käse überbacken hatte.

»Vielleicht einen halben«, sagte Claire lächelnd.

Seit Louises Einzug in die Villa Rabenfels waren knapp drei Wochen vergangen. In dieser Zeit hatte Claire einige Pfund zugenommen. Nicht nur ihr Bauch war noch weiter gewachsen, auch ihre Wangen hatten sich gerundet und waren nun rosig. Täglich spazierte sie mehrmals die langen Flure in der ersten Etage entlang. Ansonsten ruhte sie auf Anweisung des Arztes die meiste Zeit des Tages auf der Chaiselongue. Dort saß sie auch jetzt mit mehreren Kissen im Rücken, einer leichten Decke über den Beinen und dem Betttablett vor sich.

Zufrieden sah Louise zu, wie ihre Tochter noch einige Bissen aß, bevor sie die Gabel weglegte und sich zurücklehnte.

Nachdem sie kontrolliert hatte, dass Claire auch genug getrunken hatte, hob Louise das Tablett auf und stellte es auf den Tisch. Eines der Mädchen würde es abholen.

Inzwischen hatte Louise sich daran gewöhnt, dass sie in diesem Haushalt eher zu den Herrschaften als zu den Bediensteten gehörte. Sie lief nicht mehr wegen jeder Kleinigkeit selbst los, sondern betätigte manchmal die Klingel, um etwas für Claire bringen zu lassen. Auch die Mahlzeiten holte sie nicht mehr persönlich aus der Küche, sondern akzeptierte, dass sie serviert wurden.

Louise warf einen Blick auf die Wanduhr. »Doktor Mundtler wird gleich hier sein.«

Claire unterdrückte einen Seufzer. Sie hatte Louise anvertraut, dass sie ihn nicht mochte.

»Er tut zwar freundlich, aber ich glaube, seine Patienten bedeuten ihm nicht viel. Trotzdem ist er angeblich ein guter Arzt«, hatte sie gesagt. »Ich will vernünftig sein und tun, was ich kann, damit mein Kind gesund zur Welt kommt.«

Es klopfte, und der Butler Lohmann führte Doktor Mundtler herein. Ihm folgte eine kräftige Frau um die fünfzig, die wie der Arzt eine schwarze Tasche bei sich trug, die etwas kleiner war als seine.

»Dann wollen wir mal sehen. Allzu lange kann es ja nun nicht mehr dauern.« Ohne weiteren Gruß trat der Arzt vor die Chaiselongue.

»Letztes Mal waren Sie recht zufrieden mit meiner Tochter«, sagte Louise beschwörend.

Im Hintergrund bewegte sich der Butler lautlos durch den Raum, nahm das Tablett vom Tisch und verschwand.

»Das ist Frau Griebe, die Hebamme, die heute in eines der Zimmer hier oben einziehen wird.« Der Arzt deutete auf die

Frau im blau-weiß gestreiften, gestärkten Kleid, die mit wachen Augen um sich schaute.

»Wieso?«, fragte Claire.

»Eine Hebamme? Warum denn jetzt schon?« Louise verschränkte die Arme.

»Gundula Griebe«, stellte die Hebamme sich vor, offenbar vollkommen unbeeindruckt von dem Erstaunen, das ihr Erscheinen hervorrief.

»Louise Lefevre. Ich bin die Mutter dieser jungen Frau und kümmere mich seit drei Wochen um meine Tochter«, erklärte Louise in energischem Ton, um deutlich zu machen, dass ohne ihre Zustimmung hier gar nichts ging.

Ohne sie zur Kenntnis zu nehmen, wandte sich die Hebamme Claire zu und schüttelte ihr die Hand. Claire verzog das Gesicht und ächzte leise. Offenbar hatte die Geburtshelferin ihren festen Griff demonstriert.

»Das wird noch viel schlimmer, wenn erst mal das Kind unterwegs ist«, erklärte Frau Griebe und grinste so breit, als wären die Schmerzen einer Gebärenden eine äußerst erheiternde Angelegenheit.

Louise sah zu, wie der Arzt sein Hörrohr hervorholte und Claire bat, ihren Bauch freizumachen. Während er die Schwangere untersuchte, war es so still im Zimmer, dass Louise hören konnte, wie im unter ihnen liegenden Stockwerk eines der Hausmädchen den Flur entlangging. Endlich richtete der Arzt sich auf und wandte sich an die Hebamme.

»Hören Sie sich das bitte ebenfalls an.« Er trat zur Seite und deutete auf Claire wie auf einen Gegenstand, der von Sachverständigen begutachtet werden sollte.

Gundula Griebe hielt nun auch ein Hörrohr in der Hand. Sie setzte es auf Claires Bauch und lauschte aufmerksam hinein. Das tat sie sehr ausgiebig an verschiedenen Stellen, bevor sie den gewölbten Leib abtastete. Zwischendurch legte sie die Hände an Claires Hüften, kräuselte Stirn und Lippen, fühlte hier und da und horchte wieder ein bisschen. Schließlich hob sie den Kopf und sah den Arzt bedeutungsschwer an.

»Wird funktionieren, auch wenn das Becken ein bisschen schmal ist.«

»Rechnen Sie mit Komplikationen?«, erkundigte Louise sich alarmiert.

Doktor Mundtler legte nachdenklich einen Finger an die Nase. »Die künftige Mutter ist in einem weitaus besseren Zustand als noch vor einigen Wochen«, erklärte er mit schleifender Stimme. »Wenn sie tut, was wir ihr sagen, wird sie es gut überstehen.«

»Und warum brauchen wir dann jetzt schon eine *Hebamme* im Haus?« Louise sah Gundula Griebe feindselig an.

»Es ist mit dem Freiherrn abgesprochen, dass sie ab sofort hier im Haus wohnt und die Betreuung der künftigen Gebärenden übernimmt. So kann Frau Griebe vom ersten Moment an bei der Entbindung dabei sein.«

»Mit dem Freiherrn abgesprochen?« Louise konnte selbst hören, dass ihre Stimme am Ende des Satzes einen empörten kleinen Kiekser machte. Wieso hatte niemand es für nötig befunden, sie zu fragen?

Sie war den ganzen Tag über an der Seite ihrer Tochter. In den Abendstunden, wenn Helmut von seiner Arbeit als Verwalter heimgekehrt war, ließ sie das junge Paar eine Weile allein und blieb anschließend die ganze Nacht in Claires Rufweite. Wie konnte sich der Freiherr erlauben, sie derart zu übergehen? Wo hatte man denn schon gehört, dass sich eine Hebamme schon eine Woche vor dem vermuteten Geburtstermin im Haus breitmachte und in alles einmischte?

»Das kommt nicht infrage!«, sagte sie entschieden. »*Ich* kümmere mich um meine Tochter. Die Unruhe, die eine Fremde mit sich bringt, können wir nicht gebrauchen.

Doktor Mundtler runzelte die Stirn. »Das ist un–ver–nünf-tig«, sagte er so langsam und betont, als hätte er eine Schwachsinnige vor sich.

Louise holte tief Luft. »Das können Sie nicht beurteilen«, fauchte sie.

Der Arzt starrte sie sprachlos an.

»Papperlapapp«, mischte sich die Hebamme ein. »Der Freiherr bezahlt mich. Seien Sie doch froh, dass ich in der Nähe bin, wenn es losgeht. Und auch vorher. Ich kenn mich aus.«

»Ich auch. Ich weiß, was gut für meine Tochter ist. Ich verstehe Claire und kann ihr helfen, wenn es ihr schlecht geht.« Louise hatte das Gefühl, ihre Tochter vor einer Invasion schützen zu müssen. Ihr Kopf war vor lauter Wut wie mit Rauch gefüllt, ihr Herz fühlte sich an wie ein pochender Klumpen Lava.

»*Maman*«, mischte sich Claire mit leiser Stimme ein. Sie hatte sich auf den weichen Polstern der Chaiselongue aufgerichtet und ließ ihren Blick zwischen den drei Beteiligten hin und her wandern, bis sie schließlich Louise ansah. »Ich bin dir wirklich dankbar für deinen Beistand. Aber nun steht die Geburt bevor, und ich möchte so viel Unterstützung, wie ich bekommen kann. Deine natürlich, aber auch die einer Hebamme und eines Arztes.«

Louise öffnete den Mund, um ihrer Tochter zu sagen, dass sie ihr Kind problemlos gebären würde. Claire war vor neunzehn Jahren so schnell auf die Welt gekommen, dass die Hebamme nur noch die letzten Minuten der Entbindung miterlebt hatte.

Doch ihre Tochter hob die Hand, um sie am Sprechen zu hindern. »Es würde mich beruhigen, eine Hebamme im Haus zu wissen.«

»Das ist ver-nünf-tig«, ließ sich Doktor Mundtler vernehmen.

Wenn sie in Ruhe darüber nachdachte, musste Louise ihm recht geben. Nach kurzem Zögern nickte sie.

Gundula Griebe schnaubte verächtlich durch die Nase, was Louise fast dazu gebracht hätte, erneut ihr Missfallen kundzutun. Aber ein Blick in Claires Richtung ließ sie schweigen. Sie würde der rechthaberischen Hebamme schon zeigen, dass sie als Mutter am besten wusste, was Claire guttat und wie man ihr helfen konnte.

Sie warf Frau Griebe einen finsteren Blick zu, den diese nicht minder finster erwiderte.

20

Villa Rabenfels, Mitte Februar 1923

Claire schreckte hoch, als sie hinter der geschlossenen Tür das Gemurmel zweier Frauenstimmen hörte, welches rasch zu einem feindseligen Zischen wurde. Sie unterdrückte einen Seufzer.

Natürlich kannte ihre Mutter sie besser als eine Fremde. Die Hebamme wusste jedoch, was für eine Frau kurz vor der Niederkunft gut war. Und sie war entschlossen, ihre Aufgabe, für die sie der Freiherr sicher gut bezahlte, hervorragend zu erfüllen. Wenn sich die beiden nur vertragen würden! Das ewige Gezanke ging Claire allmählich auf die Nerven, wenn es auch manchmal durchaus unterhaltsam sein konnte.

Die Tür öffnete sich. Als Erste erschien Louise mit einem Tablett in der Hand, gefolgt von Frau Griebe, die ebenfalls ein Servierbrett vor sich hertrug.

Beide schwiegen mit verkniffenen Mienen, als sie an die Chaiselongue traten und fast gleichzeitig ihre Tabletts auf dem kleinen Tisch daneben abstellten.

»Crêpes mit geraspelten Möhren und Apfel«, verkündete Claires Mutter. »Dazu Milch.«

»Hühnerbrühe mit Gemüse. Dazu Kräutertee aus Melisse und Lavendel«, erklärte die Hebamme. »Der Tee wirkt entspannend, die Suppe kräftigend. Das ist so kurz vor der Entbindung wichtig.«

»Ich kann das unmöglich alles essen.« Hilflos sah Claire zwischen den beiden vollen Tellern hin und her.

»Worauf hast du denn Appetit?« Ihre Mutter sah sie auffordernd an. Natürlich rechnete sie damit, dass Claire den hauchdünnen Pfannkuchen den Vorzug geben würde.

Nachdem sie jedoch wochenlang Crêpes in allen Variationen gegessen hatte, stand Claire inzwischen immer häufiger der Sinn nach anderen Speisen. Und die klare Brühe mit dem bunten Gemüse duftete köstlich.

»Ich trinke erst ein Glas Milch und dann eine Tasse Tee«, schlug Claire diplomatisch vor.

»Vor allem müssen Sie essen. Die Brühe enthält genügend Flüssigkeit. Und sie ist natürlich salzarm.«

»In den Crêpes ist überhaupt kein Salz.« Louise verschränkte die Arme vor der Brust.

Genau im richtigen Moment öffnete sich zu Claires Erleichterung erneut die Tür. Manchmal, wenn auch selten, wagte sich der Freiherr noch nach oben und nahm es tapfer mit den beiden zerstrittenen Frauen auf, die Claire wie zwei Glucken umflatterten. Dann saß er für einige Minuten bei ihr und erzählte ihr von den ersten Schneeglöckchen im Gras hinter dem Haus oder von einem Vogel, der in der Morgensonne ein Frühlingslied gesungen hatte.

Neulich hatte er ihr eine deutsche Ausgabe von Currer Bells *Jane Eyre* mitgebracht, wahrscheinlich aus der umfangreichen Bibliothek der Villa. »Vielleicht macht es Ihnen Freude«, hatte er verlegen gesagt.

Die Knicke im Rücken des Ledereinbands deuteten darauf hin, dass der Roman bereits mehrmals gelesen worden war. Da Ludwig von Eggenhof seit vielen Jahren allein lebte und diese Übersetzung 1915 erschienen war, konnte nur er selbst der Leser gewesen sein. Was für eine seltsame Vorstellung, dass der Hagestolz die romantische Geschichte um die arme Gouvernante gelesen haben sollte, die sich in den reichen Mr. Rochester verliebte. Es war sicher kein Zufall, dass er Claire ausgerechnet diesen Roman zum Lesen gegeben hatte, der mit einer Ehe über die Standesgrenzen hinweg endete.

Als sie ihm das Buch zurückgab, redeten sie jedoch nur über die Tatsache, dass es sich beim Namen der Autorin »Currer Bell« um ein Pseudonym handelte, was inzwischen auch in Deutschland bekannt war. Der richtige Name der Autorin lautete Charlotte Brontë. Sie hatte noch zwei oder drei weitere Bücher geschrieben. Der Freiherr versprach, sie Claire zu besorgen.

An diesem Tag war es jedoch nicht er, der ins Zimmer trat, sondern Helmut.

Claire stieß einen leisen Freudenschrei aus, die beiden Frauen neben ihrem Lager wandten erstaunt die Köpfe.

»Wie schön, dass du heute so früh nach Hause kommst!« Noch immer schlug Claires Herz schneller, wenn ihr Mann unverhofft erschien.

»Meine Arbeit ist schon erledigt, und weil ich so oft bis in den Abend hinein auf dem Gut geblieben bin, dachte ich, heute nehme ich mir einmal frei, um den Nachmittag mit meiner Frau zu verbringen.« Lächelnd bückte Helmut sich zu ihr herunter und küsste sie zärtlich auf den Mund.

Claire schlang die Arme um seinen Nacken und verbarg für einen Moment ihr Gesicht an seiner Schulter. Er roch nach Leder und Heu. Ganz anders als zu der Zeit, als sie sich kennengelernt hatten. Aber sie liebte auch seinen neuen, sehr männlichen Duft.

»Geht es dir gut?« Er richtete sich auf und sah ihr prüfend ins Gesicht.

»So gut wie es einem gestrandeten Wal eben geht.«

Die Gegenwart ihrer Mutter hatte Claire zunächst geholfen, mit ihren Ängsten fertig zu werden. Doch je näher die Niederkunft rückte, desto mehr wuchs auch wieder die Unruhe.

Mühsam unterdrückte sie den Impuls, sich an die Schultern ihres Mannes zu klammern. Auch mit ihrer Mutter hatte sie nicht über ihre Befürchtungen gesprochen. Louise war schrecklich optimistisch oder tat jedenfalls so. Sie würde Claire nur mit noch mehr Crêpes, Milch und anderen stärkenden Getränken quälen und ihr sagen, dass sie damit Kraft für die Entbindung sammeln würde.

»Claire muss jetzt essen und anschließend ruhen«, verkündete Gundula Griebe.

Louise zog die Brauen hoch. »Essen schon, aber danach sollte sie ein bisschen im Zimmer herumgehen oder sich wenigstens ans Fenster setzen. Wenn sie immer nur auf der Chaiselongue liegt, wird sie ganz trübsinnig.«

Die beiden Frauen maßen einander mit kampfeslustigen Blicken. Die Hebamme stemmte die Hände in die Hüften, Louise richtete sich kerzengerade auf und sah auf Frau Griebes streng gescheiteltes Haar hinunter.

Helmut beobachtete die Szene verblüfft. Dann bemerkte er Claires flehenden Blick und verstand sofort.

»Jetzt bin ich hier«, verkündete er und zog einen Stuhl neben Claires Lager. »Ich werde dafür sorgen, dass meine Frau etwas isst. Falls sie schlafen möchte, werde ich sie gewiss nicht davon abhalten. Wenn sie lieber wach bleiben will, leiste ich ihr Gesellschaft. Und falls sie herumlaufen möchte, spaziere ich mit ihr durch die Räume.«

»Aber …«, setzte Frau Griebe zum Protest an, doch Helmut gelang es, sie mit einem einzigen Blick zum Schweigen zu bringen. Eine Kunst, die Claire nur zu gern beherrscht hätte.

»Ich danke Ihnen beiden sehr dafür, wie gut Sie sich um Claire kümmern. Sie haben sich eine kleine Ruhepause mehr als verdient.« Auffordernd sah Helmut zur Tür, und tatsächlich verließ die Hebamme vor sich hin murmelnd das Zimmer.

Louise beugte sich zu Claire herunter und küsste sie auf die Stirn. »Ruf mich, wenn du etwas brauchst oder dir etwas komisch vorkommt«, sagte sie leise.

Als sie endlich allein waren, ließ Helmut sich aufatmend

neben ihr nieder. »Es muss furchtbar anstrengend sein mit den beiden. Obwohl ich froh bin, dass du nicht allein bist.«

Sie seufzte. »Seit der Doktor gestern verkündet hat, es könnte stündlich mit der Geburt losgehen, ist es noch schlimmer geworden. Sie lassen mich praktisch nicht mehr aus den Augen, es sei denn, sie rennen beide in die Küche, um mir noch mehr Essen zu holen.« Missmutig betrachtete sie die beiden Tabletts auf dem Tisch.

»Was möchtest du denn essen?«, fragte Helmut vorsichtig.

»Etwas Suppe vielleicht.«

Er nahm die Tellerhaube hoch, mit der die Hebamme die Suppe abgedeckt hatte, damit sie nicht kalt wurde, füllte den silbernen Löffel mit etwas Brühe und ein paar Gemüsestückchen und hielt ihn ihr vor die Lippen. Willig ließ sie sich von ihm füttern, was sie weder ihrer Mutter noch der Hebamme gestattet hätte.

Nachdem sie den Teller zur Hälfte geleert und das Glas Milch getrunken hatte, lehnte sie sich aufatmend gegen die Kissen.

Helmut griff nach ihrer Hand und betrachtete nachdenklich ihr schmalen, weißen Finger, die sich deutlich von seiner geröteten, rauen Handfläche abhoben. Man sah ihm an, dass er nun teilweise auch schwere körperliche Arbeit verrichtete. Als zweiter Verwalter eines nicht allzu großen Gutshofs musste er oft selbst mit anpacken.

Als sie die Wärme seiner Haut spürte, seine Nähe und den leichten Druck, mit dem er ihre Hand hielt, musste sie schlucken.

»Kannst du mir etwas versprechen, Helmut?«, flüsterte sie.

»Was auch immer du möchtest.«

Er fragte nicht einmal, worum es ging. Eine Träne löste sich aus ihrem Augenwinkel und rollte über ihre Wange. Sie zögerte, räusperte sich und sagte es dann doch.

»Wenn mir etwas … zustößt …, würdest du dir dann von

meiner Mutter helfen lassen, unser Kind großzuziehen? Vielleicht nur während der ersten Monate oder Jahre. Falls du eine andere Frau findest, und sie ist liebevoll und bereit, das Kind einer anderen zu akzeptieren, brauchst du *Mamans* Hilfe nicht mehr. Aber …«

»Pst«, machte er und hob die Hand. »Ich will keine andere Frau. Nur dich. Und dir wird nichts passieren. Das lasse ich nicht zu.«

Sie schüttelte den Kopf, sodass es ihm nicht mehr gelang, ihren Mund mit dem Finger zu verschließen. Selbst Helmut mit all seiner Liebe konnte nichts gegen das Schicksal ausrichten.

»Bitte, Helmut, Liebster. Ich muss das jetzt sagen. Um unseres Kindes willen. Ganz sicher will ich dir keinen Kummer bereiten, aber es ist möglich, dass ich …« Sie schluckte.

»Was machst du dir nur für Gedanken, Claire?« Helmut bemühte sich offensichtlich, leichthin zu sprechen, doch er verriet sich, als er ihre Hand viel zu fest umklammerte.

Claire erwiderte den Druck. »Wenn es ein Mädchen wird, würde ich sie gern Luisa nennen. Wie meine Mutter, aber mit a hinten. Hättest du etwas dagegen?«

»Natürlich nicht.« Lächelnd schüttelte er den Kopf. »Den Namen gibt es auch in Deutschland, und er spricht sich genauso aus. Außerdem klingt er schön. Hast du auch eine Idee für einen Jungennamen, der auf Französisch und auf Deutsch ungefähr gleich klingt? Schließlich wird unser Kind eine französische Großmutter und deutsche Großeltern haben.«

Claire unterdrückte einen Seufzer. Sie wusste, dass ihre Mutter ihr Enkelkind sofort nach der Geburt kennenlernen würde. Was Helmuts Eltern betraf, zweifelte sie daran, dass sie das Kind in den nächsten Monaten oder gar Jahren überhaupt sehen würden. Wenigstens würde der Freiherr so etwas wie ein Ersatz-Großvater für ihr Kind sein.

»Schlag du einen Jungennamen vor«, forderte sie Helmut auf.

Er runzelte die Stirn. »Im Internat hatte ich einen guten Freund, wohl den besten, den ich jemals hatte. Als er in unserem letzten Schuljahr an Diphtherie starb, war ich sehr traurig.«

»Wie hieß er?« Claire streichelte tröstend seine Hand.

»Richard. Gefällt dir der Name?«

»Richard«, wiederholte sie nachdenklich und sprach den Namen mit dem weichen ›sch‹ aus, wie es im Französischen üblich war. »Das klingt gut.«

Lächelnd sahen sie einander an. Schließlich legte Helmut die Hand auf die Wölbung ihres Bauchs. »Hallo Luisa oder Richard. Ich freue mich auf dich.«

Claire konnte nicht verhindern, dass ihr Tränen der Rührung in die Augen stiegen. Er würde ein wunderbarer Vater sein. »Es tut mir leid, dass ich so albern bin und so viel Angst habe«, sagte sie leise. »Schließlich ist es ganz normal, ein Kind zu bekommen. Ich werde das schaffen.«

»Natürlich schaffst du das! Und dann werden wir mit unserer süßen Luisa oder unserem strammen Richard eine glückliche kleine Familie sein.« Er beugte sich über sie und küsste sie nachdrücklich, als wollte er ihr etwas von seiner Kraft und seinem Mut einhauchen, und das gelang ihm in diesem Moment auch.

»Versprich du mir auch etwas«, sagte Helmut schließlich. Sie sah ihn fragend an.

»Versprich mir, dass du kämpfen wirst.« Er machte eine Pause, doch bevor sie etwas sagen konnte, fuhr er fort: »Obwohl ich fest daran glaube, dass alles gut gehen wird.«

Sie nickte und unterdrückte mit aller Kraft die Angst, die ausgerechnet in diesem Moment wieder in ihr aufstieg. Mit beiden Händen umfasste sie seine raue Rechte. »Wie kannst du nur eine Sekunde denken, ich würde dich und unser Kind freiwillig verlassen. Natürlich werde ich kämpfen!«

Als sie den Blick hob, bemerkte sie, dass seine Augen feucht waren.

21

Villa Rabenfels, Mitte Februar 1923

»Sie braucht frische Luft.« Energisch öffnete Gundula Griebe das Fenster des Schlafzimmers, in dem Claire auf dem Bett ruhte.

Louise seufzte vernehmlich, trat neben die Hebamme und schloss mit Nachdruck den Fensterflügel wieder. »Es ist eiskalt draußen. Wenn meine Tochter sich so kurz vor der Entbindung erkältet, ist das ganz allein Ihre Schuld, weil Sie hier dauernd Durchzug veranstalten.«

Frau Griebe schnaubte nur verächtlich, und Louise wusste genau, dass sie nur auf eine Gelegenheit lauerte, das Fenster wieder aufzumachen. Doch das würde sie zu verhindern wissen.

Demonstrativ wandte sie der Hebamme den Rücken zu und ging zu Claire, die an diesem Morgen sehr unruhig wirkte. Sie hatte nur wenige Happen gegessen und erklärt, sie wolle das Bett nicht verlassen, obwohl sie es tagsüber nach Louises Ansicht auf dem Kanapee bequemer hatte.

»Hat Helmut heute Morgen gesagt, wann er vorhat, Feierabend zu machen?« Claires dunkelblaue Augen waren weit aufgerissen.

»Er sagte, er wird versuchen, möglichst früh am Nachmittag zurück zu sein. Aber du musst dir keine Sorgen machen. Sobald es mit der Geburt losgeht, rufen wir auf dem Gut an. Das ist alles schon besprochen.«

Wie auf der Suche nach einem Halt tastete Claire über den

Bettbezug aus feinem Leinen. »Ich habe so ein seltsames Gefühl. Als würde etwas Schlimmes passieren.«

»Der junge Vater kann sowieso nicht helfen«, mischte sich die Hebamme mit lauter Stimme ein. »Er wird unten im Haus ein Loch in den Teppich laufen. Aber ich bin da, und der Doktor kommt auch, so schnell er kann. Der Vater kann sich hinterher über seinen Stammhalter oder seine Prinzessin freuen.«

Mit einer entschiedenen Handbewegung, die Louise inzwischen schon sehr gut kannte, griff Gundula Griebe nach der Teetasse auf dem Nachttisch und hielt sie Claire hin. »Kräutertee. Wehenfördernd.«

Claire presste die Lippen aufeinander und schüttelte den Kopf. »Später vielleicht. Wenn Helmut da ist.«

»Papperlapapp. Langsam muss was geschehen. Das Kind muss raus.« Die Hebamme wedelte mit ihrem Hörrohr durch die Luft, das sie kaum noch aus der Hand legte.

Inzwischen hatte Claire gelernt, dass Proteste nichts nützten. Sie schlug die Decke zurück und zog ihr Nachthemd hoch, sodass Frau Griebe in ihren Bauch hineinhorchen konnte.

Louise beschloss, die Gelegenheit zu nutzen, um aus der Küche frische Milch für Claire zu holen. Im Gegensatz zu der Hebamme war sie der Meinung, dass eine Frau vor der Entbindung keinen labberigen Tee und wässerige Brühen brauchte, sondern stärkende Getränke und Speisen. Leise verließ sie das Zimmer und zog die Tür hinter sich ins Schloss. Sie hatte jedoch kaum drei Schritte auf dem Flur getan, als sie aus Claires Zimmer ein lautes Stöhnen hörte. Erschrocken machte sie kehrt. Sie wollte soeben die Hand auf die Klinke legen, als die Tür aufflog und die Hebamme auf der Schwelle erschien.

»Es geht los«, erklärte sie mit fester Stimme. »Ich brauche Handtücher, saubere Laken und heißes Wasser.«

Dies war nicht der Moment, sich mit der eigensinnigen

Frau zu streiten. Louise nickte stumm und machte auf dem Absatz kehrt, um das Gewünschte zu besorgen. Alles drängte sie, jetzt an der Seite ihrer Tochter zu sein. Sie wusste jedoch, dass die Anwesenheit der Hebamme hilfreicher war als die der besorgten Mutter. Während sie den Flur entlangeilte, hörte sie hinter sich einen spitzen Aufschrei.

In der Wäschekammer raffte sie ein paar ausgemusterte Laken zusammen, die beiseitegelegt worden waren, um Putzlappen daraus zu schneiden. Dann machte sie sich auf die Suche nach Frau Schmiedecker, um sie nach Handtüchern zu fragen. Im Flur begegnete sie Lohmann. Aufgeregt stürzte sie auf den Butler zu.

»Sagen Sie dem Freiherrn, dass das Kind kommt. Er soll nach Gut Bruchhausen telefonieren, um meinen Schwiegersohn zu benachrichtigen.« Ohne Lohmanns Antwort abzuwarten, lief sie weiter. Sie musste so schnell wie möglich alles besorgen, was benötigt wurde, und dann zurück zu Claire. Hebamme hin oder her, ihre Tochter brauchte sie.

Entsetzt starrte Louise das blutgetränkte Handtuch an, das die Hebamme ihr gereicht hatte, damit sie es fortschaffte. Es war das dritte Tuch, das schwer vom Blut ihrer Tochter war. Gerade schob Gundula Griebe ein weiteres der weißen Tücher unter die Hüften der Gebärenden.

Louise wandte sich Doktor Mundtler zu, der neben der Hebamme stand und mit gerunzelter Stirn auf Claire hinabsah.

»Tun Sie etwas!«, zischte sie. »Wenn Sie nicht bald etwas unternehmen, verblutet sie.«

Der Arzt richtete seinen schiefergrauen Blick auf Louise und sah sie lange ernst an. »Sie muss pressen. Das Kind muss endlich heraus, dann kann ich die Blutung stillen.«

Als Claire sich aufbäumte und einen gellenden Schrei ausstieß, fuhren er und Louise gleichzeitig herum.

Angst umklammerte wie mit scharfen Krallen Louises Herz. Sie fiel neben dem Bett ihrer Tochter auf die Knie. Blind tastete sie nach Claires Hand und drückte sie.

»Du musst pressen, Claire. Du musst deinem Kind auf die Welt helfen. Bitte!«

»Wo ist Helmut?«, flüsterte Claire mit blassen Lippen.

»Er wurde bereits informiert. Sicher kommt er gleich. Konzentriere dich jetzt auf dein Kind.«

Eigentlich hätte Helmut längst da sein müssen. Es war fast drei Stunden her, seit sie Lohmann aufgetragen hatte, den werdenden Vater zu benachrichtigen. Für die Fahrt von dem Gut hierher brauchte er nicht viel mehr als eine halbe Stunde. Vielleicht war er aufgehalten worden. Andererseits war sie sich sicher, dass selbst eine Herde wildgewordener Kühe Helmut nicht hätte hindern können, nach Rabenfels zu eilen, um während der Niederkunft wenigstens in der Nähe seiner Frau zu sein.

»Ich schaffe es nicht. Ich brauche Helmut. Bitte, bring ihn zu mir.«

»Du schaffst es«, schrie Louise ihre Tochter an. »Denk an dein Kind. Streng dich an! Du kannst das! Hilf deinem Kind, auf die Welt zu kommen.«

Als Louise sie derart anbrüllte, fuhr Claire zusammen, riss die Augen auf und starrte in das Gesicht ihrer Mutter.

Eine weitere heftige Wehe brachte Claires schmalen Körper zum Beben. Die Hebamme packte die Gebärende bei den Schultern und schob ihren Oberkörper nach vorn. Claire schrie und bohrte ihre Nägel in Louises Hand. Gleichzeitig schob Frau Griebe Claires Brust weiter gegen ihren Bauch, und Doktor Mundtler packte ihre Knie und drückte sie auseinander.

Voller Entsetzen sah Louise einen weiteren Schwall dunkelrotes Blut auf das weiße Handtuch laufen. Doch dann hielt der Arzt plötzlich ein winziges Wesen in die Luft. Es war blutverschmiert, doch eindeutig lebendig, denn aus seinem Mund kam ein unwilliges Quäken, als er es an den Füßen in die Luft hob.

»Ein Junge«, erklärte er ruhig.

»Richard«, flüsterte Claire und lächelte wie ein Engel. Dann schloss sie die Augen, drehte den Kopf zur Seite und schlief erschöpft ein.

Louise ließ sich von Arzt und Hebamme mehrmals bestätigen, dass es ihrem neugeborenen Enkel gut ging. Dann machte sie sich auf den Weg, um dem Freiherrn mitzuteilen, dass sein Patensohn einen Sohn hatte. Sie wollte auch dringend wissen, wo der frischgebackene Vater blieb.

Am Fuß der Treppe lag Enno. Leise winselnd starrte er quer durch die Halle unverwandt die geschlossene Haustür an.

»Wo ist dein Herr?« Er konnte sie nicht hören, spürte aber Louises Nähe und wandte kurz den Kopf. Der Blick seiner dunkelbraunen Augen war traurig und verstärkte Louises Sorge.

Hinter ihr kam Helmuts Onkel die Treppe herunter. Er war offenbar im Begriff, das Haus zu verlassen. Lohmann trug soeben Hut und Stock herbei. Als der Freiherr Louise sein Gesicht zuwandte, schrak sie zurück. Er war leichenblass.

»Was ist geschehen?«, flüsterte sie.

»Helmut.« Auch Ludwig von Eggenhof sprach so leise, dass sie ihn kaum verstehen konnte. »Er hatte auf dem Weg von Gut Bruchhausen hierher einen Unfall. Der Wagen hat sich überschlagen, und er wurde herausgeschleudert.«

»Lebt er denn noch?« Louise konnte kaum atmen, während sie auf seine Antwort wartete.

Der Freiherr nickte. »Aber es geht ihm sehr schlecht. Ich bin auf dem Weg ins Krankenhaus. Man erklärte mir am Telefon, wenn er die Nacht übersteht, schafft er es vielleicht. Wenn nicht, wird das arme Kind vaterlos sein.«

»Bitte, sagen Sie ihm … Falls er bei Bewusstsein ist … Meine Tochter hat ihm einen kleinen Jungen geboren.«

»Wenigstens *eine* gute Nachricht.« Der Freiherr wandte sich der Tür zu, die Lohmann schon für ihn aufhielt.

Nachdem er verschwunden war, stand Louise lange bewegungslos da und betete stumm für den Vater ihres neugeborenen Enkels.

22

Villa Rabenfels, Mitte Februar 1923

»*Maman*«, flüsterte Claire mühsam. Sie hatte das Gefühl, sehr lange geschlafen zu haben und war doch immer noch schrecklich müde.

»Ich bin hier, Claire, mein Liebling.«

Sie spürte, dass die Hand ihrer Mutter, die ihr übers Haar strich, zitterte. Ein eisiger Schreck durchfuhr sie. »Wo ist mein Kind?«

Louise sprang von ihrem Stuhl neben dem Bett auf. »Es geht ihm gut. Der kleine Richard ist nebenan im Kinderzimmer. Die Hebamme kümmert sich um ihn. Ich hole ihn.«

»Warte, *Maman*. Hat Helmut seinen Sohn schon gesehen? War er bei mir, nachdem es überstanden war? In meiner Erinnerung ist alles verschwommen.«

Louise war schon an der Tür und reagierte nicht auf Claires Worte. Wenig später kam sie mit dem in eine Decke gewickelten Säugling zurück. In der Zwischenzeit war es Claire gelungen, sich im Bett aufzurichten. Sie hob ihre Hände dem Kind entgegen, und ihre Mutter legte es ihr in die Arme.

»Mein Sohn«, hauchte Claire, während Louise ihr ein weiteres Kissen hinter den Rücken stopfte, damit es sie bequemer hatte.

Es war ein wunderbares Gefühl, den warmen, winzigen Körper zu halten und zu wissen, dass es ihr Kind war. Das Kind, das Helmut und sie für immer vereinen würde. Sanft streichelte sie das Köpfchen des Säuglings.

Claire hob den Blick und sah ihrer Mutter in die Augen.

»Wo ist Helmut? Wie lange hab ich geschlafen? Ist er schon wieder bei der Arbeit?«

»Du hast ungefähr zehn Stunden geschlafen. Zwischendurch war Doktor Mundtler noch mal hier und hat festgestellt, dass die Blutung nachgelassen hat. Ich war so erleichtert.« Ihre Mutter lächelte, aber ihre Augen blieben traurig. »Du musst nun sehr viel trinken, dann können wir schon bald die Amme wegschicken, und du kannst dein Kind selbst stillen.«

»Amme?« Claire war entsetzt. »Das will ich nicht. Richard ist mein Sohn. Ich will ihn selbst …«

»Bitte reg dich nicht auf, Claire«, unterbrach ihre Mutter sie. »Du bist wegen des Blutverlusts noch schwach und brauchst viel Ruhe. Deshalb hat der Doktor für eine Amme plädiert. Sobald du kräftig genug bist, kannst du dein Kind selbst stillen. Möglicherweise ist es bei den von Haynbachs Sitte, die Neugeborenen von Fremden betreuen und ernähren zu lassen, aber du bist eine Lefevre. Also wirst du tun, was eine Mutter eben tut.«

Claire nickte. »Ich versuche es noch heute«, beschloss sie energisch. »Und jetzt will ich Helmut sehen.«

»Ich glaube, der Kleine braucht eine frische Windel. Ich bin gleich wieder da.« Louise eilte mit dem Kind aus dem Zimmer.

Als ihre Mutter kurz darauf zurückkehrte, starrte Claire sie mit angstvoll geweiteten Augen an. »Wo ist Helmut? Was ist mit ihm?«

»Es kommt alles in Ordnung, und ihr werdet eine glückliche kleine Familie sein.« Louise ließ sich wieder auf den Stuhl neben dem Bett sinken. Sie war sehr blass.

»Was ist mit meinem Mann?« Claire schrie so unvermittelt los, dass sie selbst über die schrille Lautstärke ihrer Stimme erschrak. Ihr war eiskalt, und gleich darauf brach ihr der Schweiß aus.

»Er hatte einen Unfall und liegt im Krankenhaus. Aber er hat die Nacht überlebt, und die Ärzte sagen, nun kann alles wieder gut werden.«

Claire schlug die Decke zurück. Bevor Louise sie daran hindern konnte, schwang sie ihre Beine über die Bettkante und stand im nächsten Moment aufrecht da.

»Bitte … Du darfst nicht aufstehen. Du hast eine schwere Geburt hinter dir und liegst im Wochenbett.« Louise sprang auf und wollte sie stützen, doch da sackte Claire bereits in sich zusammen. Sie wurde nicht ohnmächtig, aber sie konnte sich einfach nicht mehr auf den Beinen halten. Sie spürte, wie kühl der Fußboden unter ihr war, sah, wie ihre Mutter sich über sie beugte, und hörte sie fragen, ob alles in Ordnung sei. Claire konnte nur leise ächzen.

Louise zog sie hoch, schob sie zum Bett und wollte sie auf die Matratze niederdrücken, doch Claire wehrte sich wütend.

»Lass mich«, schrie sie. »Ich muss zu ihm. Er braucht mich.«

Sie schrie, sie weinte, sie kämpfte. Dennoch lag sie plötzlich wieder auf der Matratze. Ihre Mutter deckte sie zu und hinderte sie daran, erneut aufzustehen. Durch den Lärm, den Claire veranstaltet hatte, war Gudrun Griebe nebenan aufmerksam geworden und herbeigeeilt. Louise trug ihr auf, nach unten in die Halle zu laufen und per Telefon Doktor Mundtler herbeizurufen.

»Ich will keinen Arzt«, schluchzte Claire. »Ich will Helmut.«

Bis der Arzt etwa eine halbe Stunde später eintraf, schob Claire immer wieder die Hände ihrer Mutter weg, die sie festhielten und daran hinderten, noch einmal das Bett zu verlassen. Doch Louise war stärker als sie und ebenso hartnäckig.

Als der Doktor seine Patientin sah, stellte er wortlos seine schwarze Tasche auf den Tisch, holte eine Spritze hervor und zog sie auf. Claire hatte kaum noch Kraft, sich zu wehren, als er ihr irgendein Mittel in den Oberarm spritzte. Sie spürte noch, wie ihre verkrampften Glieder sich entspannten, dann fielen ihr die Augen zu, und sie schlief ein.

23

Villa Rabenfels, Mitte Februar 1923

Der Freiherr war spät aus dem Krankenhaus zurückgekehrt, wo er fast den ganzen Tag an Helmuts Bett zugebracht hatte. Nachdem der Verletzte die erste Nacht nach dem Unfall überlebt hatte, war er zwar noch nicht ganz über den Berg, die Ärzte gaben sich jedoch zuversichtlich.

Zu Louises Überraschung hatte Helmuts Onkel sie durch Lohmann fragen lassen, ob sie das Abendessen mit ihm einnehmen wolle. Das hatten sie noch nie getan. Seit Louise in die Villa gekommen war, um ihrer Tochter während der letzten Wochen ihrer Schwangerschaft beizustehen, hatte sie stets oben mit Claire gegessen. Helmut hatte ebenfalls in Gesellschaft seiner Frau und seiner Schwiegermutter zu Abend gegessen, gelegentlich aber auch seinem Onkel Gesellschaft geleistet.

Louise hatte längst begriffen, dass die oft bärbeißige Art des Freiherrn eher Unbeholfenheit als Unfreundlichkeit bedeutete. Dennoch war sie ihm meistens aus dem Weg gegangen. Sie hatte genug andere Aufgaben und Sorgen und wenig Lust, sich um die Befindlichkeiten des Hausherrn zu kümmern.

Umso mehr überraschte es sie, dass er an diesem Abend nach ihrer Gesellschaft verlangte. Nach kurzem Nachdenken begriff sie, dass er in seinem Kummer um Helmut nicht allein sein wollte. Zumal er davon ausgehen konnte, dass sie seine Sorge teilte. Selbst wenn ihr Schwiegersohn ihr gleichgültig gewesen wäre, was nicht der Fall war, würde sein Tod Claire das Herz brechen. Und der kleine Richard würde vaterlos aufwachsen müssen.

Louises erste Frage, nachdem sie das Esszimmer betreten, sich gesetzt, ihre Serviette entfaltet und auf dem Schoß ausgebreitet hatte, galt denn auch Helmuts Gesundheitszustand.

Der Freiherr legte die Stirn in Falten und starrte lange über ihren Kopf hinweg in die Luft.

»Er liegt da, als würde er schlafen«, sagte er schließlich mit dumpfer Stimme. »Oder … als wäre er tot.«

»Was sagen die Ärzte?« Louise warf nur einen kurzen Blick auf die Fleischplatte, die der Diener ihr hinhielt, und nahm wahllos irgendein Stück, bevor sie erneut forschend in von Eggenhofs Gesicht sah.

»Sie sind sich nicht einig, ob der Patient jemals wieder das Bewusstsein erlangen wird.« Er hob die Hände so langsam in Richtung Vorlegebesteck, als würden bleierne Gewichte an seinen Armen hängen.

»Wir glauben denjenigen Ärzten, die optimistisch sind«, erklärte Louise energisch, obwohl sich bei seinen Worten eine Faust in ihren Magen gebohrt hatte. »Er wird leben! Schließlich ist er ein kräftiger junger Mann. Sein Sohn und seine Frau brauchen ihn.«

Die einzige Antwort, die sie von dem Freiherrn bekam, war ein schwerer Seufzer, während er sich vom Gemüse nahm.

»Claire war nach der Entbindung sehr erschöpft, aber es geht ihr schon deutlich besser. Allerdings hat sie sich furchtbar aufgeregt, als ich ihr von Helmuts Unfall erzählt habe. Sie hat so hartnäckig nach ihm gefragt, dass ich es ihr sagen musste. Mir blieb nichts anderes übrig, als den Doktor zu rufen. Er hat ihr eine Beruhigungsspritze gegeben.«

»Ich ertrage den Gedanken nicht, dass möglicherweise ausgerechnet dieses Paar durch ein grausames Schicksal auseinandergerissen wird.« Ludwig von Eggenhof schob sich eine

Gabel voll Möhren in den Mund, kaute gedankenverloren darauf herum und schluckte.

Louise nickte. »Es wäre tragisch. Claire und Helmut lieben sich sehr.« Sie stocherte lustlos in ihrem Essen.

»Helmut hat den Mut aufgebracht, den ich nicht hatte«, sagte der Freiherr leise, als spräche er zu sich selbst. »Das muss doch belohnt werden.«

Louise zögerte. Noch vor zwei oder drei Tagen hätte sie nicht gewagt, ihm die Frage zu stellen, die ihr nun auf der Zunge lag, doch an diesem Abend tat sie es. »Haben Sie die Frau, die Sie liebten, nicht geheiratet?«

Er aß einen Bissen von seinem Fleisch, schluckte und sagte dann: »Nein. Diesen Mut hatte ich nicht. Und ich habe es mein Leben lang bereut.«

»Wer war sie?«, erkundigte sich Louise.

»Helene war hier Stubenmädchen, als Rabenfels noch das Haus meiner Eltern war. Ich habe mich in dem Moment in sie verliebt, als ich sie zum ersten Mal sah. Und sie mochte mich ebenfalls. Allerdings dauerte es lange, bis sie mir so weit vertraute, dass ich sie küssen durfte. Viel mehr als ein paar Küsse und wenige geheime Treffen waren uns nicht beschieden. Einer der Diener hatte uns beobachtet und es meinem Vater erzählt. Helene wurde auf der Stelle entlassen.«

Louise schloss kurz die Augen und seufzte. »Ich nehme an, das ist eine Reihe von Jahren her«, sagte sie leise. »Aber seitdem hat sich nichts geändert. Es gibt noch immer standesbewusste Eltern, die die passenden Ehepartner für ihre Nachkommen aussuchen.«

»Helmut hat sich nicht darum gekümmert. Und obwohl mein Schwager ihn möglicherweise enterben wird oder es schon getan hat, hatte ich nie das Gefühl, dass Helmut es bereut. Er ist froh, Claire geheiratet zu haben. Obwohl er als Verwalter arbeiten muss. Eine schwere Arbeit, an die er nicht gewohnt ist. Er hat sich nicht ein einziges Mal über das Leben beklagt, das er jetzt führen muss. Im Gegenteil. Er wollte unbedingt seine Frau selbst ernähren, obwohl ich ihm Geld angeboten habe. Er ist ein Prachtbursche.« Er nahm einen Schluck aus seinem Glas.

»Das ist er«, stimmte Louise ihm zu. Sie nahm sich vor, sich noch einmal in aller Form bei Helmut zu entschuldigen, dass sie steif und fest behauptet hatte, er werde nicht zu Claire stehen, wenn ihn das Zusammensein mit ihr sein privilegiertes Leben koste. Inständig hoffte sie, dass sie Gelegenheit für diese Entschuldigung haben würde.

»Wenn er wieder gesund ist, werde ich mit ihm darüber reden, ob er mein Erbe antreten will.« Nachdenklich schaute der Freiherr in den Rotwein, der im Licht der Kerzen wie roter Samt schimmerte. »Bisher dachte ich, dass er als Erstgeborener mit dem Erbe der Grafen Haynbach schon genug zu tun haben würde. Falls sein Vater ihn aber tatsächlich wegen seiner Ehe mit Claire enterbt, sieht die Sache anders aus. Es würde mich beruhigen, mein Anwesen schon bald in zuverlässige Hände legen zu können. Eigene Kinder werde ich ja ganz sicher nicht mehr bekommen.«

Über den großen Tisch hinweg sah Louise den Freiherrn nachdenklich an. Zu ihrer Überraschung spürte sie plötzlich echte Zuneigung zu dem Mann, der sie vor nicht allzu langer Zeit höchst unfreundlich in seinem Haus begrüßt hatte. Hinter seiner gelegentlich rauen Fassade verbarg sich ein einsames Herz, das viel zu geben hatte. Sie lächelte ihn an.

»Ich denke auch, dass Helmut ein würdiger Erbe für Ihren Besitz wäre. Aber es besteht immer noch die Möglichkeit, dass Sie sich verheiraten und einen Sohn bekommen.«

Ludwig von Eggenhofs Lachen klang fast heiter. »Ich weiß durchaus, dass es alte Männer in meinem Alter gibt, die eine Zwanzigjährige zur Frau nehmen, um quasi in letzter Minute für einen Erben zu sorgen. Was mich betrifft, finde ich den Gedanken höchst unerträglich, mir mithilfe meines Vermögens ein junges Ding aus dem verarmten Adel zu kaufen und ihr zuzumuten, mit mir das Bett zu teilen. Ich bitte Sie!«

Louise musterte ihn erstaunt. Er wurde ihr buchstäblich von Minute zu Minute sympathischer.

»Zumal ich in Helmut schon einen hervorragenden Erben gefunden habe«, fügte er nachdrücklich hinzu.

»Dann bleibt uns nur, für ihn zu beten und zu hoffen, dass er bald wieder gesund wird.« Louise pickte ein wenig auf ihrem Teller herum. Sie musste essen, um bei Kräften zu bleiben. Claire und der kleine Richard brauchten sie. Ebenso wie Helmut, wenn er hoffentlich bald nach Rabenfels zurückkehren würde. »Und es stört Sie nicht, dass Ihr Erbe mit einer Französin verheiratet ist?« Fragend sah sie ihn an. »Ich habe in der Zeitung gelesen, das gesamte Land sei in Aufruhr, seit die französischen und belgischen Truppen ins Ruhrgebiet einmarschiert sind. Die Reichsregierung hat zum Generalstreik in den besetzten Gebieten aufgerufen. Also die alte Feindschaft zwischen Deutschen und Franzosen.« Sie schüttelte den Kopf.

Mit schmalen Augen erwiderte der Freiherr ihren Blick. Ihr Herz sank. Hatte sie ihn unnötigerweise daran erinnert, dass ihre Tochter und sie zum verhassten Volk der Franzosen gehörten?

»Der Zustand im Ruhrgebiet ist bedenklich«, sagte er langsam. »Besonders durch den Streik der Eisenbahner. Sie haben fast den gesamten Verkehr lahmgelegt, was natürlich ihre Absicht war, um die Franzosen an der reibungslosen Übernahme der Wirtschaft zu hindern. Die Reichsregierung bezahlt die Gehälter der Streikenden weiter. Dazu wird eine Menge Geld zusätzlich gedruckt. Was die Inflation hierzulande noch anheizt.« Er nahm einen Schluck Wein. »Es heißt, dass die Besatzer Gefängnisstrafen verhängen oder die Streikenden aus dem besetzten Gebiet ausweisen. Sie haben Eisenbahnbedienstete aus Frankreich geholt, um die Strecken wieder zu befahren. Da jedoch die deutschen Eisenbahner die Unterlagen und Anleitungen haben verschwinden lassen, ist es zu Unfällen und anderen Problemen gekommen, denn das Eisenbahnsystem in Frankreich ist anders als das in Deutschland.« Er gab ein seltsames Kichern von sich, das Louise zusammenzucken ließ. »Scheint ein ziemliches Durcheinander zu sein.«

»Das ist Wahnsinn. Warum setzt man sich nicht an einen Tisch und verhandelt?« Louise schob ihren Teller weg, obwohl sie ihn nicht einmal halb geleert hatte. Es war kein gutes Gefühl, sich in dem Land aufzuhalten, mit dem ihr eigenes Volk derart zerstritten war. »Hoffentlich kommt es nicht wieder zu Toten«, fügte sie hinzu.

»Die ersten Ausschreitungen mit Verletzten auf beiden Seiten hat es wohl schon gegeben.« Der Blick, der sie über den Tisch hinweg traf, brachte sie zum Erschaudern.

Sie konnte schließlich nichts dafür, dass die Truppen ihres Landes in die entmilitarisierte Zone des Ruhrgebiets einmarschiert waren. Wenn der Freiherr beschloss, dass er angesichts der politischen Lage doch keine Franzosen in seinem Haus beherbergen wollte, konnte es passieren, dass er Claire und sie aus seinem Haus wies, noch während Helmut im Krankenhaus lag.

Als ihr Gegenüber unvermittelt den Mund zu einem breiten Lächeln verzog, verstand sie gar nichts mehr. Sie hätte erleichtert sein sollen, doch sie traute dem Frieden nicht.

»Immerhin sitzen wir zwei an einem Tisch und reden, nicht wahr?« Ludwig von Eggenhofs Gesicht legte sich in unzählige Fältchen und sah plötzlich sehr freundlich aus. »Wir beide haben in diesem Konflikt keine Entscheidungen getroffen. Niemand hat uns nach unserer Meinung gefragt. Also sind nicht wir zerstritten, sondern nur unsere jeweiligen Regierungen. So sehe ich es jedenfalls. Wie ist es mit Ihnen?«

Sie nickte verdutzt und unendlich erleichtert. »Genau so sehe ich es auch«, beteuerte sie aus tiefstem Herzen.

Nun zog sie doch wieder ihren Teller zu sich heran, weil sie wider Erwarten etwas Appetit spürte. Für einen Moment fiel es ihr leicht, zu glauben, dass alles gut werden würde. Helmut würde rasch gesund werden, und Claire, er und ihr kleiner Sohn würden als glückliches Paar und künftige Erben in der Villa Rabenfels leben.

Eine Weile aßen sie schweigend.

»Darf ich fragen, was aus Helene geworden ist?«, wechselte Louise schließlich das Thema. »Wissen Sie, wohin sie nach der Kündigung gegangen ist und was sie getan hat?«

Als der Freiherr sie ansah, waren seine grauen Augen plötzlich wie von Nebel verhangen. »Auf Betreiben meines Vaters ist sie zunächst spurlos aus meinem Leben verschwunden. Dann erhielt ich ein paar Zeilen von ihr, die sie mir durch eines der Dienstmädchen im Haus heimlich überbringen ließ. Ich wollte Helene sehen, wollte mit ihr reden, doch mein Vater hatte mir angedroht, mich auf der Stelle zu enterben, wenn ich sie noch ein einziges Mal träfe. Er sagte, er würde es erfahren, und ich glaubte ihm. Dennoch verzehrte ich mich nach ihr. Das war die schwierigste Zeit meines Lebens.« Den letzten Satz flüsterte er nur noch.

»Wenn Sie so sehr litten, sie so sehr liebten, konnten Sie dann nicht das Opfer auf sich nehmen?« Louise sah ihn forschend an.

»Ich wäre bereit gewesen, für ein Leben mit Helene mit meinen Eltern zu brechen. Aber ich wusste nicht, wie ich das anstellen sollte. Ich hätte ohne einen Pfennig gehen müssen. Mein Vater hatte mir den Zugriff auf mein Konto verwehrt.«

Der Freiherr seufzte so schwer, dass Louise beinahe Mitleid mit ihm bekam, obwohl sie eben noch gedacht hatte, dass Millionen von jungen Männern das Geld für sich und ihre Familien durch ihrer Hände Arbeit verdienen mussten.

»Während ich mit mir kämpfte und versuchte, Mut zu fassen, wurde stillschweigend alles organisiert, und ich wurde

Hals über Kopf ins Ausland geschickt. In der damals noch jungen Kolonie Deutsch-Südwestafrika baute mein Onkel eine Plantage auf. Er konnte meine Hilfe gut gebrauchen. Das Schiff legte schon knapp zwei Wochen nach Helenes Verschwinden in Hamburg ab. Mein Vater begleitete mich persönlich dorthin. Ich hatte keine Gelegenheit mehr, ihr eine Nachricht zukommen zu lassen. Vielleicht war ich aber auch dazu einfach zu feige …« In seinem Blick lag so viel Schmerz, als wäre all das gestern geschehen.

»Das tut mir leid«, sagte Louise und meinte ihre Worte ehrlich. »Aber Helene tut mir noch mehr leid«, fuhr sie fort. »Sie haben sich letztlich für ein angenehmes Leben im Wohlstand entschieden. Wenn Ihre Entscheidung auch darin bestand, nichts zu tun. Die Frau dagegen, die Sie angeblich geliebt haben, hatte keine Wahl. Sie haben sie im Stich gelassen.«

Der Freiherr widersprach ihr nicht. Im Gegenteil. Er nickte stumm.

»Mir steht kein Mitleid zu«, sagte er schließlich. »Mein Leben war trübe und einsam. Aber das habe ich verdient. Ich hoffe nur, dass Helene es gut getroffen hat.«

»War sie in anderen Umständen?«, erkundigte Louise sich kühl.

»So weit sind wir nicht gegangen. Diesen Trost habe ich wenigstens …« Er legte sein Besteck auf den nur halb geleerten Teller. »Bei meiner Rückkehr aus Afrika hatten meine Eltern eine standesgemäße Ehe für mich arrangiert. Ich habe mich geweigert. Das immerhin konnte ich tun. Und ich habe heimlich nach Helene gesucht. Aber alles, was ich in Erfahrung bringen konnte, war, dass sie nach Hannover gegangen war. Sie hatte keine Eltern mehr, nur noch eine Großtante, die dort lebte.«

»Dann muss es doch möglich gewesen sein, diese Tante aufzuspüren.« Louise fragte sich, ob er ernsthaft nachgeforscht hatte. Schließlich hatten zu diesem Zeitpunkt seine Eltern noch gelebt, und er hätte erneut vor der Entscheidung gestanden, zu seiner Liebe zu stehen und damit seinen Titel und sein bequemes Leben aufzugeben. Letztlich waren Männer doch fast alle gleich. Louise musste an Claires Vater denken, und für einen Moment brachte der Zorn ihr Blut zum Brodeln.

Der Freiherr nickte. »Obwohl sie einen anderen Nachnamen trug als Helene, habe ich sie gefunden. Auf einem Friedhof in Hannover. Aber von Helene fehlte jede Spur.«

»Hätten Sie denn zu diesem Zeitpunkt das alles hier für sie aufgegeben?« Mit einer ausgreifenden Handbewegung umschloss sie das riesige Speisezimmer, an dessen langem Tisch sie sich zu zweit fast verloren.

»Ja«, behauptete er mit fester Stimme. »Wenn sie mich noch gewollt hätte. Aber wahrscheinlich war sie zu diesem Zeitpunkt längst mit einem anderen Mann verheiratet.«

Louise wusste nicht, ob sie ihm glauben sollte, und sah ihn zweifelnd an.

»Wenig später starben meine Eltern. Dann hätte es ohnehin kein Hindernis mehr gegeben.« Er nahm einen großen Schluck aus seinem Weinglas.

»Nur die sogenannte gute Gesellschaft«, sagte sie spöttisch. »Ihre adeligen Freunde und Bekannten hätten Sie nicht mehr empfangen, wenn Sie sich erlaubt hätten, ein Stubenmädchen zu heiraten.«

Erstaunt riss Ludwig von Eggenhof die Augen auf. »Sie wohnen doch nun schon seit einigen Wochen hier. Haben Sie in dieser Zeit auch nur ein einziges Mal Gäste gesehen? Oder erlebt, dass ich abends abwesend war, um bei meinen *adligen Freunden und Bekannten* zu speisen?«

Sie runzelte die Stirn. Bisher war ihr nicht aufgefallen, dass der Freiherr keinerlei gesellschaftliche Kontakte pflegte. Wenn sie jedoch darüber nachdachte, schien es tatsächlich so zu sein.

»Ich lebe seit mehr als zwanzig Jahren allein in diesem riesigen Haus. Und ich bin sehr froh, dass Helmut und Claire hier eingezogen sind.« Nach einer kurzen Pause fügte er hinzu: »Und selbstverständlich freue ich mich auch über Ihre Gesellschaft, Madame Lefevre.«

»Vielen Dank«, erwiderte sie lächelnd und dachte, dass Ludwig von Eggenhof tatsächlich ein freundlicher Mann war. Ein Mann, der aus seinem Schicksal gelernt hatte.

24

Villa Rabenfels, Mitte Februar 1923

Sie tauchte aus ihren wirren Träumen auf, als wäre sie lange Zeit unter Wasser gewesen. Sogar nach Luft schnappen musste sie, bevor sie die Augen aufschlug. Sekundenlang lag sie ruhig da und versuchte, zurück in die Wirklichkeit zu finden. Da war etwas, woran sie sich erinnern musste, etwas, das wie ein schweres Gewicht auf ihrer Brust lag. Doch sie bekam nur einen Zipfel dieses Unbehagens zu fassen. Vorsichtig wandte Claire den Kopf und schaute sich um, ließ ihren Blick durch das große Zimmer mit dem riesigen Fenster wandern, durch das sie ein Stück klaren Winterhimmel und in der Ferne ein Eckchen eisblaues Wasser sah.

Rabenfels – ihr neues Zuhause. Sie lebte jetzt hier bei Helmuts Onkel und … Das Entsetzen stürzte über ihr zusammen und begrub sie unter sich.

Helmut! Ihre Mutter hatte ihr von seinem Unfall erzählt und dass er im Krankenhaus lag. Er war auf dem Weg zu ihr gewesen und niemals angekommen, um seinen neugeborenen Sohn zu sehen. Sie öffnete den Mund und wollte ihre Angst herausschreien. Wollte ihre Mutter herbeirufen, um ihr zu sagen, dass sie sofort zu ihrem Mann wollte. Dann erinnerte sie sich, was geschehen war, als sie versucht hatte aufzustehen, um zu Helmut zu eilen. Doktor Mundtler war gekommen und hatte ihr eine Spritze gegeben, die sie für viele Stunden in einen tiefen Schlaf des Vergessens geschickt hatte.

Sie musste vernünftig sein, musste versuchen, herauszufinden, was genau geschehen war und wie es Helmut wirklich ging. Vor allem aber musste sie genügend Kraft schöpfen, um zu ihrem Mann zu fahren.

Die Tür ging auf, und ihre Mutter betrat das Zimmer. Sie schien gespürt zu haben, dass Claire erwacht war.

»Wie geht es Helmut?«, rief Claire ihr entgegen, während sie sich im Bett aufsetzte.

Ihre Mutter eilte zu ihr und stopfte ihr mehrere Kissen in den Rücken. »Du musst dir keine Sorgen machen. Es wird seine Zeit brauchen, aber mittlerweile glauben die Ärzte, dass er es schaffen wird.«

»Er wird wieder gesund?«, vergewisserte Claire sich misstrauisch.

Louise nickte.

Claire sah sie skeptisch an, beschloss aber, nicht weiter in sie zu dringen. Sie würde sich persönlich überzeugen, wie es Helmut ging.

»Ich möchte etwas essen«, verkündete sie.

»Du hast Hunger? Wie wunderbar! Was möchtest du?«

»Ich weiß nicht. Irgendwas.« In Wirklichkeit hatte sie überhaupt keinen Appetit. Aber sie wusste, dass sie etwas zu sich nehmen musste, wenn sie auf die Beine kommen wollte.

»Toast und ein weich gekochtes Ei?«, schlug ihre Mutter eifrig vor. »Oder lieber Hühnerbrühe mit etwas Gemüse?«

»Beides. Und vielleicht noch ein paar Crêpes mit Obst.« Sie hatte keine Ahnung, ob sie das alles schaffen würde, aber sie wollte es versuchen. »Und wenn ich gegessen habe, möchte ich meinen Sohn sehen. Warum steht seine Wiege nicht neben meinem Bett?«

»Du warst … Du konntest dich nicht um ihn kümmern. Er ist nebenan in seinem Kinderzimmer. Ich habe dir doch von der Amme erzählt. Die Hebamme ist auch noch da …«

Claire runzelte die Stirn. Natürlich konnte sie nicht selbst für ihr Kind sorgen, wenn der Arzt ihr eine Spritze gab, die sie praktisch ohnmächtig werden ließ. Das würde aufhören. Sie würde Richard von jetzt an immer um sich haben, und sie würde ihn mit zu Helmut nehmen. Wenn er seinen Sohn sah, würde er schneller gesund werden, dessen war sie sich sicher.

»Nach dem Essen werde ich ihn anlegen. Ich will nicht, dass er die Milch einer fremden Frau trinkt. Wenn ich nicht bald anfange, ihn zu stillen, habe ich am Ende keine Milch mehr.« Sie runzelte die Stirn.

»Ich hole dir etwas zu essen«, entgegnete ihre Mutter. »Am besten auch eine Tasse von dem Kräutertee, den die Hebamme für stillende Mütter empfiehlt. Die Amme trinkt das Zeug literweise.«

Als Louise aus dem Zimmer eilte, um in der Küche die gewünschten Speisen zubereiten zu lassen, drängelte sich Enno an ihr vorbei ins Zimmer. Entweder hatte sie ihn in ihrer Aufregung nicht bemerkt, oder sie hatte es aufgegeben, den hartnäckigen Hund daran zu hindern, zu Claire vorzudringen.

Manchmal hatte Helmut ihn mit zur Arbeit aufs Gut genommen, aber dort war er ihm meistens im Weg gewesen, und deshalb hatte Enno schließlich tagsüber bei Claire bleiben und an ihrer Seite auf seinen Herrn warten müssen. Das war dem treuen Hund nur während der ersten zwei oder drei Tage schwergefallen. Er liebte Helmut über alle Maßen, doch Claire kam gleich danach an zweiter Stelle. Vielleicht erinnerte er sich daran, dass sie es gewesen war, die ihn am Straßenrand aufgelesen hatte.

Enno trottete langsam durchs Zimmer zu Claires Bett, blieb davor stehen, sah ihr nachdenklich ins Gesicht und zog dann die Lefzen zurück, als würde er lächeln. Schließlich legte er mit einem Seufzer, der aus den Tiefen seiner Hundeseele zu kommen schien, den großen schwarzen Kopf auf die Bettkante.

»Du vermisst ihn auch, nicht wahr? Ich werde ihn schon bald wieder zu uns nach Hause holen.« Claire redete oft mit dem Hund. Da die meisten Menschen ohnehin nicht glaubten, dass ein Hund sie verstehen konnte, spielte es keine Rolle, dass Enno taub war. Tatsächlich schien er ihr aufmerksam zuzuhören, und sie bildete sich ein, dass er wusste, wovon sie sprach.

Ennos Antwort bestand denn auch in einem weiteren Seufzer. Dann legte er sich auf den Bettvorleger und schloss die Augen, als hätte er entschieden, Claire die Sache zu überlassen. Und damit hatte er recht: Sie würde dafür sorgen, dass Helmut schnell gesund wurde und nach Hause zurückkehrte.

Einige Stunden später saß Claire mit durchgedrücktem Rücken auf der Chaiselongue und lauschte angestrengt in Richtung Tür. Sie hatte ihre Mutter überzeugen können, sich nach dem Mittagessen für eine Stunde hinzulegen. Louise sah blass und müde aus, und da es Claire offensichtlich gut ging, hatte sie sich für ein Nickerchen zurückgezogen.

Nach dem Frühstück war Claire ohne jede Hilfe quer durchs Zimmer gegangen, hatte aus dem Fenster gesehen und sich anschließend auf der Chaiselongue niedergelassen. Zwar hatte ihre Mutter ihr mehrmals erklärt, Kindbett bedeute, dass sie im Bett liegen solle, doch das hatte sie geflissentlich überhört. Wenn sie Helmut sehen wollte, musste sie wenigstens ein paar Meter laufen können.

Als sie am Vormittag für einige Zeit allein gewesen war, hatte Claire das Stubenmädchen Minna zu sich gerufen. Nach Claires Einschätzung war sie von den weiblichen Dienstboten die Pfiffigste. Claire hatte ihr ein kleines Geldgeschenk gemacht und erklärt, sie brauche ihre Hilfe.

Minnas Augen hatten abenteuerlustig gefunkelt. »Was soll ich machen?«

»Mir über die Dienstbotentreppe nach unten helfen, wenn es so weit ist. Und dem Chauffeur Bescheid sagen, dass er meinen Sohn und mich ins Krankenhaus fahren muss.«

»Hm.« Das Stubenmädchen runzelte die Stirn. »Das sollt

ich lieber nicht tun. Ich könnt Ärger mit Frau Schmiedecker bekommen. Vielleicht sogar mit dem gnädigen Herrn.«

Claire bemühte sich um eine strenge Miene und einen noch strengeren Ton. »Da ich die Ehefrau des Patensohnes des Freiherrn bin, will ich meinen, dass ich mehr zu sagen habe als die Haushälterin. Und der Freiherr selbst wird nur allzu froh sein, wenn er erfährt, wie gut die Gegenwart seiner Familie dem jungen Grafen tut.«

Den Ausschlag hatten aber wohl ein paar zusätzliche Münzen gegeben, die Claire dem zögernden Stubenmädchen in die Hand gedrückt hatte.

Nun wartete sie darauf, dass Minna endlich erschien. Es war die vereinbarte Stunde, ihre Mutter hatte sich schon vor einigen Minuten in ihr Zimmer zurückgezogen, und Amme und Hebamme waren seit dem späten Vormittag nicht mehr im Haus. Inzwischen stillte Claire ihr Kind und versorgte es mit Louises Hilfe selbst. Claire hatte erklärt, außer ihrer eigenen Mutter könne sie absolut niemanden mehr gebrauchen, der sich in die Pflege ihres Sohnes einmische. Die Wiege hatte ihren Platz nun neben der Chaiselongue, auf der Claire ruhte.

Richard bewegte sich in ihrem Arm, und sie schaukelte ihn sanft. Als er sie mit seinen dunkelblauen Augen anblinzelte, überlief sie ein warmer Schauder.

Endlich öffnete sich die Tür, und Minna trat ins Zimmer.

»Schnell, schnell«, rief Claire ihr entgegen. Sie sprang auf und fiel sofort zurück auf das Polster, weil ihr schwarz vor Augen wurde.

»Das geht nicht. Ich krieg Schimpfe. Oder der gnädige Herr schmeißt mich raus.« Minna war offenbar doch nicht so mutig und entschlossen, wie sie immer tat. Sie starrte Claire unschlüssig an, während diese nun langsamer aufstand und tatsächlich auf den Beinen blieb.

»Wir passen auf, dass uns niemand sieht. Du bringst mich

nur bis zum Auto. Niemand wird erfahren, dass du etwas mit meinem Ausflug zu tun hast.«

»Zeidler weiß doch, dass ich damit zu tun habe.«

»Zeidler steckt mit uns unter einer Decke. Er fährt mich schließlich ins Krankenhaus«, erinnerte Claire sie.

Sie stützte sich mit einer Hand auf den Rand der Wiege und versuchte, das Zittern ihrer Knie zu ignorieren. Beim Gedanken an die steile Dienstbotentreppe, die sie hinuntergehen musste, wollte sie fast verzagen. Für einen kurzen Moment schloss sie die Augen und sah Helmuts Lächeln vor sich. Sein Gesicht tauchte so deutlich vor ihrem inneren Auge auf, dass sie fast die Hand ausgestreckt hätte, um ihm die widerspenstige Haarsträhne zurückzustreichen, die ihm immer in die Stirn fiel. Entschlossen richtete sie sich auf.

»Los jetzt«, kommandierte sie. »Nimm bitte das Kind. Ich bin noch etwas unsicher auf den Beinen.« Es fiel Claire schwer, dem Stubenmädchen die Verantwortung für ihren Sohn zu überlassen, aber wahrscheinlich war das immer noch sicherer, als wenn sie ihn mit ihren wackeligen Knien selbst die Treppe hinabtrug.

Immerhin schien Minna sich bewusst zu sein, wie kostbar das federleichte Bündel war. Sie ging so vorsichtig durch den Raum, dass Claire einen ungeduldigen Blick auf die Wanduhr warf. Ihre Mutter konnte jeden Augenblick zurückkommen, falls sie so unruhig war, dass es ihr nicht gelang einzuschlafen.

Trotz ihrer gummiartigen Beine überholte Claire das Stubenmädchen beim Gang durchs Zimmer, öffnete die Tür und spähte in den Flur. Es war niemand zu sehen.

»Rasch!« Sie wedelte mit dem Arm und ging voraus zum hinteren Ende des Ganges.

Sie hatten den langen Flur erst zur Hälfte hinter sich gebracht, als Richard plötzlich lauthals zu schreien anfing. Erschrocken wandte Claire sich um. Minna war stehen geblieben und starrte den Säugling entsetzt an. Das winzige Gesicht schien nur noch aus dem weit aufgerissenen Mündchen und den zusammengekniffenen Augen zu bestehen.

»Was hast du denn, mein Liebling?« Auch Claire war erschrocken. Die Tür zum Zimmer ihrer Mutter lag nur wenige Meter entfernt, und Richards Stimme war durchaus kräftig. »Du hast doch vor kaum einer halben Stunde getrunken. Die Windel ist auch frisch. Was ist los?« Mit dem Zeigefinger strich sie sanft über die runde Wange, die sich unter der Anstrengung des Geschreis immer stärker rötete.

»Er mag mich nicht«, jammerte Minna und streckte Claire das Kind hin.

Sie nahm ihren Sohn entgegen, und tatsächlich war er sofort still. Gerührt sah sie ihm in die blauen Augen. Dann setzte sie sich eilig wieder in Bewegung. Minna folgte ihr, und sie erreichten die schmale Tür zur Treppe, ohne dass Louises Stimme sie aufhielt. Vielleicht schlief ihre Mutter in ihrer Erschöpfung so tief, dass das Geschrei ihres Enkels nicht in ihr Bewusstsein gedrungen war.

Als sie auf der obersten Stufe stand, erschauderte Claire beim Blick die steile Stiege hinunter. Wieder musste sie tief durchatmen und mit aller Kraft an Helmut denken, um sich Mut zu machen. Dann drückte sie mit dem rechten Arm das Kind fest an ihre Brust, umklammerte mit der Linken das Geländer und stieg langsam die Treppe hinab.

Als sie im Souterrain ankam, war sie schweißgebadet. Sie hatte mit Minna vereinbart, dass Zeidler, der Stallmeister, der ebenfalls den Führerschein besaß, im Benz des Freiherrn vor dem Dienstboteneingang auf sie warten sollte. Zum Glück liebte Ludwig von Eggenhof Automobile und besaß gleich zwei Luxusgefährte.

In seinem neueren und größeren Opel 10/30 hatte er sich schon morgens von seinem Chauffeur ins Krankenhaus fahren lassen, um wie immer den Tag an Helmuts Bett zu verbringen. Darüber, was er dazu sagen würde, wenn sie plötzlich mit ihrem Kind ebenfalls in der Klinik auftauchte, hatte sie noch nicht nachgedacht. Sie wollte zu Helmut, alles andere war ihr egal.

Zeidler öffnete ihr die Tür zum Fond des Wagens. Sie nickte Minna zu, die am Dienstboteneingang zurückgeblieben war, und stieg mit dem Kind im Arm ein. Erst als der Stallmeister sich bereits hinter das Steuer gesetzt hatte, bemerkte sie Enno, der neben dem Wagen saß und sie mit einem flehenden Blick ansah. Offenbar war er ihr unbemerkt gefolgt.

Er ahnte doch nicht etwa, dass sie auf dem Weg zu seinem geliebten Herrn war? Oder hatte er Angst, dass auch sie ebenso wie Helmut verschwand? Wie auch immer, bei ihrer Mission konnte sie den Hund nicht gebrauchen.

Im rechten Arm hielt sie immer noch den Säugling, mit der linken Hand kurbelte sie eilig das Fenster herunter, während sich der Wagen langsam in Bewegung setzte. Sie streckte die Hand aus dem Fenster und machte dem Hund das Zeichen für »Bleib«. Bei Helmut funktionierte das ausgezeichnet. Wenn er Enno die Innenfläche seiner flachen Hand zeigte, legte sich der Hund folgsam hin und rührte sich nicht von der Stelle, bis sein Herr es ihm erlaubte.

Als sie losfuhren, wandte Claire sich um und hielt durchs Rückfenster Ausschau nach Enno. Er dachte nicht daran zurückzubleiben. Stattdessen lief er hinter dem Wagen her.

»Wir müssen anhalten, Zeidler«, sagte sie. »Der Hund. Er folgt uns.«

Der Stallmeister lachte. »Das wird er nicht lange schaffen. Der Wagen ist schnell. Und so ein Hund ist keine Maschine. Ihm wird nix anderes übrig bleiben, als zum Haus zurückzulaufen.«

»Ich weiß nicht.« Claire beobachtete, wie Enno tatsächlich immer weiter zurückblieb. Mittlerweile hatten sie die lange Auffahrt hinter sich gelassen und bogen in die Straße nach

Starnberg ein. Enno war nicht mehr zu sehen. Hoffentlich war er umgekehrt.

Nach einer Dreiviertelstunde hielt Zeidler vor dem Eingang des Krankenhauses. Claire drückte ihm einen Geldschein in die Hand und musste wieder einmal daran denken, wie sonderbar es war, dass nun plötzlich sie diejenige war, die andere Menschen für ihre Dienste bezahlte. Sie waren zwar weit davon entfernt, reich zu sein. Helmut hatte aber dafür gesorgt, dass sie immer genügend Geld zur Hand hatte.

»Möchten Sie abgeholt werden?«, erkundigte sich Zeidler, während er ihr aus dem Wagen half.

Sie schüttelte den Kopf, denn sie hatte den senfgelben Opel des Freiherrn erspäht, der etwas seitlich vom Haupteingang parkte. Der Chauffeur saß hinter dem Steuer und war in die Lektüre einer Zeitung vertieft, die er vor sich auf dem Steuerrad ausgebreitet hatte.

»Ich komme schon irgendwie zurück. Sonst rufe ich in der Villa Rabenfels an und lasse Sie benachrichtigen.« Sie wollte Helmut sehen, alles andere war ihr in diesem Moment vollkommen egal. Allein das Gefühl, dass sie nur noch ein paar Meter von ihm trennten, schenkte ihr so viel Kraft und Mut, dass sie nicht einmal mehr das Wackeln ihrer Knie spürte.

Mit Richard auf den Armen ging sie in die Eingangshalle des Krankenhauses. An einem langen Holztresen saß eine Frau in Schwesterntracht. Als sie Claire sah, kniff sie mit einem fast drohenden Gesichtsausdruck die Augen zusammen.

»Kinder sind hier nicht erlaubt. Und so kleine Kinder schon gar nicht.«

»Das ist der Sohn von Graf Helmut von Haynbach. Und ich bin seine Frau.« Sie war selbst erstaunt, als sie, ohne nachzudenken, Helmuts Titel benutzte. Natürlich hoffte sie, dass die Schwester sie durchlassen würde, wenn sie hörte, dass der Kranke ein wohlhabender Mann von Stand war. Gleichzeitig schämte sie sich, dass sie genau das tat, wofür sie so lange Zeit nur Verachtung übriggehabt hatte. Sie war immer der Meinung gewesen, dass ein Adliger in bestimmten Situationen nicht mehr Rechte haben sollte als ein Mensch, der in einer Hütte geboren worden war. Schwerkrank in einer Klinik zu liegen, gehörte zweifelsfrei zu diesen Situationen. Zudem war der Adel abgeschafft worden.

Die Schwester schien zu überlegen. Sie musterte Claire prüfend und nickte schließlich. Es funktionierte tatsächlich!

»Soweit ich weiß, hat der Graf seit seiner Einlieferung das Bewusstsein nicht wiedererlangt. Da kann ihn das Kind wohl nicht stören.«

Helmut war bewusstlos? Schon seit dem Unfall? Claire wurde übel. »Wo finde ich ihn?«, stieß sie atemlos vor Angst hervor.

Die Schwester nannte ihr Stockwerk und Zimmernummer und erklärte, wie immer sei der Freiherr beim Grafen.

»Vielen Dank«, entgegnete Claire höflich und ging mit Richard, der an ihrer Schulter eingeschlafen war, zur Treppe.

Ihr Herz schlug schneller, und wie eine Fata Morgana tauchte immer wieder Helmuts lächelndes Gesicht vor ihr auf, während sie die Stufen zum ersten Stock hinaufstieg. Sie wollte zu ihm. So schnell wie möglich. Auf halber Treppe musste sie stehen bleiben und sich gegen das Geländer lehnen, weil ihr die Luft wegblieb und die Beine drohten, unter ihr nachzugeben.

Sie durfte nicht zusammenbrechen. Nicht so kurz vor dem Ziel und schon gar nicht mit dem Kind in ihren Armen. Starr richtete sie den Blick auf die oberste Stufe und schleppte sich Schritt für Schritt weiter nach oben.

Richard schlief ruhig und tief. Das Köpfchen mit den dunklen Haaren lag an ihrer Schulter, sein zarter Atem streichelte ihre Kehle, sein süßer Duft nach Milch und Säugling stieg ihr in die Nase.

Endlich erreichte sie den langen Flur, an dessen Wand ein

Handlauf angebracht war, an dem sie sich festhalten konnte. Sie studierte die Nummern an den Türen. Offenbar befand sich Helmuts Zimmer ganz am Ende des Ganges. Schritt für Schritt kämpfte sie sich vorwärts. Endlich stand sie vor Zimmer 117.

Sie legte die Hand auf die Klinke, zögerte, klopfte kurz an und öffnete die Tür, als sie nach einer Weile immer noch nichts hörte.

Der Anblick, der sich ihr bot, ließ sie aufkeuchen.

Der Kopf des Mannes im Bett war vollkommen mit weißen Bandagen umwickelt. Er lag bewegungslos da, und sie war nicht einmal sicher, ob er überhaupt atmete. Neben ihm saß der Freiherr. Sein Kopf lag auf der Bettkante. Im Schlaf hielt er die rechte Hand des Bewusstlosen umfasst.

Langsam näherte sich Claire dem Bett. Obwohl sie sein Gesicht nicht sehen konnte, hätte sie diesen Mann, den Mann, den sie über alles liebte, unter Tausenden erkannt.

Als würde er die Nähe seines Vaters spüren, rührte Richard sich in ihrem Arm und stieß ein leises Quietschen aus. Mit einem Ruck hob der Freiherr den Kopf und sah sie an.

»Claire! Wo kommen Sie denn her?« Er klang müde und gleichzeitig überrascht.

»Ich musste ihn sehen. Er ist mein Mann.«

Der Freiherr ließ Helmuts Hand los und stand schwerfällig auf. »Natürlich. Ich gehe ein bisschen an die frische Luft.«

Bevor Claire etwas erwidern konnte, hatte er das Krankenzimmer verlassen. Eine Weile stand sie unschlüssig da und betrachtete ihren bewusstlosen Mann. Jetzt sah sie immerhin, dass seine Brust sich sacht hob und senkte.

»Helmut«, sagte sie leise und trat endlich an sein Bett.

Er rührte sich nicht.

Sie setzte sich auf die Kante des Stuhls, der noch warm von den vielen Stunden war, die der Freiherr darauf verbracht hatte. Dann legte sie ihren Sohn neben Helmuts bandagierten Kopf auf das Kissen.

»Das ist Richard«, sagte sie leise.

Der Säugling, der nun munter war, machte leise Schmatzgeräusche und ruderte mit den Ärmchen durch die Luft. Auch die Nähe seines neugeborenen Kindes entlockte Helmut kein Lebenszeichen.

»Er ist wunderschön«, fuhr Claire verzweifelt fort. Aus irgendeinem Grund hatte sie sich eingebildet, alles würde gut sein, sobald Helmut seinen Sohn sah und spürte. »Wenn er hungrig ist, schürzt er seine Lippen wie du, wenn du einen Entschluss gefasst hast. Und seine Stirn sieht schon jetzt genau aus wie deine.«

Angespannt starrte sie den bandagierten Kopf an, doch es kam keine Reaktion.

Sie griff nach Helmuts Hand. Kühl und schlaff lag sie in der ihren. Claire umfasste sie fest mit ihren Fingern, um ihm etwas von ihrer Wärme und der Kraft zu geben, die nach der anstrengenden Geburt allmählich in ihren Körper zurückkehrte.

Die Stille legte sich wie ein schweres Gewicht auf ihre Schultern. Nicht einmal Helmuts leise Atemzüge waren zu hören. Nur einmal noch gab Richard ein zartes Glucksen von sich. Dann schloss ihr Sohn die Augen und versank auf dem Kopfkissen direkt neben seinem Vater wieder in tiefen Schlaf.

»Bitte, Helmut, lass uns nicht allein«, flehte Claire, als sie die Stille nicht mehr aushielt. »Richard braucht dich. Ich brauche dich. Ich brauche dich so sehr.«

Keine Reaktion.

»Auch Enno vermisst dich ganz schrecklich«, erzählte sie hilflos. »Er ist dem Wagen hinterhergelaufen. Ich hoffe, er hat den Weg zurück nach Rabenfels gefunden.«

Verzweifelt wünschte sie sich, wenigstens die Gesichtszüge ihres Mannes sehen zu können. Doch da waren nur die Schlitze in den Bandagen, durch die sie seine geschlossenen Lider erkennen konnte.

Sie streichelte Helmuts Finger und legte ihre andere Hand auf Richards warmes Köpfchen.

»Ich liebe dich, Helmut. Bitte, verlass mich nicht. Verlass uns nicht.«

25

Schloss Haynbach, Ende Februar 1923

Als er die Halle durchquerte, fiel Albrechts Blick zufällig auf den Umschlag, der oben auf dem Poststapel lag. Rolf hatte die Briefe noch nicht sortiert, um sie auf seinem ovalen Silbertablett an die einzelnen Familienmitglieder zu verteilen.

Die Schrift auf dem cremefarbenen Kuvert wirkte etwas ungelenk, so als hätte derjenige, der den Umschlag adressiert hatte, nicht sonderlich viel Übung mit dem Schreiben. Das ließ in der Regel darauf schließen, dass die betreffende Person weder einen Hauslehrer gehabt noch eine Privatschule besucht hatte.

Neugierig näherte Albrecht sich dem niedrigen Schränkchen und musterte den Umschlag aus teurem Büttenpapier. Der Brief war an seine Eltern adressiert. In die linke obere Ecke des Kuverts war *Villa Rabenfels* eingeprägt. Auf dem Platz, der darüber für den Namen des Absenders freigelassen worden war, stand mit steifen, ein wenig nach rechts geneigten Buchstaben *Claire von Haynbach.*

Albrecht schnappte nach Luft. Wenn die französische Näherin keine Hochstaplerin war und unrechtmäßig Helmuts Namen benutzte, hatte sein Bruder sie geheiratet. Und sie lebten jetzt beide bei Helmuts Patenonkel Ludwig von Eggenhof in der Villa Rabenfels am Starnberger See.

Aber warum schrieb Helmut nicht persönlich, wenn er seinen Eltern etwas mitzuteilen hatte?

Nachdenklich wog Albrecht den Brief in der Hand. Dann sah er sich in der Halle um, stellte fest, dass er allein war, und ließ den Umschlag in seiner Jackentasche verschwinden. Er musste wissen, was die Näherin schrieb. Nur so konnte er entscheiden, ob es von Vorteil war, dass seine Eltern den Brief lasen.

Zwar hatten sie angekündigt, Helmut zu enterben, aber bisher war in dieser Hinsicht nichts Endgültiges geschehen. Vor allem hatte der Graf kein neues Testament gemacht, in dem er Albrecht zum Alleinerben des Familienbesitzes bestimmte.

Die Gräfin wirkte seit Helmuts Verschwinden ständig bedrückt. Offenkundig vermisste sie ihren Liebling. Ein Gedanke, der ihren jüngeren Sohn so wütend machte, dass sich sein Magen schmerzhaft zusammenkrampfte. Schließlich war *er* derjenige, der in die Bresche gesprungen war und Hilda geheiratet hatte, als Helmut sie wegen dieser französischen Schlampe verlassen hatte. *Er* lebte mit seiner Frau auf Schloss Haynbach und ließ sich an manchen Tagen sogar morgens im Arbeitszimmer seines Vaters blicken, wenn der Verwalter Bericht erstattete. Gelegentlich heuchelte er sogar Interesse am Zustand eines kranken Gauls oder an der Frage, was im Frühjahr auf den Feldern ausgesät werden sollte.

Und wo war der kostbare Helmut? Er wälzte sich mit seiner Französin im Bett und kümmerte sich weder um seine Eltern noch um den Familienbesitz.

Eilig lief Albrecht die Treppe zum ersten Stock hinauf, ging in das neben seinem Ankleidezimmer gelegene Bad und verschloss die Tür hinter sich. Er hatte vor, den Umschlag so vorsichtig zu öffnen, dass er ihn bei Bedarf wieder verschließen konnte. Denn falls der Inhalt des Briefs geeignet war, den Unwillen seiner Eltern zu erregen, sollten sie ihn selbstverständlich bei ihrer Post vorfinden.

Nach kurzer Überlegung klingelte er nach seinem Kammerdiener Eder und befahl ihm durch die geschlossene Tür, in der Küche heißes Wasser zu besorgen.

»Sehr heißes Wasser«, betonte er. Selbstverständlich war Eder viel zu gut geschult, um seinen Herrn zu fragen, wozu er kochendes Wasser benötigte.

Nach höchstens fünf Minuten, die Albrecht damit verbrachte, unruhig in dem geräumigen Badezimmer auf und ab zu gehen, klopfte es diskret. Er öffnete die Tür einen Spaltbreit und nahm den zugedeckten Stieltopf entgegen. Dann schloss er sorgfältig wieder ab.

Es war ganz leicht, die Lasche zu öffnen, ohne das Papier zu beschädigen, nachdem er den Umschlag kurz über das dampfende Wasser gehalten hatte. Mit einem triumphierenden Lächeln zog er den Briefbogen heraus. Als er das Kuvert weglegte, verging ihm jedoch das Grinsen. Die Tinte war zerlaufen, sodass die Adresse auf dem Umschlag nicht mehr zu lesen war. Rolf würde sich erinnern, dass alle Umschläge vollkommen in Ordnung gewesen waren, als er die Post entgegengenommen hatte. Falls Albrecht also wollte, dass seine Eltern diesen Brief lasen, würde er sich etwas einfallen lassen müssen.

Mit gerunzelter Stirn entfaltete er den Briefbogen, der wie das Kuvert aus schwerem Bütten war. Offenbar benutzte die Näherin mit großer Selbstverständlichkeit das Briefpapier des Freiherrn.

Villa Rabenfels, im Februar 1923. Geehrte Gräfin, geehrter Graf!

Albrecht schnaubte verächtlich. Diese Person hatte nicht die geringste Ahnung, wie die korrekte Anrede eines Grafenpaars zu lauten hatte. Genau wie sie natürlich vollkommen ahnungslos war, was alle anderen Dinge eines Lebens betraf, wie es ein von Haynbach führte. Aber das musste sie auch nicht, da Helmut ihretwegen auf alle Vorteile seiner Geburt verzichtet hatte. Es war nur ärgerlich, dass der Freiherr ihm und seiner dummen kleinen Frau Unterschlupf gewährt hatte. Mit zusammengekniffenen Augen las Albrecht weiter.

Bitte entschuldigen Sie, dass ich mich heute mit diesem Brief an Sie wende. Ich dachte, vielleicht möchten Sie ja doch wissen, wo Ihr ältester Sohn ist und wie es ihm geht.
Leider muss ich Ihnen mitteilen, dass Helmut mit seinem Automobil einen schweren Unfall hatte und seitdem bewusstlos im Krankenhaus liegt. Auch einige Knochen sind gebrochen, und sein Rücken ist nicht in Ordnung. Aber das mit dem Kopf ist am schlimmsten und wohl der Grund, weshalb er nicht aus seiner Bewusstlosigkeit erwacht.
Es fällt mir furchtbar schwer, dies zu schreiben: Ein oder zwei der Ärzte sind der Meinung, Helmut könnte jeden Moment sterben. Das sollen Sie wissen, falls Sie den Wunsch verspüren, ihn noch einmal zu sehen. Vielleicht würde ein Besuch seiner Eltern ihm helfen, wieder ins Leben zurückzufinden. Wenn Sie ihn besuchen wollen, teilen Sie mir dies bitte mit. Ich könnte dafür sorgen, dass Sie am Bahnhof abgeholt und zum Krankenhaus gefahren werden.
Seit einer knappen Woche bringe ich täglich unseren neugeborenen Sohn Richard zu Helmut. Ich rede mit meinem tief schlafenden Mann, bete und hoffe. Bis jetzt ohne Ergebnis, doch ich werde nicht aufgeben.
Mit Hochachtung sende ich Ihnen meine ergebensten Grüße
Claire von Haynbach, geborene Lefevre

Wieder schnaubte Albrecht verächtlich. Dann riss er den Briefbogen in der Mitte entzwei und stopfte ihn zusammen mit dem Umschlag wieder in seine Jackentasche.

Als er nach kurzem Klopfen in Hildas Schlafzimmer trat, saß sie vor der Frisierkommode und tupfte sich Parfüm hinter die Ohren. Ihre Zofe, die ihr allabendlich beim Umkleiden half und ihre Frisur richtete, war bereits verschwunden. Hilda legte großen Wert darauf, beim gemeinsamen Abendessen mit Albrechts Eltern stets makellos gekleidet und frisiert zu sein.

»Du bist wunderschön. Wie immer.« Langsam durchquerte er das Zimmer, blieb hinter seiner Gattin stehen und betrachtete im Spiegel ihr dezent geschminktes Gesicht.

Kühl erwiderte sie für etwa eine Sekunde seinen Blick – länger sah sie ihn nie an. Dann beugte sie sich vor und betupfte mit einem weißen Tüchlein ihren Mund, obwohl der Lippenstift tadellos aufgetragen war.

Nach kurzem Zögern hauchte er ihr einen Kuss in den Nacken. Sie zuckte zusammen.

»Bitte! Du weißt, dass ich das nicht mag.« Sie seufzte demonstrativ, als hätte ein unartiges Kind eine Dummheit begangen, die sie ihm schon Dutzende von Malen verboten hatte.

Er trat einen Schritt zurück und versuchte, sich nicht anmerken zu lassen, wie sehr ihn ihr abwehrendes Verhalten verletzte. Als Hilda eingewilligt hatte, ihn anstelle von Helmut zu heiraten, war er stolz gewesen, diese schöne Frau für sich erobert zu haben. Zumal die offizielle Version ihrer Verbindung lautete, Hilda habe sich Hals über Kopf in ihn, den Bruder ihres Verlobten, verliebt. Aber es war wohl nicht ein Fünkchen Wahrheit in dieser Schwindelei enthalten gewesen, die ihr die Schande hatte ersparen sollen, wegen einer kleinen Näherin sitzengelassen worden zu sein.

Mittlerweile machte er sich nichts mehr vor. Hilda hatte einen Bruder, der den Besitz und das Vermögen ihrer Eltern erben würde. Für sie selbst blieb nur die Möglichkeit, einen reichen Erben zu heiraten. Das war zunächst Helmut gewesen. Ihm hatte sie wohl auch eine gewisse Zuneigung entgegengebracht, wie Albrecht sich voller unterdrückter Wut eingestehen musste, wenn er daran zurückdachte, wie sie seinen Bruder behandelt hatte. Im Gegensatz zu ihm. Es lief immer auf dasselbe hinaus. Helmut war der Liebling seiner Eltern, der Frauen, der Bekannten und Verwandten. Wie gut, dass er endlich fort war!

Schon in der Hochzeitsnacht hatte Hilda ihm die kalte Schulter gezeigt. Sie hatte behauptet, sie sei müde und habe Kopfschmerzen. Erst eine Woche später hatte sie sich erweichen lassen, die Ehe zu vollziehen – und dabei in seinen Armen gelegen wie eine Wachspuppe. Steif und leblos, mit geschlossenen Augen, als wollte sie auf keinen Fall dem Mann in die Augen sehen, den sie geheiratet hatte.

Seitdem hatte Albrecht sich wieder und wieder gefragt, ob seine Frau Helmut immer noch nachtrauerte. Er wagte jedoch nicht, sie zu fragen. Sein Vater pflegte zu sagen, man solle niemals eine Frage stellen, deren Antwort man nicht hören wolle. Also schwieg er und tröstete sich mit Katrin.

Auf jeden Fall konnte er sich darauf verlassen, dass Hilda an der Ehe mit ihm festhalten würde. Ihr Ruf war ihr wichtig. Sie wollte die Schwiegertochter des Grafen von Haynbach sein. Vor allem wollte sie später einmal Herrin auf dem Schloss werden.

»Sag mal … diese Katrin. Du weißt schon, das Stubenmädchen«, sagte sie unvermittelt.

Er zuckte zusammen. Ob seine Gattin von seiner Liaison mit Katrin erfahren hatte?

»Was ist mit ihr?«, fragte er vorsichtig.

»Sie heult dauernd. Und wenn sie gerade nicht weint, sieht sie mich an, als wollte sie mir an die Kehle. Ein unangenehmes Frauenzimmer.«

Darin, dass Katrins Gegenwart seit ein paar Tagen kaum noch zu ertragen war, musste er Hilda stillschweigend recht geben. Das dumme Weib war den halben Tag in Tränen aufgelöst. Als er ihr morgens versehentlich über den Weg gelaufen war, hatte nicht viel gefehlt und sie hätte sich vor den Augen des Butlers schluchzend in seine Arme geworfen.

Letztlich war passiert, was früher oder später eben geschehen musste: Katrin bekam ein Kind und tat, als wäre das nicht nur äußerst erstaunlich, sondern auch noch allein seine

Schuld. Dabei hatte sie willig die Geldgeschenke entgegengenommen, die er ihr nach fast jedem Treffen zugesteckt hatte. Also war sie es ihm jetzt auch schuldig, diskret zu verschwinden. Zumal sie genau wusste, dass er frisch verheiratet war.

Er hatte fast seine gesamte Barschaft zusammengekratzt und ihr gegeben, doch sie hatte sich geweigert, das Geld zu nehmen und nur schluchzend gebrabbelt, sie liebe ihn doch, und nun habe er eine andere geheiratet. Das könne sie nicht ertragen.

Albrecht sah Hilda forschend an. Wusste sie, warum Katrin dauernd weinte? Dass ihr das blöde Gejammer des Stubenmädchens aufgefallen war, lag daran, dass sie seiner Mutter einen Teil der Haushaltspflichten abnahm, die in der Beaufsichtigung des Personals bestanden.

»Dann entlasse sie doch einfach«, schlug er vor. Eine Lösung, die auch ihm am liebsten gewesen wäre.

Sie hob den Kopf, sah ihn im Spiegel mit kalten Augen an und zischte: »Bring die Angelegenheit gefälligst selbst in Ordnung. Wenn du glaubst, ich sei dafür zuständig, hinter dir aufzuräumen, wenn du unanständige Dinge tust, hast du dich geirrt.«

Er schluckte und wandte hastig den Kopf ab. Sie wusste es also doch.

»Du musst mich verstehen, Hilda.« Nach einer kurzen Pause war er zu dem Ergebnis gekommen, den Versuch einer Erklärung zu unternehmen. »Du hältst mich auf Abstand. Deshalb fühlte ich mich einsam. Natürlich hat die Geschichte mit dem Stubenmädchen nichts zu bedeuten …«

»Verschone mich, Albrecht!« Sie verdrehte die Augen. »Es interessiert mich nicht, wenn du einen Hang zum niederen Personal hast. Dann lässt du mich wenigstens in Ruhe. Allerdings wäre mir etwas Diskretion lieber.«

»Aber Hilda. Wir brauchen einen Sohn und Erben!« Versuchsweise berührte er ihre Schulter und zuckte zurück, als sie seine Hand abschüttelte wie ein lästiges Insekt.

»Leider. Und da ich, anders als offenbar du, meine Pflichten kenne, werde ich tun, was nötig ist, um einen Sohn zur Welt zu bringen.«

Er atmete auf. Noch war nicht alles verloren. Wenn sie ihn nur ab und zu in ihr Bett ließe, würde er sie von seinen Vorzügen zu überzeugen wissen. Schließlich hatte Katrin ihm auch nicht widerstehen können.

»Ich entschuldige mich für die Sache mit Katrin. Das ging lange vor unserer Verlobung los, und sie hat mich einfach nicht in Ruhe gelassen. Ich werde persönlich dafür sorgen, dass du das jammernde Frauenzimmer nicht mehr sehen musst«, erklärte er großmütig und überlegte, ob er Katrin überhaupt noch einmal Geld anbieten oder sie einfach so auf die Straße setzen sollte. Schließlich hatte sie beim ersten Versuch sein Angebot abgelehnt, und letztlich konnte sie nicht beweisen, dass er der Vater ihres Bankerts war.

»Das will ich hoffen.« Hilda griff nach ihrem vergoldeten Puderdöschen.

Albrecht gab sich einen Ruck und kam auf das Thema zu sprechen, wegen dem er zu ihr gekommen war: »Die Näherin hat ein Kind von Helmut zur Welt gebracht. Einen Sohn.«

Die Puderquaste in der erhobenen Hand erstarrte Hilda vor dem Spiegel. Unhörbar murmelte sie ein Wort. Albrecht meinte, »Mist« von ihren Lippen gelesen zu haben. Laut würde seine Gemahlin ein Wort wie dieses niemals aussprechen. Er hielt jedoch für möglich, dass sie in Gedanken deutlich wüster fluchte. Sie wandte sich auf ihrem Frisierhocker zu ihm um.

»Woher weißt du das?«

»Seine Frau hat an meine Eltern geschrieben.«

Hilda wurde blass. Jedenfalls glaubte Albrecht, das unter

ihrer kunstvollen Schminke zu erkennen, die rosig angehauchte Wangen vorgaukelte.

»Er hat sie geheiratet?« Sie zog die Stirn kraus. »Das ist gut, nicht wahr? Es wird deine Eltern noch wütender auf ihn machen.«

»Wahrscheinlich. Ich weiß nicht. Er hatte einen Unfall und liegt bewusstlos im Krankenhaus. Die Näherin hat meinen Eltern geschrieben, weil sie dachte, sie möchten ihn vielleicht noch einmal sehen. Es ist möglich, dass er stirbt.« Er tastete nach seiner Jackentasche, in der der zerrissene Brief knisterte.

»Aber es nicht sicher? Dass er stirbt, meine ich.« Hilda stand auf und begann, im Zimmer auf und ab zu gehen. Sie schien konzentriert nachzudenken.

»Nein. Es besteht wohl die Möglichkeit, aber seine Frau«, er spuckte das Wort förmlich aus, »wartet darauf, dass er wieder zu sich kommt. Sie hofft sogar, der Besuch seiner Eltern könnte sich positiv auswirken.« Trotz allem und obwohl er Helmut in manchen Augenblicken von Herzen hasste: Er konnte und wollte nicht hoffen, dass er starb.

»Wissen deine Eltern schon von dem Unfall? Und von dem Kind?« Hilda blieb dicht vor ihm stehen und sah ihn streng an.

Er schüttelte den Kopf. »Ich habe den Brief abgefangen und geöffnet. Aber ich weiß nicht, ob ich ihnen die Information vorenthalten darf. Falls mein Bruder tatsächlich stirbt, nehme ich ihnen die Möglichkeit, ihn ein letztes Mal zu sehen.«

»Bist du wahnsinnig?« Hilda legte ihre zierlichen weißen Hände auf seinen Schultern und schüttelte ihn mit erstaunlicher Kraft. »Ich sehe die rührende Versöhnungsszene an Helmuts Krankenbett direkt vor mir. Und dann wird er gesund und kehrt im Triumphzug mit seiner angetrauten Näherin und seinem Sohn und Erben nach Schloss Haynbach zurück.«

»Meinst du, er ist vielleicht gar nicht krank? Oder zumindest nicht so krank, wie diese Frau behauptet?«

Der Gedanke beruhigte Albrecht. Im Laufe des Tages hatte er sich immer mehr in ein schlechtes Gewissen hineingesteigert, weil er seinen Eltern möglicherweise eine letzte Begegnung mit ihrem sterbenskranken Sohn verwehrte, wenn er den Brief unterschlug. Falls diese Nachricht aber nur ein Trick gewesen war, um seine Eltern zur Versöhnung zu drängen, war es richtig, den Brief verschwinden zu lassen.

Hilda beantwortete seine Frage mit einem entschiedenen Nicken.

Er räusperte sich. »Meinst du nicht, wir sollten möglichst schnell auch einen Erben vorzuweisen haben? Wo Helmut jetzt einen Sohn hat?«

Sie runzelte ihre alabasterfarbene Stirn und maß ihn mit einem strengen Blick. »Wenn deine Eltern es nicht erfahren, spielt es keine Rolle, dass dein Bruder einen Sohn hat.«

»Vielleicht werde ich nicht jedes Mal verhindern können, dass sie eine Nachricht von ihm erhalten.«

»Deshalb solltest du dafür sorgen, dass sie nicht vergessen, wie enttäuscht sie von ihrem ältesten Sohn sind.« Hilda kehrte ihm den Rücken zu und ging langsam zur Tür. Es war Zeit, sich zum Abendessen nach unten zu begeben.

»Wie meinst du das? Ich weiß nicht, ob es so viel bringt, wenn ich immer wieder über ihn und sein Verhalten rede. Das wissen sie doch schon.« Er folgte ihr über den weichen Teppich ihres Schlafzimmers.

Hilda wandte sich mit einem Ruck um und stand nun so dicht vor ihm, dass er die goldfarbenen Einsprengsel in ihren grauen Augen erkannte. Doch die Kälte in ihrem Blick verdarb ihm sogar die Freude über die Nähe ihres biegsamen Körpers.

»Du solltest dir etwas einfallen lassen. Einen zusätzlichen Makel des früher so perfekten Sohnes. Eine weitere unverzeihliche Tat.« Für einen Moment senkte sie die langen, dunklen Wimpern über ihre Augen, dann drehte sie sich wieder um.

Auf dem Weg nach unten zermarterte Albrecht sich den Kopf, was er Helmut noch anhängen konnte. Da sein Bruder nicht mehr anwesend war, stellte es eine schwierige Aufgabe dar, ihm weiteres Fehlverhalten anzudichten.

Bei Tisch herrschte wie meistens Schweigen. Nur ab und zu machte jemand eine Bemerkung über das Essen, bat um das Salz oder den Brotkorb. Albrecht hatte genügend Zeit, seinen Gedanken nachzuhängen. Plötzlich hatte er den rettenden Einfall. Einen Einfall, der sicher auch Hilda gefallen würde. Vielleicht so sehr, dass sie ihn trotz der Sache mit Katrin später in ihr Schlafzimmer einlud.

Bei dieser Vorstellung fiel es ihm schwer, sich auf sein Vorhaben zu konzentrieren. Schon seit nahezu vier Wochen verzehrte er sich nach seiner Frau. Die letzte flüchtige Begegnung in ihrem Bett hatte an einem Abend stattgefunden, an dem Gäste auf Schloss Haynbach gewesen waren und Hilda anstelle des üblichen Glases Wein zwei oder sogar drei Gläser getrunken hatte.

Albrecht gab die Hoffnung nicht auf, eines Nachts wenigstens einen Anflug von Leidenschaft auf die kühlen Züge seiner Frau zaubern zu können. Oder so etwas wie Zuneigung in ihren Augen zu lesen.

Er sah über den Tisch hinweg seine Mutter an. Wie so oft in diesen Wochen wirkte die Gräfin geistesabwesend. Automatisch fragte er sich, ob sie an Helmut dachte.

»Ich weiß nicht, ob ich es dir besser verschweigen sollte, Mama«, begann er und zögerte nun doch. Aus dem Augenwinkel sah er, wie Hilda den Kopf hob und ihn von der Seite anschaute.

Entschlossen fuhr er fort: »Es geht um Helmut.«

Nun sah ihn auch seine Mutter aufmerksam an. Selbst Graf Wilhelm legte sein Besteck auf den Tellerrand und wartete, was er zu sagen hatte. Leider galt die Aufmerksamkeit seiner Eltern nicht wirklich ihm, wie Albrecht in diesem Moment wieder einmal schmerzlich bewusst wurde. Er hatte den Namen seines Bruders genannt, das war es, was ihm stets das Interesse seiner Eltern sicherte.

»Erinnerst du dich an die Halskette, die du im vergangenen Jahr vermisst hast, Mama?«, fragte er.

Verblüfft nickte die Gräfin. »Sie ist nie wieder aufgetaucht. Der Verschluss war nicht ganz in Ordnung, und ich habe sie sicher irgendwo verloren. Was ich sehr bedauere. Dein Vater hat sie mir während unserer Verlobungszeit geschenkt.«

»Die Kette war die ganze Zeit hier im Haus«, erklärte Albrecht wahrheitsgemäß.

Während er die Bombe platzen ließ, behielt er unauffällig Hilda im Auge. Schließlich war es ihr Wunsch gewesen, dass er eine erneute Annäherung zwischen seinen Eltern und seinem Bruder verhinderte. Sicher bewunderte sie nun, wie geschickt er die Sache anging.

»Was meinst du damit?« Seine Mutter runzelte die Stirn. »Du hast doch gesagt, es ginge um Helmut.«

»Ich habe die Kette gefunden.« Das war nicht einmal gelogen.

»Wo? Wann?« Jetzt beugte die Gräfin sich auf ihrem Stuhl vor.

»Ich war in Helmuts ehemaligen Räumen, weil ich ein Buch vermisste, das ich ihm geliehen hatte. Er hat es ja noch nie so genau damit genommen, anderen Leuten ihr Eigentum zurückzugeben.« Er nickte nachdrücklich, obwohl er Helmut niemals ein Buch geliehen hatte. Lesen gehörte nicht zu seinen Lieblingsbeschäftigungen, und wenn er ein Buch zur Hand nahm, dann sicher keinen von den langweiligen Wälzern, die Helmut bevorzugte. Aber das wusste seine Mutter nicht.

»Und? Hast du das Buch gefunden?« Sie zog die Brauen

zusammen. Albrecht ballte unter dem Tisch die Fäuste. Sie schien nicht zu ahnen, worauf die Geschichte hinauslief. Sie hatte ihren kostbaren Erstgeborenen auf einen Sockel gestellt. Und selbst die Tatsache, dass er mit dieser Französin durchgebrannt war, hatte ihn nicht herunterstürzen lassen.

Albrecht holte tief Luft. Er war so wütend, dass ihm die Lüge nichts mehr ausmachte. Helmut hatte es verdient. Er war schon immer der Lieblingssohn gewesen. Ihm wurde alles verziehen, falls man überhaupt zu der Ansicht gelangte, dass er etwas falsch gemacht habe. Meistens war er in den Augen seiner Eltern ohnehin perfekt.

»Das Buch habe ich nicht gefunden. Aber deine Kette. Sie lang in Helmuts Bücherregal, hinter einer Buchreihe verborgen.«

Die Gräfin legte den Finger gegen ihre Lippen, als würde sie angestrengt nachdenken. »Das verstehe ich nicht! Wie kann sie denn dorthin gelangt sein?«

»Es ist wohl nicht davon auszugehen, dass Sie die Kette direkt im Bücherregal verloren haben«, mischte sich Hilda ein. »Also kann es nur so gewesen sein, dass Helmut sie gestohlen hat. Vielleicht, um sie zu Geld zu machen.«

»Aber …« Eveline von Haynbach schüttelte so heftig den Kopf, dass sich eine Haarsträhne aus ihrer sorgfältig frisierten Hochsteckfrisur löste. »Helmut würde mich doch nicht bestehlen. Warum hätte er das tun sollen?«

»Geld kann man immer gebrauchen«, erklärte Hilda mit einem Schulterzucken.

»Wie soll ich mir das denn vorstellen? Dass mein Sohn in mein Schlafzimmer geschlichen ist und die Kette aus meiner Schmuckschatulle genommen hat?«

»Möglicherweise wollte er sie seiner französischen …« Albrecht schluckte das Wort hinunter, das er gern für die Näherin benutzte. »… Geliebten schenken.«

Nervös strich sich die Gräfin die lose Strähne aus der Stirn.

»Vielleicht hat er die Kette ja dort gefunden, wo ich sie verloren habe und vergessen, sie mir wiederzugeben.«

»Dann hätte er sie nicht hinter seinen Büchern versteckt«, wandte Albrecht ein.

Endlich traten Zweifel in die Augen seiner Mutter. Ungläubigkeit, Enttäuschung und Traurigkeit. War es ihm wirklich gelungen, seinen Bruder vom Thron zu stoßen?

Freundlich nickte er seiner Mutter zu. »Nach dem Abendessen hole ich dir die Kette.«

Die Gräfin schob ihren noch fast vollen Teller zurück. »Bitte entschuldigt mich. Ich habe plötzlich schreckliche Migräne und muss mich zurückziehen.«

Albrecht und sein Vater sprangen höflich auf, als die Gräfin sich erhob. Bevor sie das Zimmer verließ, richtete seine Mutter ihren seltsam trüben Blick auf ihren jüngeren Sohn. »Die Kette kannst du mir in den nächsten Tagen geben. Es ist nicht so eilig.«

Während er sich wieder niederließ, spürte Albrecht Enttäuschung in sich aufsteigen. Er hatte sich die Szene, wie er seiner überglücklichen und dankbaren Mutter die lange vermisste Kette überreichte, schon ausgemalt. Die Kette, die in Wahrheit er im Haus auf dem Boden gefunden und behalten hatte, weil es nicht schaden konnte, für den Notfall etwas zu besitzen, das man zu Geld machen konnte. Und nun war es plötzlich nicht so eilig. Er presste die Lippen aufeinander und versuchte, sich zu beruhigen. Schließlich hatte der Schmuck ihm in einem anderen Notfall geholfen. Wie gut, dass er ihn nicht verkauft hatte, um sich ein lustiges Wochenende in der Stadt zu machen, wie er es eigentlich vorgehabt hatte.

»Gut gemacht«, flüsterte Hilda ihm ins Ohr, nachdem seine Mutter das Speisezimmer verlassen hatte.

Er lächelte sie an, und sie zog als Erwiderung leicht die Mundwinkel hoch. Vielleicht würde sie ihn ja tatsächlich zur Belohnung in der kommenden Nacht in ihr Bett lassen.

26

Krankenhaus Starnberg, Anfang März 1923

Claire streckte sich und rutschte auf der harten Sitzfläche des Stuhls herum. Ihr Rücken schmerzte. Seit zwei Stunden saß sie fast bewegungslos neben Helmuts Bett und starrte ihren bewusstlosen Mann an. Sie war glücklich gewesen, endlich wieder sein Gesicht sehen zu können, nachdem am vergangenen Tag sein Kopfverband abgenommen worden war. Doch der Anblick seiner leblosen Züge tat ihr fast noch mehr weh als der seines bandagierten Kopfes.

Am liebsten wäre sie Tag und Nacht bei ihm im Krankenhaus geblieben, doch das war nicht gestattet. Nachts durfte sich außer der diensthabenden Schwester niemand auf der Station aufhalten. Außerdem redeten ihre Mutter und sogar Helmuts Onkel ständig auf sie ein, dass sie sich zwischendurch ausruhen müsse.

»Du musst doch für dein Kind da sein«, erinnerte Louise sie. »Wie willst du Richard stillen, wenn du weder zum Essen noch zum Schlafen kommst, weil du Stunde um Stunde am Bett deines Mannes sitzt?«

»Helmut spürt, wenn ich bei ihm bin. Das hilft ihm, endlich wieder wach zu werden.«

Sie glaubte fest daran, dass ihre Liebe und Nähe seine Bewusstlosigkeit durchdringen würden. Dass er ihre Gegenwart spürte, ganz gleich wo sein Geist sich aufhielt, während sein Körper reglos im Krankenhausbett lag.

Aus diesem Grund brachte sie auch immer das Kind mit hierher. Nicht nur, weil sie es stillen musste und auf keinen

Fall alle paar Stunden zurück nach Rabenfels fahren wollte. Auch weil sie glaubte, dass der süße Geruch des Säuglings, sein leises Brabbeln und sein gelegentliches Schreien, wenn er Hunger hatte, seinem Vater zeigten, dass er gebraucht wurde.

Eine Schwester trat ins Zimmer, um nach dem Patienten zu sehen. Nervös beobachtete Claire, wie sie Helmuts Puls prüfte und die Decke glatt zog.

»Geht es ihm gut?«, flüsterte Claire.

»Mir erscheint sein Zustand unverändert.« Die Schwester, die etwa in Louises Alter war, musterte sie mitleidig. »Nachher kommt der Arzt, um Ihrem Mann eine Spritze mit Nährlösung zu geben. Sie können ihn ja fragen.«

Lächelnd beugte die Schwester sich über den Kinderwagen am Fußende des Bettes. »Ein süßes Kind«, bemerkte sie und verschwand, bevor Claire etwas erwidern konnte.

An ihrem dritten Tag bei Helmut im Krankenhaus hatte sich die Tür geöffnet und ein hübscher Korbwagen mit hohen Rädern war ins Zimmer geschoben worden. Claire war äußerst verblüfft gewesen, dass ausgerechnet Ludwig von Eggenhof ihr dieses Geschenk machte.

»Damit der Kleine zwischendurch schlafen kann und Sie ihn nicht die ganze Zeit auf dem Arm halten müssen.« Als wäre er sein Leben lang mit einem Kinderwagen herumgefahren, hatte er das Gefährt neben dem Bett geparkt. »Die Stationsschwester hat gestattet, dass der Wagen über Nacht hierbleibt. Es ist schwierig, ihn im Automobil zu transportieren, und zu Hause brauchen Sie ihn vorerst nicht. Notfalls kaufen wir einen zweiten.«

»Aber der war sicher furchtbar teuer.« Claire war zutiefst gerührt, weil Helmuts Onkel sich darüber Gedanken gemacht hatte, dass sie Richard im Krankenhaus stundenlang halten musste. Irgendwann spürte sie ihre Arme nicht mehr, obwohl sie den Säugling zwischendurch immer wieder neben Helmuts Kopf aufs Kissen legte. Was wiederum bedeutete, dass sie gekrümmt dasitzen musste, um mit einer Hand das Kind davor zu bewahren, vom Bett zu rutschen.

»Haben Sie ihn ganz allein besorgt?« Es wollte ihr nicht gelingen, sich vorzustellen, wie der Freiherr in einen Laden für Kinderausstattung spazierte und sich die verschiedenen Kinderwagenmodelle vorführen ließ.

»Trauen Sie mir das nicht zu?«, hatte er sich mit einem verschmitzten Zwinkern erkundigt.

»Doch«, behauptete sie, nicht ganz überzeugend, wie sie selbst fand.

»Man hat mich für den glücklichen Großvater gehalten und mir ganz genau erklärt, was an so einem Wagen wichtig ist. Jedenfalls hoffe ich, dass mir die Verkäuferin nicht einfach das teuerste Modell angedreht hat.«

»Sie dürfen nicht so viel Geld für uns ausgeben. Wo wir doch schon bei Ihnen wohnen. Helmut würde das auch nicht wollen.« Claire betrachtete den Wagen, dessen Decke und Kissen hellblaue Seidenbezüge hatten.

»Ich bin ein alter Mann und habe ohnehin vor, Helmut zu meinem Erben zu machen. Vorerst kann ich mein Geld aber noch ausgeben, für was auch immer ich will. Außerdem glaube ich, dass ich noch nie ein sinnvolleres Geschenk gemacht habe.« Er hatte nachdrücklich genickt und alle weiteren Proteste im Keim erstickt.

Tatsächlich war der Kinderwagen, der Richard einen sicheren Schlafplatz in der Nähe seiner Eltern bot, ein Segen. Wenn er unruhig wurde, musste Claire nur die Hand ausstrecken. Da das teure Gefährt nach dem Vorbild vornehmer Kutschen gefedert war, konnte sie ihn mit den Fingerspitzen schaukeln. Dann schlief der Kleine meist sofort wieder ein. Zwischendurch hielt sie ihn dennoch oft im Arm. Oder sie legte ihn neben Helmut, stets in der Hoffnung, er möge endlich die Augen öffnen, um seinen Sohn zu sehen.

Der Chauffeur des Freiherrn legte nun die Strecke zwischen Krankenhaus und Villa mehrmals täglich zurück. Morgens und abends, um Claire mit Richard hin und her zu fahren, zwischendurch kam Helmuts Onkel und manchmal auch Louise.

Seit Claire den ganzen Tag im Krankenhaus war, erschien Ludwig von Eggenhof immer nur für ein oder zwei Stunden, um nach seinem Neffen zu sehen. Dann rückte er sich einen Stuhl neben Claires und streichelte ab und zu verlegen Helmuts Schulter oder seinen Arm.

Louise kam gelegentlich zu kurzen Besuchen. »Werd wieder gesund«, sagte sie dann energisch zu dem Bewusstlosen. »Deine Familie braucht dich.« Anschließend sah sie Helmut einige Minuten aufmerksam an, als würde sie erwarten, dass er ihrem Befehl umgehend nachkam. Schließlich küsste sie erst ihren Enkel, dann Claire auf die Stirn und ging wieder, um sich zurück nach Rabenfels fahren zu lassen.

Nur Helmuts Eltern tauchten nicht auf und meldeten sich weder telefonisch noch schriftlich. Es war Claire nicht leichtgefallen, ihnen zu schreiben. Nun bereute sie es manchmal. Andererseits war es nicht ihre Schuld, dass der Graf und die Gräfin gefühlskalt und gleichgültig waren. Es tat ihr nur für Helmut leid. Doch er hatte nun sie und seinen Sohn, seinen Onkel und seine Schwiegermutter, die sich um ihn sorgten, ihn besuchten und sehnsüchtig auf sein Erwachen warteten.

Wie von der Schwester angekündigt, kam der Arzt, um Helmut seine Spritze zu geben. Auch er bestätigte Claire, der Zustand ihres Mannes sei unverändert. Sie versuchte, sich einzureden, dass das eine gute Nachricht sei. Zumindest ging es ihm nicht schlechter.

Draußen legte sich die Dämmerung wie ein Schleier über das Land. In der Ferne sah Claire den See im letzten Tageslicht schimmern. Sie trat ans Fenster und schaute sehnsüchtig hinaus. Wie sehr sie sich wünschte, eines Tages mit Helmut und ihrem kleinen Sohn draußen spazieren zu gehen. Im Park von Rabenfels, am Wasser, ganz egal. Einfach nur zusammen.

Als sie unten vor dem Eingang des Krankenhauses einen dunklen Fleck entdeckte, beugte sie sich angespannt vor. Im nächsten Moment war sie bereits auf dem Weg zur Tür. Auf dem Flur ging soeben eine Schwester vorbei.

»Könnten Sie bitte für ein paar Minuten auf meinen Sohn achten? Er schläft im Kinderwagen neben dem Bett meines Mannes. Ich muss nur kurz nach unten. Vielen Dank.« Mit fliegenden Händen deutete sie auf die offene Tür des Krankenzimmers.

»Aber …«, begann die Schwester, doch Claire war schon in Richtung Treppe unterwegs. So schnell sie konnte, lief sie die Stufen hinunter, durchquerte die Eingangshalle und stürmte nach draußen. Außer Atem blieb sie vor dem Eingang stehen und schaute sich suchend um. Die breite Auffahrt, auf der die Krankenwagen zum Gebäude fuhren, lag verlassen da.

Sie ging ein paar Schritte, um hinter eine niedrige Buschreihe zu sehen. Auch dort entdeckte sie keine Spur von Enno. Hatte sie sich getäuscht? War es doch nicht der alte Hund gewesen, den sie von oben in der Einfahrt gesehen hatte? Hatte es sich um ein fremdes Tier gehandelt, das längst fort war? Oder um etwas anderes Schwarzes, das sie im Zwielicht mit einem großen Hund verwechselt hatte?

An jenem ersten Tag, als Enno dem Wagen auf dem Weg zum Krankenhaus ein Stück weit gefolgt war, hatte der Hund es sich glücklicherweise überlegt und war nach Hause zurückgekehrt. Seitdem achtete Claire darauf, dass er nicht frei auf dem Grundstück herumlief, wenn sie wegfuhr. Den Dienstboten hatte sie eingeschärft, Enno nicht unbeaufsichtigt nach draußen zu lassen. Mehrere Diener und Stubenmädchen hatten ihr erzählt, dass der Hund tagsüber, wenn sie im Krankenhaus war, zum Gotterbarmen jaulte.

War Enno entwischt und trotz seines Alters den ganzen

Weg nach Starnberg gelaufen? Doch wie sollte es ihm gelungen sein, das Klinikum zu finden? Denn dass er es geschafft hatte, ungesehen dem Automobil zu folgen, war ausgeschlossen. Selbst ein junger Hund konnte nicht so lange so schnell laufen.

Als sie sich fröstelnd umwandte, um zurückzugehen, hätte sie vor Überraschung fast laut aufgeschrien. Direkt neben dem Eingang saß der Hund, mit dem vor vielen Monaten die Liebe zwischen Helmut und ihr begonnen hatte.

Sie eilte zur Tür, hockte sich hin und streichelte den großen schwarzen Kopf. Sofort klopfte die Schwanzspitze auf den Boden.

Enno war auf der Suche nach seinem Herrn. Und er hatte das Krankenhaus gefunden, wie auch immer er das gemacht hatte. Instinkt, Spürnase oder von beidem etwas.

Was sollte sie jetzt mit ihm anfangen? Weder trug er ein Halsband, noch hatte sie eine Leine zur Hand, mit der sie ihn irgendwo anbinden konnte, bis der Chauffeur sie in etwa einer Stunde abholen würde.

»Du möchtest zu deinem Herrchen, nicht wahr?« Wie immer sah Enno sie an, als würde er jedes ihrer Worte verstehen.

Claire richtete sich auf und spähte durch das kleine Glasfenster im oberen Teil der Tür. Der Platz hinter dem Empfangstresen war verwaist. Um diese Zeit kamen keine Besucher mehr, und die Pförtnerin wurde vielleicht anderswo gebraucht.

Claire runzelte die Stirn. Wenn sie ganz schnell mit Enno die Halle durchquerte, dann die Treppe hinauf, den Flur entlang und …

Noch bevor sie den Gedanken zu Ende gedacht hatte, stieß sie die Tür auf und ließ Enno vor sich in die Halle laufen. Sie rannte los. Der Hund blieb an ihrer Seite und innerhalb von Sekunden waren sie auf der Treppe. Enno hatte die weite Strecke von Rabenfels bis zum Krankenhaus bewältigt, um seinen Herrn zu sehen und bei ihm sein zu können. Es wäre grausam gewesen, ihn nun vor der Tür sitzen zu lassen. Zumal auch Helmut ganz sicher den Wunsch geäußert hätte, seinen Hund wenigsten kurz bei sich zu haben. Natürlich würden die Ärzte und Schwestern das Tier dennoch nicht in der Klinik dulden. Aber dann durften sie es eben nicht sehen.

Schon eilte Claire mit Enno an ihrer Seite den Flur entlang auf Helmuts Zimmer zu. Sie war noch etwa zehn Meter von der Tür entfernt, als sie ihren Sohn schreien hörte. Sie hatte die Schwester gebeten, nach Richard zu sehen. Wenn die junge Frau im Raum war, würde sie den Hund postwendend hinausbefördern, sobald Claire mit ihm hereinkam. Aber wieso hörte der Kleine nicht auf zu schreien? Normalerweise beruhigte er sich sofort, wenn jemand ihn hochnahm oder auch nur den Wagen schaukelte.

Vielleicht war die Schwester fortgerufen worden und hatte beschlossen, dass dem Kind in seinem Wagen nichts geschehen konnte.

Claire hatte das Zimmer fast erreicht, als sie von drinnen eine leise Männerstimme hörte. Sie hielt den Atem an und spürte, wie sich jedes einzelne Härchen an ihrem Körper aufrichtete.

Mit einem Ruck riss sie die Tür auf. Enno drängelte sich an ihr vorbei. Gleichzeitig mit dem Hund erreichte sie Helmuts Bett.

Ihr Mann sah sie mit großen Augen an. Sie schluchzte auf.

«Claire«, flüsterte er mit rauer Stimme, der man anhörte, dass sie seit Wochen nicht benutzt worden war.

»Ich habe so lange darauf gewartet, dass du erwachst. Und kaum kehre ich dir für fünf Minuten den Rücken, machst du die Augen auf.« Gleichzeitig lachend und weinend sank sie neben seinem Bett auf die Knie.

»Ich musste doch das Kind beruhigen.« Sie konnte sehen, dass er mit jedem Wort kämpfte.

»Ist das …?« Es gelang ihm, den Kopf ein Stück vom Kissen zu heben, sodass er in den Kinderwagen hineinsehen konnte.

»Richard. Dein Sohn. Erinnerst du dich, dass wir gemeinsam beschlossen haben, ihn Richard zu nennen?« Claire sprang auf, eilte zum Kinderwagen und hob den immer noch schreienden Säugling heraus, um ihn endlich, endlich seinem Vater zu zeigen. Enno nutzte die Gelegenheit, sich mit seinen beiden dicken Vorderpfoten auf den Bettrand zu stellen. Er starrte Helmut ins Gesicht, als müsste er sich nach all den Wochen überzeugen, dass es wirklich sein lang vermisster Herr war.

Als Claire mit dem Kind im Arm wieder am Bett stand, schob sie Enno ruhig, aber energisch zur Seite und legte Richard neben Helmut aufs Kissen. Der Säugling hörte schlagartig auf zu schreien, als würde ihn die Gegenwart seines endlich erwachten Vaters beruhigen.

»Hallo, Richard«, flüsterte Helmut zärtlich. »Schön, dich kennenzulernen.«

»Er hat lange darauf gewartet. Du warst nach deinem Unfall zwei Wochen ohne Bewusstsein.« Voller Rührung schaute Claire auf Vater und Sohn hinunter.

Richard hob die winzige Hand und legte sie auf Helmuts Nase.

Seine Eltern lachten gleichzeitig auf. Enno stand schwanzwedelnd neben dem Bett. Und Claire dachte, dass sie vielleicht noch nie in ihrem Leben so glücklich gewesen war. Nun würde alles gut werden.

27

Krankenhaus Starnberg, Anfang März 1923

Drei Tage waren vergangen, seit er aus seiner tiefen Bewusstlosigkeit erwacht war. Die letzten zwei Wochen hatten sich für ihn wie der Schlaf einer einzigen Nacht angefühlt. Nach dem Glück der ersten gemeinsamen Stunden und Tage mit Claire und seinem Sohn war heute unvermittelt eine Düsternis über ihn hereingebrochen, die ihm fast die Luft abschnürte. Das seltsame Gefühl in seinen Beinen vor vorher schon da gewesen, doch wie sollten sich Beine anfühlen, die seit Wochen nicht benutzt worden waren? Und immerhin konnte er seine linke Wade spüren und manchmal ein leises Zucken im rechten Oberschenkel. Doch das alles zählte nicht. Er hatte sich etwas vorgemacht, hatte die schreckliche Wahrheit verdrängt.

Gegen mehrere dicke Kissen gelehnt, saß Helmut aufrecht in seinem Bett und wartete auf Claires Eintreffen. Er fürchtete den Moment, in dem er ihr strahlendes Gesicht sehen würde, und sehnte ihn gleichzeitig herbei. Es würde das letzte Mal sein, dass er seine geliebte Frau sah. Vielleicht das letzte Mal in seinem Leben.

Da stürmte Claire auch schon ins Zimmer. Ein glückliches Lächeln verzauberte ihr Gesicht und traf ihn mitten ins Herz. Er zuckte zusammen.

»Helmut. Liebster.« Sie beugte sich über ihn und küsste ihn lange sanft auf den Mund.

Mit geschlossenen Augen schmeckte er ihren Kuss und erwiderte inbrünstig ihre Zärtlichkeit, um ihr noch einmal zu zeigen, dass seine Liebe keine Lüge war. Im Gegenteil. Hätte er sie nicht so sehr geliebt, wäre alles einfacher gewesen.

Claires Wangen hatten sich rosig gefärbt, als sie sich auf die Bettkante setzte und nach seiner Hand griff.

»Du hast Richard nicht mitgebracht. Ist alles in Ordnung mit ihm?«, erkundigte er sich besorgt.

»Er ist gesund und munter. *Maman* kümmert sich um ihn. Für drei oder vier Stunden kommt er ohne mich aus, dann muss ich zurück nach Rabenfels, um ihn zu stillen. Ich bringe ihn heute Nachmittag mit. Jetzt, wo du wach bist, ist es gut, wenn er ab und zu etwas mehr Ruhe hat. Seine Aufgabe, dich zu wecken, hat er ja mit Bravour erfüllt.« Sie lachte leise. »Heute Vormittag möchte ich dich gern für mich allein haben. Ich möchte bei dir sitzen, deine Hand halten, dich küssen, mit dir reden.«

Er schluckte und wandte für einen Moment das Gesicht ab. Nun würde er seinen Sohn wahrscheinlich für sehr lange Zeit nicht sehen. Natürlich hätte er seinen Plan um einen Tag aufschieben können, aber der Gedanke, sich noch einmal innerlich von der ahnungslosen Claire verabschieden zu müssen, brachte ihn fast um. Das konnte er nicht.

»Ich wollte dir noch etwas erzählen, Helmut.« Claire ließ sich auf dem Stuhl neben seinem Bett nieder und griff nach seiner Hand. »Während du bewusstlos warst und wir nicht wussten, ob du jemals wieder aufwachen würdest, habe ich deinen Eltern geschrieben. Ich dachte, sie müssten es wissen. Also habe ich ihnen mitgeteilt, dass du einen Unfall hattest und seitdem bewusstlos warst. Ich habe auch unsere Hochzeit und die Geburt unseres Sohnes angesprochen.« Gedankenverloren sah sie aus dem Fenster. »Sie haben sich nicht gemeldet. Und sie sind nicht gekommen.«

»Du hast ihnen geschrieben?« Mit Mühe setzte er sich in seinem Bett noch ein wenig aufrechter hin.

»Ich wusste nicht, ob du damit einverstanden sein würdest, aber ich konnte dich ja nicht fragen.« Sie lachte nervös auf. »Zeitweise mussten wir mit dem Schlimmsten rechnen. Und der Gedanke, dass deine Eltern dich vielleicht gern noch einmal gesehen hätten und keine Gelegenheit dazu bekämen, war furchtbar für mich …« Sie stockte.

»Manchmal denke ich, es wäre besser gewesen, wenn ich nicht wieder aufgewacht wäre«, entfuhr es ihm, und er bereute seine Worte sofort. Claire würde bemerken, dass etwas nicht stimmte.

»Helmut! Wieso sagst du so was? Wegen deiner Eltern? Weil sie nicht geantwortet haben?« Sie sah ihm angespannt in die Augen.

Es kostete ihn all seine Kraft, ihren Blick zu erwidern. Vielleicht war es das letzte Mal, dass er so tief in ihre Augen sehen durfte.

Das letzte Mal. Das letzte Mal. Wieder und wieder hallten diese Worte in seinem Inneren wider. Der letzte Kuss, der letzte Blick, das letzte Mal, dass er ihre Hand in seiner spürte. Und sie durfte es nicht wissen. Weil sie es niemals zulassen würde. Zum Glück war sie auf der falschen Fährte, was seine spontane Bemerkung betraf.

Er nickte langsam. »Dass nicht einmal meine Mutter auf diese Nachricht reagiert hat, verwundert mich sehr«, erwiderte er wahrheitsgemäß. Es musste eine Erklärung dafür geben. Vielleicht war die Gräfin verreist gewesen. Oder Claires Brief hatte Schloss Haynbach nicht erreicht.

»Es lag wohl daran, dass der Brief von mir kam«, versuchte Claire ihn zu trösten. »Wenn du dich bei ihnen melden würdest, würden sie bestimmt reagieren.«

»Möglicherweise hast du recht. Allerdings konnten sie nicht von mir erwarten, dass ich ihnen schreibe, während ich bewusstlos bin«, stellte Helmut lakonisch fest.

»Ich bin sicher, du wirst dich schon bald mit deinen Eltern aussöhnen.« Zärtlich strich Claire ihm die Haare aus der Stirn und hauchte einen Kuss auf die gerötete Narbe, die an seinen Unfall erinnerte.

Sie ahnte nicht, was er vorhatte. Es kostete ihn all seine Kraft, so zu tun, als hätte sich seit gestern nichts geändert. Lange würde er das nicht mehr durchhalten.

»Entschuldige, Claire. Ich bin sehr müde und habe das Gefühl, ich möchte den Rest des Tages schlafen.«

»Soll ich einen Arzt holen?« Ängstlich musterte sie ihn. »Du siehst blass aus.«

»Es geht mir gut. Ich bin nur müde. Das liegt sicher noch an meiner langen Bewusstlosigkeit. Wenn ich mich heute ausruhe, bin ich dafür morgen umso munterer, wenn du mich mit unserem Kind besuchst.«

Sie wirkte enttäuscht und unschlüssig. »Heute Nachmittag soll ich auch nicht kommen?«

»Du kannst ein bisschen Ruhe sicher auch gebrauchen.« Sein Herz lag schwer wie ein Stein in seiner Brust, während er die Frau wegschickte, mit der er den Rest seines Lebens hatte verbringen wollen. Und doch konnte er es keine Sekunde länger ertragen, ihr etwas vorzumachen – noch länger ihr schönes, ahnungsloses Gesicht zu sehen und zu wissen, dass er sie möglicherweise niemals wiedersehen würde. Sie würde das, was er tun wollte und tun musste, am besten verwinden, wenn sie wütend auf ihn war. Was noch ein Grund mehr für ihn war zu schweigen.

»Dann bis morgen, mein Liebling. Ruh dich aus.« Sie beugte sich zu ihm herab und küsste ihn zum Abschied.

Er schloss die Augen und versuchte, sich jede Kleinigkeit einzuprägen. Ihren Duft, das zarte Streicheln der Strähnen ihres Bubikopfs über seine Wange, der Druck ihrer weichen Lippen auf seinem Mund.

Dann war sie fort, und er konzentrierte sich auf das, was er tun musste, bevor sie das nächste Mal kam. Denn dann durfte sie ihn hier nicht mehr antreffen.

Er klingelte nach der Schwester.

»Ich gehe davon aus, es gibt hier im Haus ein Telefon«, sagte er mit gepresster Stimme. Ihm fehlte die Kraft, das freundliche Lächeln der jungen Frau zu erwidern.

Sie nickte. »Das ist aber nur für die Ärzte. Und für den Fall, dass wir die Angehörigen verständigen müssen, weil es um einen Patienten schlecht steht.«

»Es steht schlecht um mich«, erklärte er energisch und in jenem befehlsgewohnten Ton, an dem auch er selbst die Angehörigen seines Standes erkannte, die es von klein auf gewohnt waren, Anweisungen zu erteilen. »Und ich möchte mit meinen Angehörigen sprechen. Also bringen Sie mich bitte zu einem Telefon. Ich werde selbstverständlich die Kosten für das Gespräch übernehmen. Und Sie für Ihre Mühe bezahlen.« Sein Onkel hatte ihm eine größere Geldsumme übergeben, damit er auch im Krankenhaus tun konnte, was wohlhabende Menschen taten: für die Erfüllung seiner Wünsche bezahlen. Ludwig hatte sich äußerst großzügig gezeigt und ihm eine kleine Schatulle voll Bargeld mitgebracht – viel zu viel, um die Krankenhausmitarbeiter für kleine Gefälligkeiten zu entlohnen. Doch nun war Helmut froh, weil er das Geld brauchte, um seinen Plan durchzuführen.

»Ich hole einen Rollstuhl. Und jemanden, der Ihnen hineinhilft.«

Eine gute Viertelstunde später schob ihn ein Pfleger, dem Helmut ebenso wie der Schwester eine Münze in die Hand gedrückt hatte, im Rollstuhl den Flur entlang. Ihr Ziel war das kleine Zimmer am Ende des Ganges, in dem sich das einzige Telefon auf der Station befand. Nachdem der Pfleger den Rollstuhl vor den niedrigen Tisch mit dem Telefon bugsiert hatte, bat Helmut, alleingelassen zu werden.

Erneut wurde ihm sein Wunsch widerspruchslos erfüllt.

Er wartete, bis die Tür ins Schloss gefallen war, dann nahm er den Hörer ab und wählte die Nummer seiner Eltern.

»Schloss Haynbach.« Als er am anderen Ende der Leitung Rolfs Stimme hörte, musste er sich räuspern, bevor er etwas sagen konnte.

»Helmut von Haynbach. Ich würde gern meine Mutter sprechen.«

Der langjährige Diener des Hauses brauchte einen Moment, um seine Stimme wiederzufinden. »Der junge Graf?«

Obwohl ihm nicht zum Lächeln zumute war, spürte Helmut, wie sich seine Mundwinkel ein winziges Stück hoben. »Helmut von Haynbach«, wiederholte er mit fester Stimme.

»Es freut mich so ...« Der Diener stockte. Es stand ihm nicht zu, private Gefühlsregungen zu zeigen. »Die Gräfin ist leider außer Haus. Der Graf ebenfalls. Nur der junge Graf – ich meine, der *andere* junge Graf ...« Wieder ließ er den Rest des Satzes in der Luft hängen.

»Dann holen Sie bitte meinen Bruder ans Telefon.«

Während er wartete, klopfte Helmut nervös mit den Fingerspitzen auf den Tisch. Albrecht hatte ihn während der ersten Zeit seiner Beziehung mit Claire unterstützt. Würde sein Bruder auch jetzt auf seiner Seite sein? Nachdem Helmut seine Eltern wegen Claire vor den Kopf gestoßen hatte, konnte sich Albrecht berechtigte Hoffnung auf das Erbe machen. Es war also nicht unbedingt in seinem Interesse, dass Helmut sich mit seinen Eltern versöhnte.

Doch Helmut ging es nicht um das Erbe. Es ging ihm um seine Familie. Der Gedanke, ohne Claire zu sein, war furchtbar. Er wünschte sich, wenigstens gelegentlich von seiner Mutter und vielleicht sogar von seinem Vater zu hören. Und wenn sie ihn finanziell unterstützen würden, damit er das Geld an Claire und seinen Sohn weitergeben konnte, wäre das natürlich sehr hilfreich. Er würde sich nicht um seiner selbst willen erniedrigen und um Geld bitten. Doch für Claire und Richard würde er notfalls auf den Knien im Staub herumkriechen – wenn ihm das rein körperlich möglich gewesen wäre.

»Helmut? Bist du es wirklich?« Albrecht klang erstaunt, aber auch erfreut. Vielleicht verstellte er sich aber auch nur.

»Ja, ich bin‘s. Eigentlich wollte ich mit Mama sprechen. Da sie jedoch nicht zu Hause ist, kannst du ihr vielleicht etwas von mir ausrichten. Ich weiß nicht, wie oft ich in Zukunft Gelegenheit zu einem Telefongespräch haben werde. Es ist schwierig.«

Albrecht sagte nichts und stellte auch keine Fragen. Er schien zu warten, was Helmut ihm zu sagen hatte.

»Ich ...« Eigentlich hatte er seiner Mutter erklären wollen, dass er wahrscheinlich nie wieder würde laufen können. Dass er hilflos auf der Bettkante gesessen hatte und nicht in der Lage gewesen war, seine Beine zu benutzen, als die Ärzte ihm erlaubt hatten, zum ersten Mal aufzustehen. Doch nun konnte er die schreckliche Wahrheit nicht aussprechen. Nicht seinem Bruder gegenüber.

«Sag Mama bitte, dass ich mich aus bestimmten Gründen von Claire trennen muss. Ich hatte einen Unfall, werde aber heute Abend noch das Krankenhaus verlassen. Ich habe eine Möglichkeit gefunden, wie ich vorerst versorgt werde, bis ich in der Lage bin, selbstständig zu leben und vielleicht auch wieder Geld zu verdienen.«

»Und warum macht das nicht deine Frau? Dich versorgen und unterstützen, wenn du nach deinem Unfall Hilfe brauchst? Reicht dafür ihre Liebe nicht aus?« Nun klang Albrecht höhnisch.

»Claires Liebe reicht für *alles.* Aber das bedeutet nicht, dass ich ihr auch alles zumuten werde. Es geht nicht um eine gewisse Erholungszeit. Ich werde ...« Helmut stockte. Er würde ihm die Hintergründe nicht erklären. Seiner Mutter vielleicht, irgendwann. Aber nicht Albrecht, der am Telefon so kalt klang und der zudem noch Claire verspottete.

»Kannst du bitte die Adresse aufschreiben, unter der ich für die nächsten paar Wochen zu erreichen sein werde? Dort gibt es wahrscheinlich kein Telefon. Aber ich würde mich über einen Brief von Mama freuen. Vielleicht über einen Besuch, obwohl ich das nicht erwarte.«

»Ich notiere«, entgegnete sein Bruder knapp.

Während Helmut ihm die Adresse diktierte, hörte er am anderen Ende der Leitung im Hintergrund eine Frauenstimme.

»Hast du alles?«, erkundigte er sich, als er fertig war. »Kannst du die Anschrift bitte unserer Mutter geben und sie von mir grüßen?«

»Ja. Wenn ich mir auch nicht sicher bin, ob sie Wert darauf legt, von dir zu hören. Mama ist sehr enttäuscht von dir. Ebenso wie unser Vater.«

»Ich weiß. Trotzdem …«

»Was denkst du dir eigentlich, Helmut?« Unvermittelt schallte ihm aus dem Hörer eine laute Frauenstimme entgegen.

»Guten Tag, Hilda«, sagte er zurückhaltend.

»Albrecht ist viel zu freundlich zu dir. Du hast mich sitzenlassen, bist mit der französischen Hure auf und davon und jetzt …«

»Ich verbitte mir, dass du meine Frau …«

»Ich nennen das Flittchen, wie ich will«, unterbrach Hilda ihn in scharfem Ton. »*Ich* müsste deine Frau sein, also hör auf, dir im Namen deiner sogenannten Frau etwas zu verbitten.«

»Gib den Hörer bitte zurück an Albrecht. Ich wollte noch etwas mit ihm besprechen.«

»Es gibt nichts zu besprechen«, fauchte Hilda. »Deine Eltern haben kein Interesse mehr an dir und deinem armseligen Leben. Hat es dir nicht zu denken gegeben, dass sie auf den rührseligen Bettelbrief deiner Schlampe nicht reagiert haben? Du bist für Graf und Gräfin von Haynbach gestorben. Also mussten sie auch nicht an dein angebliches Sterbelager eilen.

Da du putzmunter anrufst, ist sowieso klar, dass deine Hure gelogen hat.«

»Sie hat nicht gelogen.«

»Ruf hier nicht mehr an! *Niemand* will mit dir sprechen und niemand will wissen, wo du bist und was du tust. Deshalb werde ich dafür sorgen, dass Albrecht den Zettel mit deiner Adresse zerreißt. Ich habe dich bei meiner Hochzeit geduldet, aber seit du mit der Frau durch die Gegend ziehst, die du mir vorgezogen hast, wird mir speiübel, wenn ich nur an dich denke.«

»Es tut mir leid, Hilda. Ich konnte nicht anders. Und ich werde es niemals bereuen. Wie hätte ich dich heiraten können, nachdem mir klar geworden war, wie sehr ich Claire liebe?«

Hilda setzte ihre Schimpftirade fort. Doch er hörte nicht mehr hin, sondern legte sacht den Hörer zurück auf die Gabel.

Nachdem der Pfleger ihn zurück in seinem Zimmer gebracht hatte, ließ er sich Papier und Stift geben und schrieb seinen Abschiedsbrief an Claire.

Es waren nur wenige Zeilen.

Liebste Claire!
Es gibt keine andere Lösung für mich, als für immer zu gehen. So wird es leichter für Dich sein, unseren Sohn großzuziehen. Sag Richard von mir, dass ich ihn immer lieben und immer an ihn denken werde. Soweit ich es kann, werde ich euch finanziell unterstützen. Ich weiß nur noch nicht, ob es mir gelingen wird, Geld zu verdienen. Auf keinen Fall werde ich euch jedoch zur Last fallen.
Leb wohl, Claire. Ich werde Dich für immer in meinem Herzen tragen. Bitte verzeih mir, und dann vergiss mich.
Dein Helmut

28

Villa Rabenfels, Anfang März 1923

Claire hetzte quer durch die Halle zum Speisezimmer. Lohmann hatte ihr gesagt, dass der Freiherr und ihre Mutter sich soeben zum Essen gesetzt hatten.

»Soll ich für die gnädige Frau ein weiteres Gedeck auflegen lassen?«, rief der Butler ihr mit gesenkter Stimme nach.

Es hatte lange gedauert, doch inzwischen wusste sie, wer gemeint war, wenn jemand in ihrer Gegenwart von der »gnädigen Frau« sprach. So redeten die Dienstboten sie an, weil sie die Ehefrau eines nahen Verwandten des Freiherrn war. Ihre Mutter wurde auch so angesprochen und nahm es inzwischen gelassen hin. Zu Beginn hatte sie jedes Mal das Gesicht verzogen, als hätte sie in eine Zitrone gebissen.

Ohne innezuhalten, rief sie über die Schulter: »Vielen Dank, Lohmann. Ich habe keinen Appetit.« Essen war das Letzte, woran sie im Moment dachte.

Seltsamerweise huschte ihr der Gedanke durch den Kopf, wie sehr sie sich mittlerweile daran gewöhnt hatte, vor dem Personal Haltung zu bewahren, höfliche Fragen der Dienstboten freundlich zu beantworten und vor ihnen möglichst nicht in Tränen auszubrechen. In einem Herrenhaus hatten persönliche Krisen hinter verschlossenen Türen stattzufinden. Dabei erfuhren am Ende ohnehin sämtliche Diener und Hausmädchen, was passiert war.

Mit zusammengepressten Lippen stürzte sie auf das Speisezimmer zu. In dem Moment, in dem sie die Tür aufriss, löste sich das mühsam zurückgehaltene Schluchzen aus ihrer Kehle.

»Lassen Sie uns bitte allein«, bat Ludwig von Eggenhof bei ihrem Anblick Anton, der bei Tisch bediente. Mit einer knappen Verbeugung zog der Diener sich zurück.

Obwohl sie vor lauter Tränen ihre Umgebung nur verschwommen wahrnahm, bemerkte Claire sofort ihren Sohn, der strampelnd auf einem Kissen am Boden lag und juchzte. Gemeinsam mit ihrer Mutter hatte sie beschlossen, vorerst keine Kinderfrau einzustellen, wie Helmuts Onkel vorgeschlagen hatte.

»Ich habe weiß Gott in diesem Haus nichts zu tun«, hatte Louise bei dem Gespräch über dieses Thema empört gesagt. »Wenn ich auch nur nach einem benutzten Teller greife, um ihn wegzuräumen, reißt ihn mir sofort irgendein Dienstbote aus der Hand. Also werde ich mich ja wohl wenigstens um meinen Enkel kümmern dürfen.«

Also war Richard stets entweder in der Nähe seiner Mutter oder seiner Großmutter. Ein Arrangement, das dem Säugling gut zu bekommen schien, denn er war ein außerordentlich friedliches und fröhliches Kind.

Als Claire ihn ansah, schluchzte sie ein weiteres Mal auf, bevor sie ihn vom Boden hochnahm, an ihre Brust drückte und ihre tränenfeuchte Wange an sein Köpfchen schmiegte.

Louise sprang auf, stürzte zu ihr und führte sie zu einem Stuhl, den der Freiherr vom Tisch weggezogen hatte. Mit dem Kind im Arm ließ Claire sich darauf nieder.

»Ist etwas mit Helmut? Es ging ihm doch so weit gut.« Besorgt starrte er sie an.

»Er ist aus dem Krankenhaus verschwunden, und niemand weiß, wo er ist.« Hilfesuchend ließ sie ihren Blick zwischen ihrer Mutter und ihm hin und her wandern.

»Aber er ist doch noch lange nicht wieder gesund. Wo kann er denn sein?« Louise starrte sie entsetzt an.

»Niemand weiß es. Oder jedenfalls sagt mir keiner die Wahrheit«, rief sie so laut, dass Richard vor Schreck anfing zu weinen. Wortlos nahm ihre Mutter ihr das Kind aus dem Arm und wiegte es beruhigend. Sofort war es wieder still.

»Ich verstehe das alles nicht«, schluchzte Claire. »Er hat mir ein paar Zeilen hinterlassen, in denen er schreibt, er sei besser, wenn er aus unserem Leben verschwindet. Ich solle ihn vergessen. Als ob ich das jemals könnte. Wie kann es besser sein, dass er nicht bei uns ist und …« Die Stimme versagte ihr, und sie brach in heftiges Weinen aus. »Eine Schwester hat mir erzählt, dass Helmut durch seine Rückenverletzung nicht mehr gehen oder stehen kann«, fuhr sie fort, als sie sich wieder ein bisschen gefasst hatte. »Das hat sich vorgestern herausgestellt. Als ich gestern Morgen bei ihm war, hat er mir kein Wort davon erzählt. Und jetzt ist er verschwunden. Einfach weg.« Claire ließ die Tränen einfach laufen. Es hatte keinen Zweck, sie wegzuwischen, dazu waren es einfach zu viele. Vielleicht würde sie nie mehr aufhören zu weinen.

»Mein Gott«, presste der Freiherr hervor, während Louise einen erstickten Laut ausstieß.

»Er kann Richard und mich doch nicht einfach verlassen, nur weil er vielleicht im Rollstuhl sitzen muss. Das weiß man doch auch noch gar nicht. Manche Verletzungen heilen, und alles ist wie vorher. Und dann … Er hat mir versprochen … Ich habe ihm versprochen … Egal, was passiert …« Es gelang Claire nicht, ihre Sätze zu beenden.

»Wissen Sie, wann er das Krankenhaus verlassen hat?«, erkundigte sich Helmuts Onkel.

»Gestern Abend schon. Angeblich wurde er von einem Automobil abgeholt. Aber niemand weiß, wohin er gebracht worden ist.«

»Ich rufe auf Schloss Haynbach an und frage, ob er dort erwartet wird. Oder ob er sich zumindest bei seinen Eltern gemeldet hat.« Der Freiherr war bereits an der Tür.

»Ich kann mir nicht vorstellen, dass Helmut dich tatsächlich im Stich lässt, um zu seinen Eltern zurückzukehren.«

Als sie die Worte ihrer Mutter hörte, wandte Claire den Kopf und sah sie mit funkelnden Augen an. »Aber du warst doch diejenige, die immer wieder gesagt hatte, genau das würde er eines Tages tun. Allerdings hast du behauptet, er würde uns verlassen, weil er nicht für unseren Lebensunterhalt arbeiten wollte. Und jetzt … Ich glaube, er ist verschwunden, weil er denkt, dass er nie mehr arbeiten kann. Dabei könnten wir ganz sicher gemeinsam einen Weg finden, unseren Lebensunterhalt zu bestreiten. Wir könnten …« Sie stockte und starrte blicklos vor sich hin.

»Sicher könnt ihr das. Und ihr seid nicht allein. Ich helfe euch, und ich denke, auch der Freiherr würde seinen Patensohn nicht im Stich lassen. Er hat ohnehin vor, Helmut als Erben einzusetzen.« Louise schüttelte den Kopf.

»Dass sein Onkel ihm Rabenfels vererben will, weiß Helmut nicht. Und selbst wenn. Es war ihm so wichtig, sich selbst und mir und wahrscheinlich auch dir und seinem Onkel zu beweisen, dass er aus eigener Kraft seine Familie ernähren kann. Als Verwalter hat er nicht sehr viel verdient, aber doch genug, um seinem Onkel jeden Monat eine gewisse Summe für unser Essen und etwas Miete zu zahlen. Jetzt hätte er das nicht mehr gekonnt. Aber das ist kein Grund.«

»Helmut wird sich beruhigen. Und er wird zu dir zurückkehren.« Louise sah das Kind in ihrem Arm an. »Zu dir und zu seinem Sohn.«

»Aber wer weiß, wie lange das dauert«, jammerte Claire. »Ich muss mit ihm sprechen. Ihm erklären, dass wir erst recht zusammengehören, wenn einer von uns Hilfe braucht. Dass wir uns genau das versprochen haben und er niemals eine Last für mich sein wird.«

»Glaubst du, er könnte tatsächlich auf dem Weg nach Schloss Haynbach sein?«

»Nein«, sagte Claire entschieden. »Seine Eltern haben nicht reagiert, als ich ihnen geschrieben habe, dass Helmut vielleicht stirbt. Deshalb kann ich mir nicht vorstellen, dass sie ihm nun plötzlich verzeihen. Sie müssen schrecklich hartherzig sein. Außerdem ist er sicher zu stolz, um es ihnen zu erzählen und sie um Hilfe zu bitten.«

»Sein Onkel wird herausfinden, ob er mit seinen Eltern telefoniert hat und vielleicht sogar auf dem Weg nach Haynbach ist. Aber hat er denn eigentlich eine andere Möglichkeit? Wovon will er leben, wenn er im Rollstuhl sitzt?«

»Es gibt auch Arbeiten, die man im Sitzen erledigen kann.« Claire biss sich auf die Lippe. Fast hoffte sie, dass Helmut keinen Weg fand, aus eigener Kraft seinen Lebensunterhalt zu verdienen. Dann musste er nach Rabenfels zurückkehren. Oder zumindest nach Schloss Haynbach, wo sie irgendwie mit ihm Kontakt aufnehmen konnte.

Der Freiherr kam zurück und setzte sich auf seinen Platz. Das Essen, das noch auf seinem Teller lag, beachtete er nicht. Es war ohnehin längst kalt.

»Ich habe mit meinem Schwager gesprochen. Nachdem er sich von seiner Überraschung erholt hatte, dass ich mich nach all den Jahren plötzlich melde, beteuerte er, dass er weder etwas von Helmut gehört hat, noch, dass er ihn auf dem Schloss erwartet. Auch die Gräfin, die mit im Zimmer war, weiß nichts über ihren Sohn.«

»Meinen Sie, Helmut hat seine Eltern gebeten, für ihn zu lügen?« Claire beugte sich angespannt vor.

»Wilhelm klang überrascht, als ich nach Helmut fragte. So gut kann er sich nicht verstellen. Ich bin sicher, Helmut ist nicht dort, und er hat sich auch nicht bei seinen Eltern gemeldet. Ich habe nur Andeutungen gemacht, doch mir schien, dass seine Eltern keine Ahnung von seinem Unfall hatten.«

»Aber wo kann er denn sein, wenn er nicht dort ist? Er braucht doch Hilfe!« Claire konnte nicht verhindern, dass erneut ein Schluchzer aus ihrer Kehle drang. »Er ist noch schwach und kann nicht laufen. Allein kommt er nicht zurecht. Und er hat doch gar kein Geld …«

»Ich habe ihm eine Notreserve dagelassen«, beruhigte sie der Freiherr. »Für den Fall, dass er sich im Krankenhaus etwas holen lassen wollte oder dergleichen. Die Summe war großzügig bemessen. Wenn er bescheiden davon lebt, reicht es für einige Wochen, selbst wenn er für die Hilfe bezahlt, die er braucht.«

»Dann ist es Ihre Schuld, dass er fort ist«, fuhr Claire den verdutzten Freiherrn an.

»Claire! Bitte!« Louise packte sie energisch am Arm. »Du bist furchtbar in Sorge, aber deshalb darfst du ihm nicht die Schuld an Helmuts Verschwinden geben.«

»Es ist aber so, dass Helmut sonst gar nicht die Möglichkeit gehabt hätte, sich davonzumachen.« Trotzig sah Claire den Freiherrn an.

»Entschuldigen Sie bitte«, sagte Louise. »Meine Tochter ist vor Angst um ihren Mann vollkommen außer sich. Sonst würde sie niemals derart ungerechte Beschuldigungen aussprechen.«

Claire weinte inzwischen lautlos vor sich hin.

»Ich …« Zu ihrem Erstaunen lachte Helmuts Onkel kurz auf. »Vor einigen Monaten wäre ich höchst empört über dieses Verhalten gewesen. Doch heute verzeihe ich es und verstehe es auch ein wenig. Wenn man jemanden liebt und sich sorgt, kann es passieren, dass man ungerecht wird. Und vielleicht wäre mein Neffe ohne das Geld tatsächlich noch im Krankenhaus. Aber das konnte ich nicht ahnen.«

»Es tut mir leid.« Claire suchte in ihrer Rocktasche nach einem Taschentuch und putzte sich die Nase. »Ich weiß einfach nicht, was ich tun soll. Und ich muss doch irgendetwas tun.«

»Am besten kümmern Sie sich um Ihren Sohn und versuchen ansonsten, sich zu beruhigen. Überlassen Sie die Angelegenheit mir. Ich werde ins Krankenhaus fahren und versuchen, etwas über Helmuts Aufenthaltsort herauszufinden.«

»Die Schwestern und Ärzte schweigen eisern. Vielleicht wissen sie ja tatsächlich nichts.« Da ihr Taschentuch schon vollkommen nass war, nahm Claire eine der Servietten vom Tisch und wischte sich damit übers Gesicht.

»Irgendeine Spur muss es geben. Irgendjemand muss etwas gesehen oder gehört haben und auch bereit sein zu reden«, entgegnete der Freiherr.

»Ich begleite Sie.« Claire sprang so hastig von ihrem Stuhl auf, dass er nach hinten umkippte.

»Nein.« Energisch schüttelte er den Kopf. »Wie ich schon sagte. Sie bleiben bitte hier, beruhigen sich, so gut es geht, und kümmern sich um Ihr Kind.«

Ohne sich um Claires Protest zu kümmern, verließ er das Speisezimmer.

»Er hat recht. Du musst dich beruhigen. Du brauchst deine Kraft für Richard.« Beruhigend strich Louise über Claires Schulter.

»Wie soll ich es ertragen, hier zu sitzen und *nichts* zu tun?« Claire biss sich so heftig auf die Unterlippe, dass es wehtat. Doch dieser Schmerz war viel leichter zu ertragen als der Schmerz in ihrem Herzen.

Gegen Abend kehrte der Freiherr unverrichteter Dinge nach Rabenfels zurück. Er klopfte bei Claire an, um ihr zu sagen, dass auch er im Krankenhaus auf eine Mauer des Schweigens gestoßen war. Angeblich wusste niemand, mit welchem Ziel Helmut das Klinikum verlassen hatte.

Während Ludwig von Eggenhof über seine ergebnislosen Nachforschungen berichtete, stieg erneut Panik in Claire auf.

»Was ist, wenn er verschwunden bleibt? Ich ertrage den Gedanken nicht, nie wieder etwas von ihm zu hören und nicht zu wissen, wo er ist und wie es ihm geht. Was, wenn er sich etwas angetan hat?«

»Helmut ist niemand, der sich umbringt«, sagte der Freiherr entschieden. »Wir werden herausfinden, was passiert ist. Vielleicht morgen. Bitte versuchen Sie jetzt, etwas zu schlafen.«

Am liebsten hätte Claire verächtlich geschnaubt. Wie konnte er nur annehmen, dass sie in der Lage war zu schlafen? Doch dann wurde ihr bewusst, dass er es nicht verdient hatte, unfreundlich behandelt zu werden. Er unterstützte Helmut und sie seit Monaten. Und nun tat er alles, um seinen Neffen zu finden und zurück nach Rabenfels zu holen.

»Es tut mir leid, dass ich vorhin behauptet habe, Sie wären schuld an Helmuts Verschwinden, weil Sie ihm Geld gegeben haben«, sagte sie. »Vielen Dank für die Mühe, die Sie sich machen, um ihn zu finden.«

»Er ist mein Patensohn. Auch ich muss wissen, wo er ist und wie es ihm geht. Ihre Reaktion vorhin hat mir nur gezeigt, wie sehr Sie ihn lieben. Ich freue mich für ihn, dass er eine Frau wie Sie gefunden hat.« Sein Lächeln war müde, als er sich noch einmal zu ihr umdrehte, bevor er das Zimmer verließ.

29

Villa Rabenfels, Ende März 1923

Mit zusammengekniffenen Augen betrachtete Claire das Knopfloch, das sie soeben mit einem Zierstich eingefasst hatte. Als neben ihr in der Wiege Richard leise gluckste, ließ sie die Schürze, an der sie arbeitete, sinken und betrachtete lächelnd ihren Sohn.

Er war mittlerweile fast sechs Wochen alt und immer noch ein fröhliches Kind, das wenig schrie. Seine Großmutter hatte aus bunten Stoffresten und dünnen Schnüren ein Mobile gebastelt, das über seiner Wiege hing. Mit weit geöffneten himmelblauen Augen verfolgte der Säugling die Bewegungen der bunten Stoffstücke, aus denen Louise Vogel- und Schmetterlingssilhouetten geschnitten hatte. Sie waren mit festem Papier verstärkt und bewegten sich leicht im Luftzug.

Der April nahte, der See glänzte in der Vormittagssonne silbern, und der laue Wind, der durch das geöffnete Fenster wehte, roch nach Frühling.

Als Claire sich über ihn beugte, verzog Richard unvermittelt das Mündchen zu einem breiten Lächeln – seinem ersten Lächeln!

Gerührt wischte Claire sich über die Augen. »Wenn dein Vater das nur sehen könnte«, flüsterte sie.

Seit fast drei Wochen forschte der Freiherr in Starnberg und Umgebung nach Helmuts Aufenthaltsort. Die größte Hoffnung hatte er von Anfang an in den Chauffeur des Automobils gesetzt, das Helmut vom Krankenhaus abgeholt hatte. Wen auch immer er jedoch im Krankenhaus befragte – alle behaupteten, keine Ahnung zu haben, woher der Wagen gekommen war, wer ihn gefahren hatte und vor allem, wohin Helmut gebracht worden war.

Da irgendjemand ihm geholfen haben musste, war davon auszugehen, dass er diese Person gebeten hatte zu schweigen und sich diese Verschwiegenheit etwas hatte kosten lassen.

Als sie ein Geräusch an der Tür hörte, hob Claire mit einem Ruck den Kopf. Wie bei jedem Klopfen hoffte sie, Nachricht über ihren Mann zu erhalten. Auf ihre Aufforderung hin trat jedoch nur Minna ein. Sie trug ein Tablett ins Zimmer, auf dem eine kleine Teekanne, eine Tasse und ein Teller mit einem Honigbrot standen.

»Frau Schmiedecker schickt mich. Der gnädige Herr und Ihre gnädige Frau Mutter sind nicht im Haus. Aber die gnädige Frau soll ein zweites Frühstück haben. Weil doch das Kind trinken muss und …« Das Stubenmädchen stockte verlegen.

»Vielen Dank, Minna«, sagte Claire. »Das ist sehr nett. Da du schon hier bist, kannst du gleich die Schürze anprobieren. Diese ist für dich.« Dass sie das Mädchen duzte, während Minna sie mit »Sie« und »gnädige Frau« anredete, war ihr manchmal immer noch peinlich. Der Freiherr hatte ihr jedoch gleich nach ihrem Einzug in die Villa energisch untersagt, das Hauspersonal zu siezen. Nur der Butler, der Kammerdiener, die Haushälterin und die Köchin sowie Chauffeur und Stallmeister wurden traditionell mit Sie angesprochen.

»Es muss Ordnung im Haushalt herrschen«, hatte Ludwig von Eggenhof ihr erklärt. »Ich weiß, dass es langsam modern wird, auch die niederen Dienstboten mit Sie anzusprechen. Aber hier halten wir es, wie wir es immer gehalten haben. Und das tun bitte auch Sie, verehrte Claire.«

Sie selbst sprach er zwar mit dem Vornamen an, siezte sie jedoch. Vor Kurzem hatte er sie aufgefordert, ihn »Onkel Ludwig« zu nennen, wie auch Helmut es tat. Und natürlich sprach sie ihn mit Sie an. Helmut und sein Onkel duzten sich, was vonseiten des Freiherrn wahrscheinlich ein großes Entgegenkommen war und zeigte, wie sehr er seinen Neffen mochte.

»Die ist aber schön!« Minna löste die Schleife ihrer alten Schürze und band sich die neue um.

»Steht dir gut.« Mit schief gelegtem Kopf betrachtete Claire das Stubenmädchen.

Es war Louises Idee gewesen, dem Hausherrn anzubieten, neue Arbeitskleidung für seine Dienstboten zu entwerfen und zu schneidern. Die Sachen, die das Hauspersonal trug, waren nicht nur unmodern, sondern auch teilweise schon recht abgetragen. Die Näharbeit sollte eine Gegenleistung für das Essen und das Dach über dem Kopf sein, die der Freiherr ihnen bot. Außerdem waren sie auf diese Weise beschäftigt. Zwar dachte Claire während des Nähens und Stickens auch ständig an Helmut, über dessen Aufenthaltsort sie immer noch nichts wussten, aber wenigstens hatte sie keine Zeit zum Weinen.

Minna stand mitten im Zimmer, strich mit beiden Händen die Schürze glatt und sah an sich hinunter.

»In der Ecke steht ein Spiegel. Da kannst du dich bewundern«, forderte Claire sie auf.

»Das schaut gut aus.« Das Stubenmädchen drehte sich vor dem hohen Standspiegel im Kreis.

»Als Nächstes gibt es für jede von euch drei neue Blusen und zwei Röcke«, kündigte Claire an.

»Darf ich die Schürze schon anbehalten?«

»Ich denke, das ist in Ordnung. In zwei oder drei Tagen haben alle anderen Mädchen auch neue Schürzen. Dann seid ihr wieder einheitlich gekleidet.« Claire freute sich, dass Minna so begeistert von der neuen Schürze war.

Nachdem diese mit strahlendem Gesicht das Zimmer verlassen hatte, goss Claire sich etwas von dem bitteren Kräutertee ein. Die Köchin bereitete ihn immer noch nach Anweisung der Hebamme zu. Angeblich verstärkte dieser Tee den

Milchfluss. Mittlerweile hatte Claire sich an den merkwürdigen Geschmack gewöhnt und mochte ihn ganz gern. Zwischendurch biss sie von dem Brot ab. Der Honig versüßte den bitteren Tee.

Der kleine Richard war eingeschlafen. Seine dunklen Wimpern lagen wie winzige Fächer auf den rosigen Wangen, sein Mündchen war leicht gespitzt und erinnerte an eine Rosenknospe kurz vor dem Erblühen.

Hastig wandte Claire den Blick ab. Immer wenn sie ihren Sohn ansah, durchströmte die Liebe zu diesem winzigen Wesen sie wie ein reißender Strom, vor dessen Fluten es kein Entrinnen gab. Doch im nächsten Moment wurde sie traurig, weil Helmut das nicht erleben konnte. So klein und wunderschön und unschuldig war sein Junge. Vielleicht würde er ihn nie mehr sehen. Oder erst in Monaten oder Jahren, wenn er schon viel größer wäre und sein Vater so viele wunderbare Momente verpasst hätte.

Louise kam zurück und riss Claire aus ihren Gedanken. Sie war unten im Dorf gewesen, das ebenso wie das Herrenhaus Rabenfels hieß. Es hatte etwa dreihundert Einwohner, deren Häuser sich um eine kleine Kirche, eine Schankwirtschaft, einen Lebensmittel- und einen Kurzwarenladen drängten. Letzteren hatte Louise aufgesucht, um schwarzes Stickgarn zu besorgen.

Es war ihre Idee gewesen, die weißen Blusen, Schürzen und Hemden der Dienstboten mit einem stilisierten Raben zu besticken, wie er im Wappen über dem Eingang der Villa zu sehen war. Die Knopflöcher und die Kragen fassten sie mit schwarzen Zierstichen ein. Auf diese Weise wurden die schlichten Kleidungsstücke zu etwas Besonderem.

»Ich habe Minnas Schürze fertig. Sie fand sie so schön, dass sie sie gleich umbehalten wollte«, berichtete Claire.

Doch Louise schien sie gar nicht zu hören. Sie war ein wenig außer Atem, als wäre sie den ganzen Weg vom Dorf den

Hügel hinaufgerannt. Ihre Wangen glühten, und ihre Augen leuchteten.

»Hast du etwas über Helmut gehört?« Vor Aufregung atmete auch Claire schwer.

»Nein, mein Liebling. Tut mir leid.« Louise schüttelte den Kopf. »Aber ich habe eine andere gute Nachricht.«

Claire, die sich auf ihrem Stuhl kerzengerade aufgerichtet hatte, sank in sich zusammen. »Erzähl«, sagte sie enttäuscht.

»Wir haben Aufträge«, platzte Louise heraus. »Im Kurzwarenladen habe ich Frau Burger eines der Hemden gezeigt, die wir für die Diener genäht haben. Ich wollte sichergehen, dass wir das gleiche schwarze Garn bekommen.«

»Frau Burger?« Fragend sah Claire ihre Mutter an.

»Die Inhaberin des Ladens. Inzwischen kenne ich sie schon ganz gut. Schließlich war ich in den vergangenen zwei Wochen fast jeden Tag dort«, sprudelte Louise hervor. »Sie bewunderte das Hemd, wir kamen ins Gespräch, und schließlich habe ich sie gefragt, ob sie sich vorstellen könnte, ähnliche Hemden in ihrem Geschäft zu verkaufen. Wir würden sie in gängigen Größen nähen.« Nach ihrer langen Rede war Louise schon wieder außer Atem.

»Und was hat diese Frau Burger davon?« Es fiel Claire schwer, sich der Begeisterung ihrer Mutter anzuschließen. Seit Helmuts Verschwinden konnte sie sich über fast nichts mehr freuen.

»Wenn sie etwas verkauft, behält sie einen kleinen Teil der Einnahme und zahlt uns den größeren Teil aus. Es ist kein Risiko für sie. Und wir müssen uns unsere Kundinnen und Kunden nicht selbst suchen. Wenn wir immer die gleichen Hemden nähen, geht das schneller und ist einfacher. Wir entwerfen ein Schnittmuster und passen es an die jeweilige Größe an. Außer Hemden könnten wir auch Blusen und Schürzen anbieten. Eine von uns schneidet zu, eine näht die Teile zusammen, dann macht eine die Feinarbeiten, während die andere schon wieder zuschneidet.«

Claire begriff zwar die Idee, die recht gut klang. Aber sie hatte Mühe, sich vorzustellen, dass es funktionieren würde.

»Seit der Besetzung des Ruhrgebiets ist Geld kaum noch etwas wert«, gab sie zu bedenken. »Onkel Ludwig sprach erst gestern davon, dass der Staat mehr und mehr Geld druckt, um die Streikenden bezahlen zu können. Es wird nichts produziert, die Wirtschaft liegt am Boden. Ob es da überhaupt Sinn hat, dass wir versuchen, unsere Sachen zum Kauf anzubieten?«

Louise wiegte den Kopf und kniff nachdenklich die Augen zusammen. »Wir müssten das, was wir verdienen, sofort wieder investieren. Davon einen Stoffvorrat anlegen. Vielleicht eine eigene Nähmaschine kaufen. Oder andere Dinge, die wir brauchen oder die wir gut wiederveräußern können, sobald die Krise vorbei ist.«

»Werden die Leute überhaupt etwas wollen, das zwei Französinnen genäht haben?« Immer mehr Argumente gegen den Plan ihrer Mutter fielen ihr ein.

Louise zwinkerte ihr zu. »Wir haben keinen Akzent und sprechen sehr gut deutsch. Ich habe Frau Burger deinen Namen genannt – Haynbach. Falls jemand fragt, wer die Sachen genäht hat, klingt das sowieso besser. Das von habe ich weggelassen. Adelige Damen, die Hemden nähen, wirken vielleicht etwas irritierend.«

Zu ihrem eigenen Erstaunen musste Claire leise lachen. »Haynbach Moden … das klingt gut. Wenn der Plan funktioniert und die Leute unsere Sachen wirklich kaufen, können wir Variationen herstellen. Mit kleinen Veränderungen des Schnitts wirkt es manchmal ganz anders. Oder wir nehmen unterschiedliche Stoffe. Dadurch locken wir Kunden an.« Langsam ließ Claire sich von der Begeisterung ihrer Mutter anstecken.

Louise hatte sich bereits über ihren Zeichenblock gebeugt und warf mit ein paar Strichen den Entwurf für ein Herrenhemd aufs Papier.

»Wir sollten mit ganz schlichten Stücken anfangen«, schlug Claire vor. »Dann fällt es nicht so auf, wenn alle Männer im Dorf das gleiche Hemd tragen.« Sie kicherte leise.

»Alle Männer im Dorf – das wäre schön.« Louise hob den Kopf und strahlte sie an, bevor sie sich nachdenklich zurücklehnte. »Ich bin mir nicht sicher, ob es die Mühe wert ist, hier mit dieser Sache zu beginnen. Findest du nicht, dass wir bald nach Andlau zurückkehren sollten?«

Claire starrte sie an. »Ich will nicht zurück nach Frankreich, *Maman.* Helmut ist hier irgendwo in der Nähe, das fühle ich. Wenn Onkel Ludwig ihn aufspürt, muss ich hier sein und sofort mit ihm sprechen, bevor er wieder verschwinden kann. Du weiß doch, dass er diese schreckliche Idee hat, er dürfe mir nicht zur Last fallen. Das muss ich ihm ausreden und ihm sagen, wie sehr wir ihn brauchen und wie schrecklich wir ihn vermissen. Ich und sein Sohn.« Vor Erregung hatte Claire die Stimme gehoben. Ihr kleiner Sohn in seiner Wiege erwachte und quäkte leise. Sie nahm ihn hoch, wiegte ihn in ihren Armen und sah ihre Mutter über das dunkle Köpfchen hinweg entschieden an.

»Ich verstehe dich, Claire. Aber …«

»Du machst dir Sorgen, dass wir Onkel Ludwig zur Last fallen und er uns hier nicht mehr haben will.« Claire bemühte sich, leise zu sprechen, um das Kind nicht zu erschrecken. »Er hat mir erst vor Kurzem gesagt, dass wir seine Familie sind und ich so lange hierbleiben kann, wie ich möchte. Und du auch.«

»Tatsächlich? Das hat er gesagt?« Fast misstrauisch sah Louise ihre Tochter an.

»Sicher. Richard ist Helmuts Sohn. Ich bin seine Mutter, und du bist meine Mutter. Familie eben.«

»Seit Helmut verschwunden ist, fühlt es sich seltsam an, hier zu wohnen. Wir könnten doch …«

»Nein«, unterbrach Claire ihre Mutter und schüttelte heftig den Kopf. »Warum bietest du dieser Frau Burger überhaupt eine Zusammenarbeit an, und dann überlegst du dir plötzlich, doch lieber wieder ins Elsass zu gehen?«

»Es ist ein guter Plan, der wahrscheinlich auch in Frankreich funktioniert.«

»Mag sein, aber Richard und ich bleiben hier.«

»Dann bleibe ich vorerst auch.« Sanft berührte Louise ihre Schulter. »Und wenn die Sache mit den Hemden so klappt, wie ich es mir vorstelle, könnten wir wie Helmut früher dem Freiherrn etwas für Kost und Logis zahlen.«

»Danke«, flüsterte Claire und zwang ein Lächeln auf ihr Gesicht. Dann beugte sie sich über Louises Entwurf. »Zeig mal.«

»Meinst du, der Kragen sollte etwas kleiner sein? Oder ist er gut so?« Fragend sah ihre Mutter sie an.

Einträchtig beugten die beiden Frauen die Köpfe über die Zeichnung, und für einen Moment musste Claire nicht an Helmut denken.

30

Villa Rabenfels, Ende April 1923

Widerstrebend griff Claire nach dem Paket und ging zur Tür. Sie hatten in den vergangenen zwei Tagen zwei Hemden und drei Blusen genäht und bestickt, und ihre Mutter hatte beschlossen, dass dieses Mal Claire die fertigen Stücke im Laden von Frau Burger abliefern sollte. Seit sie in der Villa Rabenfels wohnten und hier nun auch arbeiteten, hatte dies immer Louise übernommen, während damals in Andlau Claire die Kleidung zu den Kundinnen gebracht hatte. Aber das war lange her. Es fühlte sich an wie eine Ewigkeit.

»Die frische Luft wird dir guttun«, sagte Louise, die Claires Zögern bemerkt hatte. »Dadurch, dass du dich keinen Schritt von der Villa entfernst, wird Helmut auch nicht schneller gefunden. Und falls er kommt, wird er auf dich warten, glaubst du nicht?«

Tatsächlich hatte Claire während der vergangenen Wochen das Haus nur verlassen, um Richard in seinem Kinderwagen im Park herumzufahren. Dort musste sie keine Sorge haben, Neuigkeiten über Helmut zu verpassen. Die Dienstboten wussten, wo sie war, und hätten sie jederzeit holen können.

Der Freiherr tat weiterhin sein Bestes, um Helmut zu finden. Er fuhr immer noch gelegentlich nach Starnberg und fragte dort herum. Sicher hatte er mit sämtlichen Menschen im Krankenhaus, in dessen Umgebung und im Umkreis von Rabenfels schon mehrmals gesprochen. Aber er war überzeugt, dass irgendjemand etwas wusste und auf Anweisung seines Neffen oder aus irgendeinem anderen Grund schwieg. Doch niemand konnte sich ewig verstellen. Das war zumindest seine Theorie. Vielleicht irrte er sich, und es gab Menschen, die ihr ganzes Leben lang schweigen konnten. Warum auch nicht?

Außerdem hatte er einen Detektiv namens Bruno Mayerbier beauftragt, der allerdings bisher ebenfalls nichts herausgefunden hatte.

Dennoch war Claire nicht bereit, die Hoffnung aufzugeben. Niemand konnte spurlos verschwinden, auch nicht ein so kluger Mann wie Helmut. Irgendwann würden sie einen Hinweis finden.

Eine Frage quälte sie jedoch am meisten von allen. Wieso hatte er es sich in den vielen Wochen, die er nun schon verschwunden war, nicht anders überlegt? Wie gelang es ihm, an der absurden Idee festzuhalten, sie und Richard zu verlassen, nur weil er nicht mehr laufen konnte? Glaubte er wirklich, sie würde mit Louise ins Elsass zurückgehen, um den Jungen dort ohne ihn großzuziehen, so wie ihre Mutter es ihr vorgeschlagen hatte? Kannte er sie so schlecht? Wusste er nicht, wie schrecklich sie ihn vermisste? Sehnte er sich nicht ebenso nach ihr und seinem kleinen Sohn, wie sie sich in jeder Sekunde nach ihm sehnte?

Mit den in festes braunes Papier eingeschlagenen Hemden und Blusen unter dem Arm eilte Claire den abschüssigen Weg ins Dorf hinunter. Sie wollte so schnell wie möglich zurück in der Villa sein.

Frau Burger empfing sie mit einem strahlenden Lächeln. Die Ladenbesitzerin, eine Frau mittleren Alters, erinnerte Claire an eine bunte Kugel, als sie hinter ihrem Verkaufstisch hervorkam.

»Guten Tag, guten Tag«, rief sie Claire fröhlich entgegen. »Sie sind die Tochter Haynbach, nicht wahr? Ihre Mutter hat mir angekündigt, dass Sie demnächst auch einmal kommen würden, um mir neue Ware zu bringen. Ich brauche dringend Nachschub. Die Leute reißen mir die Sachen aus den Händen.«

Sie nahm Claire das Paket ab, schlug das Papier auseinander und holte die Blusen und Hemden hervor. Jedes einzelne Stück faltete sie auseinander, hielt es vor sich in die Luft, begutachtete es kurz und hängte es dann auf einen Bügel. An der Wand waren einige Haken angebracht, an denen sie die Bügel so verteilte, dass die Kleidungsstücke gut zu sehen waren.

»Ist schon alles verkauft, was meine Mutter Ihnen letzte Woche gebracht hat?«, fragte Claire erstaunt. Am Freitag hatte Louise einen noch deutlich größeren Stapel ins Dorf getragen.

»Sicher, sicher. Ich habe fast das Gefühl, jeder im Dorf will so ein Hemd oder so eine Bluse haben. Besonders die kleinen Stickereien gefallen den Leut.« Frau Burger kicherte vergnügt. »Meine Schwester hat einen Laden im Nachbarort. Sie möchte auch unbedingt Ihre Hemden, Blusen und Schürzen anbieten.«

»Oh«, stieß Claire verblüfft hervor. Sie war überrascht, wie gut sich die schlichten Kleidungsstücke verkauften.

Seit Kurzem waren sie dazu übergegangen, einzelne Blusen und Schürzen mit kleinen Besonderheiten zu versehen. Die Männer trugen die Hemden zum Sonntagsanzug, da spielte es keine Rolle, wenn jeder das gleiche weiße Hemd anhatte. Frauen legten wahrscheinlich mehr Wert darauf, dass ihre Kleidung sich ein wenig von der ihrer Nachbarinnen und Bekannten unterschied. Deshalb nähten Louise und Claire aus farbigen oder gemusterten Stoffen jeweils höchstens vier oder fünf Blusen. Zudem schmückte Claire nun die einfarbigen Stücke mit kleinen, gestickten Motiven am Kragen. Rosenknospen, verschiedene Blüten, zarte Schmetterlinge oder grüne Ranken – immer wieder fiel ihr etwas Neues ein, oder sie dachte sich weitere Variationen ihrer Lieblingsmotive aus. Das war eine Arbeit, die ihr viel Freude bereitete.

»Kleine Mühe, große Wirkung«, pflegte ihre Mutter zu sagen, wenn sie das fertige Stück abnahm. Die abschließende Kontrolle behielt Louise sich vor. Sie war die Schneiderin und Claire noch immer diejenige, die von ihr lernte. Wenn Louise auch ohne jedes Zögern zugab, dass ihre Tochter geschickter mit der Sticknadel umzugehen verstand als sie selbst.

»Meine Kundinnen lieben besonders die kleinen Schmetterlinge. Aber auch die Blüten. Ach, eigentlich sind die Motive alle schön.« Frau Burger sprach munter weiter, während sie die Blusen auf den Bügeln zurechtzupfte. »Liefern Sie mir einfach möglichst bald so viele, wie Sie schaffen. Zwei oder drei Schürzen könnte ich auch gebrauchen. Und denken Sie an meine Schwester. Sie würde gern zwei, drei Blusen zur Probe mitnehmen, wenn sie mich das nächste Mal besucht.«

Sie wandte sich ihrer Kasse zu, nahm einen Zettel zur Hand, der neben der Geldschublade lag, und reichte ihn Claire. »Sie bekommen noch das Geld für fünf Blusen und drei Hemden. Die habe ich verkauft, seit Ihre Mutter das letzte Mal hier war. Meinen Anteil hab ich schon abgezogen.«

Es war kein Vermögen, was Claire in der vergangenen Woche gemeinsam mit ihrer Mutter verdient hatte, aber doch eine recht ansehnliche Summe. Genügend Geld, um dem Freiherrn den Betrag für die Miete zu zahlen, auf den sie sich nach einer ziemlich komplizierten Verhandlung geeinigt hatten. Er hatte mehrmals wiederholt, er wolle kein Geld von der Frau seines Patensohnes und von deren Mutter. Louise hatte dagegengehalten, Claire und sie wollten nichts geschenkt und könnten Miete und Lebensmittel für sich und Richard bezahlen.

Ludwig von Eggenhof hatte sie hartnäckig heruntergehandelt und die Summe, auf die sie sich schließlich geeinigt hatten, war eher symbolisch zu nennen.

So blieb Louise und Claire eine Menge Geld für neue Stoffe übrig, und sie konnten auch etwas für eine eigene Nähmaschine zurücklegen. Größere Anschaffungen waren wegen der Inflation jedoch schwierig. Eine Summe, für die sie in dieser Woche noch eine halbe Nähmaschine bekommen hätten, würde in der nächsten oder übernächsten Woche sehr wahrscheinlich nur noch für eine viertel Maschine reichen.

Zurzeit nutzten sie immer noch die schlichte Nähmaschine, die in Rabenfels seit vielen Jahren für die Weißnäherin bereitstand, die regelmäßig kam, um gerissene Nähte und ausgefranste Säume in Laken, Bettbezügen und Tischdecken auszubessern.

Frau Burger zählte das Geld auf den Tresen. Claire bedankte sich und schob den Stapel Scheine in ihre Jackentasche. Als sie kurz darauf den Laden verließ, fühlte sie sich auf sonderbare Weise gestärkt. Bisher hatte ihre Mutter alle paar Tage ihren gemeinsamen Verdienst mit nach Hause gebracht, aber es war etwas anderes, das Geld selbst abzuholen. Vielleicht hatte Louise sie deshalb heute ins Dorf geschickt. Plötzlich begriff Claire, dass sie tatsächlich einen Weg gefunden hatten, hier ihren Lebensunterhalt zu bestreiten.

Gedankenverloren spazierte sie zum Herrenhaus zurück. Übermorgen würde der Mai beginnen, und dies war nach einer verregneten Woche der erste sonnige Tag. Claire machte einen kleinen Umweg am Seeufer entlang. Der leichte Wind kräuselte die Wasseroberfläche und ließ sie wie blankes Gold schimmern. Die Bäume flüsterten vom Frühling, und in den Gärten der am Ufer gelegenen Häuser leuchteten die Blumen in allen Farben.

Erst als sie in die breite Auffahrt einbog, die zum Haupteingang der Villa Rabenfels führte, fiel Claire ein, wie eilig sie es bei ihrem Aufbruch gehabt hatte zurückzukehren. Jetzt fühlte sie sich gelassener. Als hätte die Erkenntnis, dass sie in Bayern problemlos Geld verdienen konnten, ihr einen Teil ihrer Hoffnung zurückgebracht. Sie konnte hier, nahe bei dem Ort, wo Helmut verschwunden war, auf ihren Mann warten – notfalls ihr ganzes Leben lang.

Natürlich konnte Helmut sie auch in Andlau finden – falls er eines Tages beschloss, trotz seiner Behinderung sein Leben gemeinsam mit ihr und ihrem gemeinsamen Sohn weiterzuführen. Er war jedoch ein stolzer Mann und glaubte, im Rollstuhl eine Last für sie zu sein, obwohl er es für seine Aufgabe hielt, sie zu ernähren und zu beschützen. Also musste sie hier sein, falls der Freiherr oder der von ihm beauftragte Detektiv ihn aufspürte. Wenn der Weg zu ihm kurz war, konnte sie sofort mit ihm reden, bevor es ihm gelang, sich wieder vor ihr zu verstecken. Sie brauchte eine Gelegenheit, ihm zu erklären, dass es nicht die geringste Rolle für sie spielte, ob er laufen konnte oder nicht. Dass sie ihn immer lieben würde und nicht ohne ihn sein wollte.

Nur noch einige hundert Meter trennten Claire von der hohen Eingangstür aus dunklem Eichenholz, als sie von einem Automobil überholt wurde. Der schwarze Wagen beschrieb eine schwungvolle Kurve und hielt am Fuß der breiten Treppe. Ein hochgewachsener älterer Herr im schwarzen Anzug sprang aus dem Gefährt und eilte zur Tür. Als sie Doktor Mundtler erkannte, durchlief sie eisiger Schauder.

Wieso hatte er es so eilig? War jemand erkrankt? Oder hatte es im Haus einen Unfall gegeben? *Richard!* Sie würde es nicht ertragen, wenn ihm etwas zugestoßen war. Es konnte aber auch um ihre Mutter gehen. Oder um den Freiherrn.

Als hätte jemand in der Halle gewartet, wurde dem Arzt geöffnet, bevor er auch nur nach dem Türklopfer gegriffen hatte. Er verschwand im Haus, und die schwere Tür fiel hinter ihm ins Schloss.

Claire legte die letzten Meter die Auffahrt entlang im Laufschritt zurück. Sie hetzte die Stufen hinauf und ließ den Löwenkopf aus Messing, der an einem massiven Metallring hing, mit Schwung gegen das Holz fallen. Auch sie musste nicht lange warten. Lohmann ließ sie innerhalb kürzester Zeit ein.

»Was ist passiert?«, keuchte sie. »Wieso hatte es der Doktor so eilig? Ist jemand krank?«

Der Butler schüttelte beruhigend den Kopf. »Er hat eine Besprechung mit dem gnädigen Herrn, gnädige Frau. Er rief an und bat mich auszurichten, es ginge um …« Er stockte und sah sie unschlüssig an. Offenbar war ihm gerade eingefallen, dass er im Begriff war, indiskret zu werden.

»Falls es um meinen Mann geht, sagen Sie es mir sofort«, fuhr Claire ihn an.

Er nickte stumm, und im selben Moment war Claire schon auf dem Weg zum Salon. Sie nahm sich nicht die Zeit anzuklopfen, sondern riss einfach die Tür auf und stürzte ins Zimmer.

Die beiden Herren saßen an dem kleinen Rauchtisch am Fenster und wandten ihr gleichzeitig die Köpfe zu, als sie eilig den weichen Teppich überquerte und schließlich schwer atmend vor ihnen stehen blieb.

»Stimmt es?«, keuchte sie. »Wissen Sie, wo Helmut ist, Herr Doktor? Wie geht es ihm?«

Der Arzt erhob sich von seinem Sessel und sah Claire mit tadelnd hochgezogenen Brauen an. »Bitte echauffieren Sie sich nicht derart, Frau von Haynbach. Wenn ich mich nicht täusche, nähren Sie noch Ihren Sohn. Ich habe von Fällen gehört, in denen wegen allzu großer Aufregung von einer Sekunde auf die andere … äh …« Er warf dem Freiherrn einen Seitenblick zu, und es war klar, dass er in dessen Gegenwart nicht von Claires eventuell versiegendem Milchfluss sprechen wollte.

Ludwig von Eggenhof, der ebenfalls aufgestanden war, zog für Claire einen Polsterstuhl heran und drückte sie darauf nieder. »Hören Sie sich an, was Doktor Mundtler zu berichten hat, mein Kind. Es könnte sein, dass wir Helmut endlich gefunden haben.«

Claires Herz klopfte so heftig, dass das Rauschen des Blutes in ihren Ohren klang wie ein reißender Strom. Sie musste sich anstrengen, um die Worte des Arztes zu verstehen.

»Durch Zufall bin ich einem alten Studienkollegen begegnet, der bis vor zwei Jahren im Starnberger Krankenhaus beschäftigt war. Ganz nebenbei erzählte er mir, dass es damals in Starnberg eine ehemalige Schwester gab, die in ihrem Haus Kranke aufnahm, die noch pflegebedürftig waren, aber nicht mehr in der Klinik bleiben konnten oder wollten. Zusammen mit ihrer Mutter versorgte sie die Kranken gegen einen relativ geringen Betrag, solange sie noch Unterstützung brauchten. Weil sie keine offizielle Erlaubnis zur Krankenpflege besaß, wurden Informationen über diese Möglichkeit nur unter der Hand weitergegeben. Die betreffende Frau arbeitete mit einem Pfleger aus dem Krankenhaus zusammen. Er unterbreitete den Patienten, die an einem solchen Angebot interessiert sein könnten, ein entsprechendes Angebot. Der Kranke wurde dann mit einem Automobil abgeholt und in das Haus am Ortsrand geschafft. Da die Pflege ganz anständig zu sein schien, unternahm mein Studienkollege nichts gegen dieses ungesetzliche Vorgehen, als er während seiner Tätigkeit in der Klinik zufällig davon erfuhr.«

Mit angehaltenem Atem hatte Claire der Erzählung des Arztes gelauscht. Jetzt konnte sie nicht mehr an sich halten. Sie packte ihn beim Arm. »Wissen Sie, ob es dieses Haus noch gibt? Ob die ehemalige Schwester immer noch Pflegefälle aufnimmt? Haben Sie die Adresse?«

Doktor Mundtler zog einen zusammengefalteten Zettel aus der Tasche seines dunklen Jacketts. »Hier sind Name und Adresse. Aber bitte bedenken Sie, dass niemand mir erzählt hat, der junge Graf sei tatsächlich zu Frau Gschwend gezogen.

Es ist nur eine Möglichkeit, die sich mir in Bezug auf ihn allerdings sofort aufdrängte.«

Der Freiherr wollte nach dem Papier greifen, Claire war jedoch schneller. Sie umklammerte den Zettel, als ginge es um ihr Leben. Gleichzeitig sprang sie auf.

»Onkel Ludwig, können wir losfahren? Jetzt sofort?«

Der Arzt war ebenfalls aufgestanden. »Fahren Sie ruhig. Aber bitte, echauffieren Sie sich nicht derart. Ich muss weiter. Meine Patienten warten auf mich.« Er war immer noch so kurz angebunden, wie sie ihn kennengelernt hatte. Doch das war Claire in diesem Moment nur recht.

Sie war schon auf dem Weg zur Tür, um ihrer Mutter in aller Eile zu erklären, dass sie noch einmal wegmusste – und warum.

»Auf Wiedersehen, Herr Doktor«, rief sie über die Schulter. »Und vielen, vielen Dank.«

Als der Chauffeur des Freiherrn eine knappe Stunde später vor dem kleinen Haus mit dem handtuchschmalen Vorgarten und dem schiefen Zaun davor hielt, war Claires Euphorie nackter Angst gewichen. Was, wenn Helmut niemals hier gewesen war? Oder – schlimmer noch – wenn er in dem Häuschen war und sich weigerte, mit ihr zu reden?

Halt suchend klammerte sie sich an den Arm des Freiherrn. »Was machen wir, wenn er uns nicht sehen will?«, flüsterte sie mit trockenem Mund. »Wenn er immer noch darauf beharrt, dass wir ohne ihn besser dran sind?«

Der Chauffeur hatte ihr bereits die Tür geöffnet, doch sie rührte sich nicht von der Stelle. Solange sie das Haus nicht betrat, konnte sie sich vorstellen, wie Helmut sie mit einem strahlenden Lächeln empfing, wie sie sich innig küssten und wie er anschließend zusammen mit seinem Onkel und ihr ins Automobil stieg, um nach Rabenfels zurückzukehren.

»Wenn er immer noch meint, er könnte nicht mit uns zusammen sein, weil er eine Last für uns ist, sterbe ich«, flüsterte sie.

»So schnell stirbt es sich nicht. Und außerdem lassen wir ihm solche Dummheiten nicht durchgehen.« Energisch stieß der Freiherr die Tür an seiner Seite auf und stieg aus.

Claire blieb nichts anderes übrig, als ebenfalls das Automobil zu verlassen und ihm zur Tür des kleinen Hauses zu folgen.

Es gab keinen Türklopfer, und er nahm einfach seine Faust, um lautstark Einlass zu begehren. Es dauerte nicht lange, bis die Tür geöffnet wurde. Vor ihnen stand eine Frau in mittleren Jahren, die erst ihre beiden Besucher und dann das teure Automobil auf der Straße neugierig betrachtete.

»Ja?«, fragte sie vorsichtig.

»Guten Tag. Frau Gschwend, nehme ich an?« Der Freiherr zog seinen Hut. »Wir wollen zu Helmut von Haynbach. Ich bin sein Patenonkel, und das hier ist seine Gemahlin.«

Erstaunt sah Claire ihn von der Seite an. Er fragte gar nicht erst, ob Helmut hier sei. Was vielleicht eine gute Methode war – falls die Frau ihn tatsächlich beherbergte und er ihr befohlen hatte, dies vor jedermann geheim zu halten.

Tatsächlich wirkte Frau Gschwend für einen Moment unsicher. Sie rückte das weiße Tuch zurecht, unter denen sich ihr Haar verbarg, und strich sich über die Schürze.

»Kommen Sie herein.« Sie ließ sie in die Diele eintreten.

Hier war alles ordentlich und sauber. An der Wand hing ein Kruzifix, und auf dem niedrigen Schränkchen an der Wand stand in einem Krug ein kleiner Strauß Wiesenblumen.

Sie folgten ihr durch eine Tür in ein nicht sehr geräumiges Wohnzimmer. Dort deutete Frau Gschwend auf ein abgenutztes Sofa. Claire schüttelte den Kopf.

»Ich will zu meinem Mann. Bitte.«

»Es tut mir leid. Das geht nicht. Bitte setzten Sie sich, dann erkläre ich es Ihnen.«

»Ich denke nicht daran, mich abwimmeln zu lassen. Ich muss mit ihm sprechen. Sofort.« Claire machte auf dem Absatz kehrt und stürmte zurück in die Diele.

Alle weiteren Türen, die von dem kleinen quadratischen Raum abgingen, waren geschlossen. Doch davon würde sie sich nicht abhalten lassen. Notfalls musste sie eben das ganze Haus durchsuchen.

»Helmut«, rief sie laut. »Ich verlange von dir, dass du mit mir sprichst. Du bist mein Mann, und das bist du mir schuldig.« Mit angehaltenem Atem lauschte sie in die Stille. Es kam keine Antwort.

Gerade wollte sie erneut ihre Stimme erheben, als Ludwig von Eggenhof neben ihr auftauchte und sie an der Schulter berührte. »Helmut ist nicht hier«, sagte er leise.

Entsetzt starrte sie ihn an. »Warum hat sie uns dann ins Haus gebeten, wenn sie ihn gar nicht kennt?«

»Weil er hier war. Bis vor zwei Wochen.«

Claires Unterlippe begann heftig zu zittern, doch es gelang ihr, die Tränen zurückzuhalten. Sie ging zurück in die Wohnstube, wo Frau Gschwend mit verlegenem Gesicht stand.

»Es tut mir wirklich leid«, sagte sie.

»Sagen Sie uns einfach, wo mein Mann jetzt ist.« Claire warf den Kopf in den Nacken und sah die Frau auffordernd an.

»Ich weiß es nicht.«

»Blödsinn!« Claire wurde wütend. Wütend zu sein war besser, als sich in Tränen aufzulösen. »Er hat Ihnen gesagt, dass Sie niemandem verraten dürfen, wo er ist. Sein verdammter Stolz steht ihm im Weg. Deshalb stößt er die Menschen weg, die ihn lieben. Ich muss ihm erklären, dass …« Sie konnte nicht weiter, weil sie nun doch anfing zu schluchzen.

Der Freiherr war wieder an ihrer Seite aufgetaucht, doch auch seine leichte Berührung an ihrem Rücken konnte sie nicht trösten. Sie wollte Helmut, sonst nichts und niemanden.

»Ich weiß wirklich nicht, wo er jetzt ist«, sagte Frau Gschwend leise. »Sonst würde ich es Ihnen sagen, selbst wenn Herr von Haynbach es mir verboten hätte. Was ich weiß, ist, dass er von einem vornehmen Chauffeur mit dem Automobil abgeholt wurde. Er hat mir gesagt, er hätte eine Stelle gefunden.«

Claire schluchzte auf. Schon wieder ein Wagen, der den geliebten Mann an einen unbekannten Ort gebracht hatte. Nahm das nie ein Ende?

»Hat er die Stelle über eine Zeitungsanzeige gefunden?«, erkundigte sich der Freiherr.

»Das glaube ich nicht.« Frau Gschwend schüttelte mit betrübter Miene den Kopf. Offenbar wollte sie wirklich gern helfen. »Er hat sich zwar von mir manchmal die Zeitung bringen lassen, aber er hat auch ein paar Briefe verschickt. Es kamen nur wenige Antworten, doch eines Tages erreichte ihn ein Schreiben, über das er sich irgendwie gefreut hat. Kann sein, dass es das Angebot für eine Stelle war. Kurz darauf ist er ausgezogen.«

»Wenn er die Stelle über den Kontakt zu einem alten Schul- oder Studienfreund gefunden hat, kann er jetzt überall irgendwo in Deutschland sein.« Claire presste sich die Hand gegen den Mund, um nicht laut aufzuschluchzen. Sie wusste, dass er in Tübingen studiert hatte. Er hatte ihr erzählt, dass dorthin Studenten aus ganz Deutschland kamen, manche sogar aus dem Ausland, und dass er zu einigen von ihnen noch Kontakt hatte.

»Ein Mann, es war wohl ein Studienfreund, hat ihn ja hier besucht«, sagte Frau Gschwend. »Ein paar Tage, bevor der Brief kam.«

Claire riss die Augen auf. »Hat er sich Ihnen vorgestellt«, fragte sie.

Die Frau schüttelte den Kopf. »Nein, tut mir leid.«

»Erinnern Sie sich an den Absender des Briefes?«, erkundigte sich Ludwig von Eggenhof ruhig.

Claire starrte Frau Gschwend beschwörend an. Vielleicht war ja doch nicht alles verloren. Doch sie schüttelte den Kopf.

»Ich habe keine Zeit, mich um die privaten Angelegenheiten meiner Patienten zu kümmern. Und das sollte ich wohl auch nicht. Wegen der Diskretion und so.«

Sie schien die Wahrheit zu sagen. Auch Helmuts Onkel sah offenbar keine Möglichkeit mehr, hier etwas über dessen neuen Aufenthaltsort herauszufinden. Er wandte sich zur Haustür. »Vielen Dank, Frau Gschwend. Falls Ihnen noch etwas einfällt, melden Sie sich bitte bei mir. Einen Hinweis, wo wir meinen Neffen finden, würde ich mich einiges kosten lassen.« Er reichte ihr seine Visitenkarte.

»Wie ging es ihm, als Sie ihn zuletzt gesehen haben?«, platzte Claire heraus.

»Er war so weit wieder gesund. Die Wunden waren verheilt, und er konnte ganz gut damit umgehen, dass er auf den Rollstuhl angewiesen ist. Kam allein zurecht. Konnte sich waschen, sich anziehen, schaffte es vom Rollstuhl ins Bett und wieder zurück. Ein Mann mit einem starken Willen. Er quälte sich mit den täglichen Aufgaben, und er schaffte es. Allerdings ...« Frau Gschwend stockte. »Er sah immer traurig aus. Einmal habe ich ihn nach dem Grund gefragt und ob ich ihm irgendwie helfen kann. Da hat er auf diese besondere Weise gelächelt. So wehmütig. Und hat gesagt, er hätte alles aufgeben müssen, was ihm im Leben etwas bedeutet hat, und das könnte ich leider auch nicht ändern.«

»Er musste gar nichts aufgeben«, rief Claire aufgeregt. »Warum ...«

»Lassen Sie uns gehen, Claire.« Der Freiherr nahm sie beim Arm. »Auf Wiedersehen, Frau Gschwend.«

Die Hausherrin folgte ihnen zur Tür. Sie wirkte plötzlich verlegen und druckste herum.

»Ich nehme die Patienten nicht offiziell zur Pflege auf. Dazu bräuchte ich eine Genehmigung und müsste so viele

Abgaben zahlen, dass sich die meisten Menschen einen Aufenthalt bei mir nicht leisten könnten. Ich müsste wohl auch eine Prüfung ablegen …«

»Ist schon gut«, unterbrach der Freiherr sie. »Von uns erfährt niemand etwas.«

Claire wandte sich in der offenen Haustür um und reichte der Frau die Hand. »Ich glaube, Sie haben sich gut um meinen Mann gekümmert. Dafür danke ich Ihnen.«

Die ehemalige Schwester lächelte sie an. »Ich hab Sie sofort erkannt, als Sie vor der Tür standen. Er hat sich jeden Tag stundenlang Ihr Bild angesehen. Holen Sie ihn zu sich nach Hause.«

Claire nickte und brachte keinen Ton mehr heraus. Es wäre ohnehin nur ein Schluchzen geworden.

»Zwei Wochen«, sagte sie immer wieder, als sie neben Helmuts Onkel im Wagen saß. »Wir sind zwei Wochen zu spät gekommen.«

»Wir werden ihn finden. Auch wenn es vielleicht noch etwas dauert.« Der Freiherr klang nicht ganz so überzeugend, wie es wohl seine Absicht gewesen war.

Claire nickte, und alles, was sie spürte, war eine große Hoffnungslosigkeit.

31

Villa Brock, München, Mitte Mai 1923

»Jetzt überleg noch einmal, Fritz«, bat Helmut geduldig. »Welches ist der wichtigste Krieg, den Karl der Große geführt hat? Oder kannst du mir wenigstens einen seiner Kriege nennen?«

Fritz Brock, mit seinen zwölf Jahren der jüngere der beiden Söhne der Fabrikantenfamilie, sah ihn aus weit aufgerissenen Augen ängstlich an. Mittlerweile hatte Helmut herausgefunden, dass sein Schützling in der teuren Privatschule, die er besuchte, oft und gern von seinen Mitschülern und sogar von den Lehrern verspottet wurde, wenn er keine Antwort wusste oder eine Frage falsch beantwortete.

»Du musst keine Angst haben, Fritz. Nur ganz ruhig nachdenken. Dann fällt dir gewiss etwas ein. Und falls doch nicht, helfe ich dir weiter. Aber erst solltest du versuchen, die Antwort selbst zu finden.« Aufmunternd nickte Helmut dem schmächtigen Jungen zu.

»Kann ich es nicht einfach sagen? Es ist so furchtbar langweilig, wenn Fritz immer ewig lange nachdenkt.« Der vierzehnjährige Axel seufzte demonstrativ.

Helmut warf Axel einen strafenden Blick zu. Der Erstgeborene der Familie Brock musste sehr viel strenger angefasst werden als sein Bruder. Ihm mangelte es nicht an Selbstbewusstsein. Zudem verfügte er über einen wachen Geist und ein gutes Gedächtnis, alles Eigenschaften, die dem verträumten Fritz abgingen.

»Ich schlage vor, du schreibst inzwischen einen Aufsatz

über Pflanzenabteilungen und Pflanzenklassen. Ende der Woche steht bei dir eine Klassenarbeit an. Ich möchte sehen, ob es noch Wissenslücken gibt, um die wir uns kümmern müssen.«

»Biologie ist fast so langweilig wie mein Bruder«, maulte der Junge. Als Helmut ihn streng ansah, schlug er jedoch sein Übungsheft auf und griff nach einem Stift.

»Und du denkst nun bitte ein paar Minuten ganz in Ruhe nach, Fritz«, wandte Helmut sich wieder an den jüngeren Brock-Sprössling. »Schreib alles auf, was dir zu Karl dem Großen einfällt. Und denk dran: Keiner wird über eine falsche Antwort lachen oder darüber, dass du etwas vergessen hast.«

Seit seinem ersten Tag bei den Brocks hegte Helmut den Verdacht, dass Fritz keinesfalls dumm war. Angst und Unsicherheit blockierten den Jungen, und er fürchtete sich vor der Reaktion seiner Mitmenschen, falls er etwas Falsches sagte. Also sagte er lieber gar nichts. Die Anwesenheit seines älteren Bruders, der alles konnte und alles wusste und keine Angst kannte, war auch nicht besonders hilfreich. Vor allem sehnte sich Fritz nach der Anerkennung seines Vaters.

Während er am Ende seines Bleistifts kaute und ab und zu etwas in sein Heft schrieb, schaute Helmut durch das bodentiefe Fenster der Bibliothek hinaus in den großzügigen Park, der sich hinter der Villa erstreckte. Gerade waren die beiden Gärtner damit beschäftigt, in einem Blumenbeet am Rand der Terrasse die Tulpen und Narzissen, die zum größten Teil schon verwelkt waren, durch Pflanzen zu ersetzen, die im Sommer blühten.

Eigentlich lag das Schulzimmer der Villa im ersten Stock. Dort waren die Brüder unterrichtet worden, bevor 1919 die allgemeine Schulpflicht eingeführt worden war. Seitdem besuchen Fritz und Alex eine Privatschule in der Münchner Innenstadt. Alex genoss das Zusammensein mit seinen Mitschülern – das war offensichtlich, wenn man ihn von den

Schulstunden reden hörte. Für Fritz hingegen war die Schule eine Qual. Er schrieb schlechte Noten und versagte in den mündlichen Prüfungen.

Deshalb war Helmut als Hauslehrer für einige nachmittägliche Übungsstunden und für Nachhilfeunterricht während der Ferien eingestellt worden. Gisela Brock, die Mutter der beiden Jungen, war eine Geborene von Ehlersbeck und tat sich einiges auf ihre adlige Herkunft zugute. Deshalb war sie begeistert gewesen, als ein Münchner Bekannter ihr einen jungen Grafen als Hauslehrer empfohlen hatte. Dass Helmut im Rollstuhl saß, nahm sie gern in Kauf.

Die Dienstboten in der Villa munkelten, dass der Dame des Hauses die hemdsärmelige Art ihres deutlich älteren Ehemannes sehr gegen den Strich ging. Geheiratet hatte sie ihn wohl nur wegen seines Vermögens, da ihre eigene Familie verarmt war.

Gerd Brock war ein typischer Selfmademan. Er hatte quasi aus dem Nichts eine höchst erfolgreiche Fabrik für Zahnräder gegründet. Durch die um sich greifende Industrialisierung bestand im Werkzeugmaschinenbau ein wachsender Bedarf an unterschiedlichen Zubehörteilen, zu denen auch Zahnräder gehörten. Selbst die momentane Wirtschaftskrise und die Hyperinflation schienen Brocks Erfolg nicht aufhalten zu können.

Helmut mochte den polternden, aber ehrlichen und direkten Hausherrn. Er bekam ihn allerdings nur selten zu Gesicht, obwohl er als Hauslehrer die Mahlzeiten zusammen mit der Familie einnahm. Gerd Brock kam oft erst in den späten Abendstunden aus der Fabrik nach Hause. Seine Frau nutzte die Mahlzeiten, um mit Helmut ausführlich über seine Kindheit im Schloss zu plaudern. Gelegentlich versuchte sie im Gespräch – ihrer Meinung nach unauffällig – herauszufinden, warum er niemals Post von zu Hause bekam. Sie ging davon aus, dass er Geld verdienen musste, weil die von Haynbachs, ebenso wie ihre eigene Familie, über kein nennenswertes Vermögen verfügten. Natürlich erzählte er ihr nicht, dass er sich mit seiner Familie überworfen hatte. Erst recht behielt er für sich, dass er verheiratet war und wegen seiner Behinderung Frau und Kind verlassen hatte.

Da er im Rollstuhl saß, musste extra ein Zimmer im Erdgeschoss für ihn hergerichtet werden. Der Unterricht fand in der Bibliothek statt. Mit ernster Miene hatte Gisela Brock ihm erklärt, durch die beiden Tische für die Jungen und das kleine Pult, hinter dem Helmut in seinem Rollstuhl saß, sei der Raum für repräsentative Zwecke nicht mehr zu gebrauchen. Damit wollte sie offenbar sein bescheidenes Gehalt begründen.

Da er froh war, überhaupt eine Stellung und ein Dach über dem Kopf zu haben, beschloss er, erst über einen besseren Lohn zu verhandeln, wenn die Wirtschaftskrise vorüber war. Irgendwann musste die Situation im Ruhrgebiet sich schließlich klären.

Vorerst wurde sie allerdings immer verfahrener. Der von der Reichsregierung angeordnete passive Widerstand führte vielerorts zu Gewalthandlungen. Die Besatzungsmächte verhängten Zigtausende von Freiheitsstrafen, und die deutschen Gelddruckmaschinen standen nicht still, denn schließlich mussten die Gehälter von zwei Millionen Streikenden gezahlt werden. Da also das Geld ohnehin mit jedem Tag an Wert verlor, spielte es keine so große Rolle, wie viel er verdiente.

Karla, das Stubenmädchen, hatte ihm vor einigen Tagen weinend erzählt, dass sie schon fast die Summe für ein neues Sonntagskleid zusammengehabt hatte, als es mit der Inflation losgegangen war.

»Ich dachte, es muss doch bald besser werden mit dem Geld. Dass man dann wieder was davon kaufen kann. Aber für ein Kleid hat's ganz schnell im Traum nicht mehr gereicht. Ich musste mir eine Bluse kaufen, damit ich überhaupt noch was dafür bekam. Wann ich mir ’nen Rock dazu leisten kann, damit ich in der Kirche anständig ausseh …« Sie hatte ihre Rede mit einem mutlosen Schulterzucken beendet.

»Der liebe Gott sieht in dein Herz und nicht auf deinen Rock«, hatte Helmut sie zu trösten versucht. Karlas Antwort war nur ein gezwungenes Lächeln gewesen.

Helmut für seinen Teil dankte Gott, dass er bei Frau Gschwend gerade rechtzeitig hatte ausziehen können, bevor sein Geld aufgebraucht gewesen war. Kost und Logis waren nun ein Teil seines Gehalts. Was übrig war, konnte er Claire schicken.

Ob Claire ihn noch so sehr vermisste wie er sie? Jeden Abend vor dem Einschlafen und jeden Morgen nach dem Aufwachen dachte er an sie und an seinen Sohn. Er hätte alles gegeben, mit seiner kleinen Familie zusammen sein zu können.

Bei dem Gedanken an sein Kind, das er nur wenige Male gesehen hatte, zog sich sein Herz schmerzlich zusammen. Er schloss die Augen und sah Claire vor sich, wie sie Richard im Arm wiegte.

Er hatte sich schon hundert Mal verboten, an die Tage nach seiner Bewusstlosigkeit zu denken – an die wenigen Stunden, die ihm mit seiner Frau und seinem Sohn vergönnt gewesen waren. Er hatte die Bilder tief in seinem Herzen verschlossen, um sie dort für immer zu bewahren. Noch war es zu früh, sich daran zu erinnern. Noch tat es viel zu weh. Es wäre auch leichter gewesen, nicht jeden Tag Claires Foto zu betrachten, doch er konnte nicht anders. Wenn er ihre zarten Züge sah, umklammerte er die Armlehnen seines Rollstuhls. Er wollte sich hochstemmen, wollte aufstehen und losgehen. Zu ihr. Aber er konnte nicht laufen, und genau deshalb würde er sie nicht wiedersehen.

Claire hatte es nicht verdient, mit einem Mann leben zu müssen, der sich gerade mal um sich selbst kümmern konnte.

Und auch das nur, solange er keine Treppe überwinden musste oder etwas brauchte, das auf über einem Meter Höhe stand.

Am meisten konnte er für seine kleine Familie tun, indem er *nicht* mit Frau und Sohn lebte, sondern in diesem Haus, wo er für eines der wenigen Dinge, zu denen er noch nutze war, bezahlt wurde.

»Herr von Haynbach?«

Fritz' schüchterne Stimme ließ Helmut aus seinen Gedanken hochschrecken. Er wandte sich dem jüngeren Brock-Sprössling zu und zwang ein Lächeln auf seine Lippen. »Ja, Fritz?«

»Ich glaube, mehr weiß ich über Karl den Großen nicht. Aber ein bisschen was hab ich.« Stolz hob der Junge sein aufgeschlagenes Übungsheft und zeigte seinem Lehrer eine von oben bis unten beschriebene Seite.

»Wunderbar!«, lobte ihn Helmut. »Und was kannst du mir erzählen?«

»Die Sachsenkriege. Die hat Karl der Große geführt, und die waren ganz wichtig. Und dann ist er auch noch Kaiser geworden.« Eifrig berichtete Fritz, was ihm zu dem Herrscher und Kriegsherrn eingefallen war.

Helmut hörte ihm lächelnd zu. Wahrscheinlich würde er ohne Claire und seinen Sohn nie wieder glücklich werden. Doch hier konnte er wenigstens etwas Sinnvolles tun. Fritz hatte, zumindest für den Moment, begriffen, dass er nicht dumm war. Er plauderte fröhlich und immer selbstsicherer über die Dinge, die er im Geschichtsunterricht gelernt hatte.

»Bravo«, sagte Helmut, als der Junge nach fast zehn Minuten seinen Vortrag beendet hatte. »Ich bin sicher, du wirst im nächsten Zeugnis deine Note in Geschichte um mindestens eine Stufe verbessert haben. Und in ein oder zwei anderen Fächern auch. Wir sind auf einem guten Weg.«

32

Villa Rabenfels, Mitte Mai 1923

Mit der Spitze ihres Zeigefingers fuhr Claire die Linien der Buchstaben auf dem Kuvert nach. Dort standen Name und Adresse des Freiherrn – in Helmuts Schrift. Der Absender fehlte.

Sie biss sich auf die Unterlippe, weinte aber nicht. Es waren einfach keine Tränen mehr da. Viel zu viele hatte sie schon aus Sehnsucht nach ihrem Mann vergossen. Auch aus Wut und dann wieder aus Liebe.

Sie holte das dicke Geldbündel aus dem Umschlag und strich sachte mit der Hand über den obersten Schein. Nicht, weil sie das Geld so liebte. Davon hatten sie ziemlich viel, seit sie jede Woche mindestens ein halbes Dutzend Hemden, Blusen und Schürzen nähten und verkauften. Doch es war ein schönes Gefühl, sich vorzustellen, die Scheine zu berühren, die Helmut vor Kurzem in der Hand gehabt hatte. Nun wusste sie wenigstens, dass er an sie und an seinen Sohn dachte.

Er hatte dem Geld einen kurzen Brief an seinen Onkel beigefügt. Der Freiherr hatte Claire erlaubt, die Zeilen zu lesen. Langsam zog sie den zusammengefalteten Bogen aus dem Umschlag. Sie ließ sich viel Zeit, denn sie wusste nicht, ob sie sich darauf freute, seine Worte zu lesen, oder ob sie Angst davor hatte.

Nachdem sie das Blatt auseinandergefaltet und auf dem Tisch glatt gestrichen hatte, atmete sie tief durch. Dann las sie:

Lieber Onkel Ludwig!

Ich sende diesen Brief an Dich, denn ich weiß nicht, ob Claire mit dem kleinen Richard noch bei dir lebt. Wahrscheinlich ist sie gemeinsam mit unserem Sohn längst ins Haus ihrer Mutter nach Frankreich zurückgekehrt. Du wirst wissen, wie Du Claire das Geld, das ich diesem Brief beilege, zukommen lassen kannst. Für diese Mühe danke ich Dir.
Mit jeder Minute, mit jedem Atemzug schmerzt es mich, dass ich nicht derjenige sein kann, der sich um Claire kümmert, der aufpasst, dass unserem Sohn nichts geschieht, und der für beide sorgt. Doch das ist mir leider nicht möglich. Geld zu schicken – und es ist wenig genug –, ist das Einzige, was ich tun kann.
Wäre ich bei ihr, würde ich Claire nur zur Last fallen, und diese Vorstellung ist unerträglich für mich.
Falls du die Möglichkeit hast, mit ihr zu sprechen, sage ihr bitte, dass ich sie liebe und immer lieben werde. Genau wie unseren wunderbaren kleinen Sohn. Ich werde ihr über dich regelmäßig so viel Geld schicken, wie ich kann. Es wird nicht ausreichen, um meiner kleinen Familie ein sorgenfreies Leben zu ermöglichen, aber ich tue mein Bestes.
Claire, Richard und ich werden uns nie wiedersehen. Bitte mach ihr klar, dass sie nicht darauf hoffen soll. Sie soll die Ehe auflösen und sich einen anderen Mann suchen. Einen gesunden Mann, der sie unterstützen, für sie sorgen und ihr beistehen kann. Selbst wenn sie mit Richard bei ihrer Mutter im Elsass lebt, ist sie besser dran als an meiner Seite.
Bitte verzeih auch Du mir, lieber Onkel. Ich danke Dir für alles, was Du für mich und die meinen getan hast und bitte Dich, soweit es Dir möglich ist, auch in Zukunft Deine schützende Hand über meine Frau und meinen Sohn zu halten.
Von Herzen grüßt Dich
Dein Patensohn Helmut

Lange starrte Claire auf den eng beschriebenen Briefbogen. Ihre Hand zitterte, aber sie weinte auch jetzt nicht, obwohl

Helmuts Worte sie unendlich traurig machten. Warum nur dachte er, er würde ihr einen Gefallen tun, wenn er sie allein-ließ? Lag es an seiner Erziehung als Sohn und Erbe eines Grafen? Hatte man ihm beigebracht, es sei allein seine Aufgabe, für Frau und Kinder zu sorgen? Glaubte er, in seiner Rolle als Mann versagt zu haben, wenn er Hilfe von den Menschen annahm, die ihm am nächsten standen?

In seiner Vorstellung gab es offenbar keinen anderen Weg als den, den er gegangen war. Warum meinte Helmut, es sei leichter für die Mutter seines Sohnes, ohne ihn zu leben und ab und zu etwas Geld von ihm zu erhalten, als ihn an ihrer Seite zu wissen? Auch wenn er nicht laufen konnte, war er doch noch immer ein Mann, der sie mit Rat und Tat unterstützen konnte. Ein Mann, dessen Liebe sie brauchte wie die Luft zum Atmen.

Gedankenverloren tätschelte sie Ennos Kopf, den er auf ihren Schoß gelegt hatte. Seit Helmut fort war, wirkte der alte Hund ständig traurig. Er schien jeden Tag aufs Neue darauf zu warten, dass sein Herrchen wiederkam. Allein bleiben wollte er gar nicht mehr. Oft hielt er sich in Claires Nähe auf, aber noch häufiger trottete er nun hinter dem Freiherrn her. Von einem Zimmer ins andere, hinaus in den Park und wieder zurück. Zunächst hatte Onkel Ludwig versucht, den Hund zu vertreiben. Mittlerweile hatte er sich jedoch an Ennos Gesellschaft gewöhnt und genoss sie sogar.

Momentan war er unterwegs, und deshalb suchte der Hund Claires Nähe. Sie wusste nicht, wohin der Freiherr sich mit dem Automobil hatte fahren lassen. Möglicherweise war er wie so oft auf der Suche nach Helmut, fragte Leute in den nahe gelegenen Orten nach ihm und ging immer wieder ins Krankenhaus, wo nach seiner eigenen Aussage die Schwestern und Ärzte schon Reißaus nahmen, wenn sie ihn sahen.

Er war auch schon für einen kurzen Besuch auf Schloss Haynbach gewesen, um sich zu vergewissern, dass sein Neffe tatsächlich nicht dort war und sich auch nicht bei seiner Familie gemeldet hatte.

»Mein Schwager und meine Schwester wussten gar nicht, wie ihnen geschah«, hatte er nach der Rückkehr von seinem Besuch bei seinen Verwandten augenzwinkernd erzählt. »Erst komme ich jahrzehntelang gar nicht, und dann tauche ich unangemeldet auf wie ein guter Bekannter. Es war ein bisschen peinlich für beide Seiten. Aber ich wollte sie und möglicherweise Helmut ja nicht vorwarnen.«

Spontan war Claire ihm um den Hals gefallen. »Es ist so lieb von Ihnen, dass Sie nicht aufgeben und immer noch daran glauben, dass wir Helmut zu uns zurückholen können.«

Verlegen hatte er sich aus ihrer Umarmung befreit. »Er ist mein Patensohn. Ich mache das nicht nur für Sie.«

»Ich weiß. Trotzdem vielen Dank.« Lächelnd gab Claire ihn frei. Sie wusste, dass er fast ebenso unter Helmuts Verschwinden litt wie sie. Und er wollte ihn unbedingt wieder bei sich haben. Oder zumindest wissen, wo er war und wie es ihm ging.

Claires Blick fiel auf den Umschlag mit Helmuts Schrift, der immer noch vor ihr auf dem Tisch lag. Der Poststempel! Sie betrachtete ihn aufmerksam. Der Brief war in München aufgegeben worden. Als sie hastig aufsprang, wich Enno erschrocken zurück.

Wo hatte sie die Telefonnummer des Detektivs hingelegt? Er musste unbedingt wissen, wo dieser Brief eingeworfen worden war. Selbst wenn Helmut dafür gesorgt haben sollte, dass es nicht das Postamt direkt in seiner Nähe war, stellte der Poststempel einen wichtigen Hinweis dar. Immerhin bedeutete er, dass Helmut sich in München aufhielt.

Das Herz schlug ihr bis zum Hals, als sie in der Schublade des kleinen Sekretärs den Zettel fand, auf dem sie die Nummer des Detektivs notiert hatte. Sie hatte den Mann immer wieder angerufen, um sich zu erkundigen, ob er irgendwelche

Hinweise gefunden hatte. Immer ohne Erfolg. Dieses Mal aber wollte sie ihm eine wichtige Information geben.

Mit einem Blick in Richards Wiege überzeugte sie sich, dass ihr Sohn fest schlief. Damit sie ihn hörte, falls er aufwachte, ließ sie hinter sich die Tür offenstehen und eilte hinunter in die Halle, wo sich der Telefonapparat befand. Enno folgte ihr auf den Fersen.

Sie erreichte Bruno Mayerbier sofort. Seine Stimme klang genau so, wie sie sich den Mann vorstellte: rau und vierschrötig. Dies hatte aber leider bisher nicht zum Erfolg seiner Nachforschungen beigetragen.

Nachdem sie ihm von dem Poststempel erzählt hatte, schwieg Mayerbier eine Weile.

»München ist groß«, sagte er schließlich. »Ich kann ja schlecht an jeder Tür klingeln und nach ihm fragen.«

»Fragen Sie überhaupt *irgendwo irgendjemanden* nach meinem Mann?« Claire wusste, dass sie unfreundlich und gereizt klang. Aber sie war sehr enttäuscht. Schließlich hatte sie gehofft, ihm einen hilfreichen Hinweis geliefert zu haben.

»Natürlich bringt es uns einen Schritt weiter, dass wir wissen, wo Herr von Haynbach sich in etwa aufhält. Das heißt aber nicht, dass er nächste Woche oder nächsten Monat noch dort ist.«

»*Wollen* Sie ihn überhaupt finden?«

»Hören Sie!« Der Mann am anderen Ende der Leitung seufzte. »Der Freiherr hat mir den Auftrag erteilt, weil ich in meiner Laufbahn viele Erfolge aufzuweisen habe. Aber auch ich kann keine Wunder vollbringen. Jemand, der nicht gefunden werden will, der es geschickt anstellt und sich unauffällig verhält, ist schwer aufzuspüren. Ich möchte nicht, dass Sie sich wegen des Poststempels allzu große Hoffnungen machen.«

Claire beendete das Gespräch zügig. Sie nahm sich vor, Helmuts Onkel zu fragen, ob er von den Fähigkeiten und dem

Arbeitseifer dieses sogenannten Detektivs überzeugt war. Es interessierte sie, ob Mayerbier auch Geld bekam, wenn er keinerlei Ergebnisse präsentierte. Das wäre ein guter Grund für den Mann gewesen, tatenlos in seinem Büro herumzusitzen, während er den Freiherrn weiter schröpfte.

»Da bist du ja. Willst du sie sehen?« Louise, die aus dem kleinen Abstellraum neben der Garderobe in die Halle getreten war, riss Claire aus ihren Gedanken.

»Wen?« Sie sah ihre Mutter fragend an.

»Unsere neue Nähmaschine. Sie ist heute geliefert worden.« Louise hatte vor Aufregung rote Bäckchen. »Sie ist wunderschön. Und viel besser als das alte Ding, auf dem wir jetzt nähen. Das heißt, wir können noch mehr Blusen und Hemden schaffen.

»Natürlich will ich sie sehen.« Claire hatte vollkommen vergessen, dass sie gemeinsam mit ihrer Mutter vor zwei Wochen eine Nähmaschine ausgesucht und bestellt hatte.

Inzwischen bekamen sie für ein verkauftes Hemd oder eine Bluse einen so hohen Betrag, dass sie nach der Abrechnung mit Frau Burger das Geld bündelweise nach Hause trugen. Allerdings kostete ein Kilo Kartoffeln mittlerweile schon fast 4000 Reichsmark. Es war also nur vernünftig, von dem verdienten Geld rasch etwas von Wert anzuschaffen. Etwas, von dem sie viele Jahre profitieren würden – wie beispielsweise von einer guten Nähmaschine.

Louise zog Claire in den kleinen Raum neben dem Eingang, wo der Lieferant die Maschine abgestellt hatte. Oben in den beiden Zimmern, die Claire mit Richard bewohnte und wo sie ihre gemeinsamen Näharbeiten ausführten, war nicht genug Platz für eine weitere Maschine. Erst musste die alte weggeschafft werden. Sie hatten aber auch schon darüber nachgedacht, beide Maschinen zu benutzen. Claire arbeitete zwar meistens mit der Hand, versäuberte Knopflöcher und fertigte die Stickereien an, manchmal wäre eine zweite Nähmaschine jedoch hilfreich gewesen.

»Das ist sie nun also, die Pfaff 31. Sie kommt direkt aus der Fabrik in Kaiserslautern.« Fast zärtlich strich Louise mit der Hand über die schwarz glänzende Oberfläche der Nähmaschine, deren Holzdeckel sie abgenommen hatte. »Es ist eine Haushaltsmaschine, aber vorerst wird sie für uns reichen. Sie ist wunderbar. Auch viel besser als die Maschine, die ich in Andlau hatte. Das da in der Kiste ist der Anbaumotor. Wirst du dich trauen, das elektrische Nähen auszuprobieren? Ich weiß noch nicht, ob ich mich mit dem Gedanken anfreunden kann. Im Dörrhaus gibt es bis jetzt sowieso keinen Strom. Die Leitung müssten wir erst legen lassen.«

»Im Dörrhaus?« Wieder schaute Claire ihre Mutter irritiert an. Offenbar hatte Helmuts Brief sie so durcheinandergebracht, dass sie die Dinge, mit denen sie sich sonst beschäftigte, für den Moment vergessen hatte.

»Das alte Dörrhaus hinten im Park. Wir haben doch mal darüber nachgedacht, ob wir uns dort eine Nähwerkstatt einrichten könnten. Ich habe den Freiherrn gestern gefragt, als ich erfuhr, dass die Maschine heute geliefert werden soll. Er ist einverstanden, und wir können die Pfaff dann von hier aus gleich dorthin bringen lassen.« Louise musterte Claire besorgt. »Was ist denn los mit dir? Geht es dir nicht gut? Oder ist etwas mit Richard?«

»Nein, nein. Es ist alles in Ordnung. Ich bin nur ein bisschen müde.« Sie würde ihrer Mutter später von dem Brief erzählen. Vielleicht erst morgen. Zunächst wollte sie Helmuts Worte für sich behalten. Wollte sie in ihrem Herzen bewegen und in ihrer Seele spüren.

Der Freiherr hatte den Brief natürlich gelesen, doch er würde ihn, wortkarg und verschlossen wie er war, Louise gegenüber nicht erwähnen. Auch mit Claire würde er nicht darüber reden. Aber ihre Mutter würde es tun. Sobald sie wüsste, dass Helmut an seinen Onkel geschrieben und für Claire Geld beigelegt hatte, würde sie wissen wollen, was in dem Brief stand, und anschließend laut und leise darüber nachdenken. Claire war noch nicht so weit, über Helmuts Nachricht zu sprechen. Zu deutlich spürte sie die Liebe und den Schmerz, die seine Worte in ihr ausgelöst hatten.

»Wann wollen wir anfangen, uns im Dörrhaus einzurichten? Der Freiherr hat mir gestattet, eins von den Hausmädchen mit hinüber zu nehmen, um gründlich sauber zu machen und alles so vorzubereiten, dass wir die beiden Nähmaschinen und ein oder zwei Zuschneidetische aufbauen können.« Vor Aufregung hatte Louise glänzende Augen.

Das Häuschen, das mitten im Park stand, war ideal. Die Gerätschaften, die früher zum Dörren von Äpfeln und Pflaumen verwendet worden waren, waren zum größten Teil schon entfernt worden. Unten gab es einen großen Raum, in dem sogar Platz für fünf oder sechs Nähmaschinen und noch weitere Tische gewesen wäre. Die Räume darüber brauchten sie vorerst nicht.

»Im Grunde ist es gut, dass wir alles Geld sofort ausgeben müssen.« Louise redete sich immer mehr in Schwung. »Wir können das Dörrhaus ganz nach unseren Wünschen herrichten lassen. Hast du schon darüber nachgedacht, dass die leeren Zimmer im ersten Stock eine wunderbare Wohnung für uns abgeben würden? Wir zahlen dem Freiherrn Miete und haben wieder ein eigenes Haus mit einer Nähstube darin. Nur schöner und größer als in Frankreich. Unser Haus dort können wir vermieten und …«

»Du redest, als wärst du überzeugt, dass Helmut nie zurückkommt«, fiel ihr Claire ins Wort.

»Ich rede wie eine Geschäftsfrau. Falls er wiederkommt, wird er froh sein, dass wir einen Weg gefunden haben, die Familie zu ernähren, nicht wahr? Außerdem warst du diejenige, die gesagt hat, dass sie für immer hierbleiben will. Jedenfalls solange dein Mann verschwunden ist.«

Claire nickte zögernd. »Wenn er doch nur wiederkäme. Wenn wir ihn doch nur finden würden …«, flüsterte sie.

Doch Louise hörte sie gar nicht. Sie war viel zu sehr mit ihren Plänen beschäftigt. »Wir könnten darüber nachdenken, noch eine Nähmaschine anzuschaffen und ein oder zwei Frauen aus dem Dorf anzulernen. Wo wir doch jetzt auch noch für die beiden Geschäfte in Bernried arbeiten. Und für die Auslieferungen könnten wir einen Burschen gebrauchen. Am besten jemanden mit einem Automobil.«

Nun musste Claire lachen. »Du klingst, als würdest du planen, demnächst eine Näherei mit fünfzig bis hundert Angestellten zu führen. Eine Hemden- und Blusenfabrik.«

Louise wurde ein wenig rot. Doch dann warf sie den Kopf in den Nacken. »Warum nicht? Als wir die Nähmaschine ausgesucht haben, habe ich den Prospekt über die Pfaff Nähmaschinenfabrik gelesen. Sie wird von Lina Pfaff geführt, der Schwester des bisherigen Chefs der Firma. Dort arbeiten Tausende von Mitarbeitern, und Lina Pfaff leitet nicht nur die Fabrikation erfolgreich, sie hat eine Hinterbliebenenkasse gegründet und eine Siedlung für ihre Mitarbeiter gebaut. Ist das nicht wunderbar? Frauen können das genauso gut wie Männer. Warum sollten wir beide es dann nicht schaffen, zwei oder drei Leute einzustellen und am Tag ein Dutzend Hemden herzustellen? Pfaff produziert 300 Nähmaschinen am Tag.«

»Ja. Warum nicht?« Claire nickte.

33

Villa Rabenfels, Oktober 1923

Claire lehnte in der offenen Tür des alten Dörrhauses, in dem nun schon seit mehreren Monaten die Nähstube untergebracht war. Tief atmete sie die klare Herbstluft ein. Es war früher Nachmittag, und die Sonne stand schon tief am Himmel. Ihre Strahlen brachten das rote und goldene Laub der Bäume zum Leuchten, die ihr neues Zuhause umgaben. Lächelnd sah Claire zu, wie ein goldbraunes Kastanienblatt taumelnd zu Boden schwebte.

Seit sie mit Louise und Richard in die erste Etage des Dörrhauses über der Nähstube eingezogen war, hatte sie wieder ein Zuhause gefunden. Sie hatte sich in der Villa Rabenfels wohlgefühlt, aber sie war letztlich dort nur zu Gast gewesen. Trotz aller Freundlichkeit, mit der Ludwig von Eggenhof ihr an all jenen Tagen begegnet war, an denen seine alte Bärbeißigkeit nicht unversehens wieder zum Vorschein gekommen war, hatte sie sich seit Helmuts Verschwinden in der Villa geduldet gefühlt. Und Louise ging es genauso. Nun hatten sie wieder ihr eigenes Häuschen, für das sie, wie schon für ihre Zimmer in der Villa, Miete zahlten.

Das Geld bekam er wöchentlich von ihnen. Es war Claires Idee gewesen, dass die Miete dem Wert von drei Hemden entsprechen sollte. Wegen der galoppierenden Inflation, die in den Zeitungen nur noch »Hyperinflation« genannt wurde, mussten sie fast täglich den Preis ihrer Hemden erhöhen, da sie sonst nicht einmal mehr das entsprechende Material für ein Hemd hätten kaufen können.

Das Geldbündel, das der Freiherr als Miete erhielt, wurde entsprechend von Woche zu Woche dicker. Er gab dieses Geld auf der Stelle an seine Köchin weiter, die sofort ein Küchenmädchen losschickte, um davon Lebensmittel zu kaufen. Selbst innerhalb eines einzigen Tages verringerte sich die Kaufkraft einer bestimmten Summe gewaltig. Das Geld, das im Umlauf war, wurde von den meisten Deutschen nur noch als Spielgeld bezeichnet. Ein einzelner Schein war so wenig wert, dass man ihn getrost zum Feueranzünden benutzen konnte, wenn kein anderes Papier zur Hand war.

Claire hatte den Freiherrn gefragt, wie er seinen großen Haushalt mit den vielen Dienstboten finanzierte. Normalerweise lebte er von der Pacht für seine Ländereien. Es gab auch ein Geldvermögen, das er mittlerweile in Feingold angelegt hatte.

Er hatte ihr erklärt, dass sich neben dem »normalen« Geld, wie es die Dienstboten als Lohn und Louise und Claire für ihre Hemden bekamen, eine inoffizielle Ersatzwährung entwickelt hatte. »Sonst könnte ich von der Pacht, die ich halbjährlich erhalte, nach einem Monat kaum noch etwas kaufen«, erklärte er ihr. »Fast alle Verpächter haben ihre Pachtverträge deshalb auf die sogenannte Roggenmark umgestellt. Der Wert dieser Währung wird bestimmt durch die Arbeit, die nötig ist, um ein Pfund Roggen zu erzeugen. Und das ändert sich nicht so schnell. »Er lächelte, aber sie wusste, die Zeiten waren auch für ihn schwierig, obwohl er immer noch ein wohlhabender Mann war.

Vor ihrem Umzug hatte er eine Wasserleitung ins alte Dörrhaus legen lassen. Nun gab es im ersten Stock außer den kleinen Schlafzimmern, der Wohnstube und der Küche auch ein Bad.

»Immerhin bekomme ich Miete, also sollen Sie es auch einigermaßen bequem haben. Wenn Sie schon darauf bestehen, aus dem Herrenhaus auszuziehen, in dem nun wirklich genug

Platz für Sie ist …« Er hatte versucht, heiter zu klingen, doch seine Miene war bekümmert gewesen.

»Wir kommen mindestens zwei Mal in der Woche zum Abendessen. Und Sie können uns natürlich jederzeit besuchen«, hatte Claire eilig erklärt. »Wenn wir jetzt auf mehreren Nähmaschinen nähen, bringt das zu viel Unruhe. Und Richard schreit manchmal auch nachts. Wir wollen Sie nicht stören.«

Das war teilweise eine Ausrede, was sie auch alle wussten. In der weitläufigen Villa bewohnte der Hausherr einen weit entfernt liegenden Flügel und hörte nachts gewiss kein Kindergeschrei. Was die Unterbringung der Nähstube betraf, bot der große Raum im Erdgeschoss des alten Dörrhauses tatsächlich so viel Platz, wie sie ihn in der Villa in einem der Zimmer niemals gehabt hätten.

Ganz allein war er im Herrenhaus allerdings nicht. Neben einigen der Dienstboten blieb ihm noch Helmuts Hund. Enno hatte sich mittlerweile so eng an ihn angeschlossen, dass er Claire nur noch gelegentlich einen freundlichen Besuch abstattete.

Von Helmut gab es immer noch keine Spur. Er schickte jeden Monat Geld. Nun nicht mehr im Umschlag, sondern in immer größer werdenden Kartons. Claire versuchte, jedes Mal eine Kleinigkeit für ihr Häuschen zu besorgen. Eine Vase, einen bunten Fußabtreter für den Eingang, eine Keramikschüssel für die Küche. Sie stellte sich vor, wie sie Helmut nach seiner Rückkehr die Dinge zeigen würde, die sie von seinem Beitrag zu ihrem Leben gekauft hatte.

Es wurde aber immer schwieriger, hübsche Dinge zu finden. In der Hoffnung auf eine baldige Währungsreform fingen die Ladenbesitzer an, Artikel in ihren Lagerräumen zu horten und sie nicht zum Verkauf anzubieten. Sie hofften, sie in ein paar Monaten für Geld verkaufen zu können, das dann auch etwas wert war.

Claire und ihre Mutter handhabten es ähnlich. Sie nähten mehr Hemden und Blusen, als sie an die Läden zum Verkauf weitergaben. Auf diese Weise würden sie sich hoffentlich in der neuen Währung ein kleines Finanzpolster schaffen können.

Die Näherei lief gut. Louise hatte zwei Frauen aus dem Dorf eingestellt und sie angelernt, sodass sie die einfachen Arbeiten ausführen konnten. Berta und Annegret bekamen ihren Lohn immer sofort, wenn wieder eine Partie Hemden ausgeliefert worden war, also etwa jeden zweiten Tag. Dann liefen die beiden sofort ins Dorf, um Lebensmittel und andere notwendige Dinge für ihre Familien einzukaufen. Ein Kilo-Laib Brot, der im Mai noch um die 400 Reichsmark gekostet hatte, war nun nicht mehr für unter 14 Millionen zu bekommen. Und die Preise stiegen weiter. Stunde um Stunde und Tag um Tag.

Als Claire ihre Mutter quer über den Rasen zum Dörrhaus kommen sah, stieß sie sich vom Türrahmen ab und ging ihr entgegen. Louise war in Begleitung einer älteren Frau. Es hatte also tatsächlich geklappt.

»Guten Tag.« Claire streckte der Fremden die Hand hin. »Ich bin Claire.«

»Das ist meine Tochter, von der ich Ihnen erzählt habe. Und das ist Helene Krugmann.« Louise strahlte. Sie hatte sich von Zeidler zum Starnberger Bahnhof fahren lassen und Helene dort abgeholt. Jene Helene, die Ludwig von Eggenhofs große Liebe gewesen war, der er bis zum heutigen Tag nachtrauerte.

Nachdem sie den Freiherrn unauffällig ausgehorcht hatten, war es nicht allzu schwierig gewesen, sie aufzuspüren, obwohl sie als Witwe einen anderen Nachnamen trug. Doch im Gegensatz zu Helmut hatte sie ihre Spuren nicht verwischt. Da Mayerbier seit Monaten ohne den geringsten Erfolg, aber gegen eine stattliche Bezahlung nach Helmut suchte, hatte Louise einem anderen Detektiv den Auftrag erteilt, den dieser innerhalb weniger Tage erledigt hatte. Rechtzeitig vor dem Geburtstag des Freiherrn hatten sie Helenes Adresse erfahren.

Louise hatte der Witwe geschrieben, anschließend waren mehrere Briefe hin und her gegangen. Schließlich hatte Ludwig von Eggenhofs alte Liebe eine Einladung zu seinem fünfundsechzigsten Geburtstag erhalten. Helene Krugmann hatte zugesagt – und da war sie. Eine zierliche, immer noch gut aussehende Frau mit funkelnden Augen und glänzendem Silberhaar, das sie altmodisch im Nacken verschlungen trug.

»Onkel Ludwig wird sich sehr freuen, Sie zu sehen. Sie sind sozusagen unser Geburtstagsgeschenk für ihn.« Claire packte Helene beim Arm und zog sie mit sich ins Dörrhaus. Es gab im Herrenhaus nur wenige Fenster, von denen aus man bis zum Eingang ihres Häuschens herüberblicken konnte, aber sie wollten auf keinen Fall die Überraschung verderben. Es war ja nicht auszuschließen, dass der Freiherr selbst aus der Entfernung und nach all den Jahren die Frau erkannte, die er einst geliebt hatte.

In der Nähstube schob sie Helene einen Stuhl hin und bot ihr von dem Kaffee an, der stets in der Blechkanne auf dem Ofen bereitstand.

Nervös umklammerte Helene die Keramiktasse und wiegte bedenklich den Kopf. »Ich weiß nicht, ob das wirklich so eine wunderbare Geburtstagsüberraschung wird. Wahrscheinlich erinnert er sich gar nicht mehr an mich.«

Louise und Claire sahen sich an und fingen gleichzeitig an zu lachen. Verblüfft sah Helene zwischen ihnen hin und her.

»Entschuldigung«, sagte Louise, nachdem sie sich beruhigt hatte. »Da irren Sie sich, Helene. Er hat mir schon kurz nach meinem Einzug in die Villa von seiner großen Liebe erzählt, die er durch seine eigene Schuld verloren hätte. Dabei ist er sonst nicht gerade jemand, der über Gefühle spricht. Und nachdem wir beschlossen hatten, Sie als Überraschungsgast zu seiner Geburtstagsfeier einzuladen, haben wir ihn unauffällig ein wenig ausgehorcht. Schließlich mussten wir dem Detektiv möglichst viele Anhaltspunkte für die Suche nach Ihnen geben. Wenn der Freiherr von Ihnen spricht, leuchten seine Augen. Und er bereut bis heute, dass er Sie damals aufgegeben hat, weil seine Eltern es so wollten.«

»Oh«, machte Helene, und die Hand, mit der sie die Kaffeetasse zum Mund führte, zitterte ein wenig.

»Haben Sie ihm verziehen?«, erkundigte Claire sich vorsichtig. Schließlich war nicht auszuschließen, dass die Frau gekommen war, um nach all den Jahren mit dem Mann, der sie verlassen hatte, abzurechnen.

»Es ist so lange her. Und ich glaube, er konnte damals nicht anders.«

Claire dachte, dass jeder Mensch in fast jeder Situation eine Entscheidung treffen konnte. Falsch oder richtig, gut oder schlecht, aber man konnte sich entscheiden. So wie Helmut. Er hatte großen Mut bewiesen, als er auf sein Erbe und die Unterstützung durch seinen Vater verzichtet hatte, um Claire heiraten zu können. Doch nun tat er etwas, das Claire wütend machte, und diese Entscheidung verstand sie nicht. Dennoch würde sie ihm sofort verzeihen, wenn er zu ihr zurückkäme. So wie Helene dem Freiherrn verziehen hatte. Aus Liebe. Und weil Menschen nun einmal Fehler machten.

Louise warf einen nervösen Blick auf die emsig tickende Wanduhr. »Nur noch eine halbe Stunde bis zum Geburtstagstee im Wintergarten. Ich sollte nachschauen, ob alles vorbereitet ist. Frau Schmiedecker ist zwar zuverlässig, aber ich möchte, dass alles perfekt ist.«

Schüchtern deutete Helene auf den Henkelkorb, den sie neben sich abgestellt hatte. »Ich habe einen Blumenstrauß mitgebracht, Louise. Vielleicht möchten Sie ihn auf den Tisch stellen.«

»Den sollten Sie dem Geburtstagskind lieber selbst überreichen«, entgegnete Claires Mutter, und Claire nickte zustimmend. Auf diese Weise würde er gleich verstehen, dass Helene ihm nicht mehr böse war.

»Wir warten am besten hier«, schlug Claire vor. »Nicht, dass wir im letzten Moment die Überraschung verderben. Onkel Ludwig wollte kein großes Fest. Sie sind außer uns der einzige Gast und können also auf keinen Fall in der Menge untertauchen.«

Helene nickte und strich sich nervös eine silberne Haarsträhne aus dem Gesicht.

»Ich hole meinen Sohn nach unten. Er hält oben sein Schläfchen. Nehmen Sie sich ruhig noch Kaffee, wenn Sie möchten.« Claire lächelte Helene aufmunternd zu. Trotz all ihrer Versuche, sie mit einer harmlosen Unterhaltung abzulenken, schien sie von Minute zu Minute nervöser zu werden.

Kein Wunder, dachte Claire. Es musste unglaublich aufregend sein, nach so langer Zeit den Mann wiederzusehen, den sie einmal geliebt hatte.

Ludwig von Eggenhof erkannte Helene auf den ersten Blick. Als sie im mit Kerzen und Blumen geschmückten Wintergarten auf ihn zukam, erstarrte er. Seine Augen weiteten sich, als wäre er unversehens einem Geist begegnet. Gleich darauf legte sich wieder die Maske über seine Züge, die er so oft trug, wenn er versuchte, seine Empfindungen zu verbergen.

Er nahm Helenes ausgestreckte Hand und ließ sie sofort wieder los, als hätte er sich daran verbrannt. Dabei murmelte er etwas Unverständliches vor sich hin.

»Herzlichen Glückwunsch zum Geburtstag. Ich wünsche dir … Ihnen alles Gute.« Helenes Stimme klang gepresst. Ihre Augen waren feucht, und als sie ihm den bunten Asternstrauß hinstreckte, zitterten die grünen Blätter.

»Vielen Dank.« Er nahm die Blumen entgegen, verbeugte sich knapp und sah dabei über Helenes Kopf hinüber zu Lohmann, der an diesem besonderen Nachmittag persönlich für das Servieren von Tee, Sandwiches und Gebäck zuständig war. Sofort eilte der Butler herbei und nahm seinem Herrn die Blumen ab, um sie ins Wasser zu stellen.

»Wir dachten, Frau Krugmann sollte dort sitzen.« Louise deutete auf den Platz neben dem Freiherrn und fuhr fort: »Ich bin gar nicht dazu gekommen, unseren Ehrengast vorzustellen. Helene Frisch heißt nun Krugmann. Sie ist verwitwet.«

Claire und Louise ließen sich gegenüber am Tisch nieder. Louise gab Lohmann ein Zeichen. Er hatte inzwischen die Blumen versorgt und in einer Kristallvase auf den reich gedeckten Teetisch gestellt. Nun goss er Tee ein, reichte erst Sahne, Zucker und Zitronensaft herum und anschließend die Platten mit Torte, Plätzchen und hauchdünnen Brothäppchen mit Gurke und Lachs.

Louise gab sich redlich Mühe, ein Gespräch in Gang zu bringen. Allerdings war nur Claire bereit, ihre Meinung zum sonnigen Herbstwetter kundzutun und der Hoffnung Ausdruck zu verleihen, dass die herrschende Hyperinflation bald zur Einführung einer neuen Währung führen würde.

»Wir wissen wirklich nicht mehr, wie wir das Geld transportieren sollen, wenn einer der mittlerweile drei Läden, die wir beliefern, ein paar Hemden und Blusen verkauft hat«, erzählte Louise im Plauderton. »Zwei Koffer werden bald nicht mehr ausreichen. Und wer ist stark genug, das zu tragen? Claire hatte schon die Idee, dass wir unsere beiden Näherinnen mitnehmen und ihnen ihren Lohn direkt im Laden auszahlen, wenn wir das Geld für die verkauften Hemden abholen. Dann können sie ihn sofort im Dorf ausgeben. Und das Gewicht verteilt sich.«

»Ich habe im Tageblatt gelesen, dass 1800 Druckerpressen Tag und Nacht in Betrieb sind, um die Unmengen von Geld zu drucken, die gebraucht werden«, warf Claire ein. Sie führte mit der rechten Hand ihre Teetasse zum Mund, während sie mit der Linken den Kinderwagen sanft auf und ab wippen ließ. Richard gefiel das. Er schlief ruhig und zufrieden auf den hellblauen Seidenkissen. Überhaupt hatte er an diesem Tag beschlossen, zu Ehren des Freiherrn besonders brav zu sein.

Helmuts Sohn wuchs und gedieh. Bald würde er zu groß für den Kinderwagen sein und anfangen, auf dem Boden herumzukrabbeln. Wenn sie an die vielen besonderen Momente dachte, die sein Vater verpasst hatte, wurde Claire jedes Mal aufs Neue traurig. An manchen Tagen verlor sie die Hoffnung. Dann fand sie sich schon fast mit der Vorstellung ab, dass Richard ebenso vaterlos aufwachsen würde wie sie.

Sie seufzte innerlich, schob die Gedanken an Helmut beiseite und konzentrierte sich auf Louises verzweifelten Monolog über die herrlichen Farben des Herbstes im Park hinter dem Herrenhaus. Zum zweiten oder dritten Mal beschrieb sie nun schon die bunten Bäume und die leuchtenden Blätter.

Plötzlich – Louise pries soeben die besondere Pracht der Kastanien – schob der Freiherr mit einem lauten Scharren seinen Stuhl zurück und sprang auf.

»Entschuldigen Sie mich bitte, mir ist nicht wohl.« Tatsächlich war sein Gesicht aschfahl und in seinen Augen lag ein fiebriger Glanz.

»Soll ich Doktor Mundtler rufen?« Claire stand ebenfalls auf.

»Nicht nötig. Ich brauche frische Luft und Ruhe. Vor allem Ruhe.« Er wandte sich der Tür zu, die ins Innere des Hauses führte.

»Dann begleite ich Sie in Ihr Zimmer und sorge dafür, dass Sie Tee bekommen und …« Auch Louise erhob sich, während Helene die Szene mit weit aufgerissenen Augen verfolgte.

»Ich sagte, dass ich Ruhe brauche!«, unterbrach Ludwig von Eggenhof sie in scharfem Ton.

Bevor noch eine von den Frauen etwas sagen konnte, war er verschwunden.

»Er ist meinetwegen gegangen«, stellte Helene nach kurzem Schweigen fest. »Ich hätte nicht kommen sollen. Wieso nur habe ich mir eingebildet, er würde sich nach all den Jahren freuen, mich zu sehen? Wahrscheinlich habe ich nur finstere Erinnerungen in ihm wachgerufen, und jetzt geht es ihm schlecht. Durch meine Schuld.« Sie seufzte tief.

»Oh nein!«, widersprach Louise energisch, setzte sich wieder und zog auch Claire zurück auf ihren Stuhl. »Wenn Ihr Besuch im Freiherrn ungute Gefühle geweckt hat, dann ist das ganz allein seine Sache. Er hat Sie damals im Stich gelassen, und nun sieht er sich unversehens mit jener Vergangenheit konfrontiert, die ihm all die Jahre ein schlechtes Gewissen bereitet hat. Er sollte Manns genug sein, damit umzugehen und sich bei Ihnen zu entschuldigen.«

»Ich möchte lieber gehen.« Nun stand Helene auf.

»Das kommt überhaupt nicht infrage!« Louise warf ihr einen so strengen Blick zu, dass sie sich folgsam wieder setzte. »Jetzt essen wir erst einmal in Ruhe zu Ende. Wahrscheinlich ist der Hausherr längst zurück, bevor wir unsere Mahlzeit beendet haben.«

Helene rutschte unbehaglich auf ihrem Stuhl herum. Das erst halb aufgegessene Tortenstück auf ihrem Teller beachtete sie nicht mehr. »Wenn ich mich beeile, erreiche ich noch den Abendzug«, murmelte sie unglücklich.

»Falls Herr von Eggenhof nicht wieder auftaucht, schlafen Sie bei uns im Dörrhaus und fahren morgen nach Hause«, bestimmte Louise. »Wir haben Sie eingeladen und werden nicht zulassen, dass Sie Hals über Kopf wieder verschwinden, nur weil der Hausherr nicht weiß, was sich gehört.«

Claire konnte sehen und hören, dass ihre Mutter ärgerlich auf den Freiherrn war. Was sie betraf, hatte sie zumindest ein bisschen Verständnis für ihn. Vielleicht hätten sie ihn doch lieber vorwarnen sollen. So war er von Helenes Auftauchen vollkommen überrumpelt worden. Was sollte man da von einem Mann erwarten, der niemals gelernt hatte, mit seinen Gefühlen offen umzugehen?

Sie saßen noch über zwei Stunden im Wintergarten, doch der Freiherr kam nicht wieder. Schließlich schickte Louise den Butler los und ließ ihn fragen, ob das Geburtstagskind zum Anstoßen mit Champagner zurückzukehren gedenke. Lohmann überbrachte die Nachricht, Ludwig von Eggenhof fühle sich nicht in der Lage, an diesem Tag noch einmal seine Räume zu verlassen. Während der nächsten Tage möglicherweise auch nicht. Er bedanke sich für die Geburtstagsfeier und den freundlichen Besuch und bitte, seinen überstürzten Aufbruch zu entschuldigen.

»Er hat eine Menge für uns getan, aber ich komme nicht umhin, ihn einen Feigling zu nennen«, stellte Louise schmallippig fest, nachdem Lohmann wieder gegangen war. Helene sagte gar nichts.

Wie geplant verbrachte Helene die Nacht im Dörrhaus, und Claire hörte sie stundenlang im Nebenzimmer auf und ab gehen. Offenbar hielt sie es auf dem Lager, das sie ihr auf dem bequemen Sofa hergerichtet hatten, nicht aus.

Morgens saß sie blass und unglücklich am Frühstückstisch, aß kaum etwas und trank nur zwei Tassen starken Kaffee. Claire lief hinüber in die Remise, um zu fragen, ob Zeidler den Gast zum Nachmittagszug fahren könnte.

»Um vier Uhr steht er vor dem Portal bereit«, berichtete sie, als sie zurückkehrte.

»Früher wäre mir lieber«, sagte Helene schüchtern. »Ich möchte so schnell wie möglich weg von hier. Und *er* wird auch froh sein, wenn er hört, dass ich abgereist bin.«

»*Er* wird nun wieder jahrelang Gelegenheit haben, sich über seine Feigheit zu grämen«, sagte Louise wütend. »Früher zu fahren hat keinen Sinn. Der Zug fährt nun einmal erst am

Nachmittag, und ich lasse nicht zu, dass Sie sich stundenlang am Bahnhof herumdrücken, nur weil Herr von Eggenhof sich nicht zu benehmen weiß.«

»Ich bin ihm nicht böse. Aber ich möchte ihm nicht noch einmal begegnen.« Unglücklich sah Helene durchs Fenster hinüber zum Herrenhaus.

Louise murmelte nur etwas Unverständliches vor sich hin, und Claire schlug vor, dass Helene entweder mit Richard spielen oder in der Nähstube bei der Arbeit zusehen konnte. Ihr war klar, dass der Gast einen Spaziergang im Park aus Angst, dem Freiherrn zu begegnen, ohnehin ablehnen würde.

»Ich bin zwar keine Schneiderin, aber nicht ganz ungeschickt mit Nadel und Faden. Wenn ich darf, bin ich gern behilflich.« Zum ersten Mal kehrte etwas Farbe in Helenes Wangen zurück.

Tatsächlich schien sie Spaß an der Tätigkeit in der Nähstube zu haben. Sie arbeitete den beiden Näherinnen aus dem Dorf zu, sortierte Knöpfe und Garn und versuchte sich sogar an einer Stickerei, die Claire ihr vormachte.

Als es Zeit war zu gehen, atmete sie dennoch hörbar auf. Claire legte Richard in den Kinderwagen und begleitete sie gemeinsam mit ihrer Mutter zur Vorderseite der Villa, wo Zeidler wahrscheinlich schon mit dem Automobil wartete. Natürlich hätten sie ihn auch bitten können, am Dienstboteneingang vorzufahren, doch das wäre unpassend gewesen. Schließlich war Helene als Geburtstagsgast des Freiherrn gekommen.

Zeidler öffnete die Tür zum Fonds des Wagens, und Helene wollte soeben einsteigen, als eine raue Stimme von der Freitreppe her sie aufhielt.

»Einen Moment, bitte.«

Alle drei Frauen fuhren herum, und selbst Zeidler erstarrte mitten in der Bewegung. Der Freiherr eilte mit raschen Schritten die Stufen herunter und blieb erst stehen, als ihn nur noch ein halber Meter von Helene trennte, die ihn mit weit aufgerissenen Augen anstarrte.

»Ich …«, begann er, stockte und räusperte sich.

»Ich bin in Eile«, erklärte Helene hastig. »Mein Zug fährt …«

»Bitte, Lene … Lenchen.« Seine Stimme klang so weich, wie Claire sie noch nie gehört hatte. Sie wich ein kleines Stück zurück, weil sie plötzlich das Gefühl hatte, etwas mitzuerleben, das nicht für ihre Augen und Ohren bestimmt war. Auch Louise war diskret zur Seite getreten.

Helenes Wangen hatten sich gerötet. Mit einer ruckartigen Bewegung wandte sie sich wieder dem Automobil zu. »Ich muss fort. Inzwischen ist mir klar, dass ich gar nicht hätte kommen sollen«, stieß sie hervor.

»Ich bin sehr froh, dass du da bist.« Der Freiherr berührte kurz ihre Schulter und zuckte zurück, als sie den Kopf hob und ihn ansah. »Ich war vollkommen überwältigt, als du plötzlich vor mir standst. Und ich wusste nicht, wie ich mich für das entschuldigen sollte, was ich dir damals angetan habe. Es hat die ganze Nacht und fast den ganzen Tag gedauert, mein jämmerliches bisschen Mut zusammenzukratzen, um dir nun zu sagen, was ich dir sagen muss.«

»Ich weiß nicht, ob ich es hören will.« Helene schaute ihn ängstlich an.

Claire hörte, wie ihre Mutter einen Seufzer ausstieß, und sah sie an. Louise rollte mit den Augen, und Claire nickte. Sie waren sich einig: Die beiden machten es einander aber auch wirklich schwer.

Eigentlich hätten Mutter und Tochter sich diskret zurückziehen sollen, doch sie wagten beide kaum, sich zu rühren, aus Angst, das Paar könnte völlig verstummen, wenn ihnen bewusst wurde, dass sie nicht allein waren, was sie offenbar vergessen hatten.

Zeidler hatte es richtig gemacht. Als der Freiherr gekommen war, hatte er sich unter eine der Linden vor dem Haus gestellt, rauchte dort eine Zigarette und sah mit zusammengekniffenen Augen hinauf in den Herbsthimmel, der im rötlichen Licht der tief stehenden Sonne geheimnisvoll wie eine blaue Glasmurmel schimmerte.

»Ich war ein Idiot, als ich damals zugelassen habe, dass meine Eltern dich fortschickten. Glaube mir, dass mir damals der Mut fehlte, mich ohne Wenn und Aber zu dir zu bekennen, habe ich an jedem einzelnen Tag meines späteren Lebens bereut«, sprudelte es nun aus dem Freiherrn heraus. »Warum ich gestern Abend noch einmal so dumm und feige war, kann ich nicht erklären. Es war wohl die Überraschung und die Tatsache, dass ich mich so sehr für damals schäme. Ich bitte dich von ganzem Herzen, mir die Möglichkeit zu geben, dir zu erklären, was ich fühle und wieso …«

»Pst«, machte Helene, hob die Hand, zögerte kurz und legte dann ihren schmalen Zeigefinger auf seine Lippen. »Das ist alles vergeben und vergessen, denn jetzt bist du hier. Du stehst vor mir und redest mit mir.«

»Ich habe dir noch sehr viel mehr zu sagen«, erklärte Ludwig von Eggenhof, nachdem Helene den Finger von seinen Lippen genommen hatte. »Würdest du mir die Ehre erweisen, mit mir zu Abend zu essen? Um sechs Uhr wird serviert. Vorher können wir in aller Ruhe einen Aperitif nehmen. Ich lasse dir ein Gästezimmer herrichten. Dann haben wir den ganzen Abend Zeit zum Reden.«

Dieses Mal zögerte Helene keine Sekunde, bevor sie nickte. Wortlos schob sie die Hand unter den Arm des Freiherrn, und die beiden stiegen Seite an Seite die Freitreppe hinauf.

»Als wären sie ihr Leben lang gemeinsam in dieses Haus gegangen«, stellte Louise gerührt fest. »Nun wird doch noch alles gut zwischen den beiden, glaubst du nicht?«

Claire nickte und blinzelte die Tränen fort, die ihr in die Augen gestiegen waren. Louise wies Zeidler an, Helenes kleine

Reisetasche ins Haus zu bringen und den Wagen zurück in die Remise zu fahren. Dann erklärte sie Claire, dass sie dringend zurück in die Nähstube müsse, um einige Hemden abzunehmen, die die beiden Näherinnen in der Zwischenzeit fertiggestellt hatten.

Mutter und Tochter spazierten um die Gebäudeecke zurück in den Park. Claire schob den Kinderwagen, in dem Richard friedlich schlief.

Die Sonne senkte sich langsam hinter den bunten Baumwipfeln. Auf dem gepflegten Rasen lag ein rotgoldener Schimmer. In einem Blumenbeet leuchteten Dahlien, Chrysanthemen und Herbstanemonen. Wie schön es hier ist, dachte Claire. Doch all die Schönheit konnte den dumpfen Schmerz in ihrem Herzen nicht zum Schweigen bringen, den sie seit dem Verschwinden ihres Mannes an jedem einzelnen Tag spürte.

»Ich mache mit Richard noch einen Spaziergang, damit er ein bisschen frische Luft bekommt. Oder brauchst du mich jetzt gleich in der Nähstube?« Claire schaute ihre Mutter fragend an.

»Lauf ruhig eine kleine Weile mit ihm durch den Park. Das ist gut für euch beide.« Ihre Mutter strich ihr über die Schulter, warf lächelnd einen Blick in den Kinderwagen und bog dann zum Dörrhaus ab.

Claire schlenderte über den breiten Weg seitlich des Herrenhauses. Die Schatten wurden rasch länger, und schon nach wenigen Minuten zog sie fröstelnd die Schultern hoch. Sie vergewisserte sich, dass Richard gut zugedeckt war und beschloss, noch bis zu der großen Kastanie zu gehen, bevor sie umkehrte.

Sie hatte den riesigen Baum, der seine Äste wie ein Dach über den Weg breitete, schon fast erreicht, als sie wie vom Blitz getroffen stehen blieb. Sie schnappte nach Luft und kniff die Augen zusammen, doch das Bild verschwand nicht.

»Helmut?«, flüsterte sie.

Der Mann hatte seine Haarfarbe: ein dunkles Blond mit einem goldbraunen Schimmer. Auch die Art, wie er den Kopf hielt, kam ihr bekannt vor.

Mit beiden Händen umklammerte sie den Griff des Kinderwagens, unfähig, auch nur einen Schritt vorwärts zu tun. Jetzt konnte sie sein Gesicht erkennen. Die dunklen Augen, die kräftige, gerade Nase, die Kerbe im Kinn.

Erst als er seinen Rollstuhl direkt neben dem Kinderwagen anhielt, wagte sie wieder zu atmen.

»Bist du es wirklich?«, stieß sie hervor. »Sag mir, dass du es bist und ich nicht vor lauter Sehnsucht verrückt geworden bin. Wo kommst du plötzlich her? Wir haben dich so verzweifelt gesucht.«

Er verzog den Mund zu einem Lächeln – jenem Lächeln, das ihr so sehr gefehlt hatte. Wie oft hatte sie davon geträumt, Küsse auf seine Grübchen zu hauchen!

»Claire«, sagte er. »Es tut mir so leid …«

Sie zuckte zusammen, als ihr einfiel, dass gestern ein besonderer Tag in der Villa Rabenfels gewesen war.

»Bist du wegen Onkel Ludwigs Geburtstag hier? Willst du ihm nachträglich gratulieren und dann wieder verschwinden? Das ertrage ich nicht!« Sie brach in Tränen aus.

34

Villa Rabenfels, Oktober 1923

Als sie spürte, wie Helmuts Knie sanft gegen ihres stieß, wischte sich Claire mit einer energischen Handbewegung die Tränen aus den Augen. Geschickt hatte er seinen Rollstuhl so dicht vor sie gefahren, dass ihre Beine sich berührten.

»Eigentlich weine ich nicht mehr«, schluchzte sie. »Habe ich mir abgewöhnt. Bringt sowieso nichts.«

Ohne ein Wort zu sagen, griff er nach ihrer Hand und hielt sie fest. Seine Wärme wanderte an ihrem Arm hinauf und weiter durch ihren Körper.

»Ich bleibe bei dir.«

Als sie seine Worte hörte, die fast im Flüstern des Herbstlaubs im Wind untergingen, riss sie den Kopf hoch, kniff die Augen zusammen und starrte ihn wütend an.

»Wenn das eine Lüge ist und du plötzlich doch wieder weg bist, finde ich dich und bringe dich um.«

»Ich lüge nicht. Ich gehe nie wieder fort.« Er verstärkte den Druck seiner Hand.

Unter Tränen musste sie lächeln. »Das mit dem Umbringen würde sowieso nicht funktionieren, weil du so gut im Abtauchen bist.«

»Es tut mir leid«, wiederholte er.

»Warum hast du es dir plötzlich anders überlegt? Nach all der Zeit?« Misstrauisch sah sie ihn an. Am liebsten wäre sie einen Schritt zurückgewichen. Sie wollte einen klaren Kopf bewahren und nicht in dieser überwältigenden Liebe untergehen, die seine Nähe in ihr auslöste. Sie wollte vorsichtig sein und wütend und dafür sorgen, dass sie einen so furchtbaren Schmerz, wie Helmut ihn ihr mit seinem Verschwinden aus dem Krankenhaus zugefügt hatte, nicht noch einmal durchmachen musste. Doch es war so wunderbar, seine Wärme zu fühlen, zu spüren, wie seine Finger fest die ihren umschlangen. Sie konnte sich nicht von ihm lösen.

»Es war einfach zu schwer ohne dich und ohne unseren Sohn«, sagte er schlicht und fügte nach kurzem Überlegen hinzu: »Doch das hätte ich ausgehalten, wenn ich sicher gewesen wäre, dass es für Richard und dich so am besten ist. Aber dann habe ich Fritz kennengelernt, einen Jungen, dem ich als Hauslehrer Nachhilfeunterricht gegeben habe. Ein verschüchterter, einsamer kleiner Bursche, der die Anerkennung und die Liebe seines Vaters gebraucht hätte. Er war so dankbar für meine Zuwendung und Unterstützung. Nach kurzer Zeit ist er aufgeblüht und konnte plötzlich auch seinen Lernstoff bewältigen.«

Claire sah ihn verblüfft an. »Dieser kleine Junge, dieser Fritz, hat dir klargemacht, dass dein Sohn dich braucht?«

Helmut nickte. »Ich habe ihm einen anderen Lehrer besorgt und meinem Nachfolger erklärt, wie er Fritz helfen kann. Ich habe aber auch mit Fritz' Vater geredet. Nun kann ich nur hoffen, dass beide es gut machen. Und Fritz habe ich versprochen, ihn oft zu besuchen. Er war sehr traurig, als ich gegangen bin. Es tat mir furchtbar leid, dass ich ihn im Stich lassen musste.«

»Aber es war dir wichtiger, für Richard da zu sein«, flüsterte Claire.

»Und für dich, Liebste. Ich sitze im Rollstuhl, aber es gibt dennoch Dinge, die ich für unsere Familie tun kann. Du musstest ohne Vater aufwachsen, und unser Sohn darf nicht das gleiche Schicksal erleiden. Und du sollst nicht auch noch von deinem Mann verlassen werden, nachdem dein Vater schon nicht für dich da war.« Er umklammerte ihre Hand so fest, dass es wehtat, doch sie liebte diesen Schmerz. Er war so viel besser als die entsetzliche Qual, die sie gespürt hatte, als er nicht bei ihr gewesen war.

»Du hast tatsächlich vor zu bleiben«, flüsterte sie und ließ sich von ihm auf seinen Schoß ziehen. Ihre Lippen fanden sich zu einem Kuss, in dem all die Sehnsucht der vergangenen Monate lag, aber auch die Liebe und Leidenschaft, die sie immer noch füreinander empfanden.

Als ihre Münder sich voneinander lösten, waren sie beide atemlos. Lange sahen sie sich in die Augen. Claire versank im warmen Dunkel seiner Iris. Es war, als würde sie endlich wieder heimfinden. Sie hatte sich in der Villa Rabenfels geborgen gefühlt und doch hatte das Entscheidende gefehlt.

»Darf ich nun meinen Sohn sehen?«, fragte Helmut mit einem warmen Lächeln. »Ich will ihn in die Arme nehmen und ihm versprechen, dass ich für ihn da sein werde, solange ich lebe.«

Claire stand auf und beugte sich über den Kinderwagen, in dem Richard immer noch ruhig schlief. Sie wickelte ihn gegen die Abendkühle in seine Decke und legte ihn auf Helmuts Schoß.

Als er seinen Sohn hielt und ihm flüsternd ein Versprechen gab, wischte er sich verstohlen über die Wange. Dennoch tropfte eine seiner Tränen direkt auf Richards Stirn. Der kleine Junge riss die blauen Augen auf, sah seinem Vater ins Gesicht und verzog das Mündchen zu einem Lächeln.

Lange saß Helmut so da und hielt stumme Zwiesprache mit seinem Sohn. Dann hob er den Kopf und sah Claire an, die glücklich neben ihm stand.

»Ich möchte Onkel Ludwig begrüßen und ihm gratulieren«, sagte er nach einer Weile. »Nachdem ich beschlossen hatte, zu euch zurückzukehren, habe ich mich sehr beeilt, alles so schnell wie möglich zu regeln, um rechtzeitig zu seinem

Geburtstag da zu sein. Ganz habe ich das ja nicht mehr geschafft«, fügte er zerknirscht hinzu.

»Musst du gar nicht mehr weg? Nicht mal kurz?«

Er schüttelte den Kopf. »Das hätte ich nicht ertragen. Mein Gepäck steht draußen vor der Tür.«

Claire biss sich auf die Lippe, um nicht vor Freude wie eine Verrückte zu lachen. Sie würde nicht einmal mehr für ein paar Tage oder Stunden auf ihren Mann verzichten müssen. Er war gekommen, um für immer zu bleiben. Ihr Herz hüpfte vor Glück so heftig, als wollte es aus ihrer Brust springen.

»Wenn du nichts dagegen hast, begleite ich dich ins Herrenhaus. Ich möchte zu gern sehen, wie Onkel Ludwig sich über deine Heimkehr freut. Er hat nicht einen Tag aufgehört, nach dir zu suchen und mir immer wieder Mut gemacht und gesagt, ich würde dich wiedersehen.« Lächelnd legte Claire ihren Sohn zurück in den Kinderwagen und ging dicht neben Helmuts Rollstuhl in Richtung der Villa. Dabei hatte sie nur eine Hand zum Lenken des Wagens frei. Die andere hielt Helmut so fest, als wollte er sie tatsächlich nie mehr loslassen.

»Der gnädige Herr hält sich mit seinem Gast im Salon auf und wünscht, nicht gestört zu werden.« Lohmann war ihnen in der Halle entgegengekommen und hatte sichtlich Mühe, bei Helmuts unverhofftem Anblick jene ausdruckslose Miene beizubehalten, durch die sich ein geschulter Butler auszeichnete. In seinen Mundwinkeln entdeckte Claire zu ihrem Vergnügen dennoch ein leichtes Zucken.

Vor lauter Aufregung über Helmuts Rückkehr hatte Claire vergessen, dass Ludwig von Eggenhof sich mit Helene zu einem langen Gespräch und einem gemeinsamen Abendessen zurückgezogen hatte.

»Meinen Sie nicht, dass der Freiherr trotz allem so schnell wie möglich von der Rückkehr seines Neffen erfahren möchte?«, fragte sie den Butler freundlich.

Lohmann nickte energisch und verschwand nach kurzem

Anklopfen im Salon. Im nächsten Moment wurde die Tür aufgerissen, und Ludwig von Eggenhof stürmte in die Halle.

»Helmut!« Seine Stimme überschlug sich vor Aufregung. Er eilte bis direkt vor den Rollstuhl, bückte sich, als wolle er seinem Neffen um den Hals fallen, und richtete sich dann doch unschlüssig wieder auf. Offenbar war ihm erst im letzten Moment eingefallen, dass er nicht dazu neigte, Umarmungen zu verteilen.

»Onkel Ludwig!« Helmut ließ Claires Hand los und breitete die Arme aus.

Nun gab es kein Halten mehr. Die beiden Männer umarmten einander lange stumm, und Claire wischte sich schon wieder mit dem Taschentuch über die Augen. Vor Monaten hatte sie mit dem Weinen aufgehört, doch es schien, als würde sie das Versäumte innerhalb kürzester Zeit nachholen. Allerdings weinte sie nun vor Glück.

»Wo warst du nur so lange, mein Junge?« Der Freiherr richtete sich wieder auf und suchte in seiner Jackentasche vergeblich nach einem Tuch. Claire reichte ihm schließlich ihres. Es machte ihn offenbar verlegen, dass er weinen musste, aber wenn sich diese Tränen so anfühlten wie die, die Claire vergossen hatte, waren sie nur gut für ihn.

»Es tut mir leid«, wiederholte Helmut nun seinem Onkel gegenüber. »Es hat viel zu lange gedauert, bis ich begriffen habe, dass ich auch für meine Familie da sein kann, wenn ich im Rollstuhl sitze.«

»Ich würde gern wissen, wie es dir gelungen ist, dich sogar vor einem gewieften Detektiv verborgen zu halten. Ich habe dem Kerl ein kleines Vermögen gezahlt, aber deine Spuren waren so gekonnt verwischt, dass er scheinbar nicht mal in deine Nähe gekommen ist.« Der Freiherr schüttelte ratlos den Kopf.

»Meinst du Bruno Mayerbier?«, erkundigte sich Helmut.

»Woher kennst du seinen Namen?«, fragte Ludwig von Eggenhof verblüfft.

»Der hat mich ziemlich schnell bei Frau Gschwend aufgestöbert.«

Überrascht schnappte Claire nach Luft. »War er dort? Hast du mit ihm gesprochen? Und warum haben wir nicht erfahren, wohin du vom Krankenhaus aus gebracht wurdest?«

»Mayerbier tauchte schon knapp zwei Wochen, nachdem ich dort eingezogen war, bei Frau Gschwend auf. Er verlangte Geld von mir, damit er mich nicht an seinen Auftraggeber verriet.«

Der Freiherr stieß einen zornigen Ton hervor. Auch in Claire stieg heiße Wut auf. »Wir hätten dich also schon zwei Wochen nach deinem Verschwinden wiedersehen können? Ich hätte schon vor Monaten mit dir sprechen und dich überzeugen können, zu uns zurückzukehren? All die Zeit, die uns verloren gegangen ist, all der Kummer …« Sie konnte nicht weitersprechen, weil sie sonst wieder angefangen hätte zu weinen.

»Hast du ihn etwa für sein Schweigen bezahlt?«, erkundigte sich der Freiherr mit ratloser Miene.

»Dafür hatte ich gar nicht genug Geld. Vielleicht habe ich insgeheim sogar gehofft, er würde euch den Weg zu mir weisen. Obwohl ich mir wieder und wieder eingeredet habe, ich dürfe meiner Familie nicht zur Last fallen, habe ich mich gleichzeitig unendlich nach euch allen und nach Rabenfels gesehnt.« Helmut tastete nach Claires Hand, die sie ihm gern überließ.

»Dieser Halunke! Dieser verdammte Mayerbier!« Der Freiherr lief vor Wut rot an. »Das wird ein Nachspiel für ihn haben. Er hat mich nach Strich und Faden belogen und monatelang nur vorgegeben, nach dir zu suchen, während er sich für die angeblich so schwierigen und aufwendigen Nachforschungen fürstlich bezahlen ließ. Wenigstens hat er nicht noch zusätzlich bei dir abkassiert, Helmut.«

»Ich kann mich nur immer wieder entschuldigen, Onkel. Schließlich war ich derjenige, der sich so lange vor euch versteckt hat. Doch ich brauchte die Zeit, um endlich zu begreifen, dass ich hier geliebt und vermisst werde, auch wenn ich in diesem Ding sitze.« Er schlug gegen das Rad seines Rollstuhls.

Nun war es Claire, die seine Hand einfing und festhielt. »Lass uns von jetzt an nur noch nach vorn blicken. Ich möchte dir unsere neue Nähstube zeigen. *Maman* wird ebenfalls außer sich vor Freude sein, dich zu sehen. Onkel Ludwig hat einen lieben Gast, um den er sich jetzt wieder kümmern sollte.«

»So ist es.« Der Freiherr verzog den Mund zu einem strahlenden Lächeln. »Da du hoffentlich nicht vorhast, bei der nächstbesten Gelegenheit erneut zu verschwinden, sehen wir uns morgen, Helmut. Jetzt werde ich tatsächlich erwartet.«

Mit diesen Worten verschwand er wieder im Salon, und Claire nahm Helmut mit hinüber ins Dörrhaus. Sie hatte nicht vor, ihn auch nur eine Sekunde von ihrer Seite zu lassen, wenn es nicht unbedingt nötig war.

Es dauerte eine knappe Woche, einige Zimmer im Erdgeschoss der Villa für die kleine Familie herrichten zu lassen. Da sie beschlossen hatten, die Mahlzeiten gemeinsam mit dem Freiherrn einzunehmen, brauchten sie keine Küche, sondern nur ein Schlafzimmer, ein Kinderzimmer und einen kleinen Salon. Ein Bad gab es bereits im Parterre.

Wenn Claire nun Ludwig von Eggenhof beobachtete, erkannte sie den brummigen Hausherrn der Villa Rabenfels kaum wieder. Seit seinem Geburtstag lächelte er so häufig, dass sie manchmal irritiert war.

Nach dem Tod ihrer Tante war Helene aus Hannover wieder nach Bayern zurückgekehrt und wohnte nun eine gute Stunde Fahrt mit dem Automobil entfernt. Mindestens einmal in der Woche holte der Freiherr sie mit dem Wagen ab und brachte sie mit nach Rabenfels. Oder sie unternahmen gemeinsam Ausflüge. Wohin sie fuhren und was sie dort taten, war ein Geheimnis, das nur sein äußerst diskreter Chauffeur teilte. Zusätzlich führten die beiden Liebenden – denn das waren sie nach all den Jahren immer noch oder doch wieder – eine lebhafte Korrespondenz.

Louise wohnte weiterhin in der Wohnung über der Nähstube. Sie hatte wenig dagegen, die Räume nun allein zu nutzen. Ihre Tochter und ihren Enkel sah sie dennoch jeden Tag, und Claire arbeitete nach wie vor einige Stunden am Tag gemeinsam mit ihrer Mutter und den beiden Näherinnen an den Blusen, Hemden und Schürzen.

Bis die Räume für Claire, Richard und ihn fertiggestellt und eingerichtet waren, hatte Helmut allein auf einem behelfsmäßigen Lager in der Bibliothek geschlafen, und Claire war mit dem Kind im ersten Stock des Dörrhauses geblieben, wohin er ihr wegen der steilen Treppen nicht folgen konnte.

Jeden Abend aufs Neue war es Claire entsetzlich schwergefallen, sich für die Nacht von Helmut zu trennen. Er hatte ihr die Arme fest um den Hals geschlungen, als wollte er sie nie wieder freigeben, und sein Kuss hatte ihre Knie weich werden und ihre Sehnsucht ins Unermessliche wachsen lassen.

Nun stand die erste Nacht bevor, die sie gemeinsam in ihrem neuen Schlafzimmer im Erdgeschoss der Villa verbringen würden. Schon beim Abendessen war Claire nervös, und auch Helmut warf ihr immer wieder fragende Blicke zu.

Richard schlief schon in seinem Kinderzimmer neben dem Raum seiner Eltern. Die Türen standen offen, damit sie ihn im Speisesaal hören konnten, falls er aufwachte. Doch das tat er selten. Schon seit einigen Monaten schlief er meist die Nächte durch.

Claire und Helmut hatten beschlossen, bald eine Kinderfrau einzustellen. Ein junges Mädchen aus dem Dorf vielleicht. Wenn Richard demnächst zu laufen anfing, würde Claire Schwierigkeiten haben, zu nähen und ihn nebenbei zu beaufsichtigen.

Zu seinem Kummer konnte Helmut im Rollstuhl einem munter herumlaufenden Kleinkind nicht folgen. Er nahm es jedoch gelassen und freute sich darüber, dass sein Sohn es liebte, auf seinem Schoß mit dem Rollstuhl herumzufahren.

Mit einem anerkennenden Lächeln hatte er Claires Bericht über die Nähstube gelauscht, die Louise und sie im Dörrhaus eingerichtet hatten. Stolz hatte sie ihm erzählt, dass sie inzwischen mehrere Läden in der Umgebung mit Hemden und Blusen in gängigen Größen belieferten, für die es eine große Nachfrage gab.

»Aber wir halten uns mit dem Verkaufen zurück. Es liegen schon mehr als drei Dutzend Hemden und genauso viele fertige Blusen bereit, die wir in die Läden bringen werden, sobald nach einer Währungsreform Geld wieder etwas wert ist.«

»Ihr seid kluge Geschäftsfrauen«, hatte Helmut anerkennend festgestellt.

Helmut hatte vor, die zurzeit verpachteten Felder, die zum Besitz gehörten, selbst zu bewirtschaften. Dafür würde er einen Verwalter einstellen müssen, weil er in seinem Rollstuhl zu unbeweglich war, um Aussaat und Ernte zu beaufsichtigen und auch sonst nach dem Rechten zu sehen. Ihm blieben Planung und Buchhaltung und die Entscheidungen, die zu treffen waren. Doch würde ihm das reichen? Er hatte ihr erzählt, dass sein Vater auf Schloss Haynbach insgesamt höchstens einen Tag in der Woche brauchte, um mit seinem Verwalter Besprechungen abzuhalten und die Bücher zu führen.

Für diesen Abend vor der ersten Nacht, die Claire und Richard zusammen mit Helmut als Familie in der Villa verbringen würden, hatte Claire ihre Mutter zum gemeinsamen Abendessen eingeladen.

Der Freiherr ließ einen besonders guten Rotwein aus dem Keller bringen und hielt eine kleine Rede, in der er Claire und Helmut »zum zweiten Mal« in seinem Haus willkommen hieß. Auch ihren kleinen Sohn begrüßte er herzlich, obwohl er nicht anwesend war und längst in seinem Bettchen schlief. Helene widmete er ebenfalls einige Sätze, in denen er bedauerte, dass sie an diesem Abend nicht dabei sein konnte, weil sie sich um eine kranke Nachbarin kümmerte.

Helmut bedankte sich mit einigen warmherzigen Worten. Sie stießen an und genossen die Gemüsecremesuppe, das köstliche Wildgericht und die wunderbare Karamellcreme mit kandierten Früchten, die es zum Nachtisch gab.

Schließlich tupfte sich Louise den Mund ab, legte die Serviette neben ihren Teller und stand auf. »Wenn Sie mich bitte entschuldigen«, wandte sie sich an den Freiherrn und lächelte anschließend Claire und Helmut zu. »Ich möchte noch zwei angefangene Hemden zu Ende nähen.«

Claire erwiderte das Lächeln ihrer Mutter und dachte daran, dass diese sich früher nie entschuldigt hatte, wenn sie sofort nach dem Essen aufgesprungen war, um weiterzuarbeiten. Es war seltsam, wie es sich auf das Verhalten auswirkte, wenn man regelmäßig am Tisch eines Freiherrn aß.

»Arbeite nicht mehr so viel, *Maman.*« Claire stand ebenfalls auf und küsste ihre Mutter auf die Wange. »Wir können doch morgen früh zusammen mit den Frauen weitermachen.«

»Ich schlafe ruhiger, wenn ich weiß, dass die Arbeit, die ich mir für den Tag vorgenommen habe, erledigt ist. Aber vorher schaue ich noch mal nach Richard, wenn ihr nichts dagegen habt. Ich kann mich an dem kleinen Mann nicht sattsehen.«

»Besuche ihn, so oft du kannst, Louise. Er spürt es, wenn jemand in seiner Nähe ist, der ihn liebt. Und das können gar nicht genug Menschen sein.« Helmut lächelte seine Schwiegermutter an, und Claire hätte am liebsten die Hand ausgestreckt und mit den Fingerspitzen eines seiner Grübchen liebkost.

»Ich begleite Sie. Der Kleine sieht in seinem Bettchen zauberhaft aus.« Der Freiherr, der sich höflich erhoben hatte, wie er es immer tat, wenn eine Dame aufstand, ging mit Louise zur Tür.

Eine Weile sahen Claire und Helmut den beiden nach. Durch die offene Tür konnten sie beobachten, wie sie leise plaudernd die Halle durchquerten. Dann wandten sie sich wieder einander zu.

Claire drehte verlegen den Stiel ihres Glases. Es gab etwas, worüber sie mit Helmut reden musste. Bisher hatte sie dieses Gespräch immer wieder aufgeschoben. Doch da sie heute zum ersten Mal nach langer Zeit das Bett teilen würden, musste sie aussprechen, was sie seit Tagen beschäftigte.

Sie nahm einen Schluck Wein, räusperte sich und schaute Helmut entschlossen in die dunklen Augen.

»Wir werden heute in unser neues Schlafzimmer ziehen«, begann sie und kam sich dumm vor, weil er das natürlich wusste. Hastig fuhr sie fort: »Ich freue mich sehr darauf, dich nachts wieder neben mir zu spüren. Und ich frage mich …«

»… ob ich noch ein richtiger Mann bin«, beendete er ihren Satz, als sie nicht weiterwusste.

»Du bist auf jeden Fall ein richtiger Mann. Der einzig richtige Mann für mich.« Sie biss sich auf die Unterlippe. »Ich habe mich nur gefragt, ob wir noch miteinander … Schließlich sind deine Beine gelähmt, und ich weiß nicht …«

Das war noch schwieriger, als sie befürchtet hatte. Aber Helmut half ihr. Lächelnd griff er nach ihrer Hand und küsste sie zart auf die Fingerspitzen.

»Wenn du es möchtest, bin ich bereit, Liebste. Nur mein linkes Bein ist vollkommen gelähmt, im rechten ist noch ein wenig Gefühl. Und dort, wo es darauf ankommt, fühle ich alles. Das war direkt nach meinem Erwachen aus der Bewusstlosigkeit noch anders, aber ein paar der verletzten Nerven im Rücken scheinen sich erholt zu haben. Das meinte jedenfalls der Arzt, bei dem ich vor ein paar Wochen war.«

Claire atmete tief durch und nickte erleichtert.

»Es ist aber nicht so, dass ich mich nur wegen dieser leichten Besserung entschlossen habe zurückzukommen«, sagte Helmut nach einer Pause. »Zugegeben – es ist eine gewisse Erleichterung für mich, dass ich dich auch körperlich lieben kann, wenn du das möchtest. Und im Rollstuhl sitze ich ja trotzdem noch. Ich bin zu dir und zu unserem Jungen zurückgekehrt, weil ich verstanden habe, dass ich euch auch in diesem Zustand etwas Wichtiges geben kann.«

Claire, die spürte, dass ihre Wangen immer noch glühten, beugte sich zu ihm und hauchte ihm einen Kuss auf den Mundwinkel. »Ich hätte dich genauso geliebt und mich ebenso über deine Rückkehr gefreut, falls … das nicht ginge. Auch wenn ich froh bin … Du weißt schon.« Sie lächelte verlegen.

»Ich danke dir, Liebste.« Er legte seine Hände um ihr Gesicht und küsste sie voller Leidenschaft und Sehnsucht. Und in diesem Kuss lag das Versprechen, dass auch ihre Nächte wieder so sein würden, wie sie sie all die Monate in Erinnerung bewahrt und vermisst hatte.

35

Villa Rabenfels, Oktober 1924

»Wo bleibt er denn nur? Ohne ihn kann die Hochzeit doch nicht stattfinden. Schließlich ist er Trauzeuge.« Aufgeregt lief Claire zur Tür und spähte die Auffahrt hinunter. Helmuts Automobil war immer noch nicht zu sehen. Sie unterdrückte einen Seufzer und lief ins Kinderzimmer, um nachzusehen, ob Richard schon den kleinen Anzug trug, den seine Großmutter ihm für das große Ereignis genäht hatte.

Dem Anderthalbjährigen war die Aufgabe zugedacht worden, an der Hand seiner Mutter die Ringe zum Altar der kleinen Kapelle im Park der Villa zu tragen.

Claire war aufgeregt. Würde ihr Söhnchen die Schachtel fallen lassen? Er war noch sehr tollpatschig, wie es seinem Alter entsprach. Oder würde er laut dazwischenrufen, während der Pfarrer predigte? Seit er sprechen konnte, tat er nichts lieber als das. Er redete. Und zwar ständig. Oder würde er gar auf den Gedanken verfallen, doch lieber hinaus in den Park zu laufen? Es gab tausend Dinge, die dem lebhaften kleinen Kerl in den Sinn kommen konnten und die sie besser vorausahnte, um sie rechtzeitig verhindern zu können.

Richard hatte offensichtlich keine Ahnung von der Bedeutung seiner Aufgabe und von der Aufregung, in der seine Mutter schwebte. Er saß in seinem schwarzen Anzug, einem Miniatur-Frack, auf dem Boden seines Kinderzimmers und spielte mit Steinen und Stöckchen sein augenblickliches Lieblingsspiel: Kuhweide.

»Er wird sich schmutzig machen«, rief Claire dem Kindermädchen zu, das soeben vor dem Spiegel seinen frisch geschnittenen Bubikopf richtete. Thea hatte sich ebenfalls hübsch gemacht. Während der Feier würde sie Claire einen Teil der Arbeit mit Richard abnehmen.

Sofort drehte Thea sich um, nahm den zappelnden Buben vom Boden hoch, setzte ihn in seinen Hochstuhl und brachte ihm ein paar Bauklötze. Tatsächlich gelang es ihr, das Kind von seinen Steinchen-Kühen abzulenken. Das Mädchen war Gold wert.

Claire lief wieder zur Haustür. Immer noch kein Helmut in Sicht. Während sie beschwörend die Auffahrt in Richtung Straße hinuntersah, entspannte sie sich ein wenig. Bis zum Beginn der Trauung war noch fast eine Stunde Zeit. Sie hatte ihrem Mann schon seinen festlichen Anzug bereitgelegt, sodass er nur wenige Minuten brauchen würde, um sich auf die Zeremonie vorzubereiten.

Dies war nicht nur Ludwig von Eggenhofs Geburtstag und der Tag seiner Hochzeit mit Helene. Auch für Claire und Helmut war es ein besonderes Datum. Vor genau einem Jahr war Helmut nach Rabenfels zurückgekehrt. Trotz allen Glücks waren die anschließenden Monate schwierig gewesen.

Angesichts seiner stets beschäftigten Frau und der Emsigkeit, die vom frühen Morgen bis in den Abend hinein in der Nähstube herrschte, war Helmut sich schon bald überflüssig vorgekommen. Die Verträge mit den Pächtern der Ländereien seines Onkels waren noch nicht ausgelaufen. Und selbst wenn Helmut mithilfe eines Verwalters und einiger Knechte die Felder selbst bewirtschaften würde, bedeutete das nicht, dass er jeden Tag mehrere Stunden zu tun hätte.

Helmut hatte versucht, so gut wie möglich zu verbergen, wie sehr er unter der Situation litt. Doch Claire hatte es natürlich bemerkt. Und dann hatte sich, fast durch Zufall, ein neues Betätigungsfeld für ihn aufgetan.

Am Ende der Auffahrt tauchte ein grauer Lieferwagen auf,

näherte sich in flottem Tempo dem Haus und hielt vor der Freitreppe. Der Fahrer sprang aus dem Führerhäuschen, schlug die Plane über der Ladefläche zurück und wuchtete einen Blumenkübel herunter. Ächzend schleppte er den großen Topf, in dem eine prächtige Palme wuchs, zur Haustür hinauf.

»Is'n Hochzeitsgeschenk. Ich komm damit aus Bernried. Da wurde es bestellt.« Er setzte den Topf direkt vor Claire ab und deutete auf den Umschlag, der zwischen den Wedeln der Palme steckte. Bevor sie etwas sagen konnte, war er schon wieder die Treppe hinuntergelaufen und in seinen Wagen gesprungen. Zum Glück gab es genug Diener im Haus, die die Palme zu den anderen Geschenken in den kleinen Salon schaffen konnten.

Da es zu Claires Aufgaben gehörte, die Liste mit den Geschenken zu führen, pflückte sie das Kuvert, in dem sich wahrscheinlich die Glückwunschkarte befand, aus der Palme und öffnete es.

Als sie sah, wer die Pflanze geschickt hatte, schnappte sie nach Luft. Das Hochzeitsgeschenk kam vom Grafen und der Gräfin Haynbach sowie deren Sohn Albrecht nebst Gattin.

Ludwig von Eggenhof hatte in einem persönlichen Schreiben die Verwandtschaft von Schloss Haynbach zu seiner Hochzeit eingeladen. In seinem Brief hatte er erwähnt, dass Helmut und dessen Frau Claire in der Villa Rabenfels wohnten und selbstverständlich ebenfalls bei der Feier anwesend sein würden. Dies sei für Helmuts Eltern und seinen Bruder eine gute Gelegenheit, Helmut wiederzusehen, der leider seit seinem Unfall im Rollstuhl sitze.

Die Absage war postwendend gekommen. Albrecht hatte im Auftrag seiner Eltern »mit dem Ausdruck des größten Bedauerns« erklärt, die gesamte Familie habe an dem betreffenden Tag leider schon einen anderen wichtigen Termin. Und nun schickten die von Haynbachs eine Palme mit einem nichtssagenden Glückwunsch. Die Schrift auf Umschlag und

Karte kam Claire bekannt vor. Offenbar hatte wieder Albrecht die Zeilen geschrieben. Seinen Bruder erwähnte er erneut mit keinem Wort.

Nachdenklich schob sie die Karte zurück ins Kuvert. Helmut würde traurig sein, sie war wütend. Wie konnten Eltern, wie konnte eine Mutter ihren Sohn einfach abschreiben, nur weil er eine Frau geheiratet hatte, die aus den falschen Kreisen stammte? Und warum schrieb die Gräfin nicht wenigstens persönlich an ihren Bruder Ludwig oder sandte zumindest Helmut einen Gruß?

Ihre Mutter erschien in der Halle. Ebenso wie Claire trug sie bereits ihr Festkleid. Louise, die sich weigerte, der Mode entsprechend, eine Kurzhaarfrisur zu tragen, hatte ihre langen Haare elegant hochgesteckt.

Mutter und Tochter waren die Ehrendamen der Braut. Sie würden hinter Ludwig und Helene zum Altar schreiten, darauf achten, dass niemand auf Helenes Kleid trat und während der Trauung den Blumenstrauß halten.

»Helene ist fertig«, erzählte Louise aufgeregt. »Sie sieht wunderschön aus. Und das Kleid wirkt an ihr noch besser als bei den Anproben. Das liegt daran, dass sie so strahlt.«

Als Hochzeitsgeschenk hatten sie in ihrer Nähstube Helenes Kleid für den großen Tag entworfen und genäht.

Auch ihre eigenen Kleider waren im alten Dörrhaus entstanden. Der fließende Stoff hatte dasselbe Grün wie die Paspeln an Helenes hellgrauem Kleid.

Claires Kleid wirkte jugendlicher als das ihrer Mutter. Es war ein wenig kürzer, und die tief angesetzte Taille im Charleston-Stil entsprach der aktuellen Mode. Louise trug ein Modell im klassischen Schnitt. Für beide hatte Claire aus dem Stoff von Helenes Kleid eine Ansteckblume gefertigt.

»Was für ein Glück, dass die beiden nach all den Jahren zusammengefunden haben. Was hauptsächlich dein Verdienst ist …« Claire lächelte ihre Mutter an und versteckte den Briefumschlag unauffällig hinter dem Rücken. Auch Louise musste vorerst nichts von der nichtssagenden Karte wissen, auf der Helmut wiederum totgeschwiegen wurde. Sie hatte sich schon über die Absage der von Haynbachs lautstark empört. Helmut dagegen hatte kein Wort zu dem Brief gesagt, den sein Onkel ihnen allen zum Lesen gegeben hatte. Nachdem er die Nachricht überflogen hatte, hatte Helmut stumm den Tisch verlassen, war mit dem Rollstuhl in den Park gefahren und erst sehr viel später zurückgekehrt.

Abends, als sie mit ihm im Schlafzimmer allein war, hatte Claire den Absagebrief seines Bruders vorsichtig noch einmal angesprochen. Daraufhin hatte Helmut etwas Unverständliches gemurmelt und die Bettdecke bis zum Kinn hochgezogen. Woraus sie entnommen hatte, dass er nicht über die Angelegenheit reden wollte.

Als sie nun ein weiteres Mal zum geöffneten Tor am Ende der Auffahrt schaute, fuhr soeben Helmuts Automobil – ein neuer Steyr II – auf das Haus zu. Gleichzeitig schoss ein schwarzer Blitz um die Hausecke herum und fegte den kiesbestreuten Weg entlang dem Wagen entgegen. Enno versäumte nie, seinen Herrn überschwänglich zu begrüßen.

Der Wagen hielt, Rupert, Helmuts Chauffeur, stieg aus und hob den extraleichten Rollstuhl, den Helmut sich zu diesem Zweck hatte anfertigen lassen, von der Rückbank. Dann öffnete er die Beifahrertür und stellte den Rollstuhl neben den Vordersitz. Helmut konnte sich ohne Hilfe aus dem Wagen schwingen, so wie er die meisten Aufgaben in seinem Alltag selbstständig bewältigte.

Ebenso wie im vergangenen Jahr war der Geburtstag des Freiherrn ein klarer, sonniger Oktobertag. Als Helmut mit kräftigen Armbewegungen seinen Rollstuhl antrieb und die Rampe neben der Freitreppe herauffuhr, ließ die Herbstsonne sein dunkelblondes Haar golden aufleuchten.

Claire beugte sich in der offenen Haustür zu ihm hinunter

und küsste ihn auf den Mund. Als sie sich wieder aufrichtete, brannte sein Kuss auf ihren Lippen. Wie immer, wenn er sie berührte, spürte sie ihre Liebe bis in die Fingerspitzen und in ihrem ganzen Körper.

»Du kommst spät. In einer halben Stunde geht es los. Dein Anzug liegt auf dem Bett.«

»Gut, dass du da bist, Helmut«, begrüßte Louise ihren Schwiegersohn. »Ich klopfe dann mal bei dem Bräutigam und schaue nach, ob er fertig ist.« Eilig stieg sie die Treppe in den ersten Stock hinauf. Wie immer fühlte sie sich auch bei dieser Hochzeit für alles zuständig. So war sie nun einmal, und das würde sich auch nie ändern.

»Ich habe eine Überraschung für dich.« Helmut wirkte aufgeregt, und Claire wurde klar, dass seine leuchtenden Augen nicht nur von der Vorfreude auf die Hochzeit seines Onkels herrührten.

Sie musste an sich halten, um nicht damit herauszuplatzen, dass sie ebenfalls eine Überraschung für ihn hatte. Hier, in der offenen Haustür, war nicht der richtige Ort, ihr Geheimnis mit ihm zu teilen. Sie würde einen passenderen Moment finden.

»Nun sag schon«, drängte sie ihn und warf einen heimlichen Blick auf die Uhr, die auf dem Kaminsims in der Halle viel zu emsig tickte.

»Ich hatte heute einen Termin im Kaufhaus Uhlfelder in München. Bei Herrn Heinrich Uhlfelder persönlich. Den Kontakt hat mir Herr Brock vermittelt. Du weißt schon, Fritz‹ Vater.«

Claire schnappte überrascht nach Luft. Für einen kurzen Moment vergaß sie sogar, dass die Trauung in Kürze beginnen sollte. Das Kaufhaus Uhlfelder war ein riesengroßes Geschäft, in dem es praktisch alles zu kaufen gab und das sicher an einem einzigen Tag enorme Umsätze machte.

»Nun sag schon! Hat er bestellt?«, presste sie aufgeregt hervor.

Er nickte mit stolzer Miene. »Vorerst zehn Blusen und zehn Hemden in der Woche. Aber er meint, die Zahlen könnten leicht verdoppelt oder verdreifacht werden. Schürzen möchte er auch probieren. Aber er stellt sich ein anderes Modell vor. Er nannte es Tändelschürze. Angeblich ist das eine Art hübsche Servierschürze, die auch getragen werden kann, wenn Gäste da sind. Sagt dir das was?« Helmut sah sie etwas hilflos an.

»Ja. Ja, natürlich. Was für eine wunderbare Nachricht!« Claire fiel ihm um den Hals und drückte ihm gleich ein Dutzend Küsse auf die Wange. »Du bist großartig. Der beste Handelsvertreter, den wir haben können. Der beste auf der ganzen Welt.«

Er lächelte bescheiden. »Es macht mir Spaß, und ich weiß, dass ich, zusätzlich zu dem bisschen Buchhaltung, etwas Nützliches tue, das eure Näherei voranbringt.«

»Es gibt nur ein Problem bei der Sache.« Claire begleitete Helmut zum Schlafzimmer. »Unsere kleine Firma wächst so schnell, dass wir Schwierigkeiten haben, genügend talentierte Frauen zu finden und ihnen das Nötigste beizubringen. Außerdem haben die acht Näherinnen, die jetzt schon für uns arbeiten, kaum noch genug Platz im alten Dörrhaus. Wegen des Uhlfelder-Auftrags müssen wir mindestens noch zwei weitere Frauen einstellen. Das bedeutet, wir brauchen einen anderen Raum oder einen Anbau.«

»Darüber sprechen wir morgen. Wir finden sicher eine Lösung. Wie wunderbar, dass endlich die Reichsmark eingeführt wurde. Der Oktober 1924 scheint ein rechter Glücksmonat zu sein.«

»Im vergangenen Jahr war es doch mit der Rentenmark auch schon deutlich besser«, sagte Claire. »Immerhin brauchten wir keine Schubkarre mehr, um ein Brot einzukaufen.«

»Wie man hört, wollen die Amerikaner die Stabilisierung der Reichsmark unterstützen. Charles Dawes soll einen ausgereiften Plan entwickelt haben. Den Alliierten geht es vor allem darum, dass Deutschland endlich wieder Reparationszahlungen leisten kann. Das hat bei der Einführung der Rentenmark nicht sonderlich gut funktioniert. Dawes‹ Plan soll für die baldige Erholung der deutschen Wirtschaft sorgen. Da die Näherei Haynbach zweifellos zur deutschen Wirtschaft gehört, hilft uns das natürlich auch weiter. Wir können investieren – in neue Maschinen, möglicherweise in einen Anbau und natürlich in weitere Näherinnen. Ich werde das mal durchrechnen. Es scheint, als gingen wir goldenen Zeiten entgegen.« Helmut hielt seinen Rollstuhl vor der Schlafzimmertür an und drückte die Klinke herunter.

»Du kommst zurecht, nicht wahr?« Claire warf an diesem Tag nicht den ersten nervösen Blick auf die Uhr. »Ich sollte Richard holen gehen. Hoffentlich hat er sich in seinem Festanzug nicht mittlerweile im Matsch gewälzt. Wir sehen uns in der Kapelle.«

»Ich beeile mich«, versprach Helmut.

Eine Viertelstunde später stand Claire mit dem zappelnden Kind an der Hand im Seitenraum der Kapelle. Louise war auch schon da. Das Brautpaar ließ auf sich warten, was gut war, da Helmut ebenfalls noch nicht aufgetaucht war. Ludwig von Eggenhof würde seine Braut selbst zum Altar führen. Die Ehrendamen Louise und Claire würden ihnen folgen, an Claires Hand der kleine Richard mit dem Samtkissen, auf dem die Trauringe befestigt waren.

Die etwa zwanzig Hochzeitsgäste waren bereits versammelt. Claire hörte sie leise reden. Es waren einige von Helenes Verwandten angereist und zwei Freundinnen aus ihrem Dorf. Die Verwandtschaft des Freiherrn beschränkte sich nach dem Tod seiner Eltern auf eine Handvoll Cousins und Cousinen und einen uralten, schwerhörigen Onkel. Für einen Moment musste Claire an die von Haynbachs denken, doch sie verdrängte ihren Ärger. Es gab so viel, worüber sie sich an diesem Tag freuen konnte, dass es unverschämt gewesen wäre zu erwarten, dass wirklich *alles* in allerbester Ordnung war. Dennoch tat es ihr weh, dass Helmut von seinen Eltern so vollkommen im Stich gelassen wurde. Noch dazu, weil er sie geheiratet hatte.

Im Gang raschelte es leise, dann trat Helene in die Tür. Claire hielt die Luft an, als sie die hübsche Braut zum ersten Mal sah. Louise hatte Helene das Haar locker aufgesteckt und lilafarbene Astern darin befestigt, die fast denselben Farbton hatten wie der Schimmer ihres grauen Seidenkleids.

Niemand wäre auf den Gedanken verfallen, dass Helene im nächsten Jahr ihren sechzigsten Geburtstag feiern würde. Ein Leuchten ging von ihr aus, das den kleinen Raum zu erhellen schien.

»Ich bin so aufgeregt«, flüsterte sie. »Und so schrecklich glücklich.« Sie presste den Strauß aus weißen Rosen an ihre Brust.

Hinter ihr tauchte der Bräutigam auf. »Können wir?« Das strahlende Lächeln, mit dem er seine zukünftige Frau ansah, strafte seinen sachlichen Ton Lügen. Manchmal versuchte er immer noch, den strengen Freiherrn zu spielen. Besonders wenn er unsicher oder aufgeregt war.

»Ich fürchte, Helmut ist noch nicht da«, meldete sich Claire. »Er sollte längst vor dem Altar warten.«

»Er steht schon da.« Ludwig von Eggenhof zog die Hand der Braut in seine Armbeuge und marschierte entschlossen los.

Louise und Claire mussten sich beeilen hinterherzukommen. Als Claire zwischen ihrer Mutter und ihrem Sohn hinter dem Brautpaar in den Mittelgang der Kapelle trat, hätte sie vor Überraschung beinahe laut aufgeschrien. Helmut *stand* tatsächlich neben dem Altar. Er stützte sich auf zwei Krücken, doch er stand auf seinen eigenen Beinen. Wieso konnte er das plötzlich? Die Ärzte hatten zwar immer wieder gesagt, dass seine Nervenstränge sich vielleicht im Laufe der Zeit sehr langsam erholen würden, doch Claire hatte nicht gewagt, sich Hoffnung zu machen. Sie war froh gewesen, dass Helmut sich offenbar mit einem Leben im Rollstuhl abgefunden hatte. Er war ein wunderbarer Vater, ein wunderbarer Ehemann und ein Segen für die Näherei, wie sich erst heute wieder herausgestellt hatte. An alledem hinderte ihn der Rollstuhl nicht.

Doch nun stand ihr hochgewachsener, schlanker Mann kerzengerade in seinem dunklen Anzug da und sah sie über die Köpfe des Brautpaars hinweg an. Das war eine Überraschung nur für sie. Ludwig und Louise wirkten nicht erstaunt. Sie hatten offenbar von Helmuts Plan gewusst und ihm vielleicht sogar geholfen.

Von der schlichten Zeremonie bekam Claire nicht viel mit. Sie musste immerzu nur ihren Mann ansehen. Fast hätte sie sogar den Moment verpasst, in dem sie mit Richard an der Hand zum Altar treten sollte, damit das Brautpaar sich gegenseitig die Ringe anstecken konnte.

Dann war die Trauung vorbei. Die frischgebackenen Eheleute verließen die Kapelle, und die kleine Hochzeitsgesellschaft schlenderte durch den Park zum Wintergarten, wo die festliche Tafel gedeckt war. Es war ein wenig eng dort für so viele Gäste, doch Helene hatte sich gewünscht, dass das Essen mit Blick auf die herbstlich bunten Bäume stattfinden sollte.

»Im großen Speisesaal ist es so steif«, hatte sie schüchtern gesagt, und natürlich war der Freiherr sofort bereit gewesen, ihr diesen Wunsch zu erfüllen.

Helmut schaffte einige Schritte an seinen Krücken, dann ließ er sich von Rupert, der sich im Hintergrund gehalten hatte, den Rollstuhl bringen.

Claire ging neben ihm und schüttelte immer wieder ungläubig den Kopf. »Seit wann kannst du das? Und warum wusste ich nichts davon.«

»Ich habe mich so sehr auf dein ungläubiges Gesicht gefreut.« Helmut lachte fröhlich. »Rupert hat mich jede Woche mehrmals zur Heilgymnastik gefahren. Es war mühsam und anstrengend, bis ich allein aufstehen konnte, und ich werde vielleicht nie eine längere Strecke ohne Krücken gehen können. Aber es ist ein so wunderbares Gefühl, wieder auf meinen Beinen zu stehen. Das ist mir die Mühe wert.«

»Aber dass du mir nichts gesagt hast …«

»Es war ein großer Ansporn für mich, dich zu überraschen, Liebste. Ich hoffe, du bist mir nicht böse …«

»Natürlich nicht. Es kam nur so unerwartet. Ich kann es immer noch kaum glauben.«

Die anderen Gäste hatten den Wintergarten erreicht und gingen durch die weit geöffneten Glastüren hinein. Louise hielt Richard an der Hand. Claire und Helmut waren während ihres Gesprächs zurückgeblieben. Nun standen sie unter der rotgolden leuchtenden Kastanie und sahen einander in die Augen.

»Ich habe auch eine Überraschung für dich«, sagte Claire leise.

Helmut lächelte und griff nach ihrer Hand. »Es macht mich glücklich, und es macht mir Angst, weil es letztes Mal so schwierig war. Der Gedanke, ich könnte dich verlieren … Auch wenn ich mir sehr eine Tochter wünsche. Ein kleines Mädchen, das aussieht wie du.«

Erstaunt starrte Claire ihn an. »Woher weißt du, dass ich wieder guter Hoffnung bin? Ich habe mir die Überraschung extra für den heutigen Tag aufgehoben. Außerdem war ich erst vor wenigen Tagen bei Doktor Mundtler. Vorher konnte ich nicht sicher sein.«

»Bitte verzeih. Ich wollte dir die Verkündung der freudigen Nachricht nicht verderben. Aber ich habe den ganz besonderen Glanz in deinen Augen gesehen, als wir Richard erwarteten. Seit einiger Zeit ist er wieder da.« Helmut lächelte sie verliebt an.

Sie erwiderte sein Lächeln und zuckte mit den Schultern. »Mit deiner Überraschung vorhin vor dem Altar kann ich mit einem zweiten Kind sowieso nicht mithalten.« Sie zwinkerte ihm zu.

»Oh doch, das kannst du. Ich freue mich über alle Maßen, und ich danke dir, Claire. Du darfst auf keinen Fall weiterhin so viel in der Näherei arbeiten und musst dich auch sonst schonen.«

»Es wird gut gehen, Liebster. Ich werde dir ein kleines Mädchen schenken. Oder noch einen Sohn, das wäre genauso wunderbar«, sagte sie mit fester Stimme, obwohl sie selbst auch ein wenig Angst hatte. Doch dieses Mal konnte sie sich von Anfang an in Ruhe auf ihr Kind vorbereiten. Sie hatte ein wunderbares Zuhause und blickte einer herrlichen Zukunft an der Seite des Mannes, den sie über alles liebte, entgegen. Vor allem aber würde Helmut die ganze Zeit an ihrer Seite sein.

Langsam bewegten sie sich nun ebenfalls hinüber zum Wintergarten, wo das Brautpaar schon mit den Gästen auf eine lange glückliche Ehe anstieß. Richard lief ihnen entgegen und krabbelte auf den Schoß seines Vaters, um noch eine Runde mit ihm im Rollstuhl herumzufahren.

Claire legte die Hand auf Helmuts Schulter und spürte durch den feinen Stoff des Anzugs seine Wärme und Stärke bis hinunter in ihren Bauch, wo neues Leben heranwuchs. Sie war eine glückliche Frau.

Leseprobe

ELAINE WINTER

Modehaus HAYNBACH

Schicksalhafte Jahre

1

Irgendwo in Bayern, Juni 1945

Viktoria Louisa von Haynbach schreckte aus dem Schlaf hoch, richtete sich auf und spähte angestrengt in die Dunkelheit. Ein lautes Knacken hatte sie geweckt. Waren das Schritte gewesen? Oder ein gefährliches Tier? Vielleicht hatte auch nur ein Ast des Baums geknackt, unter dem sie ihr Nachtlager aufgeschlagen hatten.

»Bist du wach, Mama?«, wandte sie sich im Flüsterton an ihre Mutter, die sich dicht neben ihr in eine dünne Decke eingewickelt hatte.

»Hm?«, machte Claire und rührte sich nicht.

»Hast du das gehört?« Mit zusammengekniffenen Augen starrte Viktoria an dem dicken Baumstamm vorbei in die tiefen Schatten der frühen Morgenstunde. Da hatte sich etwas bewegt. Vielleicht hatte ihr der Wind im Laub die hohe, schmale Silhouette aber auch nur vorgegaukelt, die sie gemeint hatte zu sehen.

Sie tastete nach dem Messer, das sie unter die zusammengerollte Jacke geschoben hatte, die ihr als Kopfkissen diente. Gleichzeitig fixierte sie den Leiterwagen, der mitsamt Inhalt im Moment ihren ganzen Besitz darstellte.

Die Bauersleute hatten ihnen das klapprige Wägelchen im Tausch gegen ihre Wintermäntel überlassen. Drei hochwertige, warme Mäntel gegen einen altersschwachen Handwagen – definitiv ein schlechtes Geschäft. Doch die Züge fuhren unregelmäßig und waren oft so überfüllt, dass niemand mehr zusteigen konnte. Deshalb hatten sie beschlossen, die mehr als hundert Kilometer zu Fuß zurückzulegen und mussten ihr Hab und Gut irgendwie transportieren. Sie wussten nicht, was aus ihrem persönlichen Besitz geworden war, den sie in der Villa zurückgelassen hatten. Also konnte es sich bei den paar Kleidungsstücken, die sie nach der Zeit auf dem Bauernhof noch hatten, um ihre komplette Garderobe handeln. Ihr Proviant für den restlichen Weg bestand aus einem halben Laib Brot, zwei schrumpeligen Winteräpfeln und einem vertrockneten Stück Käse.

»Was meinst du?«, erwiderte ihre Mutter auf Viktorias Frage. Falls tatsächlich jemand im Schatten herumschlich, der sie bestehlen wollte oder noch Schlimmeres im Schilde führte, würde Claire sich nicht wehren, soviel stand fest. Sie war nicht bereit zu kämpfen. Nicht ums Leben und nicht ums Überleben. Es hatte Tage gegeben, an denen Viktoria nicht gewagt hatte, ihre Mutter aus den Augen zu lassen, aus Angst, sie könnte sich etwas antun.

Mit bebenden Fingern umklammerte Viktoria den Messergriff und sah prüfend zum Lager ihrer Schwester hinüber, die auf Claires anderer Seite lag. Wenn Mabelle erst einmal schlief, war sie nur durch heftiges Rütteln und lautes Rufen wachzubekommen. Vorerst hielt Viktoria es jedoch für klüger, sich ruhig zu verhalten.

Ein erneutes Knacken ließ sie zusammenfahren. Mit einem Ruck setzte sie sich auf – gerade rechtzeitig, um zu sehen, wie ein Mann unter den Bäumen hervor ins Mondlicht trat und auf sie zukam. Sie sprang auf und schrie los – rief irgendwelche zusammenhanglosen Worte in die Dunkelheit, während sie wie wild mit dem Messer herumfuchtelte.

Tatsächlich blieb der Mann wenige Schritte vor ihr stehen und sagte irgendetwas, das sie in ihrer Panik nicht verstand. Aus dem Augenwinkel sah sie, wie Mabelle sich vom Boden hochrappelte und auch ihre Mutter aufstand.

»Gehen Sie weg, ich bin bewaffnet«, schrie Viktoria mit

sich überschlagender Stimme den Mann an, der sich noch zwei oder drei weitere Schritte genähert hatte. Jetzt erkannte sie, dass er eine zerlumpte Wehrmachtsuniform und eine Schirmmütze trug. Offenbar war er also ein deutscher Soldat, was sie allerdings auch nicht sonderlich beruhigte. Sie hatte schon furchtbare Dinge über Frauen gehört, die aus dem Krieg heimkommenden Soldaten in die Hände gefallen waren. Diese Männer waren nicht nur ausgehungert nach Nahrung. Viele von ihnen hatten auch schon lange keine Frau mehr gehabt.

»Sachte, sachte.« Er hob beschwichtigend beide Hände und kam weiter auf sie zu.

»Stehenbleiben«, kreischte Viktoria.

»Hauen Sie ab«, hörte sie gleichzeitig ihre kleine Schwester rufen. In Mabelles Stimme schwang so viel Angst mit, dass sich Viktorias Magen zusammenkrampfte.

»Mama«, fügte Mabelle flehend hinzu und automatisch schaute auch Viktoria ihre Mutter an.

»Bitte tun Sie meinen Töchtern nichts«, flüsterte Claire, die immer noch mit hängenden Armen dastand.

In diesem Moment wurde Viktoria endgültig klar, dass sie diejenige war, die die Verantwortung für die kleine Familie trug. Mabelle verhielt sich mit ihren knapp sechzehn Jahren in manchen Momenten noch wie ein Kind, das sich hinter den Erwachsenen versteckte. Auch jetzt war sie einen Schritt zurückgewichen.

Und ihre Mutter …

Der Soldat stand unbewegt da und starrte die drei Frauen an. Ab und zu schien er einen prüfenden Blick auf den Handkarren zu werfen. Und war da nicht auch Begehren in seinen Augen, besonders wenn er Mabelle ansah?

»Sie! Gehen! Weg! Sofort!«, schrie Viktoria den Mann an. »Wenn Sie nicht auf der Stelle verschwinden …«

Er glitt so schnell durch die silbergraue Dunkelheit auf sie zu, dass sie die Bewegung kaum wahrnahm. Plötzlich stand er vor ihr und packte sie beim Arm.

»Hören Sie auf, so herumzuschreien«, fuhr er sie an. »Wenn hier in der Nähe eine amerikanische Patrouille unterwegs ist, werde ich festgenommen, obwohl ich nichts getan habe.«

»Ich denke nicht dran, leise zu sein.« Sie funkelte ihn wütend an und erschrak, als sie aus der Nähe in seine Augen sah. Die Traurigkeit im Dunkel seiner Iris traf sie wie ein Schlag in die Magengrube. Es war, als könnte sie in seinem fiebrigen Blick für eine Sekunde wahrnehmen, was er gesehen hatte. Schlimme Dinge, die einen Menschen für immer verändern mussten. Entsetzliche Gräuel, die aus ganz normalen Männern Monster machen konnten, die sich mit Gewalt nahmen, was sie wollten und außer dem eigenen Schmerz nichts mehr fühlten.

»Ich will doch nur …«

Durch den Ärmel ihres dünnen Pullovers spürte sie die Hitze seiner Finger wie kleine Flammen auf der Haut. Mit einem energischen Ruck befreite sie sich aus seinem Griff, verwundert, wie leicht er sie losließ. Als hätte er nicht genug Kraft, sie gegen ihren Widerstand festzuhalten.

Entschlossen fuhr sie mit dem Messer durch die Luft. Die Klinge blitzte im schwachen Mondschein. Der Soldat fuhr zurück und presste sich die Hand gegen die Stirn. Als er sie wieder sinken ließ, sah sie einen dünnen roten Strich in seinem Gesicht, den sie offenbar mit der Spitze ihres Messers gezogen hatte. Er reichte von der linken Schläfe bis zur Nasenwurzel.

Der Soldat wich zurück und Viktoria atmete auf. Dennoch umklammerte sie ihr Messer noch fester. Bisher hatte sie nicht gewusst, ob sie tatsächlich in der Lage sein würde, sich damit zu verteidigen. Doch sie konnte es. Und in diesem Moment wusste sie, dass sie den Mann, wenn es sein musste, auch noch schwerer verletzen würde. Sie würde sich und ihre Familie verteidigen. Warum ging er nicht? Was wollte er von ihnen? Sie hatten nichts, was sie ihm hätten geben können – bis auf einen Happen Essen vielleicht, den sie anschließend schmerzlich vermissen würden. Und aus irgendeinem Grund glaubte sie nicht, dass er mit einem schrumpeligen Apfel oder einem Stück Brot zufrieden gewesen wäre.

Wieder musste sie an die schrecklichen Geschichten über Frauen denken, die von Soldaten vergewaltigt und halb totgeschlagen worden waren. Das waren nicht nur russische oder andere Soldaten der Siegermächte gewesen, sondern auch deutsche Heimkehrer, die sich nach langen Monaten in Todesgefahr wie Tiere verhalten hatten.

»Weg jetzt, verdammt noch mal!«, schrie sie so laut sie konnte. Denn sie wusste jetzt, dass ihr Angreifer Angst davor hatte, möglicherweise die Aufmerksamkeit in der Nähe kampierender Besatzungssoldaten zu erregen. Und sie fluchte aus tiefstem Herzen, weil es ihr irgendwie Erleichterung verschaffte. Früher wäre ihre Mutter zusammengezuckt und hätte sie heftig getadelt. Doch jetzt wusste sie nicht einmal, ob Claire es bemerkte, wenn sie sich undamenhaft verhielt. Aber dies war keine Zeit, in der Damen es weit brachten. Wer überleben wollte, musste seine eigenen Regeln aufstellen.

Der Soldat zögerte noch. Er stand jetzt so weit von ihr entfernt, dass sie ihn mit ihrem Messer nur erreichen konnte, wenn sie auf ihn zuging. Doch Mabelle klammerte sich an ihr fest, und sie hätte sie erst abschütteln müssen. Außerdem wollte sie den Mann nicht noch mehr verletzen. Sie wollte einfach nur, dass er fortging und sie in Ruhe ließ.

Obwohl sie seit drei Tagen unterwegs waren, war dies ihre erste wirklich angsteinflößende Begegnung. Sie hatte gehofft, dass so etwas nicht passieren würde, doch nun war sie bereit, den Kampf aufzunehmen.

Über die kurze Entfernung traf sie erneut sein Blick. Für eine Sekunde hatte sie Mitleid mit ihm. Er wirkte schrecklich einsam und traurig, aber auch entschlossen. Was auch immer er wollte, sie war nicht bereit, es ihm zu geben.

»Tut mir leid.« Seine leisen Worte wehten mit dem Nachtwind durchs flüsternde Laub der Bäume, und es dauerte eine Weile, bis sie verstand, was er gesagt hatte. Dann war er fort.

Viktoria starrte noch ein paar Sekunden auf die Stelle, wo er gestanden hatte, bevor sie die Hand mit dem Messer sinken ließ.

»Ist er weg?«, fragte Mabelle ängstlich und löste zögernd die Finger aus Viktorias Pullover.

»Ich hoffe es.« Viktoria schaute aufmerksam in den Schatten unter den Bäumen, doch dort rührte sich nichts.

»Vielleicht wollte er nur etwas zu essen«, sagte Claire nach einer Weile, in der sie ratlos herumgestanden hatten.

»Wir haben selbst kaum etwas.« Plötzlich hatte Viktoria ein schlechtes Gewissen. Sie musste an ihren Bruder denken. Richard wurde vermisst, doch sie hofften immer noch, dass er in Kriegsgefangenschaft geraten war und sich eines Tages melden oder unverhofft vor der Tür stehen würde. Falls er zu Fuß unterwegs wäre, hoffte sie, dass jemand für ihn da war, wenn er um Hilfe bat. Aber dieser Mann hatte sich im Dunkeln angeschlichen. Er hatte ihnen Angst gemacht, und deshalb hatte sie keine andere Möglichkeit gehabt, als ihn zu vertreiben.

Sie seufzte. »Wir sollten versuchen, noch ein bisschen zu schlafen.« Natürlich würde sie kein Auge zu tun, solange sie nicht sicher war, dass der Soldat tatsächlich das Weite gesucht hatte.

Vielleicht war er wirklich ein harmloser, freundlicher Mann gewesen. Jemand, der wie sie zu Fuß auf dem Heimweg war und dem es noch sehr viel schlechter ging als ihnen. Auf dem Bauernhof, wo sie die vergangenen Monate verbracht hatten, waren sie immerhin einigermaßen satt geworden. Und bisher hatten sie während ihres kürzeren Fußmarsches wenigstens etwas zu essen gehabt, auch wenn sie sich jeden Bissen einteilen mussten.

Aber es war vernünftig gewesen, ihn zu verjagen. Wenn sie ihm ein wenig von ihrem Proviant gegeben hätten, hätte er ihnen wahrscheinlich alles weggenommen – falls er nicht doch Schlimmeres im Schilde geführt hatte.

Viktoria konnte hören, dass Mabelle immer noch viel zu schnell atmete. Ihre kleine Schwester musste große Angst gehabt haben. Es war gut, dass sie den Mann vertrieben hatte. In Zeiten wie diesen konnte jedes Zögern lebensgefährlich sein. Und sie war nicht nur für sich selbst verantwortlich, sondern auch für Mabelle und ihre Mutter.

Nachdem sie alle drei noch ein oder zwei Minuten dagestanden und in die Nacht gelauscht hatten, stieß Claire einen leisen Seufzer aus. Dann legte sie sich wieder auf den Boden, wickelte sich in ihre Decke und rührte sich nicht mehr.

»Schlaf noch ein bisschen«, sagte Viktoria zu Mabelle. »In zwei Stunden wird es hell, dann gehen wir weiter.«

Ihre jüngere Schwester legte sich folgsam hin und zog sich die Decke fast bis zu den Ohren hinauf, sodass nur noch ihre blonden Haare golden im Mondlicht schimmerten.

Viktoria setzte sich auf den Boden und blieb für den Rest der Nacht aufrecht sitzen. Sie wachte über ihre Mutter und ihre Schwester, die nach einer Weile wieder tief schliefen, wie sie an ihren regelmäßigen Atemzügen erkannte.

Der Soldat tauchte nicht wieder auf.

*

Am Morgen begann es zu regnen, und weil sie weder Regenmäntel noch Schirme besaßen, waren sie innerhalb kurzer Zeit bis auf die Haut durchnässt. Zum Glück war es nicht sonderlich kalt. Dennoch froren sie, und Mabelle klapperte hörbar mit den Zähnen, während sie mit müden Schritten die Landstraße in Richtung Starnberg entlanggingen.

Claire war wieder in Schweigen versunken. Niemand wusste, wo sie mit ihren Gedanken war, wenn sie mit leerem Blick, wie eine an unsichtbaren Fäden gezogene Marionette herumlief. Vielleicht erinnerte sie sich dann an ihre glückliche Vergangenheit, vielleicht sah sie aber auch nur eine leere, düstere Zukunft vor sich.

Je weiter sie sich dem Starnberger See und damit auch München näherten, umso belebter war die Landstraße. Neben Flüchtlingen aus dem Osten Deutschlands schleppten sich hauptsächlich kleine Gruppen von Soldaten durch den Regen. Sie waren nach den letzten Kämpfen des Krieges der Gefangennahme durch die Sieger entgangen, und Viktoria wusste, dass viele von ihnen sich seit Wochen auf dem Heimweg befanden.

Manche von ihnen warfen den drei Frauen, vor allem aber dem kleinen Leiterwagen begehrliche Blicke zu. Viktoria hatte festgestellt, dass es wirkungsvoller war, den Männern entschlossen in die Augen zu sehen, als mit gesenktem Blick an ihnen vorbeizugehen und zu versuchen, sich unsichtbar zu machen. Wenn sie die Soldaten in ihren zerschlissenen Uniformen mit erhobenem Kopf anschaute, wagten sie sich deutlich seltener an die kleine Gruppe heran, um nach etwas Essbarem zu fragen oder auf unbeholfene Weise zu versuchen, mit den Frauen anzubändeln.

Die beiden kleinen Äpfel hatten sich die drei zum Frühstück geteilt, und das bisschen Proviant, das jetzt noch übrig war, würde auch für sie selbst kaum bis nach Hause reichen. Dennoch gab Viktoria einem jungen und besonders mageren Soldaten einen Brotkanten und ein winziges Stück von dem trockenen Käse. Mit seinen dunklen Haaren und den blauen Augen erinnerte er sie so sehr an Richard, dass sie einfach nicht anders konnte. Vor allem weil sie sich so sehr wünschte, ihr Bruder würde ebenfalls Menschen finden, die ihm halfen.

»Ich kann nicht mehr«, klagte Mabelle, als sie fünf Stunden ohne Pause gegangen waren. »Meine Schuhe sind ganz schwer von der Nässe, und mir ist furchtbar kalt.«

»Aber wenn wir uns nicht bewegen, frieren wir noch mehr«, sagte Viktoria und ging noch ein bisschen schneller. Claire blieb schweigend an ihrer Seite.

»Wir haben noch Kleidung im Wagen und könnten uns umziehen.« Mit dem Handrücken schob Mabelle sich eine feuchte Haarsträhne aus dem Gesicht. Sie hatte als einzige der Geschwister die blonden Haare ihres Vaters geerbt, die jedoch im Regen ebenfalls dunkel wirkten.

»Dazu müssten wir einen trockenen Ort finden. Und dann wären unsere Kleider nach kurzer Zeit wieder nass. Lasst uns einfach weitergehen. Wenn wir uns ein bisschen anstrengen, schaffen wir es bis heute Abend nach Rabenfels.«

Viktoria spürte zwar ihre Füße kaum noch, aber sie wusste, dass ihr das Laufen nach einer Pause noch schwerer fallen würde. Wenn sie keine Scheune oder einen ähnlichen Unterschlupf fanden, war es ohnehin vernünftiger weiterzugehen.

»Was machen wir, wenn die Villa nicht mehr steht?«